U0939864

THE £1,000,000 BANK NOTE

AND OTHER STRORIES

百万英镑

THE £1,000,000 BANK NOTE AND OTHER STRORIES

〔美〕马克·吐温◎著

曹润雨◎译

图书在版编目（CIP）数据

百万英镑 /（美）马克·吐温著；曹润雨译. -- 北京：
中国文联出版社，2016.8
（翰墨文库）
ISBN 978-7-5190-1830-6
Ⅰ.①百… Ⅱ.①马… ②曹… Ⅲ.①短篇小说—小
说集—美国—近代 Ⅳ.①I712.44
中国版本图书馆CIP数据核字（2016）第188986号

百万英镑

著　　者:（美）马克·吐温　　译　　者:曹润雨

出 版 人:朱　庆
终 审 人:奚耀华　　复 审 人:蒋爱民
责任编辑:陈若伟　　责任校对:郑红峰
装帧设计:余　微　　责任印制:陈　晨

出版发行:中国文联出版社
地　　址:北京市朝阳区农展馆南里 10 号,100125
电　　话:010-85923053(咨询)85923000(编务)85923020(邮购)
传　　真:010-85923000(总编室),010-85923020(发行部)
网　　址:http://www.clapnet.cn　http://www.claplus.cn
E-mail:clap@clapnet.cn　chenrw@clapnet.cn

印　　刷:北京德富泰印务有限公司
装　　订:北京德富泰印务有限公司
法律顾问:北京天驰君泰律师事务所徐波律师
本书如有破损、缺页、装订错误,请与本社联系调换

开　　本:880×1230　1/32
字　　数:260 千字　　印　　张:9
版　　次:2016 年 8 月第 1 版　　印　　次:2016 年 8 月第 1 次印刷
书　　号:ISBN 978-7-5190-1830-6
定　　价:26.00 元

版权所有　翻印必究

目 录

本营只有四英里时，他被印第安人用战斧劈死，剥去头皮，牛肉也被印第安人抢走了。他们抢走了几乎所有的牛肉，只丢下其中的一桶。谢尔曼的军队截下了那一桶牛肉。所以，那位勇敢的航海者虽然身死，但还是部分履行了他的合同。在一份以日记形式写的遗嘱中，他将那份合同留给了他的儿子巴塞罗姆.W。巴塞罗姆开列了下面这份账单，随后就死了：

致美利坚合众国政府：

根据合同应付给新泽西州已故的约翰·威尔逊·麦肯齐以下各项费用：

谢尔曼将军订购牛肉三十大桶

每桶售价一百美元 三千美元

旅费与运输费 一万四千美元

共计一万七千美元

收款人：×××

他虽然去世，但在临死前把合同留给了威廉·J.马丁，马丁设法收回账款，可是这件事还没办妥，他也与世长辞了。他把合同留给了巴克·J.艾伦，艾伦也试图收回那笔账款，可是他没能活到把钱弄到手就死了。他又把合同留给了安森·G.罗杰斯，罗杰斯企图收回那笔账款。他层层申请，已经接近第九审计官的办公室，但是这时候对万物一视同仁的死神没经召唤就突然来到，把他也勾去了。他将单据留给康涅狄格州一个叫文詹斯·霍普金斯的亲戚，为了这笔账款，霍普金斯只活了四个星期零两天，但创造了最快的纪录，因为他在此期间已经通过十一道审查，就要面见第十二个审计官了。他在遗嘱中把那份合同赠给了一位名叫“会找乐子的约翰逊”的舅父。但是，他虽然会寻乐，也操不起那份心。他临终时说：“请不要为我哭泣——我可是自愿走的。”于是他真的走了，瞧这个可怜的人儿。此后继承那份合同的共有七个，但是他们一个个都死了。所以最后它落在了我手里。它是由印第安纳州一个名叫罗伯德（伯利恒·罗伯德）的亲戚传到我手里的。这人长期以来一直对我怀恨在心。可是，到了弥留之际，他却把我唤了去，宽恕了我过去的一切，垂着泪把那份合同交给了我。

以上就是我继承这笔遗产几经周折的一段历史。现在我要将本人与

目　录

卡拉维拉斯县驰名的跳蛙

一位朋友从东部来了信，让我去拜访和蔼而多话的西蒙·威勒，向威勒打听他的朋友里昂尼达斯·万·斯迈雷的下落。这件受人之托的事究竟结果如何，我来做个交代。事后我琢磨着，这位里昂尼达斯·万·斯迈雷恐怕是瞎编出来的，我朋友根本就不认识这么一个人。我的朋友准是策划着：只要向老威勒一打听，他马上就会联想起那个无聊的吉姆·斯迈利来，之后他就会打开话匣子，把那些又臭又长、和我毫不相干的陈年旧事抖搂出来，把我烦得要命。如果这是我的朋友存心这么干的，那他就做对了。

在破破烂烂的矿山屯子安吉尔里有一座歪歪斜斜的酒馆，像个慵懒的乞丐。我见到西蒙·威勒的时候，他正靠着吧台旁边的炉子舒服地打盹。他是一个胖子，秃脑门，一脸安详，透着和气与朴实。看到我进门，他站起来问了声好。我告诉他，是我朋友托我来打听一位儿时的一位密友，这个人的名字叫里昂尼达斯·万·斯迈雷，听说这位年轻的传教士曾在安吉尔屯子里住过。我又加了一句：如果威勒先生能把里昂尼达斯·万·斯迈雷神父的消息告诉我，我将感激不尽。

我被西蒙·威勒逼到墙角，他用椅子封住了我的去路，然后向我讲了一大通枯燥无味的事情。他脸上不露一丝笑容，眉头一皱不皱，从第一句开始，他用的就是四平八稳的腔调，没有变过。他绝不是生性就爱唠叨的人，因为在他收不住的话头里透着认真和诚恳的感人情绪。按他的想法，别管这故事本身是不是荒唐可笑，他都把讲故事当作一件重要事来办，而且对故事里的主人公推崇备至，认为他们都是智谋超群有勇有谋的大人物。我听凭他按照自己的思路讲下去，一直没有打断他。

里昂尼达斯神父，嗯，里神父——嗯，这里从前确实有过一个叫吉姆·斯迈雷的，那是在四九年冬天，也许是五〇年春天，不知道怎么了，我已经记不太清楚了，总归不是四九年就是五〇年，因为他刚到这市镇的时候，那个大渡槽还没有修好呢。可是不管怎么样，你在这儿再也找不到一个比他更奇怪的人了。只要有人愿意和他打赌，他就绝对奉陪，碰上什么就赌什么。要是找不到，他就换到另外一边来也行。不管怎么样，别人想怎么赌，他都奉陪。不管什么情况，只要能赌得起来，他就很高兴了。即使是这样，他一直有好运气，那可不是一般的好，十有八九总是他赢。他老惦记着找机会打赌；无论大事小事，只要有人提出来，不管你的注下在哪一边，他都照赌不误，这些我刚才都告诉过你啦。赛马的话，收场的时候如果他不是赢得满满当当，就是输得一干二净；如果斗狗，他赌；斗猫，他也赌；斗鸡，他还是赌；嘿，就是有两只鸟停在篱笆上，他也要跟你赌哪一只先飞起来。要是举行野外的布道会，他每次必到，到了就拿华克尔牧师打赌。他打赌说，华克尔牧师是这一带地方讲道讲得最好的。这是不用讨论的，他天性就是一位好人。要是他看见一只屎壳郎正在往前走，他就跟你赌它几天才能到一个什么地方。只要你答应和他赌，哪怕要去遥远的墨西哥，他也会跟着那只屎壳郎，看看它到底是不是去那儿了，路上得花几天时间。这儿的小伙子基本都见过斯迈雷，都可以给你讲讲这个人的故事。嘿，他的故事绝对不会重了样——不管什么他都赌——那家伙特有意思。有一回，华克尔牧师的太太病得不轻，有好几天的工夫，我们都认为她没救了。可一天早晨牧师来酒馆了，斯迈雷站起来问他太太怎么样，他说，全凭主的大恩大德，她好多了。看这势头，有主保佑，她还可以恢复健康。还没等他讲完，斯迈雷就冲旁边的人来了一句："这样吧，我押两块五，赌她绝不会好。"

斯迈雷有一匹母马——小伙子们都管它叫"一刻钟老太太"。可是那不过是开玩笑，它跑得肯定比这个快一点儿，而且他还经常靠这匹马赢钱呢。虽然它慢慢吞吞的，不是得气喘，生瘟热，就是有痨病，或者这一类乱七八糟的病。他们老是让它先跑两三百码，然后把它撵过去。快要到终点的时候，它就抖起精神，拼出老命，拼命尥蹶子。四只蹄子四处乱甩，有的甩到空中，有的甩偏了踢到篱笆上，弄得尘土飞扬，再加上咳嗽、打喷嚏和喷鼻息的声音越来越响，场面闹闹哄哄的——结果每次跑到裁判席前头的时候，它都比别的马早一个头，刚好可以让人看得清楚。

他还有一只小斗狗，光看外表你准以为它一文不值，只会坐在那儿闲着，一副贼溜溜的样子，光等着机会偷东西吃。可是，只要给他押上了赌注，转眼它就变了。它的下巴颏向前伸着，就像火轮船的前甲板，下槽牙都露了出来，牙齿像火炉一样放着光，似乎充满异样的感情。别的狗抓它、欺负它、咬它，接二连三地爬到它背上咬它的耳朵，可是安德鲁·杰克逊，这是那条狗的名字，安德鲁·杰克逊老是觉得没什么大不了的，好像它情愿被欺负。那么押另一边的赌注一翻再翻，直到再没钱往上押的时候，它就一口咬住另一条狗的后腿，一直不松口，你明白吗，只咬住不松嘴，哪怕等上一年也不要紧，直到那狗认输。斯迈雷老是靠这条狗赢钱，直到遇上一条没后腿的狗，在他身上碰了钉子，那只狗的后腿被锯片给锯掉了。那一次，两条狗斗了很长时间，两边的钱都押完了，安德鲁·杰克逊扑上去咬它最爱咬的地方，立刻就发现自个儿上当了。怎么说呢，他当时好像是大吃了一惊，跟着就有点儿泄气的样子，再也没有努力去赢下那一场比赛，他让人骗惨了。它朝斯迈雷瞧了一眼，好像是说它伤心透了，这都是斯迈雷的错，不应该弄一只没有后腿的狗来让它咬，它斗狗本来就是靠咬后腿的嘛。后来，他一瘸一拐地走到了旁边，躺到地上就死了。那是一条好狗，安德鲁·杰克逊要是还活着，准能出名，因为它有一套本事，又聪明——我敢担保安德鲁·杰克逊有真本事，它什么场面没经过啊？一想起它最后斗的那一场，想到它的下场，我心里就难受。

唉，这个斯迈雷呀，他还曾经养过捉耗子的狗、小公鸡、公猫，全是这一类乱七八糟的东西，不论你和他赌什么，他准和你做对手，跟你赌个没完没了。有一天，他逮到了一只蛤蟆，说是要带回家好好驯一驯。足足三个月，他什么事也不干，只待在后院里教那只蛤蟆跳高。你别不相信，他还真把蛤蟆给教会了。只要他从后头推蛤蟆一下，那蛤蟆就会像翻煎饼一样在空中打个转——也就是翻一个筋斗，要是劲头使对了，也许能翻两个，然后稳稳当当地四爪着地，就像一只猫那样。他还训练那只蛤蟆逮苍蝇，通过勤学苦练，练得那蛤蟆不论苍蝇飞出去多远，只要它能看得见，且在力所能及的范围内，它回回都能逮得着。斯迈雷说蛤蟆只要教一教就行，学什么会什么——这话我信。嘿，我就瞧见过他把丹尼尔·韦伯斯特放在那块地板上，那蛤蟆叫丹尼尔·韦伯斯特，大喊一声："苍蝇，丹尼尔，苍蝇！"在你来不及眨眼的时候，蛤蟆就噌地照直跳起来，把一只停在那边柜台上的苍蝇吞下去了，然后像一摊泥一样"扑嗒"一下落在地上，还拿后腿抓耳挠腮，神态自若，简直就跟没有那回事一样，好像觉得自个儿也不比别的蛤蟆本事大。虽然它很有能耐，你还真找不着比它更谦虚、更爽快的蛤蟆了。从平地上规规矩矩地往上跳，它是你见过的所有蛤蟆中跳得最高的。从平地往上跳是它的看家本领，你明白吗？如果比这一项，斯迈雷就会拼命在他这一边押赌注。蛤蟆是斯迈雷的宝贝；要说也是，即使是那些见多识广的人也从来没见过这么棒的蛤蟆。

斯迈雷把这小家伙放在一只小笼子里，时不时地带着它在大街上闲逛，设赌局。有一天，一个外乡的汉子——到屯子里来，正碰上提着蛤蟆笼子的斯迈雷，就问：

"你那笼子里头装的是什么东西呀？"

斯迈雷爱理不理地说："按着常理它该是个鹦鹉，也许呢，该是只金丝雀；可惜它偏不是，它是一只蛤蟆。"

那汉子拿过笼子，把它转来转去，细细地瞅了一会儿，说："嗯——还真是个蛤蟆，它有什么用处呀？"

"噢，"斯迈雷满不在乎地说，"它有一个本事很了不起，它比这卡县地界里的任何一只蛤蟆蹦得都高。"

那汉子又拿过笼子，仔仔细细地看了好半天，才还给斯迈雷，从从容容地说："是吗？"他说，"我可看不出它有什么了不起，还不是和别的蛤蟆一样嘛。"

"也许你没瞧出来，"斯迈雷说，"对蛤蟆，你也许是个内行，也许是个外行；也许你有经验，也或者什么都不是；这么说吧，或者只是个看热闹的。不管你怎么看，我有我的看法，我赌四十块钱，敢说这蛤蟆比卡县随便哪一只蛤蟆都跳得高。"

那个人想了一会儿，有些为难："呃，在这儿我人生地不熟的，也没带着蛤蟆。要是我有一只的话，肯定跟你赌。"

这时候斯迈雷就说："好办，那不要紧，只要你替我拿着这笼子一小会儿，我就去给你逮一只来。"就这样，那汉子替他拿着笼子，把他的四十块钱和斯迈雷的四十块钱放在一起，坐在原地等着斯迈雷。

这汉子坐在那儿很久，心里翻来覆去地想，后来他就把蛤蟆从笼子里头拿出来，把它的嘴撬开，掏出把小勺来给蛤蟆灌了一肚子的火枪铁沙子，直到蛤蟆的下巴颏都满是铁沙，这才把蛤蟆放到地上。斯迈雷呢，他到泥塘的烂泥里稀里哗啦地乱抓了一气，还真逮住了一个蛤蟆。他把蛤蟆带回来，交给那个人说：

"好了，要是你准备好了的话，就把它跟丹尼尔并排放着，把它的前爪跟丹尼尔的放齐了，我来喊开始。"然后他就喊："一——二——三——蹦！"他和那汉子都从后面轻轻地推那两只蛤蟆的背，那只新抓来的蛤蟆蹦得很有劲头，可是丹尼尔一直喘粗气，耸肩膀，就这样，像一个法国人似的，可是没有用，它就像生了根一样，一动也不能动，连挪挪地方都办不到。斯迈雷简直莫名其妙，又觉得上火，当然啦，他怎么也没想通这到底是怎么一回事。

那汉子拿起钱就走，临出门时，他还拿大拇指在肩膀上头指指丹尼尔，就像这样，慢吞吞地说："我也没看出来这蛤蟆比别的蛤蟆有什么了不起的。"

斯迈雷呢，他站在那儿抓耳挠腮，低着头端详了丹尼尔好一会儿，最后说："这蛤蟆怎么就这么栽了，到底它犯了什么毛病？看起来，它肚子胀得厉害。"他揪着丹尼尔脖子上的皮，把蛤蟆抓起来，说："它至少五磅重啊！"他就把它倒起来提着，它一下子吐出两大把铁沙子来。这时候斯迈雷才反应过来，他气得发疯，放下蛤蟆就去追那汉子，可惜没有追上。

（这时候，前院有人喊西蒙·威勒的名字，他就站起来看找他有什么事。）他一边往外走，一边回头对我说："在这儿坐着，先生，等会儿，我马上就回来。"

可是对不起，我想即使听完那个有赌癖的流氓吉姆·斯迈雷的故事，也不可能打听到里昂尼达斯·万·斯迈雷神父的消息，于是我拔腿就走。

走到门口，威勒回来了，他拽着我又打开了话匣子："哎，我跟你说这个斯迈雷有一头只有一只眼睛的母黄牛，而且尾巴没了，只剩一个尾巴撅子，就像一根香蕉，并且——"

可我没有工夫，也没有这个兴致。还没等他开始讲那头倒霉的牛的故事，我就告辞走了。

坏孩子的故事

从前有个名叫吉姆的坏孩子，不过，如果你稍加留意，就会发现，在你的主日学校课本里，几乎所有的坏孩子都叫詹姆斯，实在是奇怪，但事实确实如此，这一位就叫吉姆。

吉姆并没有一位生病的母亲——也就是他没有一位笃信上帝、身患肺病的母亲，她很乐于到坟墓里躺下，长眠不醒，只可惜她对自己的孩子爱得要命，不免担心她死后大家会对他冷酷无情。然而，主日学校课本里的坏孩子大都叫詹姆斯，并且都有一位生病的母亲。她们都会教自己的儿子学说“我要躺下睡觉”等，都会用温柔凄凉的歌声哄孩子入睡，与他们深情吻别，表示临睡的祝福，然后跪在床边默默流泪。可是，这个小家伙情况不同。他名叫吉姆，但是他的母亲却安然无恙——既没有肺病，也没有别的毛病。她不但不虚弱，而且还相当健壮，她也不诚心诚意地信教。并且，她对吉姆也并不关心。她常说，即便吉姆把脖子摔断，那也算不了多大的损失，她总是痛打吉姆的屁股来催他睡觉，而且从来不在他临睡时与他吻别。相反，她要离开他的时候，还要赏他几个耳光。

有一次，吉姆偷出厨房的钥匙，悄悄地溜进厨房偷吃了果酱，随后拿焦油再把果酱瓶子装满，好让他母亲看不出破绽。吉姆并没有什么难受的感觉，也不觉得仿佛有什么声音在他耳边说：“不听妈妈的话对吗？这么做难道不是罪过吗？看看那些坏孩子偷吃了自己善良母亲的果酱之后都有什么报应？”吉姆更没有独自跪倒在地，信誓旦旦地保证今后不再干坏事，然后轻松愉快地站起身来，诚恳地对母亲告以实情，请求宽恕，而母亲则是泪流满面，满怀欣慰感激之情向他祝福。不，这是课本中其他坏孩子的情况，至于吉姆，则完全是另一回事，你说怪不怪！吉姆偷吃了果酱，还相当粗俗无礼地说真棒。他把焦油装进果酱瓶，也说真棒，还哈哈大笑，得意地说那老太婆发现之后，“必定会气得暴跳如雷，哼哼呀呀地说不出话来”。后来母亲果然发现了，但他矢口否认，说他完全不知道这回事，结果挨了一顿鞭子，最终泪流满面的人是他自己。吉姆总是做一些稀奇古怪的事，与课本上的詹姆斯们迥然不同。

有一次，他爬到农场主阿科恩的苹果树上偷苹果。可惜的是，树枝并没有折断，他既没有从树上摔下来把胳膊摔断，也没有被农场主的那条大狗咬伤，更没有因此卧床呻吟好几个星期，闭门思过，从此变好。总之，绝没有那回事。事实是，吉姆随心所欲地偷够了苹果，安然无事地下来了。对那条大狗也早有准备，那条狗一扑过来，他就一砖头对准它迎头痛击。说也奇怪——这类事情在那些文雅的小书里从来就没有发生过，那些小书封面上都印着大理石花纹，里面画的都是一些身穿燕尾服和短腿马裤、头戴响铃礼帽的男人，以及腋下夹着无裙环衣裳的女人。吉姆干的这种事情，任何一部主日学校的课本都没写过。

有一次，吉姆偷了老师的铅笔刀，但又害怕老师发现了会受到惩罚，于是便把小刀偷偷地塞进了乔治·威尔逊的帽子里——乔治是可怜的寡妇威尔逊太太的儿子，他品行端正，是全村有名的好孩子。乔治对母亲的教诲从不违拗，他一向诚实，正直而且勤敏好学，对主日学校尤为恭敬崇信。可是，后来那把小刀竟从帽子里掉下来，可怜的乔治垂下了头，羞得无地自容，好像真的自认有罪。而那位痛心的老师认定小刀就是乔治偷的。当老师举起细软的鞭子，准备抽打他发抖的双肩时，那位假想中救苦救难的白发地方治安官并没有突然出现，更没有神气十足地说道：“别冤枉这位品德高尚的孩子吧——邪恶的罪犯正站在那儿发抖呢！你们下课休息的时候，我正好从校门口路过。虽然没人看到我，但我却看到了偷东西的人！”而乔治并没有因为治安官的话免于挨打，那位可敬的地方治安官也没有给感动得流泪的师生们布道，然后牵着乔治的手，说他这样的孩子值得称赞，并且领走乔治让他跟自己同住，让乔治打扫办公室，生火，打杂，劈柴，学法律，帮他的太太料理家务，剩下的时间他可以尽情玩耍，用每月领取的四角钱的报酬自行其乐。不是这样的，书上会这样写的，但吉姆遇到的却不是这样。根本就没有什么爱管闲事的法官跑来找麻烦，结果可想而知，模范孩子乔治挨了一顿鞭子，而幸灾乐祸的吉姆却高兴得手舞足蹈，因为，你知道，吉姆实在是恨透了那些所谓的模范孩子。吉姆说，他“不把他们这些贱骨头放在眼里”。这就是那个没教养的坏孩子吉姆所说的粗话。

但是，吉姆所遭遇的最奇怪的事情是，他在一个礼拜天出去划船，并没有被淹死。又一个礼拜天他去钓鱼，虽然不幸地遇上了暴风雨，却并没有遭到雷击。哎，您不妨翻开主日学校的全部图书，从头至尾，仔仔细细反复阅读，就算翻到下一个圣诞节，您也不会看到这类事情。啊，绝对不会。恰恰相反，您会发现，在主日学校的课本里所有在礼拜天划船的坏孩子照例都要淹死，所有在礼拜天出去钓鱼又遇上暴风雨的坏孩子都会遭雷击。礼拜天载有坏孩子的船只总是会翻底，安息日坏孩子去钓鱼就一定会有暴风雨。为什么吉姆总是能避开这些灾难呢，我实在觉得是一件神秘的事情。

吉姆出去活动一定有鬼神护着——一定是这么回事。任何事儿都伤害不着他。甚至有一次他游动物园时，塞给大象一捆烟叶，而那大象却没有用它的长鼻敲碎他的脑壳。他翻遍了厨房，却从来没有把硝酸错当成薄荷饮料喝进肚里。在安息日，他偷了父亲的枪出去打猎，也没有崩掉三四个指头。他一时气急，一拳打在小妹的太阳穴上，可是她也并没有因此而头痛不止，熬过漫长的夏天就死了，临死时还说些温柔的话语，表示原谅他，令他破碎的心灵备感痛苦。不，她居然奇迹般地复原了。最后，吉姆终于离家出走，浪迹天涯。但是，当他回来的时候，并没有发现自己举目无亲、境况凄凉，也没见他亲人长眠于安静的教堂墓地，那座在他童年时期墙上爬满青藤的房屋也没有倒塌。啊，不，他回来的时候，喝得酩酊大醉，没进家门就进了警察局。

吉姆成年之后结婚成家，后来又有了许多儿女。但是一天晚上，他突然拿起一把斧头把他们通通砍死了。吉姆采用各种流氓手段，依靠欺诈坑骗的手段发了大财。现在他在村里穷凶极恶，成了心毒手狠的坏蛋，然而却受人敬重，当了州议员。

所以你看，主日学校的课本中可从来没有哪一个坏詹姆斯，能像这位有鬼神护着、无法无天的吉姆这样走运，这样称心如意的。

火车上人吃人纪闻

前不久我到圣路易斯去观光。在旅途中，从印第安纳州特尔霍特市换了车之后，一位绅士在一个小站上了车，在我身边坐下了。他温厚慈祥，面目和善，年纪四五十岁。我们心情愉快、海阔天空地聊了大约一小时，我发现他极有见识，而且十分幽默。他一听说我是从华盛顿来的，立即询问起形形色色的政府官员和国会事务来。不久我就看出，跟我谈话的这个人对首都政治生活的规则了如指掌，甚至参众两院议员在工作中的程序仪式、表现出的作风以及工作的习惯等都知道得一清二楚。又过了一会儿，有两个人在离我们不远的地方停留了片刻，其中一个人对另一个人说："哈雷斯，如果你能替我办这件事，老兄，我会永远感谢你的。"

我新结识的朋友的眼睛里突然闪出欣喜的亮光。我猜想，这两句话大概勾起了他一段快乐的回忆。但是，他又露出一副思虑重重的面孔，简直有些闷闷不乐了。他转过身来对我说："我给你说一个故事吧，向您透露一件我的隐私吧，自从那件事发生之后，我从来都不曾提起过。请耐心地听下去，答应我，不要打断我的话。"

我说没问题，然后他讲述了下述这件离奇惊险的遭遇。他说的时候时而情感迸发，时而阴郁低沉，但始终流露出诚恳的表情，显得那么一本正经，让人不得不信。

"1853 年 12 月 19 日，我搭乘了一列从圣路易斯出发开往芝加哥的夜车，车上一共只有二十四位乘客，没有妇女，也没有儿童。我们兴致都很好，大家很快就混熟了。我原以为那次旅行将会是愉快的，我们这群人谁也没有预料到即将遭遇到的恐怖事件。

"夜里十一点，天下起大雪来。火车离开韦尔特小镇不久，我们逐渐进入那广大辽阔、荒凉冷清的草原。千里荒原，渺无人烟，一直延展到朱比利居留地。狂风呼啸着刮过空旷的荒地。没有树木或小丘的遮蔽，甚至没有七零八落的岩石，所以风刮起来毫无阻挡，吹过一马平川的荒野，前面纷纷扬扬的雪片像怒海上波涛激起的浪花那样四处吹散。雪越积越厚，车速减慢。我们推测火车头在雪中开路越来越困难了。果然，大量飞雪堆积得好像巨大的坟山，挡住了轨道，这时候发动机在雪堆中停止不动了。大伙再也没有谈话的兴致。刚才那一阵的欢欣，现在已变成了深切的焦虑。此处五十英里开外都没有人家，在这茫茫草原的积雪中，大家都想到可能会困在这里，沮丧的情绪很快传遍了车厢里的每一个人。

"凌晨两点，四周的一切活动都停止了。我从辗转难眠中惊醒过来。此刻，我的脑海中闪过了一个恐怖的念头——我们成了雪堆里的囚徒了！'全体起来动手自救啊！'于是所有的人都跳起来响应，一起跑到夜幕下的荒野中。在伸手不见五指的黑暗里，铺天盖地的大雪，势不可当的风暴，大家从车厢跳进这样一个世界，都意识到现在要争分夺秒，否则就会有灭顶之灾。铁锹，木板，双手——一切的一切，凡是可以用来清除积雪的，一下子全都用上了。那是一幅离奇的景象：一小群人，一半在黑黢黢的阴影里，一半在机头反光灯的强光下，发了疯似的跟那不断堆积起来的积雪拼搏。

"才干了一小时，我们发现我们的努力全都是徒劳的。我们刚掘去一堆雪，风暴又吹来十多堆，把轨道堵得死死的。更糟的是，我们发现，刚才火车头在对敌人发动最后一次猛攻时，主动轮的纵向轴被折断了！即使铁路畅通无阻，我们也无法摆脱困境了。我们都累得筋疲力尽，不知道该干些什么，只好又回到了车厢。我们围在火炉旁边，严肃地讨论眼下的处境。——最为烦心和着急的是我们没有粮食公共储备。煤水车里还储存有足够的柴火，我们不可能被冻死，这是我们唯一的安慰。讨论到最后，大家都接受了列车员令人丧气的结论：谁要是试图在这样的雪地里步行五十英里，那准是死路一条。我们没办法和外界取得联系，即便有办法，也不会有人来救我们。我们只好听天由命，尽可能耐心地等待救援，要么就等着饿死！我相信，就是最刚强的人听了这话，心中也会顿生凉意。

"过了一会儿，大家变得沉默了，从时起时落的狂风怒号中偶尔传来几句低沉的话语。灯光暗淡了下来，坐在明灭不定的光影中，多数人都陷入沉思——忘掉眼前，如果可能的话；睡觉，如果可以的话。

“永无尽头的黑夜，我觉得那肯定是永无尽头的。终于把磨磨蹭蹭的时光打发走了，东方破晓，现出灰冷的晨光。随着天空的光亮，乘客们开始一个接一个活动起来了，像初升的太阳，他们也露出了一点儿生气。然后，推一推扣在脑门上的垂边帽，舒展舒展僵硬的四肢，透过窗子窥视那萧瑟的景色，从心底散发出一阵阵的寒意。极目望去，一个生物的影子都没有，一户人家也没有，万籁俱寂，除了一片空荡荡、白茫茫的荒野，什么都没有。一个雪花飞舞的世界，卷起雪片迎风飘扬，遮蔽了苍茫的天空。

“整整一天，我们只能呆头呆脑地在车上走来走去，说得很少，只有忧愁挂在脸上。又是一个漫长而郁闷的夜晚——还有饥饿。

“又是一个黎明——又是这样的一天：寂静，悲哀，饥肠辘辘，无望地等候那根本没有希望的救援。一夜都睡不安宁，老是在梦里大吃大喝——但醒来又受到饥饿的痛苦折磨。

“第四天来了又去——接着是第五天！五天可怕的囚禁生活啊！每一只眼睛都射出饥饿的凶光，里面流露出一种可怕的含义——那是每个人心中都在暗暗构思的一件事——一件还没人敢用言语说出来的事情。

“第六天过去了——第七天的黎明到来时，它面对的是在死亡阴影中罕见的一群形销骨立、憔悴枯槁、心如死灰的人。现在必须将它公之于众了！——那件在每个人心中酝酿许久的事，终于还是要从每一张嘴里跳出来了！人性遭遇的折磨已经超过了它所能承受的极限，它不得不屈服了。明尼苏达州的理查德·H.加斯顿站了起来，他身材高大，面色惨白，好像是一具死尸。大伙都知道他要说什么，已经有所准备——每一种感情，每一种激动的神态都被闷死了——从近来变得狰狞的目光中，只露出一副冷静的、沉思的严肃神情。

“‘先生们，事情不能再耽搁了！时间已经非常紧迫！我们当中的某一位必须自我牺牲成为食物，提供给其余的人！我们必须做出决定了！’

“伊利诺伊州的约翰·丁·威廉斯先生站起来说：‘先生们——我提名田纳西州的詹姆斯·索耶牧师。’

“印第安纳州的威廉·让·亚当斯先生说：‘我提名纽约州的丹尼

尔·斯罗特先生。’

“查尔斯·杰·兰登先生说：‘我提名圣路易斯市的塞缪尔·恩·保罗先生。’

“斯罗特先生说：‘诸位先生——对于我的提名，我敬谢不敏，我建议它由新泽西州的小约翰·恩·范·诺斯特兰德先生担任。’

“加斯顿先生说：‘如果没有异议，我们就同意这位先生的请求吧。’

“由于范·诺斯特兰德先生表示反对，斯罗特先生的推辞不予接受。索耶先生和保罗先生也互相推脱，以同样的理由遭到拒绝。

“来自俄亥俄州的恩·罗·巴斯科姆先生说：‘我提议提名到此结束，开始进行投票选举。’

“索耶先生说：‘各位，我对这些做法表示强烈的抗议。不管怎样说，这些程序都是不合理的，非常不合理。我不得不建议：立即取消这一切，我提议选举一名会议主席，几名协助他工作的干事，让他们共同协助会议主席，这样我们才能明智地处理好我们眼前的事务。’

“来自艾奥瓦州的贝尔先生说：‘各位，我反对这一提议。现在已经不是墨守成规、拘泥礼仪的时候了。我们已经七天七夜没吃东西了。我们不能在无聊的讨论中浪费时间，这只会给我们带来更多的苦难。我对现在的提名感到满意——我相信，所有出席会议的先生，都和我一样，都不能理解为什么不应该立即选出其中的一两位来？我想提出一项方案……’

“加斯顿先生说：‘这种做法会遭到反对的。根据规定，一天以后才能处理这事，这样反而会造成您希望避免的那种延误。从新泽西州来的那位先生……’

“范·诺斯特兰德先生说：‘各位，我跟诸位素昧平生。我并没奢求诸位授予我这份荣耀，我感到很为难……’

“亚拉巴马州的摩根先生插话说：‘我提议投票表决是否辩论主要提案[①]。’

“他的提议获得通过。当然，此后无须再进行讨论。选举工作人员的提议也获得通过。于是，根据提议，加斯顿先生被选为主席，布莱克先生

① 之前索耶牧师提出的选举议会主席的意见。

被选为秘书，霍尔库姆先生、戴尔先生和鲍德温先生当选为提名委员会委员，R.M.霍兰先生担任膳食主管，负责辅助提名委员会做出选择。

“然后宣布休会半小时，举行了一系列小型的秘密会议。经过紧张而慎重的讨论后，主席敲击小木槌，会议重新召开，委员会向大会提出报告，推举肯塔基州的乔治·弗格森先生、路易斯安那的卢西恩·赫尔曼先生和科罗拉多州的W.梅西克先生为候选人。这项报告被接受了。

“密苏里州的罗杰斯先生说：‘主席先生，既然报告已经提交议会，我提请对报告进行一些修改，由我们所有人都熟悉和尊敬的来自圣路易斯市的卢修斯·哈雷斯先生替代赫尔曼先生。希望诸位不会误会，以为我有意贬责这位来自路易斯安那的绅士的高尚品格和崇高地位——绝无此意。我尊重他的程度比你们只会有过之而无不及。但是，我们不会对这样一件事实视而不见，那就是，在我们滞留的一个星期里，他的肉减少得比我们任何人都多，我们谁都不能忽视这一点。委员会在玩忽职守，没有尊重我们赋予他们的神圣的权力。这可能是一时的疏忽，也可能是明知故犯，不管怎么说都是犯了严重的错误，因为他们竟然要我们选举这样一位绅士，不管他的动机多么纯正，他身上确实没有什么营养……’

“主席说：‘请密苏里州的这位先生坐下。根据惯例，本主席不容许任何人对委员会的公正进行置疑，除非它通过正式程序，严格按照规定提出。大会对这位先生的提议有什么意见？’

“弗吉尼亚州的哈利特先生说：‘我提议对报告做更进一步的修正，改由俄勒冈州的哈维·戴维斯先生替代梅西克先生。也许某位先生会强调这一点，说在曾经的拓荒生活里那些艰苦困乏的条件已经使戴维斯先生皮粗肉糙，但是，诸位先生，现在是挑剔粗细的时候吗？难道现在是吹毛求疵的时候吗？难道现在是对一些微不足道的事斤斤计较的时候吗？不，先生们，现在我们需要的是体积，是重量和体积，这就是我们目前的最高要求，而不是能力，不是天赋，更不是教育。我坚持我的提议。’

“神情激动的摩根先生说：‘主席先生，我强烈地反对这项修正案。从俄勒冈州来的那位先生年纪大了，再说，块头固然不小，但根本没什么肉，都是一身骨头。我现在请问从弗吉尼亚州来的这位先生，我们是想喝稀汤呢，还是要吃些实实在在的东西？难道他是要欺骗我们，叫我们捕风捉影吗？难道他是要找一个俄勒冈州的鬼魂来嘲弄我们所受的苦难吗？我倒要请问：他能不能看看四周一张张焦灼的脸，认真看看我们忧伤的眼睛，仔细倾听我们满怀期盼的心声，如果他还有良知的话，他还会把这样一个饿得半死不活、骨瘦如柴的家伙强加给我们吗？我倒要请问：他是否能想到我们凄惨的处境，想到我们过去的悲哀，想到我们没有光明的未来，同时还能这样狠心地，硬要把这个残骸、这具僵尸、这个连站都站不稳的骗子、这个饱受摧残、干瘪无汁、从俄勒冈荒凉的海滩上来的流浪汉蒙混我们？休想！’

“经过一场激烈的辩论，第二项修正案经表决被否定。根据第一项修正案，应改由哈雷斯先生代替赫尔曼。于是又开始投票表决。五次投票都没有结果。到第六次表决时，哈雷斯先生终于被选中了。除了他一人外，全体投了赞成票。于是有人提议，应当用鼓掌的形式为他的中选表示祝贺，这一动议由于他再次投票反对自己当选而遭到否决。

“拉德韦尔先生提议，现在应当开始考虑其余几位候选人，为准备明天的早餐进行一次选举。提议获得通过。

“第二次投票选举出现了僵持的局面，半数人赞成某一位候选人，因为他年轻。而半数人主张选另一位候选人，因为他个头大。主席投了决定性的一票，他赞成第二派看中的梅西克先生。这样候选人弗格森尔先生宣告落选，这一决定在他的朋友当中激起了相当大的不满情绪，有人要求重新进行一次投票选举。但这时，主张休会的提议获得通过，于是立即散会。

“弗格森尔派系一直都在喋喋不休地讨论这个问题，晚饭的准备工作分散了他们的注意力。正当我们窃窃私语时，传来了哈雷斯先生已经准备就绪的喜讯，于是这一件事就被完全抛在脑后了。

“我们撑起车座的靠背，搭起临时的饭桌，满怀感激之情地坐了下来，注视着有生以来最精美的晚餐。这是一顿在痛苦难熬的七天里只有做美梦时才能看得到的晚餐。我们跟几小时之前真是不可同日而语啊！记得几天前面临的是饥饿，是万念俱灰，是忧心如焚，那种困境是无法摆脱的。而现在呢，感恩戴德，泰然自若，大喜过望。我知道，那是我坎坷的一生里最为欢欣的时光。窗外寒风呼啸，刮得大雪在我们的牢笼周围狂飞乱舞，但是我们再也不为此愁苦了。

“我很喜欢哈雷斯，虽然他还可以被烹调得更可口一些，但是我可以毫无顾忌地说，已经没有谁可以比哈雷斯更让我胃口大开，更让我称心如意了。虽然香料放得太浓了些，不过梅西克也很好。但是，讲到真正营养丰富、细皮嫩肉，还是哈雷斯更胜一筹。梅西克自有他的优点，这一点我并不想否认，也根本无意否认。可是要他当早饭，那他比一具木乃伊好不了多少，简直一模一样，瘦吗？哦，上帝保佑！怎么，老吗？啊，他非常的老！老得让你无法想象，你绝对没法想象，这世上有他那样的肉。”

“您打算给我讲……”

“请不要打断我的话。用完了早餐，另一个从底特律来的名叫沃克的人被我们选举出来，来充作我们的晚餐。他很不错，在给他妻子的信里我很诚实地说过。怎么夸他都不过分，我会永远记住他。虽然他被煮得嫩了点儿，但是，他的质量非常好。接着，第二天早晨，来自亚拉巴马州的摩根做了我们的早餐。他是我吃到的最可爱的人士之一——一位仪表堂堂、文雅博学、能流利地说几国语言的地道绅士，确实是一位十全十美的绅士，油水多得出奇。晚餐时我们享用了那位俄勒冈的主教，他真是个徒有其表的家伙，这一点无可置疑。上了岁数、瘦得皮包骨头，让人咬不动，谁也无法形容那种状况。最后我说，先生们，请你们慢用吧，我宁可等下一个候选人。这时候伊利诺伊州的格里姆斯说：‘先生们，我也愿意等待。等你们选出一个有长处的人，那时我将乐于与诸位再次共同享用。’过了不久，已经可以明显地感到，大伙儿对俄勒冈州的戴维斯普遍感到不满，因此，为了继续保持我们享用过哈雷斯之后一直欣然流露出的那份发自内心的愉悦，我们进行了一次选举，结果是佐治亚州的贝克中选。他真够味儿！哎，哎……此后我们享用了杜利特，还有霍金斯，还有麦克罗伊（有人对麦克罗伊颇有微词，因为他瘦小得不同一般），还有彭罗德，还有两位史密斯，还有贝利（贝利装了一条木腿，这对我们无疑是个损失，不过其他方面他都很好），还有一个印第安少年，还有一个街头演奏手风琴的人，还有一位巴克明斯特的绅士——一个木头似的流浪汉。不但跟他交朋友会使你感到乏味，就是把他当早餐也会叫你心里不好受。我们很高兴把他选中之后营救队才来。”

“这样说来，最后那该死的营救队真的来了？”

“不错，一个阳光灿烂的早晨，刚选举完，营救队就到了。那次选的是约翰·莫菲，我可以保证，再没有比他更好的早餐了。可是后来约翰·莫菲却坐上了那列来搭救我们的火车，和我们一起回到了故乡。到后来他跟哈雷斯寡妇结了婚……”

“谁的遗孀……”

“是我们第一次选出的那一位。莫菲就跟她结了婚，现在很受人尊重，过着幸福愉快的生活。噢，它就像是一篇小说，先生——它就像是一部令人惊叹的传奇。我下车的地方到了，先生，我得向您道别了。您什么时候方便，请过来和我一起小聚几日吧，您来了我会非常高兴。我很喜欢您，先生，我已经对您产生了好感。您就像哈雷斯那样让我喜欢，先生。再见啦，先生，祝您一路顺风。”

他走了。有生以来我从来没有感到过这样的惊恐，这样的痛苦，这样的迷惑。我打心底里高兴他走了。尽管他温文尔雅，声音柔和，但是，每当他把那饥饿的目光投到我身上时，我便感到毛骨悚然。当他对我说我已经赢得了他凶险的好感，而且几乎和已故的哈雷斯同样被他看重时，我的心差点儿停止跳动！

我无法形容我当时的惶恐。对于他的话我深信不疑，他那样严肃认真地叙述他的经历，让我不可能对任何细节产生疑问。但是，我已经被那些可怖的描绘搅得心乱如麻，曾一度难以相信他所说的话，我的思绪陷入了极度的混乱。我看见列车员正瞅着我，我问：“那个人是谁呀？”

“他曾经是国会议员，一位很好的议员。不过，有一次他遭遇风雪被困在火车上，好像快要饿死了，他全身都冻僵了，因为没有吃的，被救助时他已经神志不清。之后在医院里住了两三个月。现在他已经复原，只不过已经变成一个偏执狂，他一提起那些老话题，不把他谈到的那一车人吃光就闭不上嘴。要不是刚才已经到站，非下车不可，他会把车上那群人吃得一个不剩。那些人的姓名他都记得滚瓜烂熟。等他把大家都统统吃光，只剩下他一个人时，他老是这样说：‘后来，为准备早餐而进行日常选举的时间到了，没人反对，我当然中选，当然，也没人提出异议，我便提出辞职。所以我还在这儿。’”

知道自己听到的那些血腥的话语并不是什么嗜血的食人族的真实经历，只不过是一个疯子并无恶意、异想天开的故事罢了，我长舒了一口气，这种轻松感真是无法表达。

一个大宗牛肉合同的故事

不管它对我的关系是多么微不足道，我也不用为它去和政府各部门的人员打交道。但是我仍想尽可能简短地向全国人说明这件事的来龙去脉，因为这件事曾引起公众的关注，激起了很大的反响，以致两大洲的报纸都用大量篇幅刊载了歪曲事实的报道和偏激夸大的评论。

首先我要声明的是，在以下的简述中，每一件事都可以用中央政府的档案充分地予以证实——这件不幸的事是这样发生的：

大约在 1861 年 10 月 10 日，新泽西州西蒙县鹿特丹区已故的约翰·威尔逊·麦肯齐与中央政府签订了一份合同，议定他向谢尔曼将军[①]供应总数为三十大桶的牛肉。

多么好的一笔买卖！

根据合同，他带着牛肉去找谢尔曼，但是，当他赶到华盛顿时，谢尔曼已经去了马纳萨斯。于是他又装好了牛肉，追踪到那里，可是到达那里时已经晚了。于是他又紧随谢尔曼去纳什维尔，然后从纳什维尔去查塔努加，再从查塔努加到亚特兰大——尽管这样，他始终没能追赶上他。他从亚特兰大再一次整装出发，追寻着谢尔曼的路线直趋海滨。这一次他又晚到了几天。但是他又听说谢尔曼准备搭乘“贵格城”号去圣地旅行，他就搭乘了一艘开往贝鲁特的轮船，打算超过前一艘轮船，从而顺利交货。不幸的是当他带着牛肉抵达耶路撒冷时，他获悉谢尔曼并没乘“贵格城”号出发，而是到大草原去打印第安人了。他只好回到美国，向落基山进发。他在大草原上历尽艰辛，走了六十八天，到离谢尔曼的大

---

① 威廉·特库姆塞·谢尔曼，19 世纪时的一名美国陆军司令官，1864 年主持了著名的“长征”，一路上与印第安人交战，抵达亚特兰大后，又继续向南卡罗来纳方向进军。

本营只有四英里时，他被印第安人用战斧劈死，剥去头皮，牛肉也被印第安人抢走了。他们抢走了几乎所有的牛肉，只丢下其中的一桶。谢尔曼的军队截下了那一桶牛肉。所以，那位勇敢的航海者虽然身死，但还是部分履行了他的合同。在一份以日记形式写的遗嘱中，他将那份合同留给了他的儿子巴塞罗姆 .W。巴塞罗姆开列了下面这份账单，随后就死了：

致美利坚合众国政府：

根据合同应付给新泽西州已故的约翰·威尔逊·麦肯齐以下各项费用：

谢尔曼将军订购牛肉三十大桶

每桶售价一百美元　三千美元

旅费与运输费　一万四千美元

共计一万七千美元

收款人：×××

他虽然去世，但在临死前把合同留给了威廉·J. 马丁，马丁设法收回账款，可是这件事还没办妥，他也与世长辞了。他把合同留给了巴克·J. 艾伦，艾伦也试图收回那笔账款，可是他没能活到把钱弄到手就死了。他又把合同留给了安森·G. 罗杰斯，罗杰斯企图收回那笔账款。他层层申请，已经接近第九审计官的办公室，但是这时候对万物一视同仁的死神没经召唤就突然来到，把他也勾去了。他将单据留给康涅狄格州一个叫文詹斯·霍普金斯的亲戚，为了这笔账款，霍普金斯只活了四个星期零两天，但创造了最快的纪录，因为他在此期间已经通过十一道审查，就要面见第十二个审计官了。他在遗嘱中把那份合同赠给了一位名叫“会找乐子的约翰逊”的舅父。但是，他虽然会寻乐，也操不起那份心。他临终时说：“请不要为我哭泣——我可是自愿走的。”于是他真的走了，瞧这个可怜的人儿。此后继承那份合同的共有七个，但是他们一个个都死了。所以最后它落在了我手里。它是由印第安纳州一个名叫罗伯德（伯利恒·罗伯德）的亲戚传到我手里的。这人长期以来一直对我怀恨在心。可是，到了弥留之际，他却把我唤了去，宽恕了我过去的一切，垂着泪把那份合同交给了我。

以上就是我继承这笔遗产几经周折的一段历史。现在我要将本人与此事有关的细节直接向全国人一一交代。我拿了这份牛肉合同和旅费运费单去见美利坚合众国总统。

他说："您好，先生，有什么事我可以为您效劳吗？"

我说："阁下，大约在 1861 年 10 月 10 日，新泽西州西蒙县鹿特丹区已故的约翰·威尔逊·麦肯齐和中央政府订立了一份合同，议定向谢尔曼将军供应总数为三十大桶的牛肉……"

刚听到这里他就让我住嘴，叫我离开——态度是和蔼的，但也是坚决的。第二天，我去拜会国务卿。

他说："有什么事呀，先生？"

我说："阁下[①]，大约在 1861 年 10 月 10 日，新泽西州西蒙县鹿特丹区已故的约翰·威尔逊·麦肯齐和中央政府订立了一份合同，议定向谢尔曼将军供应总数为三十大桶的牛肉……"

"好啦，先生，好啦！本部门不管你什么牛肉合同。"

他把我请了出去。我把这件事通盘考虑了一下，第二天去拜访海军部部长，他说："有话快说吧，先生，别叫我老等着。"

我说："阁下，大约在 1861 年 10 月 10 日，新泽西州西蒙县鹿特丹区已故的约翰·威尔逊·麦肯齐和中央政府订立了一份合同，议定向谢尔曼将军供应总数为三十大桶的牛肉……"

可不是，我只来得及说到这儿。他和前面两位一样也不管给谢尔曼将军订立的这份牛肉合同。我心里开始嘀咕起来：瞧这政府可有点古怪啊，它有点儿像是要赖了这笔牛肉账哩。第二天，我又去见内政部部长。

我说："阁下，大约在 1861 年 10 月 10 日……"

"行啦，先生。我以前已经听说过您了。走吧，拿着您这份肮脏的牛肉合同离开这儿吧，我们内政部根本不管陆军的粮饷。"

我离开了那儿。可是这一来我恼火了。我发誓，我要把他们纠缠得没法安身，我要搅乱这个不讲公道的政府的每一个部门，一直闹到这件合同的事获得解决为止。只有两个结果，要不就是我收齐了这笔账款，要不就是我倒下了，像以前那些人办交涉的时候倒下了为止。此后我进攻邮政部部长，围困农业部，给众议院议长打了埋伏。他们都不管给陆

① 本文中官职和部门等均为开玩笑的称呼。

军订立的牛肉合同。于是我向专利局进军。

我说："尊敬的阁下大人，大约在……"

"我的上帝啊！您最终还是把您那火都烧不烂的牛肉合同带到这儿来了吗？我们根本不管有关陆军订立的牛肉合同，亲爱的先生。"

"哦，这完全没关系——可是，总得有一个人站出来偿付那笔牛肉帐呀。再说，你们现在就得付，否则我就要没收这个老专利局，包括它里面所有的东西。"

"可是，亲爱的先生……"

"不管怎么样，先生。我认为今天专利局必须对那批牛肉负责。一句话，有责任也罢，没有责任也罢，今天专利局必须付清这笔账。"

这里就不必再谈那些细节了。谈判的结果是双方动了武。专利局打了一场胜仗，但是我却发现了一个对我有利的事情。他们告诉我：财政部才是我应该去的地方。于是我到了那里。我等候了两个半小时，后来他们让我进去见第一财政大臣。

我说："最高贵的、庄严的、尊敬的大人，大约在 1861 年 10 月 10 日，约翰·威尔逊·麦肯齐……"

"行啦，先生，您的事我已经听说过了，您去见财政部第一审计官吧。"

我去见第一审计官。他打发我去见第二审计官。第二审计官又让我去见第三审计官，第三审计官打发我去见腌牛肉组的第一查账员。直到这一位才开始有点儿像是在认真地办事。他查看了他的账册和所有未归档的文件，却没找到牛肉合同的底本。我又去找腌牛肉组的第二查账员。他也查看了他的账册和未归档的文件，到最后还是毫无结果。不过我看到了希望的曙光，我的勇气也随之提高了。在那一星期里，我甚至找到了该组的第六查账员；第二个星期，我走遍了债权部；第三个星期，我开始到错档合同部里从事查询。结束了在那里进行的工作后，又在错账部里获得一个据点，我只花了三天工夫就消灭了它。遗憾的是没有找到我想要的。现在只剩下一个地方可以让我去了。我去围攻杂碎司司长。意思是说，我找到的是他的办事员——因为他本人不在。有十六位年轻貌美的姑娘在屋子里记账，还有七个年轻帅气的男办事员在指导她们。姑娘们扭过头来露出迷人的笑容，办事员朝她们对笑，大伙喜气洋洋，好像听到了结婚的钟声敲响。两三位正在看报的办事员下死眼把我盯了两下，又继续看报，谁也不说什么。幸运的是，自从走进腌牛肉组的第一个办公室那天起，直到走出错账部的最后一个办公室为止，我已经积累了很多经验，我已经习惯了四级助理普通办事员的这种敏捷的反应。这时候我已经练就了一套功夫：从走进办公室时起，一直等到一位办事员开始跟我说话为止，我都能一直金鸡独立般站着，最多只改换一两次姿势。

于是，我一直站在那里，一直站到我改换了四个姿势后，我终于忍不住对一位正在看报的办事员说："大名鼎鼎的浑蛋，土耳其皇帝在哪儿？"

"您这是什么意思，先生？您指的是谁？如果您说的是局长，那么他出去了。"

"他今天会去后宫吗？"

年轻人直勾勾地瞧了我一会儿，然后继续看他的报。不过我熟悉那些办事员的一套。我知道，只要他能在纽约另一批邮件递到之前看完报纸，我的事就有把握了。现在他只剩下两张报纸了。过了一会儿，他看完了那两张报纸，接着，打了个哈欠，问我有什么事情。

"赫赫有名的尊贵的傻瓜，大约在……"

"原来您就是那个为牛肉合同打交道的人呀，把您的单据给我吧。"

他接过了那些单据，好半晌一直翻他那些杂碎儿。最后，他发现了那份已经失落多年的牛肉合同记录——我还以为他是发现了西北航道[①]，以为他是发现了一块我们许多祖先还没驶近它跟前就被撞得粉身碎骨的礁石。当时我深受感动。但是我很高兴——因为我总算保全了性命，不会像先人们一样在生命的最后时刻还为它忙碌着。我激动地说："把它给我吧。这一来政府总要解决这个问题了。"他挥手叫我后退，说还有一步手续得先办好。

"合同上的这个约翰·威尔逊·麦肯齐呢？"他问。

"死了。"

"他是什么时候死的？"

"他根本不是自己死的——他是被杀害的。"

"怎么杀害的？"

"被战斧砍死的。"

---

① 经过加拿大北部的一条连接大西洋与太平洋的航道。

“谁用战斧砍死他的？”

“哦，当然是印第安人啰。您总不会猜想是一位教会学校的校长吧？”

“那当然不会。是一个印第安人吗？”

“正是。”

“那印第安人叫什么？”

“他叫什么？我可不知道他叫什么。”

“必须知道他叫什么。是谁看见他被战斧砍死的？”

“我不知道。”

“这么说，当时您不在场？”

“您只要瞧瞧我的头发就可以知道了。当时我不可能在场。”

“那么您又是怎么知道麦肯齐已经死了？”

“他肯定是那时候死了，我有充分的理由相信，他打那时候起就不在了。真的，我知道他已经死了。”

“我们必须要有证明。那您找到那个印第安人了吗？”

“当然没有。”

“我说，您必须找到他，您找到那把战斧了吗？”

“我从来没想过这些事情。”

“您必须找到那把战斧。您也必须交出那个印第安人和那把战斧。如果麦肯齐的死能由这一切提供证明的话，那么您就可以到一个特别委任的委员会那儿去对证，让他们审核您所要求的赔偿。按照这样的速度处理您的账单，看来您的子女或许还有希望活到那一天，可以领到那笔钱去享受一下。但是，前提是那个人的死必须得到证明。好吧，我不妨告诉您，政府绝不会偿付已故麦肯齐的那些运费和旅费的。如果您能让国会通过一项救济法案，为此拨出一笔款项，也许政府可能偿付谢尔曼的士兵截下来的那一桶牛肉的货款。不过，政府不会赔偿印第安人吃掉的那二十九桶牛肉。”

“这样说来，政府只能偿还我一百美元，甚至连这笔钱也不是一定可靠的呀！麦肯齐带着那些牛肉，跑遍了欧洲、亚洲和美洲。他经受了那么多的折磨和苦难，把牛肉搬运过那么多的地方，甚至为那三十桶牛肉付出了自己的生命，并且有那么多试图收回账款的无辜者做出了牺牲，最后就这么了事啊？年轻人，为什么腌牛肉组的第一查账员不早告诉我呢？”

“对您提出的要求是否属实，他一无所知呀！”

“那为什么第二查账员不早告诉我呢？为什么第三查账员不早告诉我？为什么所有各组各部门的人都不早告诉我？”

“他们都不知道呀。我们这儿是按规章手续办事的。您一步步地履行了那些手续，就会探听到您所要知道的事情。这是最好的办法，也是唯一的办法。这样办事非常正规，虽然很缓慢，但是稳妥可靠。”

“是呀，是必死无疑，对于我们家族中的大多数人来说就是这样。我开始感觉到，主也要召我去了。年轻人，我从你温柔的眼光里可以看出，你爱上了前面那个艳丽的人儿，你在脉脉含情地看着她那蓝晶晶的眼睛，耳朵后面插着几枝钢笔。你想要娶她，可是你又没钱。喏，把手伸出来——这是那份牛肉合同，你拿去吧，娶了她去快活快活吧！愿上帝保佑你们俩，我的孩子！”

有关大宗牛肉合同案的消息引起社会议论纷纷一事，我所知道的都在上面交代了。我留下合同给他的那个办事员现在也死了。有关合同此后的下落，以及任何与它有关的人和事我都不知道了。我只知道：如果一个人的寿命特别长而且又有充沛的精力，那么他不妨到华盛顿的扯皮办事处里去追查这件事，在那里花费了很大的气力，经过无数的转折和拖延，最后他会发现实际上他要找的东西在第一天就可以找到。当然，如果扯皮办事处也能像一家大的私人商业机构一样，把工作安排得那么灵活的话。

记于 1870 年

我给参议员当秘书的经历

现在我已经不是参议员老爷的私人秘书了。这个职位我稳稳当当地担任了两个月，而且是干得兴致勃勃的，但是后来我干的好事就回过头来了——这就是说，我的杰作从别处转回来，原形毕露了。我估量着最好辞职。事情的经过是这样的：有一天还在清晨的时候，我的东家让我去，于是我在给他最近所作的一次关于财政的精彩演说中添了一些莫名其妙的话进去之后，马上就去见他。他脸上有着可怕的表情。他的领带没有打好，头发也是乱蓬蓬的，他的神情表现出阴云密布、雷霆将发的征兆。他手里紧紧地捏着一把信件，我知道那是可怕的太平洋铁路的邮件到了。他说：

“我还以为你是值得信任的哩。”

我说：“是的，先生。”

他说：“我把内华达州的一些选民写来的一封信交给你，信中他们要求在包尔温牧场设立一所邮局。我叫你给他们写封回信，要尽量写得巧妙一点，给他们举出一些理由，使他们相信那地方还不必设立邮局。”

我觉得安心一些了：“啊，要是你的意思不过是这样的话，先生，那我已经遵命照办了。”

“是呀，你的确照办了。我把你的回信念给你听听，让你去惭愧惭愧吧：

斯密士、琼斯及其他诸位先生：

你们要求在包尔温牧场设一个邮局，究竟有什么用场呢？这对你们是毫无益处啊。就算是有信寄到你们那里，你们也看不懂，是不是？还有一点，如果有寄钱的信要经过你们那儿再寄到别的地方去的话，那就很难安全通过了，想必你们能明白我的意思吧。结果就不免给我们大家都找些麻烦。算了吧，你们打消在你们那办邮局的想法吧。我非常关心你们的利益，觉得这只是一个装饰门面的荒唐计划。你们只是缺乏一所很好的监狱，明白吗——一所修得漂亮而结实的监狱和一所免费学校。这两项建设才是对你们有长远利益的。这足以使你们感到真正的满意和快乐，我可以马上在国会提出这个议案。

参议员詹姆斯·××敬启

马克·吐温代笔

十一月二十四日，于华盛顿

“你就是这样答复那封信的。那些人说我要是再到那地方去的话，他们就要把我吊死。我也相信他们一定会这么干。”

“唉，先生，当初我可不知道这会闯什么祸。我不过是想说服他们罢了。”

“啊！真是，你的确把他们说服了，我丝毫也不怀疑。你看，这儿还有另外一封你的宝贝信。我把内华达的几位先生寄来的一份请愿书交给你，在请愿书中他们请求我尽力设法让国会通过议案批准内华达州的美以美主教派教会为法定团体。我叫你回信告诉他们，制定这种法案应该属于州议会的职权范围，并且还要设法使他们明白，目前在他们的那个新州里，宗教界人士的力量还很薄弱，所以正式成立教会的时机是否成熟，还需要慎重考虑。你的回信是怎么写的呢？”

约翰·哈里法克斯牧师及其他诸位先生：

你们应该去找州议会解决你们的那个投机事业。关于宗教的问题，是没有资格放在国会议会桌子上进行讨论的，他们会对此不闻不问的。但是你们也不要忙着去找州议会，因为你们在那新设的州里打算做的这件事情是不适当的——事实上，这简直非常荒谬。你们那里信教的人实力太过薄弱，无论在智能方面、道德方面、虔诚方面都不够——一切都差得太远了。你们最好放弃这个计划——这是行不通的。你们办这种团体，并不能发行债券[①]——即使可以发行，那也会使你们经常为难。别

① 作者故意用了一些有双关意思的字，进行混淆，产生喜剧效果。如incoporate一词，可以解释为“举办团体”，也可以解释为“组建公司”；speculation一词，既可以解释为“筹划设想”，也可以解释为“投机倒把”。

的教派会攻击这桩事情，他们会“压低行市”、“卖空头”，使你们的债券垮台。他们会像对付你们那里的银矿那样，采取同样的手段对付你们，他们会想方设法使大家相信那是“盲目的投机事业”。你们的计划只会把这项神圣的事业弄得声名狼藉，这种事情你们是不应该做的。你们应该感到惭愧。这就是我对你们的意见。你们的请愿书末尾是这样说的：“我们一定永远祈祷。①”我也认为你们要这样做才对——你们必须这么办。

参议员詹姆斯·×× 敬启

马克·吐温代笔

十一月二十四日，于华盛顿

“这封聪明的信把我的选民当中的宗教界人士对我的好感完全断送了。可是好像还怕我的政治生命毁得不够彻底似的，不知道有一种什么倒霉的念头，又使我把旧金山市参议会里那些威严的长老递来的申请书交给你，让你试试你的文采——这个申请书是要求国会制定法律，规定把旧金山市海滨地区的航运税划给他们那个市来收。我告诉你说，这个问题提到国会里去讨论是很危险的。我叫你给那些市参议员写封含糊其辞的回信——一封不着边际的信——在信里你要极力避免对航运税问题的认真考虑和讨论。如果你现在还有一点知觉的话——如果还知道什么是羞耻的话——那么我把这封你遵照我的吩咐写的这封回信念给你听听，是应该可以使你感到惭愧的。”

可敬的市参议会诸位先生：

大家敬爱的国父乔治·华盛顿早已逝世。他那长久的、光辉灿烂的一生已经永远结束，令人不胜哀悼。在我们这带地方他是很受敬仰的，可惜他死得太早，使所有的人都感到悲哀。他是 1799 年 12 月 14 日去世的。这一天他安静地离开了承载着他一生的荣誉和伟大成就的场所，他是全世界最受人尊敬的英雄，也是全世界被死神接去的最亲爱的人。而在这种时候，你们却提出航运税的问题！——他遭的是什么运啊！

名誉算什么！名誉不过是偶然之事而已。艾萨克·牛顿爵

① 原文中使用的 pray 一词，既可解释为祈祷，也可以解释为呈请。

士发现一只苹果从树上掉了下来，这其实不过是一个微不足道的发现，而且也是在他之前千百万人早已发现了的事情——但是他的父母是很有势力的，于是他们就把那件小小的事情拼命吹嘘，把它说得多么多么的了不起，结果全世界的人就老老实实地相信这种吹牛的话，于是几乎就在一瞬间，那个人就成名了。好好地体会一下这种见解吧。

诗歌，美妙的诗歌啊，世人从你那得到的好处有多大，叫谁来评定呀！

"玛丽有一只小羔羊，它有一身雪白的毛——
无论玛丽走到什么地方，它总是跟她在一起。"
"杰克和吉尔往山上走，
去提一桶水下来；
杰克跌了一跤滚下山，摔破了头，
吉尔也跟着他滚下来。"

这两首诗写得都很朴实，用字也很高雅，而且诗中没有猥亵的倾向，所以我认为都是很宝贵的作品。它们适合被各色各样的人去领会，适合各种生活范围的人——合于田野，合于育婴室，合于商人的行会。尤其是参议会的议员们不能不欣赏这两首诗。

可敬的老顽固先生们！请常通信吧。友谊的书信往来能够保持我们纯洁的友谊。请再来信吧——如果你们这封申请书里还特别提到了别的什么问题，务请再加说明，无须有所顾忌。我们绝不会嫌你们唠叨。

参议员詹姆斯·××敬启
马克·吐温代笔
十一月二十七日，于华盛顿

"这封信真是糟糕透顶，简直是要我的命！你这个神经病！"

"唉，先生，这封信要是有什么不妥当的地方，我实在是感到非常抱歉——可是——可是我觉得这倒是避开了航运税的问题没有谈呀。"

"避开个屁！啊！——好吧，不管它吧。现在既然已经遭殃了，就干脆让它来个彻底吧。干脆让它来个彻底——用你这篇最后的杰作来收场吧。我马上就要念给你听。我简直要完蛋了。我把这封从亨保德来的那封信交给你的时候，本来就有点担心。他们要求把印第安山谷到莎士比亚山峡和中间各站的邮路像摩门老路一样做部分的修正。我已经告诉过你，这是个很伤脑筋的问题，我提醒过你，要灵活应付——回信要说得含糊一点，要让他们感到莫名其妙。可是你用你这该死的白痴脑袋写了这么一封糟糕的回信。我看你要是还没有完全丧失羞耻心的话，在我念的时候应该把耳朵堵起来才行：

柏金士、华格纳及其他诸位先生：

关于印第安山谷到莎士比亚峡谷路线的问题，是很伤脑筋的。但是如果以适当的灵活手腕和含糊的态度来处理，我相信我们一定能够想出一些办法。因为这条路线在离开拉森草原的地方，去年冬天就在那附近有人剥掉了两个勺尼族酋长“破落冤家”和“云的对手”的头皮，有些人喜欢这条路线，但是另外有些人因为其他的原因，认为还是别的路线较好。走摩门老路就要在凌晨三点由摩斯比镇出发，经过觉邦平地到布勒乔之后，再往下就到了壶把镇，大路从它右边经过，自然就把它丢在右边，然后又经过道生镇的左边，再往前走就到了汤玛浩克镇，这么走就可以使附近的旅客省点钱，也方便一点，还可以满足其他一些人所想得到的一切合意的目的，因此也就是对最大多数人有最大的好处，所以我才有了信心，希望问题是可以解决的。但是如果你们希望对这个问题有进一步的了解，只要邮务部能将有关情况提供给我，我随时都准备答复你们，并乐于效劳。

参议员詹姆斯·××敬启

马克·吐温代笔

十一月三十日，于华盛顿

“你来看看——你觉得这封信写得怎么样？”

“唉，我不知道，先生。这——唉，在我看来——这封信还是很含糊其辞的。”

“含糊——滚出去吧！我简直完蛋了。那些亨保德的野蛮人为了我叫他们大伤脑筋去看这么一封不近人情的回信，他们绝不会饶了我的。

我失去了美以美会对我的尊敬，得罪了市参议会那些人——”

“唉，这些我都无话可说，我给他们的这两封回信也许确实写得有些不大得体，可是我对付包尔温牧场那些人，实在是应对得很聪明呀，将军！”

“滚出去！滚出去！永远不要再回来了。”

我认为他这句话是一种隐隐约约的表示，他让我无须再给他帮忙了，所以我辞职了。以后我决计不再给参议员当私人秘书。这种人实在太难伺候了。他们什么也不懂。你费尽了心思，他们也不知好歹。

我最近辞职的事实经过

我辞职不干了。可是政府的工作好像还在照常进行，但不管怎么说，它的车轮上都少了我这根轴条。我原来是参议院委员会的秘书，现在已经辞去了这份差使。我看得出来，政府其他人员的心思也很清楚：他们就是不让我参与商议国家大事，所以，我只能离开，因为我没法子只当官差而不丢面子。我在政府任职六天，如果我把这六天当中所遭遇的所有令人气愤的事情一件件、一桩桩，详详细细地说出来，那我可以写出一本书来。他们指定我为委员会的秘书，却不许我同抄写员打台球。不打球虽说冷清一些，倒还可以容忍，只要内阁其他成员给我合乎我身份的待遇。可是，他们没有一个对我客气过。每当我发现某个部门的领导推行错误的路线时，我就会放下手里的工作，跑去纠正他，我把这种事当成我的职责。可他们从来没有谢过我一回。我怀着世界上最良好的愿望去见海军部部长，对他说：

"先生，我认为法拉库特[①]海军上将在欧洲也没干什么，闲闲散散的，像是在郊游野餐一样。这个嘛，也许很不错，不过我不这么看。他要是没有仗可打，还是让他回国吧。一个人带领整支舰队去旅游，并没有什么好处，太浪费了。请您注意，我并不反对海军军官旅游——合情合理的旅游——厉行节约的旅游是可以的。可现在，他们还不如到密西西比河去放木排——"

你该听听他当时发了多大的脾气！你还以为我犯了什么罪似的。但我并不在乎。我说我这个办法不花钱，既富于共和国的简朴精神，又万无一失。我说，你想安安静静地旅行，乘木排比乘什么都强。这时候，海

① 戴维·格拉斯哥·法拉库特，1866年任美国海军上将。

军部部长问我是干什么的，我说我在政府供职，他问我是负责什么的。我心想在同一个政府里工作的人居然提出这样的问题，真叫人莫名其妙。但我没有说出口来，只告诉他，我是参议院委员会的秘书。你猜他发多大的脾气！他命令我马上滚出去，以后只许管我分内的事情。我头一个冲动就是想撤他的职。不过，这不是他一个人的问题，还涉及其他人，而我又不会有什么好处，所以才没有撤他。

接着我去找作战部部长。他根本不想见我，后来他知道我也在政府任职。我呢，如果没有什么要紧的事，我想我才不会去理他。我先问他借个火（他当时正抽着烟），然后我说，他维护假释李将军①及其战友们的条款，我没有什么意见，但是我不同意他对付平原上印第安人的作战方式。我说他兵力配置过于分散。他应该吸引住更多的印第安人，选一个有利的地形把他们集中在一起，使双方都有足够的供应，然后给它来个大屠杀。我说，对于印第安人来说，大屠杀才能使他们心服口服。如果他认为大屠杀太残忍，我说第二个绝招是使用肥皂和教育。肥皂和教育的效果不如大屠杀迅速，但是从长远考虑，更能置他们于死地。因为杀掉一半，还剩一半，印第安人还能复原，可是如果你让他们上学，叫他们洗澡，那么他们迟早要完蛋。这个办法会慢慢伤害他们的体格，打击他生命基础的要害。我说："先生，是时候了，必须进行残酷的镇压。对破坏平原的印第安人，用肥皂和拼音本加以严惩，让他们去死吧！"作战部部长问我是不是内阁成员，我说我是内阁成员。他又问我担任什么职务，我说我是参议院委员会的秘书。于是他下令以藐视法庭罪将我逮捕，限制了我一天的自由。

从那以后，我真想不再吭声，随政府去吧，它爱怎么着就怎么着。可是使命在召唤我，我不得不听从它的召唤。我访问了财政部部长。他问我：

"您要点什么？"

这个问题我倒是没有防备。我说："甜酒。"

他说："你有什么事情到这里来？先生，开门见山吧，别拐弯抹角。"

他突然转移话题，我感到很是遗憾，这种做法令我反感。不过，在目

---

① 罗伯特·爱德华·李，美国将军，于南北战争中任南部联军总司令。

前的情况下，我不能计较这件事，毕竟谈正事要紧。我接着恳切地告诫他，他做的报告过于冗长。我说这么长的报告是浪费时间，完全没有必要，而且结构也别扭。其中没有描写，没有浪漫，没有感情，没有主角，没有情节，没有插图——甚至连一幅木刻都没有。明摆着没有人会读这种报告。我奉劝他不要因为写这样的报告而毁坏了自己的名声。如果他想在文学方面搞出点名堂来，那么写的时候一定得多加些花样。枯燥的细节绝对不能往上写。我说日历片[①]之所以如此受大众欢迎，就是因为它上面有诗句，有谜语。他的财政报告要是加入一些谜语，销路一定更好，比他写进报告里去的国内税收项目有趣多了。我谈这些问题的时候态度十分诚恳，可是财政部部长却大发雷霆。他居然骂我是一头蠢驴。他打击报复，咒骂了我一通，还说如果我再敢来干涉他的工作，他就把我从窗户里扔出去。我说，既然我得不到与我官差身份相称的待遇，我就脱帽告辞。我就这样走了。这种人就像那些新出来的作家。他们的处女作快发表了，就自以为比谁都强。你甭想对他们提什么建议。

我在政府任职期间，每次履行职责的时候，总是到处碰壁。然而我做的事和我计划做的事，用意都是为国家好。我受了委屈，万分痛苦，没准这会逼得我得出不公正的、有害的结论。但在我看来，国务卿、作战部部长、财政部部长和我的其他同事准是一开始就想把我挤出政府。我在政府供职期间只参加过一次内阁会议。那一次就够我受的了。白宫看门的那位公仆好像不情愿为我放行，后来我问他其他内阁成员都到了没有，他说都到了，我这才走了进去。他们都在场，但是没有一个人请我坐下。他们都瞪着我，好像我是外星人似的。

总统说："先生，您是什么人？"

我把我的名片递给他，他念道："参议院委员会秘书马克·吐温"。接着他把我从头到脚打量了一番，好像从来没有听说过我这个人。财政部部长说："就是这头蠢驴，要我在报告里加入诗句、谜语，把财政报告写成日历片。"作战部部长说："就是这个疯子，他昨天跑来给我出主意，叫我用教育的办法把一部分印第安人弄死，其余的印第安人统统杀光。"海军部部长说："我认识这个年轻人，就是他这个星期再三干扰我的工

---

① 欧美旧时"历书"，为现代杂志的前身，上面刊载有月令、游戏文字等。

作。他担心法拉库特上将率领的整支舰队是在旅游，用他的话说，是旅游。他发神经病，居然建议海军乘木排旅游，荒唐透顶，我无法重复他说过的话。”

我说：“先生们，我看你们都在竭尽全力给我抹黑，而且我也能看得出你们都不想让我参与商议国家大事。而至于今天这个会，我什么通知都没有接到。也是因为一个偶然的机会，我才知道要开内阁会议。这些事我就不说了，我想知道的是：“现在开的是不是内阁会议？”

总统说是内阁会议。

“那好，”我说，“咱们马上讨论正事，时间宝贵，不能浪费，不要互相抨击，这不像样子。”

这时候，国务卿开腔了，他用亲切的口气对我说：“年轻人，我想你弄错了。国会各个委员会的秘书都不是内阁成员，就如同国会议会厅看门的不是内阁成员一样，你听来好像觉得奇怪。因此，尽管在审议国事的过程中我们都很希望能听到你超群的见解，但是根据法律规定，我们不能这样做。审议国家大事，你不能参加。万一有不测的事发生，这也是正常的，你会感到难受，但你已经用自己的言行竭力制止过，这对你来说也是一个安慰。我祝福你。再会了。”

他这些话温暖妥帖，我不安的内心得到了些许安慰。于是我就离开了会场。但是，国家的公仆不知安宁为何物。我刚刚回到国会大厦的那间小办公室里，拿出议员的派头把两只脚跷到桌子上，委员会的一位议员就气冲冲地闯了进来，对我说：“你这一整天都到哪儿去了？”

我说，如果此事与他有关，那么我去参加内阁会议了。

“内阁会议？我倒想知道，你去参加内阁会议干什么？”

我告诉他我是去出主意了，为了让他相信，我还说此事从各方面都同他有关。他当时暴跳如雷，最后说什么他找了我三天，要我抄写一份有关炸弹壳、鸡蛋壳、蚌壳还有其他乱七八糟的贝壳的文件，可谁也找不到我！

这太过分了。他这根羽毛[①]一加上去，就把我这个抄写员的骆驼背给

---

① 欧美有成语“压在骆驼背上的最后一根羽毛”，指的是将人彻底压垮的最后一点负担。

压折了。我说："先生，你以为我辛辛苦苦地工作就是为了每天拿到六美元吗？你要真是这么认为，那么我建议参议院委员会另请高明。我可不是什么党派组织的奴隶！你那些降低我身份的差事，给我收回去吧。不自由，毋宁死！"

从那一刻起，我就不再担任政府工作了。我在那个部门里受尽白眼以及冷嘲热讽，最后那个我本想讨好的委员会主席训了我一顿。我受尽委屈，被迫远离那既冒风险、又吸引人的伟大工作，在危急的时刻只好抛弃了我那正在流血的祖国。

但是，我为国家尽过力，我递上报销单：

参议院委员会文书博士

向美利坚合众国报销：

作战部咨询　五十美元

海军部咨询　五十美元

财政部咨询　五十美元

内阁咨询免费

往返耶路撒冷旅费[①]，途经埃及、阿尔及尔、直布罗陀与卡迪斯，行程一万四千英里，每英里按二十美分计，共两千八百美元。参议院委员会文书薪金，每天六美元，共六天三十六美元，总计两千九百八十六美元。

除了三十六元文书薪金这个小数目之外，报销单上各项竟没有一项照付。财政部部长逼得我山穷水尽，拿起笔来把我其他各项支出统统划掉，并在边上批了"不准"两字。居然赖账！这国家没有希望了。

我的官场生涯眼看就要结束了。让那些愿意上钩的秘书留下去干吧。据我所知，各部门许多秘书根本不知道什么时候开内阁会议。他们对于战争、财政、商业有什么高见，国家领袖从来也不去询问，好像他们不是政府的工作人员，而实际上他们天天在办公室工作！但是他们知道他们的工作对国家来说多么重要，他们会在一举一动中不自觉地流露出来，你瞧他们在饭店里点菜时候的那副神气，但他们是在工作啊。我

① 只要担任地区代表，就算抵达目的地以后不返回，也应该索取按往返里程计算的旅费。我实在不明白，为什么政府居然拒绝补偿我按里程计算的旅费津贴。——作者原注

认识一位秘书，他把从报纸上剪下来的各式各样的小纸片贴到剪贴簿里去——甚至有时候一天要贴八张、十张之多。他贴得不怎么样，可是他尽了最大努力去贴。这活儿是最累人的。它掏空你的才智，可是他一年只挣 1800 美元。那位年轻人有很好的头脑，要是愿意干别的行当，他可以攒起好几千美元。可是，他没有——他的心向着祖国，只要祖国还剩下一本剪贴簿，他都心甘情愿去做。我认识几位秘书，他们不知道怎么写，可是他们倾其所有无私地奉献给了祖国，累死累活，受尽委屈，就为这 2500 美元的年薪。他们写的东西，有时候别人还不得不重写，可是你已经为国家尽了力，国家还能埋怨你吗？有些秘书，找不到秘书的活儿，就等啊，等啊，等什么时候哪个地方有了个空缺，耐心地等待一个为祖国效劳的机会。而在他们等的时候，他们却只有 2000 美元一年的工资。这可真惨——太惨了，太惨了！如果国会议员有一位朋友很有才能却没有工作，无法施展他那伟大的抱负，那位议员就会把他交给祖国，安排他在一个部门当秘书。那个人就得当一辈子奴隶。为了从不替他考虑、从不同情他的国家利益而同文件去开仗——一年的薪俸只不过两三千美元。我要是把几个部门所有秘书的情况统统列举出来，说明他们干的是什么活儿，拿的又是多少钱，那么，你会发现秘书还差一半，就他们干的活来说，工资也还差一半呢。

我怎样编辑农业报

我把一个农业报的临时编辑工作担任了下来。正如一个惯居陆地的人驾驶一只船那样，并不是毫无顾虑的。但是我当时处境艰难，薪金成了我追求的目标。这个报纸的常任编辑要出外休假，我就接受了他所提出的条件，代理了他的职务。

又有了工作，我心里觉得非常舒服，我以孜孜不倦的兴致，整整干了一个星期。后来稿件开始印刷准备出售，我又怀着迫切的心情等待了一天，急于想看看我写的文章是否能引起什么注意。将近傍晚，我离开编辑室的时候，楼梯底下的一群大人和孩子以一致的动作向旁边闪避，给我让出路来，我隐约听见他们当中有一两个人说："这就是他！"这桩事情自然使我很高兴。第二天早上，我又发现类似的一群人在楼梯底下，另外还有些人，东一对西一个，到处在街上站着，很感兴趣地盯着我。当我走近他们的时候，那一群人就纷纷分开向后退，我还听见一个人说："你看看他那双眼睛！"我假装没有看出我所引起的注意，可是内心却很得意，还准备写信给我的姑母叙述这种情况。我爬上那一道短短的楼梯，走近门口时，听见一阵兴高采烈的声音和响亮的哈哈大笑。我把门打开，一眼瞟见两个乡下样子的青年人。他们看见我的时候，脸色发白，显出害怕的样子，接着他们两人砰的一下子从窗户里跳了出去。我感到有些诧异。

大约过了半个钟头，一位留着长胡子的老先生走了进来，他面容很文雅，但神情颇为严肃。打完招呼后，我请他坐下，他就坐了下来。他似乎有点心事。他把帽子摘下来，放在地板上，然后从帽子里面取出一条红绸子手巾和一份我们的报纸。

他把报纸放在膝盖上，一面用手巾擦着眼镜，一面说道："你就是新来的编辑吗？”

我说是的。

“你从前编辑过农业报吗？”

“没有，”我说，“这是我初次的尝试。”

“大概是这么回事。你对农业有过什么实际经验吗？”

“没有。可以说是完全没有。”

“我有一种直觉使我看出了这一点，”这位老先生把眼镜戴上，以严峻的神气从眼镜上面望着我说，同时他把那份报纸折了一下，方便阅读，“我想把使我产生这种直觉的一段念给你听听。就是这篇社论。你听着，看这是不是你写的。”

萝卜不要用手摘，以免损害。最好是叫一个小孩子爬上去，把树摇一摇。

“喏，你觉得怎么样？——我看这些当真是你写的吧？”

“觉得怎么样？哦，我觉得这很好呀。我觉得这很有道理。我相信就只是在这个城市附近，每年都会因为在半熟的时候去摘萝卜而糟蹋了无数万担。假如大家叫小孩子爬上去摇萝卜树的话——”

“摇你的祖奶奶！萝卜不是长在树上的呀！”

“啊，不是那么长的，对不对？那当然，谁说萝卜长在树上了？我那是打个比喻，完全是比喻的说法。稍有常识的人就会明白我的意思是叫小孩子上去摇萝卜的藤[①]呀。”

于是这位老人站起来，把那份报纸撕得粉碎，还拿脚踩了一阵。他用手杖打破了几件东西，并且说我还没有一只牛知道得多。然后他就走出去，砰的一声把门带上了。总而言之，他的举动使我觉得他大概有所不满。但我又不知道究竟出了什么岔子，所以我对他也就无能为力了。

随后不久，又来了一个个子很高的死尸似的家伙，头上有几绺细长的头发垂到肩膀上，他那满是坑坑洼洼的脸上长满了密密麻麻的短胡子，大概有一星期没有刮过。他一下子冲进门里，站着不动，手指按在嘴唇上，头和身子都弯下去，做出静听的姿势。但我并没有听见什么声音。可他还在认真地听，直到确定没有什么动静后，他才把门锁上，小心翼翼

① 应该是指俗称萝卜缨子的羽状叶。

地踮着脚尖向我走过来，他走到勉强可以和我交谈的地方就站住，以浓厚的兴趣把我的面孔仔细观察了一会之后，从怀中掏出一份折起来的我们的报纸，说道：

“这是你写的吧？请你念给我听——快点！帮我解脱痛苦吧。我难受得很。”

我照着念了下面的文章。当那些词句从我嘴里吐出来的时候，我看得出来果然对他产生了解救的效果，看得出他那紧张的肌肉松弛了下来，脸上的焦躁神情也消失了，安详和舒适的表情悄悄地掠过他的眉宇，就像慈祥的月光照在凄凉的景物上面一般：

瓜努是一种很有经济价值的鸟，因此饲养时必须多加小心。由产地输入的最佳时期不宜在6月以前或9月以后。冬天应该把它养在温暖的地方，好让它把小鸟孵出来。

我们今年收获谷物的日期显然会很晚。因此农民最好在7月里开始把麦秸插上，同时将荞麦饼种下，而不宜推迟到8月间才种。

再谈谈南瓜吧。这种浆果是新西兰人最喜欢吃的，他们觉得用它做果子酱比用醋栗子好，同时也认为拿它喂牛比覆盆子好，因为它比较容易饱肚子，而且牛也爱吃。除了葫芦和一两种瓠瓜的变种之外，南瓜是柑橘科中唯一能在北方繁殖的蔬菜。但是把它和灌木一同种在前院里的那种老办法现在越来越不时兴了，因为一般人都认为靠南瓜树那几片叶子遮阴是一桩未见成效的事情。

现在暖和的天气快到了，公鹅已经开始产卵——

这位兴奋的聆听者连忙向我跑过来，和我握手，说——

“好了，好了——已经够了。现在我可以证明我并没有毛病，因为你念的和我念的一模一样，一字一句都正好相符 。可是，先生，当今天早上我第一次读这篇文章的时候，我自己心里就想：虽然我那些朋友把我监视得很严，我可从来不相信自己疯了！可是这下子我相信我确实是疯子。于是我大吼一声（那声音几英里以外都可以听得见），接着我还想冲出去杀人。你明白吧，因为我知道迟早我都会到这个地步，还不如趁早开始。我把你那篇文章当中的一段又念了一遍，为的是证明自己确实是疯了。然后我自己动手把我的房子放火烧了。我把好几个人打成了残废，而且还把一个家伙弄到树上，这样等我想要修理他的时候，随时都可以把他弄下来，让他不至于跑掉。

"可是我经过这儿的时候，觉得还是最好进来请教一下，把事情彻底弄清楚为好。现在确实是弄清楚了，被我弄到树上的那个小伙子运气真是好。要不然我回去的时候肯定会把他杀死。再见吧，先生，再见。你为我心里卸去了一副重担。我的理智居然抵制住了你的一篇农业文章对我的影响，现在我知道无论什么事情都不能再使我的心理反常了。再见，先生。"

这个人为了让他自己开心就把别人打成了残废，还放火烧了房子，虽然是他自己干的，但也使我有点于心不安，因为我不免感到自己间接地与这些举动有些关系。可是这种念头很快就被撵走，因为正式的编辑突然进来了！（我心里想道，好可惜啊，假如你按照原计划，去埃及旅游的话，那我还可以有机会大干一番。可是你偏偏不到那儿去，现在就回来了。我本来就担心着你会这样哩。）

编辑先生显得很懊恼、惶惑和沮丧。

他把那个老暴徒和两个年轻农民所捣毁的东西巡视了一番，然后说道："这真是一桩倒霉的事情——非常倒霉的事情。胶水瓶子打破了，还有六块玻璃，还有一只痰盂和两只蜡烛台。可是最糟糕的还不是这个。报纸的名誉受到了损失——恐怕是永久都无法弥补的损失。当然，这个报纸从来没有像现在这样受欢迎过，也从来没有卖出这么多份过，从来没有出过这么大的风头。但难道我们希望靠疯狂的行为而出名，希望靠神经病来发展业务吗？朋友，我给你说老实话，现在外面的街道上站满了人，还有许多人骑在栅栏上，大家都在等着要瞧你一眼，因为他们都认为你是个疯子。他们看了你写的那些文章之后，当然也就不免有那种想法。你的那些大作真是我们新闻界的耻辱。天哪，你怎么会异想天开地认为自己可以编这种报纸呢？ 你似乎连农业上的一点最起码的常识都没有嘛。你提到犁沟和犁耙①，就把它们当成了同一种东西，你还说什么牛换羽毛的季节；还主张饲养臭猫，因为它既好玩又善于捉耗子！你说什

① 英语中犁沟为 furrow，犁耙为 harrow，读音相近。

么给蛤蜊奏乐就可以使它规规矩矩地待着不动，真是废话——地道的废话。什么也不会惊动蛤蜊呀，蛤蜊经常都是规规矩矩地待着不动的。它对音乐根本就没有丝毫兴趣。啊，天哪，朋友！即使你把专门学糊涂当作一生的专业，那你毕业的时候也不可能得到比现在得到更高的荣誉了。我从来没听过这样的事情。你说什么七叶果作为商品越来越受欢迎，这简直是有意要毁掉这份报纸。我叫你放弃这个职务，马上滚蛋，你这个废物。我也不要再休假了——休了假也不痛快。叫你在这儿代替我的职务，我根本就无法安心休假。我得时时刻刻提心吊胆，不知道你还会提出一些别的什么主张。我一想到你在'园艺'这一栏里讨论养蚝场的问题，就禁不住冒火。现在我叫你滚。天大的事情也不能让我再去休一天假了。啊！你为什么不早点告诉我，你对农业一窍不通呢？"

"我告诉你，你这玉米秆，你这白菜帮子，你这卷心菜。我这辈子还是第一次听到你这种无情无义的话哩。我告诉你吧，我干编辑这一行已经十四年了，这还是头一次听说当个编辑还需要有什么知识才行。你这个萝卜头！请问你，是谁给那些二流的报纸写剧评的？嗐，还不都是一些出了师的鞋匠和药剂师的学徒？他们对于演戏的知识并不见得比我对农业的知识强呀。是谁在写书评呢？都是些从来没有看过这本书的人。是谁写那些关于财政的长篇大论？就是那些恰好对财政一无所知的评论家。是谁在评论对印第安人的战争呢？就是那些连临阵的吼叫和林中的狗叫都辨别不清楚的、从来没拿着印第安人的战斧飞奔猛冲的人，也就是那些没有从家人的身上拔过箭，从来没有烧过营火的大人先生。是谁写文章呼吁戒酒、大声疾呼地警告纵酒之害的呢？就是那些直到进了坟墓的时候嘴里才会不带酒气的人。是谁在编农业刊物呢？就是你吗——你这山药蛋子？一般而论，都是些写诗碰了壁、写黄色小说又不成功、写噱头剧本也不行、编辑本地新闻也失败了的人，他们最后只好退守农业这一行，借此暂时免进游民收容所。你居然来教训我，大言不惭地谈起办报的问题来了！先生，对这一行我可是从头到尾都精通了的，老实告诉你，一个人越是一无所知，他就越有名气，薪金也拿得越多。天知道，我如果不是受过教育，而是愚昧无知，不是这样小心翼翼，而是轻举妄动，那我可能在这个冷酷自私的世界早就出名了。我告辞了，先生。既然你这样对待我，我是十分情愿走的。但是我已经完成了我的任务。在你所容许的范围之内，我已经履行了合同。我说过我能够使你的报纸迎合各阶层的胃口——这一点我做到了。我说过我能够使你的报纸销量增加到两万份，如果我能再编两个星期的话，那原是不成问题的。我其实可以给你找到这份农业报纸最好的读者——其中一个农民也没有，无论哪一个，要了他的命也不会明白西瓜树和桃子藤的区别。我们的这次决裂，吃亏的是你，而不是我，你这大黄梗[①]！再见吧。”

于是我就离开了。

① 大黄梗可以入药，此处为骂人话。

竞选州长

几个月以前，我被提名为独立党的纽约州州长候选人，与斯坦华特·L. 伍德特先生和约翰·T. 霍夫曼先生竞选。我总觉得我有一个显著的优点胜过这两位先生，那就是声望还好。从报上很容易看出：如果说这两位先生也曾经知道爱护名声的好处，那也是过去的事情了。近年来，他们显然对各式各样可耻的罪行都习以为常了。当时，我虽然醉心于自己的长处暗自庆幸，但是一想到自己的名字将和这些人的名字混在一起到处传播，总有一股不安的混浊暗流在我愉快心情的深处“翻腾”。我心里越来越不安。最后我给奶奶写了一封信，把这件事告诉了她。她很快给我回了信，而且信写得很严峻，她说：

> 你生平没有做过一桩亏心事——一桩也没有。你看看报纸吧——看一看就会明白，伍德特和霍夫曼这两位先生是一种什么人，看你愿不愿意把自己降低到他们那样的水平跟他们一起竞选。

我正是这个想法！那天晚上我一夜没合眼。可是事已至此，我毕竟无法撒手了。我已经完全卷入了旋涡，不得不继续这场斗争。早餐时，我无精打采地看着报纸，突然我看到了一段消息，说实话，我从来没有如此吃惊过。

> 伪证罪——马克·吐温先生现在既然已经在众人面前出来竞选州长，那么他是否可以讲讲此事的经过？说明一下他怎么会于 1863 年在印度的瓦卡瓦克被三十四名证人证明犯有伪证罪，那次做伪证罪是企图侵占一小块香蕉种植地。那是当地一位穷寡妇和她的一群孤儿丧失亲人之后，在凄惨的境遇中赖以活命的唯一资源。吐温先生不论对自己，还是对其

要求投票选举他的伟大人民，都有责任澄清此事的真相。他愿意这样做吗？

我不胜诧异，简直气炸了！竟有这样一种如此残酷无情的指控。我从来没有到过印度！我从来没有听说过瓦卡瓦克！我也不知道什么是香蕉种植地，就像我不知道什么是袋鼠一样！我都不知道该怎么办才好。我简直要气疯了，却又毫无办法。那一天我没有解释也没有发表声明，就让日子白白地溜走了。第二天早晨，这家报纸没说别的，只有这么一句话：

耐人寻味——大家都会注意到：马克·吐温先生对印度的伪证案一直发人深省地保持缄默，似有隐衷。

（备忘——在这场竞选运动中，这家报纸此后凡提到我必称“无耻的伪证犯吐温”。）

其次是《新闻报》，登了这么一段：

急需查清——是否请新州长候选人向急于要投他票的同胞们解释一下这件小事？那就是吐温先生在蒙大拿州露营时，与他住在同一帐篷的伙伴经常丢失小东西，后来这些东西通通在吐温先生身上或“箱子”（他卷藏杂物的报纸）里发现了。大家为他着想，不得不对他进行友好的告诫，在他身上涂满柏油，插上羽毛，叫他坐在横杆上[①]，把他撵出去，并劝告他让出铺位，从此别再回来。他愿意解释这件事吗？

难道还有比这种控告用心更加险恶的吗？我这辈子根本就没有到过蒙大拿州啊。

（从此以后，这家报纸管我叫“蒙大拿的小偷吐温”。）

于是我渐渐对报纸有了戒心，一拿起报纸总有点提心吊胆，就像是你想睡觉，可是一拿起床毯，总是不放心，生怕毯子下面有条蛇似的。有一天，我看到这么一段消息：

谎言已被揭穿！——根据五方位区的迈克尔·欧弗兰纳根先生、华脱街的吉特·伯恩斯先生和约翰·亚伦先生三位的宣

① 旧时将被认为有罪的人浑身涂满柏油，插上羽毛，以及跨坐在横杆上，抬出去游街或示众，都是羞辱性的刑罚。

誓证书，现已证明马克·吐温先生曾恶毒地声称我们德高望重的领袖约翰·T. 霍夫曼的祖父曾经因为拦路抢劫被处绞刑一说，纯属卑劣无端之谎言，毫无事实根据。他毁谤亡人、以谰言玷污其英名，用这种下流手段来达到政治上的成功，这实在叫正人君子看了寒心。每当我们想到这些卑劣的谎言必然会使死者无辜的亲友蒙受极大的悲痛时，我们就恨不得鼓动起受了污蔑和侮辱的公众，立即对诽谤者施以非法的报复。但是，我们不能这样做，还是让他去承受良心的谴责吧。（不过，公众如果气得义愤填膺，盲目行动起来，对诽谤者进行人身伤害的话，显然陪审团是不可能对肇事者定罪的，法庭也不可能对他们加以惩处的。）

最后这句巧妙的话起了很大作用，当天晚上就有一群“受了污蔑和侮辱的公众”从前门冲进来，吓得我赶紧从床上爬起来，打后门溜走。他们义愤填膺，来势汹汹，一进门就把我的家具和门窗全部捣毁，走的时候把能拿得动的财物统统带走。然而，我可以手按《圣经》起誓：我从来没有诽谤过霍夫曼州长的祖父。不仅如此，直到那一天为止，我从来没有听人说起过他，也从来没有提到过他。

（顺便提一下，刊登上述新闻的那家报纸此后总是称我为“盗尸犯吐温”。）

报纸上引起我注意的另一篇文章是这样写的：

好一个体面的候选人——马克·吐温先生原定于昨晚在独立党民众大会上做一次诋毁别人的演说，却没有按时到会。他的医生打来一个电报，说他被一辆狂奔的马车撞倒，腿部两处负伤，卧床不起，痛苦难言等，以及一大堆诸如此类的废话。独立党的党员们硬着头皮想把这一拙劣的托词信以为真，假装不知道被他们提名为候选人的这个放荡不羁的家伙未曾到会的真正原因。昨天晚上，分明有人看见一个人喝得酩酊大醉，歪歪斜斜地走进吐温先生下榻的旅馆。独立党人责无旁贷地需要证明那个醉鬼并非马克·吐温本人。这下我们终于抓住他们的把柄了。这一事件不容躲躲闪闪，避而不答。人民用雷鸣般的呼声要求询问：“那个人是谁？”

把我的名字与这个丢脸的嫌疑人联系在一起，一时令人难以置信，绝对难以置信。我已经整整三年没有喝过啤酒、葡萄酒或者其他任何一种酒了。

（这家报纸第二天大胆地授予了我“酒疯子吐温先生”的称号。而且我明白它会坚持不渝地永远这样称呼下去，但是，我当时看了竟然无动于衷，这足见当时的这种环境对我产生了多大的影响。）

这时候匿名信逐渐成为我所收到的邮件中的重要部分。一般是这样写的：

被你从你寓所门口一脚踢开的那个要饭的老婆子，现在怎么样了？

好管闲事者

你干的一些事，除我之外无人知晓，你最好识相一点，掏出几元钱来孝敬老子，要不然会有一位大爷对你不客气，在报纸上跟你过不去。

随你猜敬启

大致就是这类内容。读者如果想听，我可以不断引用下去，直到使读者恶心。

不久，共和党的主要报纸“宣判”我犯了巨额贿赂的罪行，民主党的权威报纸把一桩极为严重的讹诈案件“栽”在我的头上。

（这样我又多了两个头衔：“肮脏的贿赂犯吐温”和“恶心的讹诈犯吐温”。）

这时候舆论哗然，纷纷要我答复所有这些可怕的指控。我们党的主笔和领袖们都说，如果我还保持沉默的话，我的政治生命就要完蛋了。好像要使他们的控诉更为迫切似的，就在第二天，有一家报纸登了这么一段话：

注意这个人！独立党这位候选人还在保持缄默。因为他不敢答复。对他的控告条条都有充分证据，并且那种足以说明问题的沉默一而再、再而三地证实了他的罪状，现在他永远都翻不了案了。独立党的党员们，看看你们这位候选人！看看这位声名狼藉的伪证犯！这位蒙大那的小偷！这位盗尸犯！好好看一看你们这位酗酒狂的化身！你们这位肮脏的贿赂犯！你们这位可恶的讹诈专家！睁开眼睛盯住他，把他仔细打量一番——这个家伙犯下了多么可怕的罪行。得了这么一串倒霉的称号，而且一条也不敢予以否认，你们是否可以把你们的选票投给他！

我没有办法摆脱这种攻击，所以在深感羞辱之余，准备着手“答复”那一大堆毫无根据的指控和卑鄙下流的谎言。但是我始终没有完成这个任务。因为就在第二天，有一家报纸登出一个新的耸人听闻的消息，再度恶意中伤，他们严厉地控告我因为一家疯人院妨碍住宅的视线，我就将这座疯人院烧掉，把里面的病人统统烧死了。这使我陷入了恐慌的境地。接着又是一个控告，说我为夺取我叔父的财产而不惜把他毒死，并且要求立即挖开坟墓验尸。这使我几乎陷入了精神错乱的境地。这一些还不够，又给我加了一个罪名，说我在负责育婴堂事务时雇用掉了牙的、年老昏庸的亲戚给育婴堂做饭。我开始动摇了——动摇了。最后，党派斗争的积怨对我的无耻迫害自然而然达到了高潮：有人教唆九个刚刚学会走路的小孩，包括各种不同的肤色，带着各种穷形怪相，冲到一次民众大会的讲台上来，抱住我的双腿，管我叫爸爸！

我放弃了竞选。我偃旗息鼓，我甘拜下风。我不够竞选纽约州州长竞选所需要的条件，所以，我递上退出竞选的声明，而且满怀懊恼地在信末签上我的名字：

你忠实的朋友，从前是个正派人，现在却成了无耻的伪证犯、蒙大拿小偷、盗尸犯、酗酒狂、肮脏的贿赂犯和恶心的讹诈犯[①]——马克·吐温。

① 原文使用的是这些词组的首字母简写，直译为：I.P.，M.T.，B.S.，D.T.，F.C. 和 L.E.

好孩子的故事

从前有个好孩子，名叫雅各布·布利文。他总是对父母唯命是从，不管他们的话多么荒谬，多么不合情理。他总是用功读书，上主日学校从不迟到。他从不逃学，虽然照他清醒的理智判断，这是对他最有利的事情。而别的孩子谁也摸不清他的脾气，都对他的行为感到费解。雅各布向来不撒谎，无论他能得到多大便宜。他总是对别人说，撒谎是不对的，就是这个理由。雅各布老实得简直可笑，叫人看了忍俊不禁。他的稀奇行为真是空前绝后。即便在礼拜天，他也不玩打弹子游戏，他不摸鸟巢，不拿烤热的钱给街头卖艺的人的猴子。总之，他仿佛对任何合理的娱乐活动都不感兴趣。因此，别的孩子总想搞清个中缘由，对他能有所了解。可是他们始终得不出满意的结论。我刚才说了他们只是形成一个模模糊糊的念头，觉得他“有毛病”，因此，他们便担负起对他的保护之责，绝不让他受到任何伤害。

雅各布读过主日学校的全部课本，这些书给了他莫大的快乐，全部秘密就在这里。他深信主日学校课本里所说的那些好孩子的故事，他绝对相信。他希望有朝一日能够遇上书中讲的好孩子，可是现实中他从来没有见过一个这样的人。大概，在他出生之前他们都已死掉了吧。每当他读到一个特别好的孩子，他就赶快翻到文章的结尾，看看这孩子最后的结局究竟如何，他想跑到数千里之外，仔细看看他。但结果总是令人意外，那好孩子在最后一章死了，中间还有一幅葬礼的插图，他的亲人和主日学校的同学围在他的墓旁，他们都穿着短裤，头戴大帽子，手拿大毛巾捂着脸哭。雅各布的希望便这样化为泡影。那样的好孩子他是永远见不到了，因为他们总是在最后一章死去了。

雅各布怀有崇高的理想，渴望自己被写进学校的课本里去。他希望，课本在介绍他的事迹时，能够附些图片，描绘他不肯对妈妈说谎和妈妈为此欢喜得流泪的情景；还描写他站在门前的台阶上，把一个便士施舍给一位有六个孩子的穷叫花婆，叫她拿去随便花，但不要浪费，因为浪费是一种罪恶；另外一些插图描写他宽宏大量地不肯告发一个坏孩子，那个坏孩子每天在放学之后，总是躲在拐角处等他，然后用板条抽打他的脑袋，赶他回家，他一面往前走，那坏孩子一面跟在后面“嘿！嘿！”地喊叫。这就是小雅各布·布利文的理想。他虽然希望自己被写进主日学校的课本，但是想到好孩子的结局总是死去，心里很不是滋味。因为，他是愿意活着的。要做一个学校课本中的孩子，这是最不痛快的事情。他知道做一个好孩子是有损健康的。他也知道，像书中的好孩子那样超凡脱俗的，好得出奇，那比害肺病还要可怕。他还知道，书中的好孩子们活得都不长，即便别人把他写进书里，他也永远看不到，退一步讲，即便该书在他死前问世，也不会畅销，因为书后缺少葬礼的插图。这些念头使他很苦恼。再说，如果缺少他对社会上的人的临终进言，那就显不出这种树的特点来。即便如此，雅各布最后还是下定了决心，根据具体情况而定——也就是说，好好活着，能活多久就活多久，在临死前先把临终遗言准备好。

可是，不知怎的，这个好孩子老是倒霉，他碰到的事情与书中好孩子所碰到的总是不一样。书中的好孩子们总是过得很快活，而书中的坏孩子们老是摔断双腿。可是他的情况却不同，做什么事情都适得其反。他发现吉姆·布莱克在偷别人树上的苹果，便赶忙跑到树底下把那个坏孩子偷邻居树上的苹果、掉下来摔断胳膊的故事念给他听。说起来也奇怪，吉姆真的掉下来了，不过正好掉在他的身上，吉姆安然无恙，他的胳膊倒被碰断了。雅各布想不明白，因为书中不会发生这种事啊！

有一次，几个坏孩子把一个瞎子推进了泥坑，雅各布赶紧跑过去把他扶起来。雅各布以为那个瞎子会道谢。可是那个瞎子不仅没有谢谢他，反而用拐杖打他的脑袋，还说雅各布是想把他扶起来再推到，所以才装模作样扶他起来的。这件事也和书中所说的全然不符。雅各布翻遍了所有的书本，想弄明白这是怎么回事。

雅各布还想做一件事情，他想碰到一条挨饿受欺、无家可归的瘸腿狗，把它带回家里，好好照料它，让它永远感激他。后来他终于碰到了这样的一条狗，心里很高兴。他把这条狗带回家里，喂养起来，可是，当他去和它亲近的时候，那狗猛地扑到他身上，把他的衣服撕得稀烂，只剩下前面的几块布料。他的那副狼狈相，叫人看了吃了一惊。于是雅各布查阅各种权威性典籍，也没找出原因所在。那条狗与书中说的狗是一样的，但它的举动却大相径庭。这孩子做什么都会很倒霉。同样的事，书中的好孩子做了得益匪浅，他做了却总是倒霉。

一次，在去主日学校的路上，他看见一些坏孩子要划一只帆船出去玩耍，他简直吓得要死，因为他从书中得知，凡在星期天出去划船的孩子都会被水淹死。他赶紧乘上木筏去警告他们，可是他一脚踩在了一根木头上，失足落水。有一个人很快把他救上岸来，医生抽出他腹中的积水，使他的肺部恢复了呼吸，不料，他竟因此患了感冒，病倒在床上躺了九星期。令人不可思议的是，船上的那几个坏孩子痛快淋漓地玩了一整天，活蹦乱跳地回到家里。雅各布·布利文说，书里没有这种事情啊。他简直被弄得莫名其妙。

雅各布病愈之后，不免有点丧气。不过，他还是决心继续尝试下去。他知道，他的经历还不够资格被写进书里，他还没有达到好孩子规定的那个寿命，只要坚持下去，直到生命终止，最终还是能够名存书籍的。即使别的全部落空，临终遗言还是靠得住的。

于是雅各布又去查了查书中的教训，发现现在正是他投身海洋、去船上工作的时候。他拜访了一位船长，并郑重地向他提出了申请。当船长向他要推荐信时，他自豪地掏出一本宗教小册子，用手指了指上面的一行字："给雅各布·布利文。爱他的老师赠。"然而，这位船长是个粗俗和俗气的人，他说，"啊，去你妈的，这管什么用！这并不能证明你会刷盘子、倒垃圾桶。我看他是不行的"。这是雅各布有生以来所碰到的最难以理解的事情。他读过的那些书从来都是这样说的：老师写在宗教小册子上的赞美话语总是能打动船长的内心，并且还能开启名利双收之门。他当时还产生错觉，怀疑自己是否听错了船长的意思。

雅各布过的日子老是很倒霉，而权威性典籍所描绘的那些事情却一次也没碰上。后来有一天，他到处寻找坏孩子，要对他们进行劝诫。他发现在一座老铸铁厂那里发现了一群孩子，在那儿拿十四五只狗寻开心。他们把这些狗拴在一根绳上，还准备把硝化甘油的空桶栓到它们的尾巴上，给它们打扮一番。雅各布看了心里非常难过。他坐到一只硝化甘油的空桶上（义不容辞时，他是从不在乎油污的），用力抓住最前面的那条狗的颈圈，然后愤怒地转过脸去，用斥责的目光怒视着那个淘气的汤姆·琼斯。但是，正在这个时候，市参议员麦克威尔怒气冲天地走了过来。那几个坏孩子一哄而散，全都跑掉了。雅各布·布利文却神态很坦然地站了起来，套用学校课本中演讲词的庄严词语要说一番话。演讲词的开头总以“啊，先生”之类开头。可事实上小孩子们不管是好的还是坏的，讲话从不用“啊，先生”开头，他却还是硬着头皮这么说。那位市议员没有耐性听他的下文，揪住他的耳朵把他扭转过来，照着他的屁股狠狠地打了一巴掌。一眨眼工夫，雅各布的身子就飞出了房屋，飞向了太阳。那拴成一串的十四五只狗像条风筝尾巴似的也跟在他的后面飞了出去。地上再也没有留下那个旧铸铁厂和市参议员的踪影。小雅各布·布利文历尽艰辛，苦心准备的临终遗言再也没有发表的机会了，除非他把遗言讲给鸟儿听。他的尸体的主要部分虽说落在邻县的一棵树顶上，但其余的部分却分散在四个城镇，所以大家不得不给他在五处验尸，看他是否真的死了，还要查明整个事情的经过。您大概从未见过一个孩子如此分尸的惨相吧。

这个力求进取的好孩子就这样死了，但是，他的结局并没有像课本中所说的那样。除他之外，别的跟他一样努力的孩子都获得了成功。雅各布的下场的确有些出人意料。这其中的原因恐怕永远也弄不清了。

神秘的访问

我最近在这里“定居”后，首次接待了一位自称是估税员、在美国国内税收部工作的先生。我说虽然我从来没听过他的这一职业，但仍然十分高兴见到他——我请他就座，于是他坐下了，我不知道该和他谈什么才好。可是我意识到，既然自己已经自立门户，有了身份，那么在接待访客时就必须显得潇洒自如、善于交际才行。于是，由于一时没有找到其他话题，我就问他是否在我们附近营业。

他回答是的。我不愿显得一无所知，但是我希望他会提到他具体出售什么样的货物。

我试探着问：“生意怎么样？”他说：“还过得去。”

我接着说，我们会上他那儿去的。如果也同样地喜欢他那家店，我们会成为他的主顾的。

他说，他相信我们肯定会很喜欢那个地方，以后会专门去那儿的，还说只要谁跟他打过一次交道，就会和他长期合作，不会再找他的同行。

这话听来有些自鸣得意。然而，除了每个人身上都有的那种自然流露的粗俗外，这人看上去还是很老实的。

我也不知道究竟是怎么一回事，总之我们俩在交谈中逐渐变得融洽，谈得很投契，此后一切就那样很惬意地自然而然地发展下去了。

我们不停地谈论（至少在我这一方面是如此），不时地发出一阵欢笑（至少在他那一方面是如此）。然而我始终保持着冷静——这是我天生的警惕性，就像工程师所说的那样“开足了马力”。不管他怎样含含糊糊地回答，我已经下定决心要彻底打听清楚他所干的行业——我决定引导他谈论自己的职业，但同时又不要让他怀疑我的用意何在。我准备施展极其巧妙的诡计，务必要引他上钩。我要把自己所做的事情全部告诉他，那样他就自然会被我推心置腹的谈话所诱惑，自然而然会对我亲热，甚至会在怀疑到我的意图之前不经意间就把他的行业全部告诉我。我心里想，伙计，你不知道，你是在跟一个多么狡猾的老狐狸打交道啊。我说："瞧，您猜不到，这一个冬天和上一个春天我单凭演讲挣了多少。"

"猜不到……我真的猜不到。让我再想一想——让我再想一想，也许，大约是两千元吧。不会的，先生，不可能，我知道你挣不到那么多钱。也许是一千七百元吧？"

"哈哈！我就知道您猜不到嘛，上一个春天和这一个冬天，我演讲的收入是一万四千七百五十元。您觉得这个数目怎么样吗？"

"哎呀，这是个惊人的数目呀……绝对惊人的数目。我得把它记下来。您是说，这还不是您全部的收入吗？"

"全部的收入？咳，当然不是，此外还有四个月以来我从《呐喊日报》获得的稿费收入——大约是——大约是——嗯，大约是八千元吧，您觉得这个数目怎么样？"

"哎呀！怎么样？老实说，我真希望也能过上这样富裕的生活。八千元！我要把它记下来。哎呀，我的先生！……除此以外，您意思是不是说，你还有别的收入？"

"哈！哈！哈！哎呀，你可以说是'只沾了个边儿'。此外还有我的书呢，《傻子出国记》……每本售价从三元五角起到五元，根据不同的装订而定。你听我说吧，你不用害怕。单是过去的四个半月里，不包括以前的销量在内，单是那四个半月里，那部书就卖了九万五千本。九万五千本哪！您倒想想。平均就算它四块钱一本吧。总价差不多四十万元，我的朋友。按照合同，我应该拿到一半。"

"受苦受难的摩西[①]！让我把这个也记下来。一万四千七百五十……八千……二十万。总共，我算一算……哎呀，真想不到，总价大约是二十一万三千元哪！真的有这么多吗？"

"那还会错？如果有错的话，那只能是少算了。如果我记得不错的话，我这一年的收入是二十一万四千元，现款。"

---

①《圣经》中记载先知摩西带领以色列人逃出埃及，一路经受多种考验。此处用作感叹语。

这时候那位先生站起身来告辞。我心里很不痛快，因为我听了这个陌生人大声惊叹的话，便得意忘形，把钱数夸大了不少，结果却白说了一阵。可是，他并没有立即就走，临走时他递给我一只大信封，说那里是他的广告。我可以在那里面找到有关他业务的一切细节。他说他很欢迎我去光顾——说如果他有了我这样收入丰厚的人做主顾，实在感到骄傲。他说他以前常常以为市里也有好几位大财主，可是，等到他们去跟他做生意时，才发现他们所有的那点钱只能勉强维持生活而已。还说，他确实耐着沉闷等待了这么多年，才能遇到我这样一位大阔佬，而且能和我交谈，并与我握手，情不自禁想要拥抱我——他说如果我能让他拥抱一下的话，那他将感到十分荣幸。

这使我非常高兴，所以我也就不再拒绝，让这位心地纯洁的陌生人伸出双臂搂住我，还在我后颈窝里洒了几滴令人快慰的眼泪。然后，他离开了。

他刚走，我就打开了那个信封。我把它仔细研究了四分钟。紧接着我就唤过厨子来，说：

“快扶着我，我要晕过去了！让玛丽去翻那烤饼吧。”

停了一会儿，我终于清醒过来，派人到路拐角的小酒店里去雇来了一位行家，为期一星期，要他整夜守护着我，同时咒骂那个陌生人，白天我骂累的时候，就由他接替。

哼，他是多么可恶的一个坏蛋！他的那份“广告”，其实是一份混账的报税表格——上面是一大堆没头没脑的问题，问的都是我的私事，字体很小却足足占了四大张纸——那些问题，我不得不承认，实在提得非常巧妙，哪怕是那些最为世故老练的人也无法理解他们究竟用意何在——其实，那些问题都是煞费苦心想出来的，其目的是使一个人报税时非但没法弄虚作假，反而会将自己的实际收入多报三倍。我试图寻觅一个可钻的空子，可是似乎一个漏洞都没有。第一个问题将我的全部经济情况暴露无遗，有如一把伞盖住了一只小蚂蚁：

> 过去一年里，你在任何地方所从事的生意、业务或职业中，总共有多少收益？

这问题下面附了另外十三道同样刁钻的小题，其中最客气的一条还要求我说明：过去我是否干过偷盗，或者拦路抢人，或者纵火打劫，或者从事其他不可告人的勾当，借此营私渔利，购置产业，获得过第一个问题右方所列的收入以外的钱财。

这分明是那个陌生人故意要诱我上当。这是非常非常明显的事。于是我跑出去，聘请了另一位行家。由于陌生人利用了我的虚荣心，所以我才会把自己的收入申报为二十一万四千元。按照法律规定，这笔收入中只有一千元是可以免缴所得税的——这是我唯一可以放心的一点，但这一点钱有如大海中的涓滴而已。若按规定的百分之五的税率，我上缴给政府的所得税竟高达一万零六百五十元！

（我在这里可以声明一下，后来我并没有缴纳这笔税款。）

我认识一个非常富有的朋友，他的住宅简直是一座皇宫，吃的是奢侈的山珍海味，开支十分之大，然而，他却是一个没有分文收入的人，这种情形，我常在报税单上看到。于是，在迫于无奈的情况下，我只能向他求教。他接过了我那些琳琅满目、数目惊人的收入凭证，戴上眼镜，提起笔，接着，一眨眼工夫！——我马上变成了一个穷光蛋！这是最干脆不过的事了。他只是巧妙地伪造了一份"免征表"的清单，就毫不费力地大功告成了。他将我应缴给"州政府、联邦政府和市政府的税"登记为若干。将我"由于轮船失事和火灾等受到的损失"登记为若干。包括我在"租赁房屋时所受的损失"，在"出售牲畜时所受的损失"，"支付住宅及其周围土地的租金"，"支付修理费、装修费和到期的利息"，"以前在美国陆军、海军与税务机关任职时，曾经在薪金项下缴过的所得税"，以及其他。他对所有以上每种情况，都会列举一个项目，然后登记了为数惊人的"免征额"。他计算完了之后，再把那张清单交给我，我打开一看，这一年里，我在盈利方面的收入已经瞬间变为一千二百五十元四角。

"你瞧，"他说，"按照法律规定，一千元是免税的。你只需要去宣誓证明这份清单属实，再缴纳这二百五十元的所得税就可以了。"

（他说这席话的时候，他的小儿子威利从他背心口袋里偷了一张两元美钞，拿着钱一溜烟跑了。我敢打赌，如果那位陌生客人明天来找这个小家伙，他也会谎报他这笔收入。）

"您是不是，"我说，"您本人是不是也这样填报'免征额'呀，先生？"

"这个，当然！多亏了'免征项目'项下那十一条救命的附加条款，否则我就成乞丐了，就要讨钱去供养横征暴敛、敲诈勒索、独断独行的专制政府啦。”

在本市几位实力最雄厚的人士当中，甚至在那几位品德高尚、商业信誉卓著的人士当中，也数这位先生的地位最高，所以我甘拜下风。我去到税务局办事处，在上次来访客人的谴责的眼光下站起身来，不断地撒谎，不断地蒙混，不断地耍无赖，直到后来我的灵魂深深陷入了伪证罪，我的自尊心从此消失得一干二净。

但是那有什么关系呢？这正是美国成千上万最富有、最得意，而且最体面、最受人尊重、最受人巴结的人每年都在玩弄的把戏。所以，对这些我毫不在乎，也并不感到羞愧。今后我只要少开口乱说，不轻易玩火，免得养成某些可怕的习惯，堕落到不可救药的地步。

田纳西的新闻界

一位记者把孟菲斯《高山报》的总编辑称为过激派，孟菲斯给予他这样温和的抨击："当他还在写头一句话的时候，写到中间，加着标点符号时，他就知道他是在捏造一个谎言，这个谎言充满着无耻的作风、子虚乌有的句子。"——《交易报》

医生告诉我，南方的气候可以增进我的健康，因此我来到南方的田纳西，担任了《朝华与约翰生县呼声报》的编辑职务。我去上班的时候，发现主笔先生斜靠在一把三条腿的椅子上，双脚放在一张松木桌上。房间里还有另外一张松木桌子和一把残废的椅子，两个桌子上都几乎铺满了报纸和剪报，还有一份一份的原稿，显得有些凌乱。角落里有一只装满沙子的木箱[①]，里面有许多雪茄烟头和"香烟屁股"。还有一只火炉，火炉上有一扇可以上下开关的塔下来的门。主笔先生穿着一件后面很长的黑布上装和白麻布裤子。他的靴子很小，用黑靴油擦得很亮。他穿了一件有皱褶的衬衫，戴着一只很大的图章戒指，一条旧式的硬领，一条两端下垂的方格子围巾。服装的年代大约是 1848 年。他正在吸着一枝雪茄，用心推敲着每一个字，他的头发已经被他抓得乱蓬蓬了。他皱眉瞪眼，样子非常可怕。我估计他正在拼凑一篇特别伤脑筋的社论。他叫我把那些交换的报纸稍微看一下，并写一篇《田纳西各报要闻摘录》，把那些报纸里面所有有趣的材料通通简缩在这篇文章里。

于是我写了下面这么一篇：

田纳西各报要闻摘录

---

① 当时人们为了让信或稿子上的墨迹快干，会在其上撒黄沙再拂拭干净，类似吸墨水纸。

《地震》半周刊的编者们关于巴里哈克铁道的报道显然是弄错了。公司不是要放弃巴扎维尔，而是认为这个地方是沿线最重要的站点之一，因此绝不会有轻视它的意思。《地震》的编辑们当然是乐于予以更正的。

希金丝维尔《响雷与自由呼声》的高明主笔约翰·布洛松先生昨天光临本城，并住在范·布伦旅舍。

我们发现泥泉《晨声报》的同行认为范·维特的当选还不是确定的事实，这是一种错误的看法。但是他在没有看到我们的纠正之前，一定会认识到他的错误。他显然是受了尚未完全的选票揭晓数字的影响而做了这个错误的推断。

有一个可喜的消息：布雷特维尔城目前正在设法与纽约的几位工程师达成合约，用尼古尔逊铺道材料翻修那些几乎无法通行的街道。《每日呼声》极力鼓吹此事，并且似乎对最后的成功似有把握。

我把我的稿子交给主笔先生，随他采用、修改，或是撕毁。他看了一眼，脸上就露出不高兴的神情。他再往下一页一页地看，脸色变得很可怕。显而易见，一定是出了什么毛病。他随即就一下子跳了起来，嚷道：

“哎呀！你以为我提起那些畜生，会用这种口气吗？你认为客户们会看得下去这种糟糕的文章吗？把笔给我吧！”

我从来没有见过哪支笔像这样恶毒地连勾带画地一直往下乱涂，像这样无情地把别人的动词和形容词乱画乱改。他正在修改文章的时候，有人从敞开的窗户外面向他放了一枪，把我的一只耳朵震得和另一只不对称了。

“啊，”他说，“那就是史密斯那个浑蛋，他是《精神火山报》的——昨天就该来了。”于是他很利索地从腰带里抽出左轮手枪来放了一枪。史密斯被打中了大腿，倒在地上。他正要放第二枪，可是因为被主笔先生打中了，自己那一枪就落了空，只打中了一个局外人，那就是我。还好，只打掉了一只手指。

于是主笔先生又继续进行他无情的涂改和增删。他刚刚改完，就有人从火炉的烟筒里扔了一个手榴弹进来，一声爆炸，把火炉炸得粉碎。幸好只有一块乱飞的碎片敲掉了我的一对牙齿，此外并无其他损害。

“那个火炉完全毁了。”主笔说。

我说我也相信是这样。

“唉，没关系，这种天气已经用不到它了。我知道这是谁干的事情。我会找到他的。你看，这篇文章应该这么写才对。”

我把稿子接过来。这篇文章已经被删改得体无完肤了，假如它有个母亲的话，她也会不认识自己的孩子。现在它成了下面这样：

田纳西各报要闻摘录

《地震》半周刊那些撒谎专家显然又打算对巴里哈克铁道的消息造一次谣。这条铁道是19世纪最辉煌的计划，而他们却要散布那些卑鄙无聊的谎言来欺骗高尚和宽容的读者们。巴扎维尔将被丢到一边的说法，根本就是那些骗子自己可恶的脑子里编造出来的——或者还不如说是他们认为是脑子的那种肮脏地方产生出来的。他们实在应该挨一顿皮鞭子才行。他们如果想要避免人家打痛他们的贱皮贱肉的话，那就最好把这个谎言收回去。

希金丝维尔《响雷与自由呼声》的那个笨蛋布洛松又到这里来了，他厚着脸皮赖在范·布伦旅舍不走。

我们发现泥泉《晨声报》那个昏头昏脑的恶棍又照他撒谎的惯癖放出了谣言，说范·维特没有当选。新闻事业的天赋的使命是传播真实的消息，铲除错误，教育、改进和提高公众道德以及风俗习惯的趋向，并使所有的人更高雅、更高尚、更慈善，在各方面都更好、更纯洁、更快乐，而这个黑心肠的流氓却一味降低他那伟大任务的身份，专门散布欺诈、毁谤、谩骂和下流的话。

布雷特维尔城要用尼古尔逊铺道的材料修马路——其实它更需要一所监狱和一所贫民救济院。一个鸡毛蒜皮的市镇，只有两个小酒店、一个铁匠铺和那狗皮膏药[①]式的报纸《每日呼声》，居然想起修马路来，真是异想天开！《每日呼声》的编者卜

---

① 原文为Mustard-Plaster，是一种用芥子末制成的药膏，能让敷上膏药的地方发红，对抗刺激性。

克纳这个下贱的小人正在乱吼一阵，以他那惯用的低能的话极力鼓吹这桩事情，还自以为他说得很有道理。

“你看，要这样写才行，既富于刺激性，又中肯。软弱无力的文章让我看了心里怪不舒服的。”

大约在这个时候，有人从窗户外面抛了一块砖头进来，噼里啪啦打得很响，震得我背上发麻。于是我移到火线以外——我开始感觉到自己对人家有了妨碍。

主笔说：“那大概是上校吧。我等他两天了。他马上就会上来。”

他猜得不错。上校一会儿就到了门口，手里拿着一支左轮枪。

他对主笔说：“老兄，您可以让我和编这份肮脏报纸的胆小鬼打个交道吗？”

“可以。请坐吧，老兄。当心那把椅子，它缺一条腿。我想您可以让我和那个无赖的撒谎专家布雷特斯开特·德康赛打个交道吧？”

“可以，老兄。我也有一笔小小的账要和您算一算。您要是有空的话，我们就开始吧。”

“我在写一篇文章，谈谈‘美国道德和智慧发展中令人鼓舞的进步’这个问题，正想赶完，可是这倒不要紧，咱们开始吧。”

两支手枪同时砰砰地打响了。主笔被打掉了一撮头发，上校的子弹则将它的旅程终止在我的大腿上。上校的左肩稍微削掉了一点。他们又开枪了。这次他们都没有射中目标，可是我却遭了殃，胳臂上中了一枪。等放第三枪的时候，两位先生都仅仅受了一点轻伤，而我被打碎了一块颧骨。于是我说，我还是出去散步为好。因为这是他们私人的事情，我再参与在里面不免有点伤脑筋。但是那两位先生都请求我继续坐在那里，并且极力说我对他们并无妨碍。

然后他们一面再装上子弹，一面谈选举和收成的问题，而我只能着手捆伤口。他们马上又开枪了，相互打得很起劲，每一枪都没有落空。不过我应该说明的是，六枪中的五枪都打在了我的身上。另外那一枪打中了上校的要害。他很幽默地说，现在他应该告辞了，因为他还要进城去办事情。于是他探听了殡仪馆的所在，随即就走了。

主笔转过身来向我说：“我约了人吃饭，得准备一下。请你帮帮忙，给我看看校样，招待招待客人吧。”

我一听说让我招待客人，就不免有些畏怯，可是刚才那一阵枪声还在我耳朵里响，我简直吓得魂不附体，因此也就想不出什么话来回答。

他继续说："琼斯三点会到这儿来——赏他一顿鞭子吧。吉尼斯配也许还会来得早一点——把他从窗户里摔出去。福格森尔大约四点会来——打死他吧。我想今天就只有这些事了。要是你还有多余的时间，你可以写一篇挖苦警察的文章，把那督察长臭骂一顿。牛皮鞭子在桌子底下，武器在抽屉里，还有子弹在那个犄角里，另外棉花和绷带放在那上面的文件架里。要是出了事，你就到楼下去找外科医生蓝赛吧。他在我们报上登广告——我们给他抵账就是了。"

他走了之后，我浑身发抖。后来那三个钟头结束的时候，我已经经历了几场惊心动魄的危险，以至于安宁的心境和愉快的情绪通通无影无踪了。吉尼斯配是光顾过的，他反而把我摔到窗户外面了。琼斯又准时来到，我正预备赏他一顿皮鞭子的时候，他倒给代劳了。还有一位不在清单之列的陌生人和我干了一场，结果我被他剥掉了头皮。另外还有一位名叫汤普生的客人将我一身的衣服撕得一塌糊涂，全成了碎布片儿。后来我被逼到一个角落里，被一大群暴怒的编辑、赌鬼、政客和横行无忌的恶棍围困着，他们一直大声叫嚣和谩骂，在我头上挥舞着武器，空中闪耀着钢铁的闪光。我就在这种情况中写着辞去报馆职务的信。正在这时候，主笔回来了，和他同来的还有一群乱七八糟的兴高采烈的、热心帮忙的朋友。于是又发生了一场斗殴和残杀，那种骚乱的情况，简直非笔墨所能形容。人们被枪击、刀刺、砍断肢体，被炸得血肉横飞，人被摔到窗户外面去。一阵短促的暴风般的阴沉的咒骂，夹杂着混乱和狂热的临阵舞蹈[①]，朦胧地发出闪光，随后就鸦雀无声了。五分钟之内就平静了下来，只剩下血淋淋的主笔和我坐在那里。察看着四周的地板上到处铺满了这一场厮杀所留下的一塌糊涂的战绩。

他说："你慢慢习惯了，就会喜欢这个地方。"

我说："我可不得不请您原谅。我想我也许再过些时候，写出的稿子才能合您的意。我只要经过一番练习，学会了这儿的笔调，我相信我是能胜任的。可是说老实话，那种措辞的劲头实在有些欠妥，写出的文章

---

① 有一些部落会在出战之前或战胜后跳集体舞蹈。

难免会引起风波、被人打搅。这您自己也明白。文章写得有力量，当然能够鼓舞大家的精神，这是不成问题的。可我究竟不愿意像您这个报纸这样，引起人家这么注意。像今天这样，老是有人打搅，我就不能安心写文章。这个职务我十分喜欢，可是我不愿意留在这儿招待您的那些客人。我所得的经验是新奇的，确实不错，而且还可以算是别有一番风味，但是今天的事情还是有点不大公道。有一位先生从窗户外面向您开枪，结果倒把我打伤了；一颗炸弹从火炉烟囱里丢进来，本来是给您送礼的，结果让炉子的门顺着我的喉咙管溜了下去；一个朋友进来和您彼此问候，结果把我打得满身枪眼，弄得我的皮都包不住身子了；您出去吃饭的时候，琼斯拿皮鞭子揍了我一顿，吉尼斯配把我摔到窗户外面去，汤普生把我的衣服全都撕掉了，还有一个完全陌生的人把我的头皮剥掉了，他干得自由自在，就像个老朋友似的；还不到五分钟的工夫，这一带地方所有的坏蛋都涂着鬼脸来了[①]，他们都拿着战斧把我吓得魂魄出窍。总的来说，像今天所经历的这么一场热闹，我可是一辈子都没有遇到过。对不起，我喜欢您，我也喜欢您对客人解释问题那种不动声色的作风，可是您要知道，我简直不习惯这些。南方人的心太容易被感情所支配，而且南方人款待客人太豪爽了。今天我写的那几段话，写得毫无生气，经您大笔一挥，把田纳西新闻笔调的那股强烈劲势灌注到里面，又会不可避免地惹出一窝马蜂来。那一群乱七八糟的编辑又要到这儿来——他们还会饿着肚子来，要杀一个人当早餐吃哩。我不得不向您告辞了。叫我来参加这场热闹，我只好敬谢不敏。我到南方来，为的是休养身体，现在我要回去了，还是为了同一目的，而且是说走就走，绝不留恋。田纳西新闻界的作风太使我兴奋了。”

我说完这些话之后，我们彼此便歉然地分手了，我就搬到了医院去，在病房里住了下来。

---

① 有一些美洲印第安部落出战前会在身上涂抹颜料或画上脸谱。

一个真实的故事

——照我所听到的逐字逐句叙述的。

那是夏天的晚上，黄昏时候。我们坐在小山顶上的一户农家门口的走廊里，蕾切尔大娘很恭敬地坐在我们那一排下面的台阶上——因为她是我们的女仆，而且是一个黑人。她的身材高大而壮实。虽然已经六十岁了，可她的眼睛并不模糊，还是炯炯有神，力气也没有衰退。她是个快快乐乐、精力充沛的人，笑起来一点也不费劲，就和鸟儿叫那么自然。这会儿又像平常天黑以后一样，她又处于炮火中了。这就是说，大家毫不留情地拿她开玩笑，她也不生气，反而以此为乐。她经常发出阵阵爽朗的笑声，然后双手蒙着脸，笑得不可开交，全身颤动，简直喘不过气来了，就在这种时候，我心里忽然起了一个念头，于是我问道：

“蕾切尔大娘，你活了六十多年，怎么好像从来没什么苦恼呢？”

她停止了抖动，沉默了一会，没有作声，然后回头望着我说：

“克先生，您当真这么说吗？”她的声音里没有一丝笑意。

这使我大吃一惊，同时也使我的态度和谈话庄重了一些。我说：

“噢，我以为……我的意思是，我觉得……嗐，你简直不可能有过什么苦恼呀。我从来没听见你叹过气，也从来没见你眼睛里缺少笑意。”

她差不多完全转过脸来了，显出十足的一本正经的神气：

“我是不是有过苦恼？克先生，我来跟您说，叫您自己来判断吧。我出生在奴隶堆里。我知道当奴隶的滋味，因为我自己就当过奴隶。嗐，先生，我的老汉——就是我们当家的——他对我很恩爱，脾气也好，就跟您对您的太太那么好。结婚后我们生了七个孩子——我们俩很爱他们，和您爱您的孩子完全一样。他们皮肤也是黑的，可是不管孩子们长得有多么黑，他们的妈妈照样爱他们，不会把他们抛弃，不，随你拿全世界什么东西跟她换，她也不干。

“唉，先生，我生长在弗吉尼[1]那个老地方，不过我妈是在马里兰长大的。哎呀，她可是个厉害的人物，好家伙！谁要是惹了她，她就会和你大吵大闹！她发起脾气来，就老是爱说一句话。她把身子站得挺直，两手攥着拳头插在腰上，说：‘我要你们知道，老娘可不是生在平常人家，不能让你们这些杂种开玩笑！我是老蓝母鸡的小鸡，不含糊！’您知道吗，蓝小鸡就是马里兰生的人给他们自己的称呼，他们对这个名字很得意呢。哈哈，她每次都是那么说。我一辈子也忘不了，因为她常说这句话。有一天我的小亨利摔了一跤，把手腕摔坏了，头也碰破了，刚刚碰着脑门子顶上，见旁边的黑鬼们没有马上跑过去安慰他，她就开骂了。他们刚一回嘴，她马上就站起来说：‘喂！我要叫你们这些黑鬼知道，老娘可不是生在平常人家，不能让你们这些杂种开玩笑！我是老蓝母鸡的小鸡，不含糊！’没人敢回嘴。她把厨房收拾完了，自己给孩子处理伤口。以后我被人家惹火了，也说这句话。

“唉，可惜后来我的老东家说自己破产了，她只好把庄上的黑奴通通卖掉。我一听说他们要把我们通通送到里奇蒙去拍卖，啊，上帝！我就知道那是怎么回事！”

蕾切尔大娘激动得站了起来，现在她高高地站立在我们面前，星光衬托出她的黑影。

“我们被他们套上链子，放在二十来英尺的一个看台上，就像这个台阶这么高，下面很多人围着台子站着，一堆一堆的人。有的人走上来，把我们浑身打量，拧我们的胳膊，叫我们站起来又走又跳的，之后他们就说，‘这个太老了’，或者‘这个腿瘸了’，再不就是‘这个没什么用处’。后来有人买了我的老汉，拉着铁链把他带走了，又有人买了我的孩子，把他们也带走了。我就哭起来，那个人瞪着我说，‘不许你哭！’伸手就给我一巴掌。后来都卖完了，只剩下我的小亨利，我拼命把他抱在怀里，抱得紧紧的，我站起来对他们吼道：‘你们不能把他带走，’我说：‘谁敢动一动他，我就要谁的命！’这时候我的小亨利悄悄对我说：‘别担心，我会逃跑，跑掉了我就去做工，把您赎出来。’啊，上帝保佑我的孩子，他总是

---

① 今美国弗吉尼亚州。

这么孝顺！可是他们拉着他——他们拉着他，就是那些人干的。我拼命揪住他们的衣服，撕破了好些地方，还用我的链子打他们的脑袋。可是他们还是把他拉走了，他们也揍了我一顿，可是我不在乎。

“就这样，我老汉走了，还有我所有的孩子，七个孩子也走了。其中的六个直到今天我都没再看到一眼。算到上个复活节，那已经是二十二年以前的事了。把我买到手的那个人是新百伦的，他把我带到了他的家乡。唉，一年年的就这么过去了，后来打起了仗。我的东家是南方军队里的一个上校，我是给他家烧饭的。所以北方的队伍占领那个小镇之后，东家全都跑掉了，而把我和别的黑人丢在那幢大得要命的房子里。后来北方队伍的大军官就搬进来住，他们问我愿不愿意给他们烧饭。我说：‘天哪，那还有什么说的，我就是干这行的。’

“他们可不是芝麻大的小官儿，您知道，那都是些有权有势的军官。他们高兴叫那些士兵怎么样，那些士兵就得怎么样，真神气！那个将军叫我当厨房的头儿。他说：‘别害怕，谁要是来给你捣乱，你就直接让他滚蛋。’他说，‘现在你是和朋友们在一起了。’

“有时候，我心里想，要是我的小亨利找到机会开了小差，那他一定就会上北方去了。所以有一天趁那些大官儿休息，我就跑到大客厅里，我就给他们问了个好，就像这样，和他们谈起了我的亨利。他们静静地听着我的心事，没有歧视，就好像我也是白人一样。我说：‘先生们，我就是来问问，因为他要是跑掉了，肯定会去北方，到了你们各位长官的地方。你们也许看见过他，那请你们告诉我，好让我把他找回来。他很小，左手腕子上和脑门子顶上都有个疤。’这下子他们就显得很难过，将军说：‘他们把他带走有多久了？’我说：‘十三年了。’将军就说：‘他现在可不会再像那么小，他已经是个大人了！’

“我从来没想到过这个！我心里老想着他还是那么个小不点儿。从来没想过他会长大，长成个大人。我突然明白了，那些长官谁也没碰见过他，所以他们没法帮我的忙。幸运的是，虽然我不知道，但是我的亨利果然是跑到北方去了，去了好些年好些年，还变成了一个剃头匠，自己干活。后来打起仗来了，他就说：‘我剃头剃够了，我要去找我妈，除非她死了。’所以他卖掉了他的行头，跑到招兵的地方去，给一个上校当听差的。于是他跟着部队到处打仗，一路打听他老妈妈的下落。这段时间里，他伺候了一位又一位军官，一直把整个南方都找遍了，可是你看，我一点儿也不知道这些，我怎么会知道呢？

“直到有一天晚上，我们开了个士兵跳舞会，新百伦那儿当兵的常常开跳舞会，寻开心。他们就在我的厨房里开，不知开过了多少次，因为那屋子很大。您听着，他们这么干，我可就不高兴，因为我那地方可是伺候军官的，一有那些普通的士兵在我那厨房里乱蹦乱跳，就叫我着急。不过我也不管他们，等他们跳完了就收拾收拾，每次都是这样。有时候他们惹我生气了，我就叫他们给我打扫厨房，我跟您说吧，真不含糊。呵呵！

“噢，有一天晚上——一个星期五的晚上——一下子来了一整排的人，是从守卫这所房子的黑人卫队里调来的——您知道，这所房子是司令部——这下子我可劲头来了！高兴疯了吗？我简直是痛快极了！我从这儿转到那儿，又从那儿转到这儿。我简直觉得浑身发痒，只想跟着他们跳起来。他们都在转来转去地跳舞。哎呀，他们玩得可真痛快！我也跟着越来越高兴。过了不大一会儿，有一个穿得很时髦的黑小伙子搂着一个黄皮丫头从屋子那边跳着跳着过来了。他们俩跳得直是转，真叫人看了像喝醉了酒那股劲儿。转到我身边的时候，他们一会儿翘起这只腿，一会儿又翘起那只腿，还冲着我那大红头巾直笑，跟我打趣，我就冒火了说：‘滚你妈的蛋吧！——杂种！’那年轻人的脸色猛地一下子有些变了，可是过了一会儿，后来他又笑了起来，跟原先一样。噢，就在这时候，来了几个乐队里奏乐的黑人，他们总是摆着那些臭架子。那天晚上他们刚摆好架子，我就跟他们捣蛋！他们笑了，这叫我更加生气。别的黑人也大笑起来，这下子我可实在忍不住，我可真生气了！我的眼睛里简直冒出火来了！我就站得挺直，就像这样——跟我现在这样，差点儿碰着天花板，我攥着拳头插在腰上，我说：‘喂！我要叫你们这些黑鬼知道，老娘可不是生在平常人家，不能让你们这些杂种开玩笑！我是老蓝母鸡的小鸡，不含糊！’这时候我就看见那个年轻人站住了，他瞪着眼睛，一动也不动，呆呆地望着天花板，好像想起了什么事，又好像有什么事忘掉了。嗐，我就往他们黑鬼那边冲过去——就这样，像一个将军似的——他们就在我前面逃跑，滚到门外去了。这个年轻人出去的时候，我听见他跟另外一个黑人说：‘吉姆，你先走吧，请你告诉上尉，我大概明天早

上八点才能回来。我心里有点事儿。’他说：‘恐怕今天晚上睡不着了。你先走，别管我了。’

“这时候大概是夜里一点。等到第二天差不多七点的时候，我起来给军官们做早饭。我在火炉前面弯着腰——就像这样，把您的脚就算是火炉吧——用右手把火炉的门打开了——就是这样，把它这么关上，就像我推您的脚一样——我刚刚在手里端着一盘热面包，正要抬起头来的时候，我看见一个黑脸蛋伸到了我的脸下面，一双眼睛往上盯住我的眼睛，就像我现在这样从底下望着您的脸一样。我就在那儿站着，一点也没动弹！我死劲地仔细看，手拿着盘子直发抖，猛地一下子我就明白了！我扔了盘子，抓住他的左手，把他的袖子往上推——就是这样的，就像我推您的袖子一样，我马上又抬头望着他的脑门，把他的头发往上推，就像这样，哈，我说：‘孩子！你要不是我的亨利，你手腕上的这条痕，脑门上那个疤是从哪来的呀？谢天谢地，我又见到我的孩子了！’

“啊，没什么，克先生——我真是从来没什么苦恼，可也没什么欢喜事儿！”

麦克威廉士夫妇对膜性喉炎的经验

——一位有趣的纽约绅士麦克威廉士先生在旅途中告诉作者的故事。

啊，我跑题了，给你说了半天膜性喉炎这种可怕的不治之症在城里到处传染，把所有的母亲吓得要命的情形，现在再回到本题来谈吧。我叫我太太当心我的女儿小皮奈罗比。我说：

"亲爱的，我是你的话，我就不让那孩子嚼那根松枝。"

"亲爱的，这有什么坏处吗？"她说，可是同时她却准备把那根松枝拿开。你知道的，结了婚的女人，哪怕是听到非常有道理的意见．也非要和你强辩不可。

我回答说：

"宝贝，谁都知道，松树是最没有营养的木头，小孩子最好不要吃。"

我老婆正要伸着手去拿那根松枝，听了我这话偏偏把手缩了回来，放到膝盖上。她显然愤怒地抬起头来说：

"老伴，你怎么这么糊涂。你明知不是那么回事。医生们都说松木里的松脂精对背痛和肾脏都有好处呀。"

"啊，原来是我弄错了。我不知道这孩子的肾脏和背脊骨出了毛病，我们的家庭医师主张用……"

"谁说我们孩子的背脊骨和肾脏出了毛病？"

"亲爱的，你的话里有这个意思呀。"

"胡说！我根本没有这个意思。"

"啊，亲爱的，两分钟前你才说的，你说……"

"你管我说什么！你别管我是怎么说的。孩子嚼松枝根本没有妨碍，只要她高兴嚼，那就让她嚼呗。哼！偏让她嚼，怎么样？"

“行，别说了，亲爱的。我现在明白你这番道理的说服力了，我现在就去买两三捆最好的松枝来。只要我活着，可不能叫我的孩子缺少……”

“啊，拜托你快去上班吧，让我安静一会儿。我随便说句什么话，你都非要抬扛不可，老在那儿吵呀吵的，你简直就不知道你说的是什么，你老是这样。”

“好吧，就算你说得对。可是你最后那句话不大合逻辑，你说……”

但是还没有等我说完，她一转身就走了，把孩子也带了去。等到吃晚饭的时候，她脸色发白地对我说：

“啊，莫蒂默，又是一个！小乔吉·戈登也染上了。”

“膜性喉炎吗？”

“是啊。”

“他还有希望吗？”

“绝对没救了。天哪，我们怎么得了呀！”

过了一会儿，一个保姆领着我们的皮奈罗比来和我们道晚安，并且让她按照惯例伏在母亲怀里做祷告。正说到“现在我就去躺下来睡觉”时，她轻轻地咳嗽了一声！我的老婆把身子往后一靠，好像突然得了死症的人那样。不过她马上就站起来，手忙脚乱地干着一些由恐怖引起的事情。

她吩咐保姆把孩子的小床从育儿室搬到我们的卧房里，而且她亲自跑去监督保姆执行这道命令。当然她是把我带去的。我们很快就把一切安排好了。还在我老婆的梳妆室里给保姆搭了一张临时铺。可是这下子她又说现在我们离另外那个孩子太远了，万一他在夜里也有什么发病的迹象怎么办呢？说着说着她的脸色又发白了。

我们只好又把小孩的床和保姆的床搬回到育儿室里去，在靠近的房间里给我们自己搭了一张床。

可是我太太马上又说，万一小娃娃又染上皮奈罗比的病怎么办？这个想法又使她心里多了一种新的恐慌，于是我们大家一齐动手又把孩子的小床从育儿室里再搬出来。老婆嫌不够迅速，不能叫她满意，虽然她还亲自帮忙，但在她那急得要命的动作中，那小床几乎被扯得粉碎。

我们搬到了楼下，可是那儿没有地方安顿保姆，而我太太又说保姆的经验对孩子是有非常大的帮助的。于是我们又往回搬，连捆带包的，再搬到我们自己的卧室里。尽管疲惫不堪，我们还是感到很高兴，就像饱受风吹雨打的鸟儿回到了它们的巢那样。

我太太又飞快地跑到育儿室里，看看那儿的情形怎样。她一会儿就回来了，心里又有了一种新的恐惧。她说：

"今天孩子怎么睡得这么酣呢？"

我说：

"噢，亲爱的，我们的孩子睡觉向来都是像个雕像一样。"

"我知道，我知道。可是今天他睡觉的神气确实有点特别。好像是……好像……他好像是呼吸得太正常了。啊，这可有些可怕。"

"可是，亲爱的，他向来呼吸的很正常啊。"

"啊，我知道，可是今天的情形却有些可怕。她的保姆太年轻了，经验不够。叫玛丽亚去和她在一起才行，出了什么事她正好随时帮忙。"

"这个主意倒不错，可是谁帮你的忙呢？"

"我有什么事可以叫你帮忙？像现在这种时候，我才不会叫别人干什么，我全都自己来。"

我说我去睡觉，让她一个人守着孩子熬一整夜，未免过意不去。不过最终她还是说服我了。于是年老的玛丽亚走了，回到育儿室里她的老地方去了。

皮奈罗比睡着之后又咳嗽了两次。

"啊，医生为什么还不来！莫蒂默，这屋子太热了。这屋子一定是太热了。把火炉的风门关上吧，快点！"

我把它关上了，同时看了看寒暑表，心里只是纳闷，不知七十度对于一个有病的孩子来说怎么会太暖了。

这时候马车夫从城里回来了，他带来的消息是我们的医生也病了，躺在床上起不来。我太太用阴沉的眼色望着我，用低沉的声调说：

"这真是天意。难道是命中注定了？他从来没有病过。从来没有。莫蒂默，我们的生活过得很不得法。我告诉过你很多次。现在你看到结果了吧。我们的孩子不可能好了。你要是能够原谅你自己，那就算你有福气。这辈子我都不会原谅自己了。"

我说我不明白我们过的生活竟然是那么胡闹，我说这话并不是故意和她过不去，而是她的措辞确实有失考虑。

“莫蒂默！你想要娃娃也遭到报应吗？”

于是她哭起来了，可是忽然又喊道：

“医生一定捎了点药来吧！”

我说：

“当然。在这儿呢。我就等着机会跟你说呢。”

“好吧，快拿来给我！你不知道现在每一分钟对于孩子来说都是无比宝贵的吗？但是既然这个病没法儿治，那又拿些药来干什么？”

我说只要孩子还活着，我们就有希望。

“希望？莫蒂默，你简直不知道你在说什么梦话，真不比一个没出娘胎的孩子强。你要是——唉，活见鬼，药瓶上写着每小时服一茶匙！每小时服一次！好像我们还有一整年的时间来挽救这孩子似的！莫蒂默，请你赶快！给小家伙一汤匙，千万要快！”

“唉，亲爱的，一汤匙恐怕会……”

“别把我急疯了吧！……唉，唉，唉，亲爱的，我的好人，我知道这药很苦，可是对奈莉有好处——能治我们的宝贝孩子的病，她吃了就会好的。好了，好了，好了，把她的小脑袋放到我的怀里，快去睡觉，过一会儿……啊，我知道她活不到明天早上了！莫蒂默，每隔半小时喂她吃一汤匙，那就……啊，这孩子还需要吃点莨菪，对了，她还应该吃附子。拿来吧，莫蒂默。你让我爱怎么办就怎么办吧，你对这些东西一点都也不懂。”

好不容易弄完这些，我们才上床去睡觉，孩子的小床靠着我老婆的枕头放着。这一阵乱糟糟的事情把我弄得筋疲力尽，不到两分钟，我就迷迷糊糊进入半睡的状态。可是我太太又把我叫醒了：

“亲爱的，火炉的风门打开了吗？”

“没有。”

“我早就料到了。马上把它打开。这屋子里太冷了。”

我把它打开，马上又睡着了。可是我又被叫醒过来：

“亲爱的，你把小床搬到靠你那边点行不行？那儿离风门近一点，暖和一些。”

我只好把它搬了过来，可是不小心碰了一下地毯，把孩子惊醒了。

我又迷迷糊糊睡着了，我老婆把受罪的孩子哄住。可是只过了一会儿，我又在云里雾里的非常困倦之中隐隐约约地听到这么一句话：

“莫蒂默，我们要是有点儿鹅脂油才好呢，你按下铃好吗？”

我半睡半醒地爬起来，一下子踩到了一只猫，它哇的一声提出抗议。我想教训它一下，于是猛踢了一脚，可是一把椅子替它受了委屈。

“喂，莫蒂默，你为什么拧开煤气灯，这样会把孩子弄醒的。”

“因为我要看看我的脚伤得怎么样，卡罗琳。”

“唉，那你也看看那把椅子吧，我相信它肯定被你踢坏了。可怜的猫儿，要是你……”

“我可完全不打算替猫设想。要是玛丽亚留在这儿，由她来做这些事情，那根本就不会出这种岔子，这些事她干才在行，本不该轮到我头上。”

“唉，莫蒂默，我觉得你说这种话未免太难为情。在这种倒霉的时候，我叫你做几桩小事，你居然还觉得不应该，那真是不像话？你看看我们的孩子……”

“好了，好了，随便你叫我干什么我都干。可是他们都睡觉了，我不能按铃把他们吵醒。鹅脂油在哪儿？”

“在育儿室的壁炉架上。你上那儿去跟玛丽亚说一声……”

我把鹅脂油拿来，躺下睡着了。可是我又一次被叫醒：

“莫蒂默，实在不愿意再打搅你，可是屋子里还是太冷，我不能给孩子敷这东西。你把壁炉点着吧？什么都准备好了，只要点一根火柴就行了。”

我精疲力竭地爬起来把壁炉点着，然后坐下来，心里很不痛快。

“莫蒂默，别坐在那儿，着了凉可是要命的，快上床来吧。”

我正往床边走，她又说：

“等一会儿，你再给孩子吃点药吧。”

我照办了。孩子吃了这种药精神多少有些旺盛，所以我老婆就趁着她醒的时候脱光了她的衣服，给她浑身涂上鹅油。我刚睡着不久了，可是又不得不起来。

“莫蒂默，我觉得有风。我清清楚楚地觉得，的确是有风。这种病一着风，那可是最糟糕不过。请你把小床搬到壁炉前面吧。”

我遵命去办，结果又碰到了地毯，我就干脆把它丢到了火里。我太太连忙从床上爬起来，把地毯从火里救了出来，还和我拌了几句嘴。我再次获得了一段极短时间的睡眠，然后又奉命起来，找来了一副亚麻子敷药。这副敷药敷在孩子的胸前，在那儿担任治疗的职务。

木头生的火是不经久的。每过二十分钟我就要起来添木柴，这就使我太太有了机会，把喂药的时间缩短到十分钟，对此她感到非常满意。有时候我还需要把亚麻子敷药重新弄一下，再弄些芥子泥之类的药膏在孩子身上还没有涂药的空地方给她敷上。唉，天快亮的时候，该死的木柴又用完了，我老婆叫我下楼到地窖里再取一些上来。我说：

“亲爱的，这是件很吃力的事情，况且孩子已经加了衣服，足够暖和了。你看我们是不是可以再给她加上一层敷药，再……”

我的话没有说完就被打断了。我费了不少时间，费了老大的劲把木柴从下面搬上来，然后又上床躺下，打起鼾来，这是只有一个气力用尽和精神疲乏到极点的人才有的现象。天刚刚大亮的时候，我觉得有人在我肩膀上捏了一下，这使我突然神志清醒了。我老婆瞪着眼睛望着我直喘气。等她能开口说话的时候，她说道：

“一切都完蛋了！完蛋了！孩子在出汗！怎么办呀？”

“哎呀，你简直把我吓坏了！我怎么知道怎么办！她是不是太热了？我们把她身上的药膏刮掉，再把她放到通风的地方——”

“啊，你这个白痴！一分钟也不能再耽误了！快去请医生来。你亲自去。告诉他非来不可，不管死活。”

那可怜的病人被我从床上拽下来，拉到了我们家。他诊断了一下，说她不会死。我高兴得无法形容，可是我老婆简直气疯了，好像是医生的话侮辱了她的智商。然后医生说孩子的咳嗽只不过是嗓子有点儿痒或是什么不舒服引起的。我老婆听了这话，有了想撵他出去的冲动。但是医生说只有孩子咳得凶一点，才能把那毛病咳出来。所以医生给孩子吃了一点什么药，结果她大咳特咳了一阵，一会儿之后从她嘴里咳出了一小块木屑样的东西。

“这孩子并没有害膜性喉炎，”他说，“她就是拿一小块松木板之类的东西在嘴里嚼，弄了点碎片在嗓子里了。这不会对她有什么妨碍的。”

“是呀，”我说，“我很相信你的话。根据我太太的理论，碎片里面所含的松脂精对于孩子们很有好处哩。让我太太给你说明一下吧。”

这次她没有作声。她带着轻蔑的神气转过身去，离开了孩子的房间。从此以后，我们的生活中有了一段我们永远都不敢提起的插曲。于是我们的日子就在深沉和相安无事的平静气氛中一天天很顺利地过去了。

爱德华·密尔士和乔治·本顿的故事

这两个人本来关系很疏远，他们大约是隔着七房的表兄弟或者诸如此类的亲戚。他们还在襁褓中就成了孤儿，被布朗特夫妇收养。夫妇俩没有儿女，因此这两个娃娃成了他们的宝贝。布朗特夫妇常常说："只要你们纯洁、诚实、冷静、勤勉、多替别人着想，一生的成功就有把握。"在这两个孩子明白它的意义之前，他们已经听过了好几千次了，他们还不会做祷告时，就已经能默诵这句话。因为育婴室的门顶上用油漆写了这句话，所以他们首先学会的就是这些字。这句话注定了要成为爱德华·密尔士一生坚定不移的信条。有时候布朗特夫妇也会把词句稍微改变一下，说："只要你们纯洁、诚实、冷静、勤勉、体谅别人，那就绝不会缺少朋友。"

爱德华对他身边所有人都是一种安慰。他想吃糖而没人给他的时候，他会听大人讲的道理，没有糖也就心满意足。不过本顿想吃糖的话，就会哭个不停，非等到要到了糖，否则就决不甘休。密尔士很爱护他的玩具，可本顿总是过不了多久就把玩具弄坏了，然后吵吵闹闹，闹个没完，把大伙弄得头疼，大人为了息事宁人，只好哄着小爱德华把自己的玩具让给乔治。

等这两个孩子稍稍长大一点时，乔治就在这一方面成了家里一个很重的负担。他从不爱惜他的衣服，所以他常常有新衣服穿，打扮得漂漂亮亮的，而爱德华却没有这份福气。时光飞逝，两个孩子一转眼长大了。爱德华越来越给人安慰，而乔治却越来越叫人担心。每当爱德华有所要求，只要一告诉他"我看你还是不去为好"，那他绝不会去——即使是游泳、溜冰、野餐、摘浆果、看马戏等这些孩子们喜欢的事情。可是乔治却不会这么听话，你说什么都不行，对他的欲望必须迁就，不然他就会硬干起来。所以当然就是没有哪个孩子比他得到更多的机会去游泳、溜冰、摘浆果，或是干其他的事情，谁也没有他玩得痛快。夏季的晚上，布朗特夫妇要求孩子们九点以前必须回家。回来之后就安排他们去睡觉。爱德华总是老老实实地睡下去，可是乔治照例在快到十点的时候爬窗户溜出去，一直玩到半夜。除了拿苹果和石弹笼络他，几乎没有办法改变乔治的这个坏习惯，叫他留在屋里。善良的布朗特夫妇枉费心机地花费他们全部的时间和精力来试图约束乔治，但是都没有效果。想到这些，他们总是含着感激的眼泪说，还好爱德华无须他们操心，因为他规矩、懂事，几乎没有什么缺点。

不久两个孩子到了该做事的年龄，他们都被送去学手艺了。爱德华高高兴兴地自愿去了，而乔治却要不断地哄劝和收买才去。爱德华因为勤勉而忠实地工作，不再是布朗特夫妇的负担了。所有人都称赞他，包括他的老板。可是没多久乔治就偷偷跑掉了，布朗特先生又花钱又费神才把他找到，把他带了回来。可是不久他又跑了，这次又花了一些钱，费了一些神。第三次他又逃掉了，同时还偷了几件店里的小东西。这给布朗特先生惹了大麻烦，叫他花了不少钱，而且他还费了很大的劲说服老板，请他原谅了这年轻人的偷窃行为。

爱德华一直稳重地干了下去，后来他终于和他的业师合伙开了个店铺经营那个生意。乔治却没有起色，他总是让那两位年老的恩人慈爱的心中充满烦恼，总是让他们提心吊胆，不得不千方百计地防止他走上歧途。在爱德华还是个小孩子的时候，他便热心参加主日学校、辩论会、教会募捐等活动，还加入了戒烟团体、反对渎神的团体等。成人之后，他是教堂和戒酒会里一个沉默寡言而又踏实可靠的帮手，热衷于一切以扶助别人为目的的运动。这并没有使人传为美谈，也不曾引起大家的注意，因为所有人都以为那是他的"天生癖性"。

两位老人终于死了。遗嘱里表达了他们为拥有爱德华而感到自豪，同时把他们一生仅有的财产留给了乔治，因为他"需要它们"。而爱德华却"因为得天独厚"，并不需要这些照顾。不过财产留给乔治是有条件的：他必须用这笔钱把爱德华的合伙人的股份买过来，否则这笔财产就只能捐给一个叫作囚犯之友社的慈善机构。两位老人还留下了一封遗书，要求爱德华代替他们关照乔治，并且像他们在世时那样帮助他、保护他。

爱德华很孝顺地顺从了，于是乔治成了他的合作伙伴。他可不是一个得力的合伙人，他早已染上了喝酒的习惯，很快变成了一个醉鬼。这从他的皮肤和眼睛里就能看到这个令人遗憾的事实。爱德华爱上了一个可爱的、好心肠的姑娘，并且追求了一段日子。他们俩相亲相爱，而且……可是就在这时候，乔治也开始追求她。后来有一天，她哭哭啼啼地跑去告诉爱德华，说她有了一个崇高而神圣的义务，而且她绝不能让自己的私欲妨碍这种义务。那就是她必须嫁给“可怜的乔治”，并且“用她的一生帮助他改过自新”。这是足以使她心碎的，她明知如此，然而义务终究是义务。于是她和乔治结了婚，爱德华的心都碎了，她也是一样。不过爱德华慢慢恢复了过来，娶了另一个很不错的姑娘。

两家都有了孩子。玛丽总是尽心尽力地帮助她的丈夫改邪归正，不过这是个比金字塔还浩大的工程。乔治继续好酒贪杯，而且他渐渐对她和孩子们虐待起来。有许多好心的人都来帮助乔治，事实上他们已经很努力了，可惜他却若无其事地把别人的苦心当成自己应得的照应和人家应尽的义务，而并不矫正他的行为。不久他又多了一个恶习——偷偷地去赌博。他负了很多债，用商号的信用做担保到处借钱，而且做得非常隐蔽。他一直干了很久，瞒得很好。直到一天早上，执法官跑来没收了这个铺子，于是这表兄弟俩就一贫如洗了。

生活开始艰难了起来，爱德华只好把家搬到一个顶楼上，日夜在街上乱跑找工作，虽然他很努力地寻求，可是实在找不到机会。而且更惨的是他发现自己的面孔很快就不受欢迎了。他发现人家对他的关怀和赞扬很快减退和消失了，他心里又是惊奇又是难过。但是生活还要继续，所以他只能忍气吞声，拼命地继续钻门路。最后他找到了往梯子上搬砖头的工作，这已经让他感激上帝了，不过至此之后，大家都把他当成陌生人了，也没有人再关心他。他没有力量给他所属的各种道德团体缴纳会费，眼看着自己遭到取消会员资格的耻辱，他也只能忍受那钻心的创痛。

在爱德华迅速地被大家遗忘和漠视的同时，乔治却迅速地得到重视和关怀。有一天早晨，他躺在阴沟里被人发现，衣衫褴褛，醉得人事不省。一位妇女戒酒救济会的会员把他捞了出来，并且细心地照应他，给他募了一笔捐款，帮助他戒了一星期的酒，为他找到了一份职业。报纸报道了这一经过。

这样一来，就使得大家对这个可怜的人大为关心，许多人来找他，给他以扶持和鼓励，帮助他戒除恶习。整整两个月他滴酒不沾，这段时间里，他成了好心人的宝贝。不过他还是倒下了[①]，倒在一个阴沟里，于是大家都为他难受和叹息。可是慷慨善良的姐妹们又拯救了他。她们把他洗得干干净净，给他东西吃，倾听他讲述那悔恨交加、凄婉动人的过去，再次为他找了一份职业。报纸没有错过这个消息，全城的人都为了这位饱受酒精困扰而力求解脱的可怜的犯戒者再度走上正路而流下欢欣的泪水。大家举行了一个大规模的戒酒救济会，在经过了几篇让人激动的演讲之后，主席无比动人地说道："现在我们就要请戒酒的朋友们上台来签保证书，这将是一个让人激动的场景，在座的诸位很少有人能够看了不掉眼泪的。"在一阵意味深长的沉寂之后，戒酒救济会的一队系着红腰带的妇女伴随乔治·本顿走上讲台，当场在保证书上签了名。空中响起了雷鸣般的掌声，人人都欢喜得掉泪了。散会之后，这位刚戒酒的人物得到大家的祝贺。第二天他的薪金就提高了，他成了全城的话题，也成了大家心目中的英雄。报上又报道了这一事件。

每隔三个月乔治·本顿照例犯戒一次，可是每次都有人忠心耿耿地把他挽救过来，对他下一番功夫，而且给他谋个很好的职位。后来他以一个戒了酒的醉汉的身份到全国各地进行演讲。他获得很多的观众，起了很大很大的作用。

在家乡他有很高的人望，而且在他不喝酒的时候很有信用，因此他居然能够盗用一位重要公民的名义从银行里提出了一笔巨款。大家费了很大的努力，才使他免于承担这次犯罪的后果，但只成功了一部分。他被拘留了两年。在刑满一年时，那些乐善好施的人通过不懈的努力终于使他带着免罪证从监狱里出来了。这时候囚犯之友社敞开大门迎接了他，还给他找好了差事，薪金颇为优厚。另外一些乐善好施的人也来了，对他进行了忠告，并给他鼓励和帮助。爱德华·密尔士曾经在穷得走投无路的时候，厚着脸皮到囚犯之友社去请他们介绍工作，可是人家一问："你当过囚犯吗？"马上就把他打发了。

---

① 原文中使用的 fell 一词，即可解释为倒下，又可解释为堕落。

当乔治在游戏人生的时候，爱德华·密尔士一直在不声不响地与逆境斗争。虽然他还是很穷，但他是一家银行里的一个受人尊重和信任的出纳员，薪金收入很牢靠，勉强可以糊口。乔治·本顿和他没有来往，也从来没有向别人打听过爱德华的消息。后来乔治离开了这个城市，很长时间都没有回来，于是就有关于他在干坏事的传言，只是没有确凿的证据。

一个冬天的晚上，有几个蒙面的强盗闯入了爱德华工作的银行，恰好只有爱德华·密尔士一人在工作。强盗叫他说出开暗锁的方法，好让他们能够打开保险柜取钱。但是他不肯说，他们就威胁他，要他的命。他说因为东家信任他，所以他不能背叛这种信任。他可以死，但绝不能放弃自己的职责，他一日活着，他就一日要忠于他的主人。他至死都没有说出保险柜暗锁的开法，结果被残忍的强盗们打死了。

侦探追缉了罪犯，为首的竟然是乔治·本顿。死者的孤儿寡妇获得了社会广泛的同情，全国的报纸一致要求全国所有的银行凑集一笔可观的捐款，接济失去了经济来源的死者家属，借此表达对这位被害的出纳员的忠诚和英勇的敬意。结果竟然募得了一大堆硬币，总数居然有五百元之多！全国的银行平均每家捐了一分钱的八分之三。甚至出纳员自己工作的那家银行极力设法证明（可是遭到了可耻的失败），这位无比忠诚的工作人员账目不清，竟然说他是用大头棒敲击脑袋自杀，从而逃避查账和处罚——这就是爱德华用生命保护的银行表示感谢的方式。

乔治·本顿被抓住，受到审判。于是人人似乎都忘记了死者的孤儿寡妇，只为那可怜的乔治担心。大家千方百计地营救他，只要是金钱和势力所能做的都做了，可是完全无效，他被判了死刑。州长立刻被请求减刑或免刑的人群包围了。递交请愿书的有泪眼汪汪的少女，有悲伤的老太太，有让人哀怜的寡妇代表团，有一群群令人感动的孤儿。但是，州长这一回始终不肯让步。

乔治·本顿在狱中信奉了基督。这个喜讯立即传遍各处。从此以后，他的牢房里挤满了姑娘和妇女，还有许多艳丽的鲜花。从早到晚老有人祷告、唱圣歌、为他祈祷、讲道、哭泣，从不中断，只有换人的时候才偶尔会有五分钟暂时的间歇。

这套把戏一直持续到犯人走上绞架的时候。乔治·本顿戴着黑帽子，在当地最慈祥、最善良的一群痛哭的观众面前得意扬扬地回了老家。在之后的很长时间，他的坟上天天都有鲜花，墓石上刻着这样一句碑文："毕生奋斗，终获成功。"墓碑上面还刻了一只指向苍天的手。

那位勇敢的出纳员的碑文是这样写的："只要你纯洁、诚实、冷静、勤勉、体谅别人，你就永远也不会……"

不知是谁叫那碑文就这样止住，可是反正有人吩咐过要这么办。

据说那位出纳员的家属现在处境非常困窘。可是没有关系，有些识好歹的人不愿意叫他那种勇敢和忠心的行为湮没无闻，他们募集了四万两千元来建一座纪念他的教堂。

麦克威廉士太太和闪电

是的，先生——麦克威廉士先生继续说，因为这并不是他谈话的起点——对闪电的恐惧心理是一个人所能遭到的最恼人的毛病之一。这种恐惧大多数发生在女人身上，当然，小狗偶尔也会有这种毛病，有时候男人也有。这是个让人恼怒的毛病，因为它把一个人的勇气完全吓跑了，再没有抵抗的能力，这真是个不可理喻的毛病，你根本不可能让一个人去掉这个毛病。一个碰到魔鬼或是老鼠都不会害怕的女人，在闪电面前她就沉不住气，吓得魂不附体了。她所遭受的恐惧真叫人可怜。

噢，我刚才说过，我惊醒过来，耳朵里只听见那一阵令人窒息的、不知从哪儿发出来的"莫蒂默！莫蒂默"的哭喊声。我稍稍定了定神，马上起床在黑暗中摸索着走过去，随后说道：

"伊凡吉琳，是你在叫我吗？怎么回事？你在哪儿？"

"鞋柜[①]里哪。外面大风大雨的，你居然躺在那儿，睡得那么香，你知不知道害羞呀？"

"唉，一个人睡着了，哪里知道什么害羞？这真是不近情理，一个人睡着的时候，他是不会害羞的，伊凡吉琳。"

"你连试都不试一下，莫蒂默，你自己明白，你从来都不肯试一试。"

我听到了那沉闷的哭声。

这个声音把我到嘴边的刻薄话一下子打断了，只好换了句话。

"对不起，亲爱的，我很抱歉。我不是有意那么做的。回来吧，我们接着……"

"莫蒂默！"

---

① 当时用来存放鞋帽和其他家用器具的小房间。

“天哪！怎么回事，亲爱的？”

“难道你还在那床上吗？”

“噢，当然啦。”

“马上下来吧。我看你要对你的生命稍加注意点才行，为了我，为了孩子们，哪怕你不为你自己着想。”

“可是，亲爱的……”

“别跟我说话，莫蒂默。你也知道，在这么大的雷雨天，没有哪个地方会比床上更危险——所有的书上都这么说。可是你偏要躺在那儿，安心要把你的命丢掉。你到底想些什么，难道是为了搬出你那套道理来和我吵、吵、吵？”

“可是，天哪，伊凡吉琳，我已经下床了。我……”

（这句话忽然被一道闪电打断了，随后就是我太太刺耳的小声尖叫和一声可怕的响雷。）

“哎呀！你看这就是报应。啊，莫蒂默，你怎么嘴里不干不净的，居然在这种时候咒骂起来？”

“我没有。而且那也不是什么咒骂惹来的。无论如何，哪怕我一声不响，它还是照样会来。你也清楚啊，伊凡吉琳，至少你应该知道，当空气中充满了电的时候，那就会……”

“啊，是呀，你接着说你那套歪理，说，说呀！你明明知道房顶上没有装避雷针，你可怜的老婆、孩子都完全在听天由命，可是你却这么满不在乎，真不知你是怎么想的。你在干什么？在这种时候擦火柴？你疯透了吗？”

“岂有此理，这有什么关系吗？这地方黑得就像邪教教徒的肚子里面一样，而且……”

“快把它吹灭了！马上吹灭它！你是不是打定了主意要把我们统统牺牲掉？你明知道什么东西都不能像火光那样能招雷电。（嗞！——哗啦！砰——砰——砰——砰！）啊，你听！现在你知道你闯祸了吧！”

“不，我不明白我闯了什么祸了。据我所知，火柴可以吸引闪电，但是它绝不可能产生电光，我愿意和你打赌。而且这次就算吸引了，也毫无影响。即使那一阵雷是冲着我这根火柴来的，那它的瞄准本领也不高明。这一百万次里也许一次都打不中。如果在多利蒙，呵呵，这样瞄准的本领……”

“不要脸的莫蒂默！现在死神就站在我们面前，可是在这种严重的时候，你居然还敢说出这样的话。要是你不打算……莫蒂默！”

“怎么了？”

“你今晚上做过祷告了吗？”

“我……我……本打算祷告，可是我后来想要算出十二乘十三是多少，所以就……”

（唑！——砰——砰——砰——哗啦啦——轰隆！）

“啊，我们完蛋了，无可挽救了！在这种时候，你怎么忘了这么神圣的事情呢？”

“可是之前还不是‘这种时候’呀。那会儿天上一点儿云都没有。我怎么会知道这么一点儿大意就会惹得上帝这么大发雷霆呢？而且你明明知道我很少有这种疏忽，偏要这么大惊小怪的，真是一点道理也没有。自从四年前我招来那次地震之后，我一直都没有忘记祷告。”

“莫蒂默！你怎么这么说！你忘了那次黄热病了吗？”

“亲爱的，你老是把那次黄热病怪到我身上，我觉得那是完全不近情理的。即使你要打个电报到孟菲斯那么远的地方去，也得转站才行，我在祷告上面这一点小小的疏忽怎么会影响那么远呢？我承认我惹来了地震，因为那是发生在附近一带的事情。可是不能把每一桩坏事都赖在我头上……”

（唑！——砰——砰！砰——哗啦啦！）

“啊，哎呀，哎呀，哎呀！我肯定刚才这一下打中什么东西了。我们活不到明天天亮了。我们死了以后，你应该记住你说的那些不干不净的话，要是这对你有好处的话，莫蒂默！”

“啊！又是怎么回事？”

“你的声音好像是……莫蒂默，你当真是站在了敞开的壁炉那儿么？”

“我正在犯这个罪。”

“赶快离开那儿！你好像是打定了主意要把我们通通毁掉。你难道不知道敞开的烟囱是传电最厉害的地方吗？现在你又跑到哪儿去了？”

“我站在窗户这儿。”

“啊，你积积德吧！你发神经病了吗？赶快离开那儿，马上走！连抱在怀里的小娃娃都知道雷雨天的时候站在窗户跟前是非常危险的。哎，哎，我知道我绝不能活到天亮了！莫蒂默！”

“唉。”

“是什么东西在那儿沙沙地响？”

“是我。”

“你在干什么？”

“在找我的裤腰哪。”

“快！快把那东西丢掉！我知道你会故意在这种时候把这种衣服穿上，所有的大学者都说毛料会吸引雷电的，你又不是不知道。啊，天哪，天哪，现在一个人遭受天灾还不够，你还要想方设法增加这种危险！啊，别唱了！你在想些什么？”

“那有什么关系呢？”

“莫蒂默，我要是跟你说过，那就跟你说过一百遍了：唱歌会引起空气的震动，而空气的震动妨碍电流的流动，结果就……你把那扇门打开究竟是干什么？”

“哎呀，你这婆娘，那有什么关系？”

“什么关系？性命攸关。稍微有点常识的人都知道让风吹进来就等于把雷电引进来。门还没关上一半呢，快关紧吧，赶快，否则我们全都完蛋了。啊，在这种时候和一个疯子关在一个屋子里真是倒霉透了。莫蒂默，你又在干什么？”

“没干什么。这屋子里实在闷热得难受。我开下水龙头，洗洗脸和手。”

“你简直是一点儿脑筋都没有了！雷电打到别的东西上的概率是一，那它打到水上的概率就是五十。求你把它拧上吧。啊，天哪，我知道绝对没有什么办法可以挽救我们。我好像觉得……莫蒂默，那是什么？”

“这是一张照片。把它碰下来了。”

“你是紧靠着墙了！我从来没听说过有你这么粗心的！你难道不知道墙是传电传得最快的吗？快离开那儿！你还想骂人了。啊，你怎么可以坏到这样不可救药呢？你一家人都被危险包围着呀！莫蒂默，你是不是照我给你说的，订了一副鸭绒床垫？”

“没有。忘了。”

"忘了！说不定这会要了你的命。如果我们有鸭绒床垫的话，就可以把它铺在屋子中间，躺在上面，那就高枕无忧了。进来吧，赶快进来，免得你再有机会干出胡闹的事情。"

我试了一试，可是小柜子关上门就容不下我们两个，除非我们情愿闷死。我喘了一阵，然后挣扎着出来了。我老婆大声喊道：

"莫蒂默，一定要找个办法让你保持安全。你把壁炉架上放着的那本德文书拿给我，还有一支蜡烛。可是你别点着它，给我一根火柴，我在这里面来点。那本书里好像有些办法。"

我找着了书，代价是牺牲了一只花瓶和几件容易打碎的东西。我太太就点着蜡烛把自己关起来了。我获得了片刻的安宁。然后她又开始了：

"莫蒂默，那是什么声音？"

"没什么，是只猫。"

"猫！啊，天啊！快抓住它，把它关在脸盆柜里面。一定要快，亲爱的，猫浑身可都是电。经过这一夜可怕的危险，我的头发一定都得吓白了。"

我又听见了那闷住的低沉哭声。要不为了这个，我绝不会在黑暗中动手动脚地乱闯一气。

我只能去执行这项任务，爬过椅子，碰到各种障碍物，都是硬的，而且大多数边上都是很锋利的。我终于抓住了小猫咪，把它关在脸盆柜[①]里。结果碰坏了许多家具，小腿也碰肿了，估计损失有四百多元。然后鞋柜里传出这么几句闷声的话：

"这上面说最安全的办法是站在屋子里的一把椅子上，莫蒂默。椅子腿必须用绝缘体包住才行。这样吧，你必须把椅子腿都放在大玻璃杯里。(哒！——砰——哗啦啦！——轰隆！)啊，又来了！赶快吧，莫蒂默，别叫它打中了。"

我设法找到了大玻璃杯。我拿到手的是最后四个，其余的通通打破了。我把椅子的腿垫好，再请求下一步的指示。

"莫蒂默，这上面说，'W ā hrend eines Gewitters entferne manMetalle, wie z. B., Ringe, Uhren, Schl ü ssel, etc. , yon sieh undhalte sich auch nicht

① 上面放有面盆，旁置水罐的小柜。

an solchen Stellen auf, woviele Metalle beieinander liegen, oder mit andem K ō rpen verbunden sind, wie anHerden, Oefen, Eisengittern u. dgl.' [1] 这是什么意思，莫蒂默？这是说你应该弄些金属在身边呢，还是应该与金属隔离呢？”

“啊，我也不大明白。这句话好像有点含糊。德文书里所说的方法好像也有些含糊。不过我想那句话是属于语格的，有些地方为了对称，掺进了一点儿属格和对格。所以我猜这是说你必须弄些金属在身边。”

“对呀，一定是这个意思。这么讲才有道理。你知道避雷针就是金属做的。快把消防队的钢盔戴上，莫蒂默，那差不多全是金属的。”

我找到了钢盔，并把它戴上。在炎热的夜里，屋子又关得很严，那实在是一个很笨重、很不舒服的东西。连穿着的睡衣都似乎超过了我的实际需要。

“莫蒂默，你的腰部也应该保护一下。把你在民兵队用的马刀带在身上，好吗？”

我遵命照办了。

“还有，莫蒂默，你应该想个办法保护你的脚。把马扎子带上吧。”

我一声不响，尽量地忍住气照办了。

“莫蒂默，书上说，‘Das Gewitter l ā uten ist sehr gef ā hrlich, weil die Glocke selbst, sowie der durch das L ā uten veranlassteLuftzug und die H6he des Thurmes den Blitz anziehen k ō nnten.' [2]莫蒂默，这是不是说在有雷雨天的时候敲教堂的钟，就不会有危险呢？”

“对了，似乎就是这个意思，而且这句话里用的是单数、主格、过去分词，我猜就是这个意思。是呀，你看这句话说教堂的钟楼太高，又没有Luftzug[3]，所以遇到暴风雨的时候要是不敲钟，那就sehr gef ā hrlich[4]。并且还有，你看，这句话的措辞就……”

---

① 德文：雷雨时，不可以把金属物，如指环、钟表、钥匙等随身携带，也不可以将它们随意放置；比如，很多金属物堆放在一处，或将它们连接在其他物体上，无论是灶、火炉、铁格或其他同类物体。

② 德文：雷电交加时非常危险，因为钟会因空气流动而发出震鸣，在图尔姆山（德国北部高山）的高度上，可能会吸引雷电。

③ 德文：不通风。此处先生在此词前使用否定，是错误的。

④ 德文：十分危险。

“别管它那么多，莫蒂默！别用宝贵的时间来说废话了。快把那吃饭打的铃拿来，就放在门道里。赶快，莫蒂默，亲爱的，这样我们就安全了。啊，亲爱的，我的确相信我们终于可以得救了。”

我们那所避暑的小别墅在一座高山的顶上，向下看可以俯视整个山谷。在我们附近有几个农庄——最近的相隔只有三四百码的距离。

我站在椅子上，使劲把那只铃摇得当当地响，七八分钟之后，我们的百叶窗突然从外面被人拉开了，有人把一盏晃眼的牛眼灯[①]在窗口伸进来，随即有人粗声问道：“这儿究竟出什么事了？”

窗口挤满了人头，那些头上尽是眼睛，睁得大大地盯着我的睡衣和我那副雄赳赳的装备。

我扔掉手里的铃，慌慌张张地从椅子上跳下来，说道：

“并没出什么事，朋友们，不过是因为外面的雷雨，有点担心罢了。我正在躲避闪电哩。”

“雷雨？闪电？哈，麦克威廉士先生，你发神经病了吗？今晚上天气多好，满天星斗。根本就没有风雨呀。”

我往外面望了一下，惊讶得说不出一句话来。随后我说：

“我不懂这是怎么回事。我们明明从窗帘和百叶窗缝里看见一道道闪电的光，也听见了雷响。”

那些人一个个笑得倒在了地上——其中有两个人笑死了。活着的人当中有一个说道：

“可惜你没想到打开窗户往对面那座高山顶上望一望，你们听见的是炮声。看见的是放炮的火光。你知道吗，半夜里的电报传来一个消息，加菲尔德[②]被提名为总统候选人了——原来是这么回事！”

“呵呵，吐温先生，开头我就在说，”麦克威廉士先生说道，“预防雷电的办法有很多，好的也不少，所以在我看来，世界上最不可思议的事情就是居然还会有人能够让雷打着。”

他一面说着，一面拿起他的小皮包和雨伞走了，因为火车已经开到了他所住的镇上。

---

① 当时夜间在外巡逻时常用的上面镶嵌凸透镜的提灯。

② 美国第二十届总统，1881 年上任，四个月后便被刺杀。

法国人大决斗

不管一些爱说俏皮话的人怎样百般地轻视和嘲笑现代法国人的决斗，反正它仍旧是目前社会最令人恐惧的一种风尚。因为它总是在户外进行，所以参加决斗的人几乎都着过凉。保罗·德卡萨尼亚克先生，那位习性难改、最爱决斗的法国人，就是由于常常受到风寒，以致最后成了缠绵床席的病夫。连巴黎最有声望的医师都认为，如果再继续决斗十五年或者二十年，他最终必然有性命之忧，除非他能够养成一种习惯，在不受湿气和穿堂风侵袭的舒适的房子里厮杀。这一事例肯定可以平息那些人的怪谈，他们曾一口咬定，说法国人的决斗有益于健康，因为它给人们提供了户外活动的机会。再说，这一事例也肯定可以驳倒另一些人的谬论，他们说什么只有参加决斗的法国人以及社会主义者所仇恨的君主是可以不死的。

可是，现在要谈到我的本题上了。当我听到冈贝特先生和富尔图先生最近在法国议会中爆发了一场激烈的争吵之后，就知道肯定会有麻烦事随之而来。我之所以会料到这一点，是因为我和冈贝特先生相交多年，很熟悉他这个不顾一切、顽强执拗的脾气。尽管他的身材长得那么高大，我知道，复仇的狂热会深深渗入他全身所有的地方。

不用他来找我，我已经主动跑去看他。果然不出所料，这位勇士正深深地沉浸在那种法国人特有的宁静之中。我所说的“法国人特有的宁静”，是因为法国人的宁静和英国人的宁静有所不同。他正在那些砸烂了的家具当中来回疾走，时不时地把一个偶然碰到的碎块从屋子这一头猛踢到另一头。他不停地咬牙切齿，发出一大串难听的咒骂，每隔一会儿就停住脚步，将另一把揪下来的头发放在已经堆了一桌的毛发上面。

他伸出双臂，搂住我的脖子，把我贴在他胸口前，在我两颊上激动地吻着，紧紧地拥抱了我四五回，然后把我安放在那张他本人平时坐的安乐椅里。我精神刚恢复过来，他立即和我谈到正经事情。

我说，我猜他一定是要我做他的助手吧，他说："那是当然的。"我说，要我做助手，就必须让我用一个法国人的姓名，那样，万一闹出人命事故，我可以不至于在本国受到指责。听到这里，他身体抖了一下，大概认为这句话暗示决斗在美国是不受人尊重的吧。但是，他还是同意了我的要求。这说明为什么此后所有的报纸都报道：冈贝特先生的助手显然是一个法国人。

首先，我们为决斗的人订立遗嘱。我坚持我的观点，一定要先办妥这件事。我说，我从来没听说过一个头脑清醒的人会在决斗之前不先立好他的遗嘱。而他说：他从来没听说，一个头脑清醒的人会在决斗之前干这些事情。当他把遗嘱写好之后，就着手编一套"最后的话"。他很想知道，作为一个垂死者发出的呼声，以下这些话会对我产生什么影响：

"我的死，是为了上帝，为了祖国，为了言论自由，为了文明进步，为了全人类四海之内皆兄弟的信条！"

我反对这些话，我说在临死前讲完这一套会拖延太长的时间。对于一个身患绝症的患者来说，这的确是一篇绝妙的演说词，但是它不适合决斗场上那种迫切的要求。我们讨论了许多条临死前的豪言壮语，双方为此争执不休，但最后还是我占了上风，迫使他将这条噩耗缩减为这样一句话，他把它抄在备忘录里，准备临时背出来：

我的死是为了法兰西的长存。

我说，这句话好像跟这次决斗缺乏联系，但是他说，联系在最后的话里并不重要，重要的是你需要鼓舞和刺激。

第二件事是选择武器。决斗的人说，他觉得身上有些不舒服，准备把这件事情以及安排决斗的其他细节都托付给我。于是我写了这个通知，把它带去给富尔图先生的朋友：

先生：

冈贝特先生接受富尔图先生的挑战，并授权将大小事宜由我全权代理，我向贵方建议：决斗的地点拟选普莱西—波尔空场；时间订为明晨拂晓；武器将用斧头。

阁下，我是十分尊敬您的

马克·吐温

富尔图先生的朋友读了一遍通知，打了一个哆嗦。接着，他转过身来，用严肃的口气对我说：

"先生，您可曾考虑过，像这样一场决斗，必然会导致什么后果吗？"

"那么，您倒说说看，究竟会导致什么后果？"

"会流血呀！"

"那是肯定的。"我说，"瞧，如果可以承蒙指教的话，贵方又准备流什么？"

这一下把他问倒了。他知道自己一时失言，于是支支吾吾地用其他话来解释。他说那是一句玩笑话。接着他又说，他和他的委托人都很欣赏使用斧头这个建议，认为它比其他武器更适合，可惜法国的法律已经禁止使用这种武器，所以我必须修改我的建议。

我一面在屋子里来回踱步，一面心里盘算着这件事情，最后我想到，如果双方相距十五步，用格林机枪射击，这样也许一切可以在决斗场上见分晓。于是我把这主意提了出来。

但是这项提议也没被采纳，它还是受到了法律的阻碍。我建议使用来福枪，此后，是双管猎枪，最后，是柯尔特海军左轮手枪，但是这些都被拒绝了。我思索了一会儿，接着就含嘲带讽地建议双方在相距四分之三英里的地方互扔碎砖头。我一向最恨白费力气，向一个没有幽默感的人说幽默话。所以当这位先生竟然一本正经地把最后这条建议带回去给他的委托人时，我感到心里难受极了。

不一会儿，他回来了，说他的委托人非常喜欢采用双方相隔四分之三英里扔碎砖头的办法，但是，考虑到这样做可能会给那些在当中走过的闲人带来危险，他不得不谢绝了这个提议。于是我说：

"啊，这我就没办法了。要不，可以请您想一种武器吗？说不定您早已想到了吧？"

他脸上闪出了光，马上回答说：

"哦，当然，先生。"

于是他开始在口袋里掏，掏了一个又一个，他有很多口袋，同时嘴里一直在嘀咕："啊，瞧我把它们藏哪儿啦？"

他终于找到了。在坎肩口袋里摸出了一对小玩意儿，我把它们拿到明亮的地方，判断出那是手枪。它们是单管的，银质的，十分小巧可爱。

我没法表达自己的感情了。我一句话不说，只是把其中的一支挂在我的表链上，然后把另一支递还给他。这时候我的伙伴拆开了一张折叠着的邮票，从包在里面的几粒弹药中捡了一粒给我。我问，他的意思是不是说我们的委托人相互只能打一枪。他严肃地说，按照法国法律规定，不可以打得比这更多了。于是我请他继续指教，双方应当相距多远。由于受不了这过度紧张的气氛，我的头脑已变得越来越迟钝和糊涂了。他将距离定为六十五码。我差点儿失去了耐性。我说：

"相距六十五码，使用这样的家伙？即使距离五十码，使用水枪，也要比这更容易死人呀。想一想，我的朋友，咱们这次共事，是为了要人家早死，不是要他们多活呀。"

然而，任凭我百般抗议，据理力争，结果只能将距离缩短为三十五码。而且，即使采取这一个折中的办法，他还是勉强才迁就的，最后他叹了口气说："这场屠杀从此与我无关，让罪责都落在您肩上吧。"

再没其他办法可想了，我只得回到我的狮心王[①]那儿，向他汇报这次我有失身份的经过。当我走进去的时候，冈贝特先生正把他头上最后一绺毛发放到祭坛上，他向我了跳过来，激动地说：

"您已经把那件玩命的事安排好了，从您眼神里我看出来了。"

"我给你安排好了。"

他的脸变得有些苍白，他靠着桌边站稳。因为他太激动了，所以他急促地、沉重地喘息了一会儿，冷静下来后，他沙哑着嗓子压低了声音说：

"那么，武器呢？快说呀！使用什么武器？"

"使用这个！"我拿出了那个镶银的小巧玩意儿。他只朝它瞟了一眼，就笨重地晕倒在地。

等到苏醒过来时，他伤心地说：

"以前我是那样强作镇静，以致现在影响了我的神经。但是，从此以后我再也不会懦弱了！我要正视我的命运，做一个男子汉，做一个真正的法国人。"

他爬起来，做出了一个凡人根本无法望其项背，塑像极少能够比它更美的雄壮的姿势。接着他就扯着一条低沉的粗嗓子说：

---

① 英王查理一世，狮心王是他的绰号，后用来泛指勇士。

“瞧呀，我又镇定自若了，我已经准备就绪，告诉我距离。”

“三十五码。”

不用说，这一次我可没法扶他起来了，但是我把他就地翻了一个身，然后把水泼在他背上。他很快苏醒过来，说：

“三十五码远，而且没有一个可以扶着的东西？可是，这又何必多问呢？既然那家伙存心谋杀，他又怎么会顾得上操心那些鸡毛蒜皮的事呢？可是，有一件事您必须注意，我这一倒下，全世界的人都将看到法国骑士是怎样慷慨就义的。”

沉默了半晌，他问：

“我个子高大，你们没谈到作为一种补偿，那个人的家族也应该和他站在一起吗？[1]可是，这也没关系，我可不能自贬身份，在这方面提出要求。如果他风格不够高，自己不提这件事的话，那么就让他占点儿便宜吧。这种便宜，高贵的人是不屑于占的。”

当时他已陷入了一种迷惘的沉思，这个状态持续了好几分钟，随后他打破了沉默，说：

“时间，决斗约定在什么时间？”

“明天破晓的时候。”

他好像大吃一惊，抢着说：

“疯了！我从没听说过这么疯狂的事情。没有人会这么早出门的。”

“正是因为这个，我才选定了那个时刻。您的意思是说，要有一批观众吗？”

“现在可不是拌嘴的时候。我感到非常惊讶，为什么富尔图先生竟然会同意采用这样标新立异的办法。您立刻去通知对方，把时间推得更迟一些。”

我连忙跑下楼梯，打开大门，差点儿撞在富尔图先生的助手怀里。他说：

“回您的话，我的委托人极力反对你们选定的时间，请您同意把时间改成早上九点半。”

“凡是我们力能循规尽礼之处，先生，我们都愿意接受。我们同意您

---

① 个子高大的人目标较大，易被击中。

建议更改的时间。”

“请您接受敝方委托人的谢意。”然后他转过身去，对一个站在他背后的人说，“努瓦尔特先生，您听见了吧，时间改成九点半了。”努瓦尔特先生当即鞠躬，表示谢意，然后离开了那地方。我的同伙接着说：

“如果您认为合适的话，贵方和敝方的首席外科医生可以按照惯例，同乘一辆马车去决斗场。”

“我认为这完全合适。感谢您提到外科医生，因为，说不定我真会把他们忘了。那么，我们请几位呢？我想，两三位总够了吧？”

“按照惯例，人数是每方各请二位。我这里指的是‘首席’外科医生，但是，考虑到我们委托人的尊贵地位，为了体面，最好我们每方再从医学界最有声望的人士当中指定几位顾问外科医生。这些医生可以自备马车去。另外，您雇好灵车了吗？”

“我这个木头人，我压根儿就没想到它！我这就去安排。您肯定觉得我这人太没见识了吧。可是，请您千万别计较，因为我对这么高尚的决斗毫无经验。虽然我也曾在太平洋沿岸地区为决斗的事打过不少交道，可是直到现在才知道，那些都是粗鲁的活计。还灵车哩。呸！我们都是让那些被上帝选中的人四仰八叉地横倒在那儿，随便找个人用绳子把他捆起来，然后找辆车就运走了。您还有其他什么意见吗？”

“没有了，只是处理丧事的几位主管要像通常那样一起乘马车去。至于那些助手以及雇来送殡的人，他们要像通常那样步行。明儿早晨八点我来跟您碰头，到时候咱们再安排行列的顺序。现在恕我先向您告辞了。”

我回到我的委托人那里，他说：“您来得正好，决斗是几点钟开始？”

“九点半。”

“好极了。您已经把这条消息送给报社了吧？”

“老兄！咱们是多年的知交，如果您竟然转到了这个念头，认为我会卑鄙地出卖——”

“哟，哟！这是什么话，我的好朋友？我得罪您了吗？啊，请宽恕我吧。可不是，我这次给您增添太多的麻烦了。所以，您还是去办其他的手续，就把这件事从您的日程表上取消了吧。杀人不眨眼的富尔图肯定会处理这件事的。要不，还是由我自己——嗯，为了稳当起见，我递个条子给我在报社工作的朋友努瓦尔特先生——”

"哦，对了，这件事可以不必叫您费心了，对方的助手已经通知努瓦尔特先生了。"

"哼！这件事我早该料到了。富尔图就是这样一个人，他老是爱出风头。"

早晨九点半，浩浩荡荡的队伍按下列顺序向普莱西—波尔的决斗场移动：走在最前面的是我们的马车，上面只有我和冈贝特先生；接着是富尔图先生和他助手的马车；再后面一辆马车载有两位不信上帝的诗人演说家，他们胸前的口袋里露出了那张悼念词；再后面一辆马车上载的是几位首席外科医生，以及几箱他们的医疗器械；再后面是八辆自备马车，载的是几位外科顾问；再后面是一辆出租马车，上面坐有一位验尸官；再后面是两辆灵车；再后面还有一辆马车，上面坐着几位治丧的管事；再后面是一队步行的助理人员以及雇来送殡的人；在这些人的后面，在雾中向前挪动的是长长一列随同大殡出发的小贩、警察以及普通居民。那是一队很有气派的队伍，如果那天的雾比较淡的话，这次队伍的出动必将蔚为大观。

没有一个人说话。我几次向我的委托人搭讪，但是，我看得出，他都没有注意到，因为他老是在翻那本笔记簿，一面茫然无肋地嘟囔："我的死是为了法兰西的长存。"

抵达决斗场后，我和那位同行助手量了量距离是不是够三十五码，然后抽签挑选位置。其实这道手续只不过是点缀性的仪式，因为，遇到这样的天气，无论挑选哪个地方其实都是一样的。这些初步的手续完成以后，我走到我的委托人跟前，问他是不是已经准备好了。他把身体尽量伸展，高声说："准备好啦！上子弹吧。"

于是，我们当着几位事先指定的证人的面装上了子弹。我们认为，由于天气原因，进行这件细致的工作最好是打着电筒照亮。接着我们开始布置双方的位置。

可在这时，警察注意到人群已经聚集在场子左右两方，因此请求将决斗的时间推迟一些，好让他们有时间把这些可怜的闲人安排到安全的地方。

这项要求被我们接受了。

警察命令两旁的人群都站在决斗者后方去，然后我们再一次准备就绪。这时空中更是浓雾弥漫，我和那位助手一致同意，我们都站在委托人背后，在发出杀人信号之前吆喝一声，好让两位斗士能确知对方究竟在什么地方。

我回到了我的委托人身边，不觉心里凄惨起来，因为他的勇气已经所剩无几。我给他壮胆，我说："说真的，先生，情况并不像看起来那么糟。想想吧：使用的武器是这样的，射击的次数又受到了限制，而且隔开的地方还那么宽广，雾浓得叫人没法看透，再说，一位决斗者是独眼龙，另一位是斜眼兼近视，照我看呀，这场决斗不一定会出人命事故。你们双方都很可能安然脱险。所以，振作起来，别这么垂头丧气的。"

这席话收到了良好的效果，我的委托人立即伸出手说："我已经恢复正常，把家伙给我吧。"

我把那小巧得可怜的武器放在他巨大厚实的掌心里。他盯了它一眼，打了个哆嗦。接着，他仍旧哭丧着脸盯着它，一边结结巴巴地对我说：

"咳，我怕的不是死，我怕的是变成残废呀。"

我又一次给他打气，结果很成功。他紧接着说："就让悲剧上演吧。要支持我，别在这庄严的时刻丢下了我不管呀，我的朋友。"

我用人格向他保证。接着，我就帮着他把手枪指向我断定那是他的敌人所站的地方，并且嘱咐他留心听好对方助手的喊声，此后根据声音确定方位。接着，我用身体抵住冈贝特先生的背，发出促使对方注意的喊声："好——啦！"这喊声得到从迷雾中遥远地方传来的回应，于是我立即大叫：

"一——二——三——开枪！"

我耳朵里听到"扑哧！扑哧"两声轻响，而就在那一刹那，我被一座肉山压倒在地。我虽然伤势很重，但仍旧能听出从上面传来轻微的人语声，说的是：

"我的死是为了……为了……他妈的，我的死到底为了什么呀？……哦，想起来了，法兰西！我的死是为了法兰西的长存！"

一群手里拿着探针的外科医生，从四面蜂拥而来，用显微镜观察冈贝特先生全身的各个部位，令人高兴的是，并没有找到任何创伤的痕迹。紧接着就发生了一件确实令人欢欣鼓舞的事情：

两位斗士扑过去搂住对方的脖子，一时自豪与快乐的泪水有如泉涌，另一位助手拥抱着我，外科医生、演说家、办理丧事的人员、警察以及所有的人都互相拥抱，所有的人都彼此祝贺，所有的人都振臂高呼，整个空中充满了赞美的颂词和无法用语言表达的欢乐。

这时候我感觉到，与其做一位头戴王冠、手持朝笏的君主，还不如做一位参加决斗的法国英雄。

这一阵骚动平息稍许之后，外科医生们举行会诊，经过反复辩论，最终断定，只要细心照护和调养，他们完全有理由相信我负伤后仍旧可以活下去。我的内伤十分严重，因为一根折断的肋骨戳进了我的左肺，我身上的不少内脏都被挤到了远离它们原来所属部位的这一边或者那一边，不知道今后它们是否能够学会在那些偏僻陌生的地点发挥它们原有的功能。然后，他们帮我把左臂的两个地方接了骨，把我右大腿脱臼的地方拉回原位，把我的鼻子重新垫高了。我成了大伙关注的对象，甚至成为备受赞扬的人物。许多诚恳和热心的人士都向我做自我介绍，说他们为能认识我而感到自豪，因为我是四十年来唯一一位在法国人的决斗中负了伤的人。

我被安放在队伍最前面的那辆救护车里。被心满意足、兴高采烈的人群护送到巴黎，成为那段时期最显赫的人物，然后我被安置在医院里。

他们将一枚荣誉十字勋章颁给我，虽然，不曾身受这一荣耀的人倒是为数不多的。

以上如实地记录了当代最值得纪念的一次私人冲突。

我对任何人都无可抱怨。我是自作自受，好在我能承担一切后果。

这不是在夸口，我相信自己可以说：我不怕站在任何一位现代法国决斗者的前面，可是，话又说回来了，只要头脑仍旧保持清醒，我永远也不肯再站在一位决斗者的后面了。

稀奇的经验

这就是少校给我说的那个故事，我现在尽量照我所能回忆的叙述出来：

1862 年冬天，我在康涅狄格州新伦敦的特伦布尔要塞当司令官。那儿的生活也许不如“前线”那么活跃，不过那有独特的乐趣，其实还是够活跃的——我们的脑筋并不因为没有什么事情来使它紧张而闲得发呆。比如说，那时候北方的整个空气里都充满了一个神秘的谣言，谣传叛军的间谍神出鬼没，准备炸毁北方的要塞，烧毁我们的旅馆，把有传染病的衣服运送到我们的城市里，以及诸如此类的事情。这个你都记得吧。这一切都足以使我们保持警惕，打破驻防生活一向的沉闷。除此而外，我们在那儿还有个新兵招募站，这等于说我们简直不能浪费丝毫时间去打瞌睡、或是梦想、或是游手好闲。咳，尽管我们监视得很严，每天招来的新兵还是有 50%从我们手里漏掉，当天晚上就开了小差。入伍的津贴非常多，所以一个新兵可以拿出两三百块钱贿赂看守的士兵，让他逃跑，结果他所得的津贴还可以剩下不少，对于一个穷人来说可以算是一笔不小的财产。就像我刚才说的，我们的生活并不沉闷。

有一天我独自一人在营房里写东西，有一个十四五岁的、脸色苍白、穿得很破烂的孩子走进来。他规规矩矩地鞠了一躬，说道：

“我想这儿是招新兵的吧？”

“是的。”

“您可以把我收下吧，长官？”

“哎呀，不行，你太年轻啦，孩子，而且个子也太小。”

他脸上现出一种失望的表情，很快就变得更厉害，成为一种丧气的表情。他慢慢地转过身去，好像是要走似的。他迟疑了一下，然后又转过身来向着我，用一种使我深深感动的声调说道：

"我没有家，而且举目无亲。我希望您能收下我！"

可这事情是绝对不可能的，我很温和地向他说明了这个意思。然后我叫他在火炉旁边坐下来暖和暖和，并且还补上了两句：

"我马上就给你一点东西吃。你饿了吧？"

他没有回答，也不用回答，他那双柔和的大眼睛里的感激神情比任何语言都更能达意。他在火炉旁边坐下，而我继续写字。我偶尔偷偷地望他一眼。我看出他的衣服和鞋子虽然又脏又破，但是样式和质量都很好。这一点是耐人寻味的。除此之外，我还发现他的声音轻柔而悦耳；他的眼睛深沉而忧郁；他的态度和谈吐都很文雅；这个可怜的小伙子显然是遭遇了不幸。于是我对他很感兴趣。

可是我渐渐又专心于我的工作去了，完全忘记了那个孩子。我不知道这样过了多久，后来我偶然抬头望了一下。那孩子的背向着我，可是他的脸也稍微斜过来一点，所以我可以看得见他的侧面——无声的眼泪正在顺着脸流下来。

"哎呀，真糟糕！"我心里想，"我忘记了这个可怜虫还饿着肚子哪。"于是我为了刚才的举动向他表示歉意，就对他说："跟我来吧，小伙子，你和我一块儿吃饭吧，今天就我一个人。"

他又含着感激的神情向我望了一眼，脸上露出一道快乐的光辉。到了餐桌面前，他扶着椅背站着，一直等我坐定了，他才坐下来。我拿起刀叉，唉，我只好拿着不动，因为这孩子低下了头，默默地为这顿饭祈祷。无数关于老家和童年的圣洁的回忆涌上我的心头，我不禁叹息地想起我已经与宗教飘离了很远，它对受了创伤的心灵的医疗作用，以及它的安慰、解脱和鼓舞的作用，都与我无缘了。

在我们吃饭的过程中，我看出了年轻的威克鲁，全名是罗伯特·威克鲁，懂得如何使用餐巾。还有——唉，总而言之，我看出他是个很有教养的孩子。详细情形不再细说了。他还有一种纯朴的坦白态度，这也使我很满意。我们谈的主要是关于他自己的事情，我毫无困难地问清楚了他的来历。当他谈到他生长在路易斯安那的时候，我显然对他更表同情，因为在那地方我住过一段时间。我对密西西比河沿岸一带都很熟悉，而且喜欢那个地方，离开那个地方也不是太久，所以我对它的兴趣还没有开始淡下来。他嘴里说出来的一些名字都让我听了感到痛快。正因为觉得痛快，所以我就故意把话题往那方面引，使他多说出一些这类名字。巴顿鲁日、普拉魁明、端纳桑维尔、六十里点、邦尼开尔、大码头、卡罗敦、轮船码头、汽划子码头、新奥尔良、周毕都拉街、斜堤、好孩子街、圣查理士旅馆、第阜利圆场、贝壳路、庞查特伦湖。最让我愉快的是再听到“李将军号”、“那折兹号”、“日全食号”、“魁德门将军号”、“邓肯·堪纳号”，以及一些从前熟悉的汽船的名字。那几乎就好像回到了那个地方那么痛快，这些名字使它们所代表的事物像动画一样很生动地活现在我的心头。简单地说，小威克鲁的来历是这样的：

战争爆发的时候，他和他生病的姑母还有父亲住在巴顿鲁日附近一个富庶的大农场里，这个农场属于他们这一家已经50年了。父亲是个联邦统一派，虽然他受了各式各样的迫害，但还是始终坚持他的政治主张。后来终于有一天晚上，一群蒙面的歹徒烧毁了他的大房子，这一家人就不得不逃命。他们被人到处追踪，尝尽了贫穷、饥饿和苦难的滋味。体弱的姑母有一天终于得到了解脱，风吹雨打的流浪生活把她折磨死了。她像一个流浪汉似的死在露天的田野里，雨飘在她身上，雷在她头上轰隆轰隆地响。不久，他的父亲被一个武装的队伍俘虏了。虽然他的儿子在旁边苦苦哀求，但是他父亲还是在他面前被人勒死了。（这时候，小伙子眼睛里闪出悲惨的光芒，他自言自语地说道：“我要是当不成兵，也不要紧，我总会想到办法的，我一定会的。”）那些人宣布他的父亲已经死了之后，马上警告他，24小时之内他要是不离开那个地方，他就要遭殃。当天晚上他就悄悄地跑到河边，隐藏在一个大农场的码头里。后来，“邓肯·堪纳号”停泊在那儿，他就泅水过去，藏到它后面的一只小艇上。天还没亮时，船就开到了一个大码头，他就偷偷地上了岸。那地方离新奥尔良有3里远，他徒步走到了新奥尔良，到了好孩子街他的一个叔父家里，这下子他的苦难暂时结束了。但他的叔父也是一个联邦统一派，不久之后，他就打定主意离开南方。于是他就和威克鲁搭上一只去纽约的帆船，悄悄地离开了那个地方，不久就到了纽约。他们在亚斯多旅舍住了下来。对于年轻的威克鲁来说这是一段痛快的生活，他常去百老汇逛来逛去，看到了不少北方特有的稀奇景物。可是后来又发生了变化——但不是好转。他的叔父起初还很高兴，后来却开始发愁和丧气，而且他的脾气变得很怪，动不动就生气。他老是说钱只有花出去，而没有办法再赚进来，“剩下的钱一个人都养不活，两个人就更不消说啦”。后来有一天早上，叔叔没有吃早饭，失踪了。这孩子去账房一查，才知道叔叔头一天晚上就付清了账离开了。旅馆里的职员猜测他是去波士顿了，可是没有把握。

这孩子独自一人，无依无靠。他简直不知道该怎么办，想来想去，还是决定追上去找他的叔父。他跑到轮船码头，才知道他口袋里剩下的那一点钱不够他到波士顿去的路费，不过到新伦敦去是绰绰有余的。他就买了到那儿去的船票，希望靠上帝的保佑，让他能渡过剩余的一段路程。现在他已经在新伦敦的街上游荡了三天三夜，只是靠人家的施舍来维生，随便找个地方睡睡觉。可是后来他终于灰心了，没有了前进的勇气和希望。他一心一意只想当兵，如果他当兵不合格，那他当个鼓手行不行呢？嗬，做什么他都情愿拼命地干，使人满意，并且还会感激不尽！

小威克鲁的来历就是这样，除了一些细节以外，都和他对我说的一样，我说：

“孩子，你现在已经到朋友当中了啦，你再也不用为生活发愁啦。”一下子他的眼睛可发出闪光来了！我把约翰·瑞本上士叫进来，他是哈特阜人。现在还住在哈特阜，他也许认识他。我对他说：“瑞本，安排这个孩子和军乐队的弟兄们住在一起吧。我打算收下他来做个鼓手，我托你照顾他，千万别叫他受委屈。”

这样，要塞司令官和小鼓手之间的交涉到这时候算是告一段落了。但是这个可怜的、无依无靠的小家伙仍旧在我心头萦绕着。我随时注意他，希望看见他快乐起来，变得兴高采烈。可是没有用，日子一天天过去了，他始终没有改变。他和谁都不发生关系，总是心不在焉的，老是在想他自己的事，脸色也是忧郁的。有一天早上瑞本请求我和他单独谈话。他说：

“我希望您不会见怪，司令官，可是现在的情况是这样，军乐队的弟兄们简直急得要命，非得有人站出来说话了。”

“咦，怎么回事？”

“是威克鲁那孩子，司令官。军乐队的弟兄们被他烦透啦，您想象不到到了什么地步。”

“好吧，你说下去，说下去。他干了什么？”

“一直在祷告哩，司令官。”

“祷告?!”

“是呀，司令官，这孩子老在祷告，搅得军乐队的弟兄们一刻也不得安宁。清早起床第一件事，他就是干这个，中午也是干这个，夜里，唉，一整夜他就像是被魔鬼缠住了似的，把大家闹得寝食不安！睡觉吗？天哪，他们根本睡不着，用一句俗话说，他那苦心祈祷的风车转开了，只要起了头，就没完。他先是给乐队队长祷告，跟着就找到号手头儿，又给他祷告，再往后就是低音鼓手，他甚至带着他也祷告起来啦。一个一个地，整个乐队都会轮到，每一个都被认真地祷告一番，而且他那种认真的样子会使你觉得他自认为在人间活不了多久，想着他升了天的时候如果没带一个乐队同去，就不会快活，所以他在给他自己挑选乐队，好让他们在天上叫他信得过，能奏得出配上那儿的场面的国歌。唉，司令官，冲他丢靴子都没有用，因为屋子是黑的。并且他又不是光明正大地干，老是跪在大鼓后面，所以大家一齐把靴子像暴雨般地丢过去也没有关系，他满不在乎，照样颤悠悠地祷告，就好像那是人家给他喝彩似的。他们大声嚷起来：‘啊，住嘴！’‘让我们歇一歇吧！’‘枪毙这小子！’‘啊，滚出去！’以及诸如此类的话。可是那有什么用？简直就打搅不了他。他干脆就不理你。”停了一会，瑞本又说，“他是个乖巧的小傻子，清早起来就会把那满地的靴子搬回去，一双一双地挑出来，把每人的靴子放到原处。这些靴子丢过去打他的次数已经太多了，所以全队的靴子他通通认识，他闭上眼睛也能把它们一双双挑出来。”

又停了一会，我忍住没有打断他。

“最叫人受不了的是他祷告完了的时候——他要是居然有个完的话——他就调一调嗓子唱起歌来。唉，您知道他说话的声音多么好听，他那种声音简直可以引得一只铁铸的狗从门口台阶上跑下来舐他的手。可是请您相信我，司令官，那比他唱歌的声调可还差得远！比起这个孩子的歌声来，笛子的声音都显得刺耳。啊，他在黑暗中像流水般轻柔地唱，低低的声音是那么柔和悦耳，简直让你觉得自己就像在天上一样。”

“那又怎么会‘叫人受不了’呢？”

“嗬，问题就在这儿，司令官，您听他唱吧。”

"就像我这样：贫穷、倒霉、眼睛又看不见——您听了他唱这个，只要听一次，看您是不是浑身发酥，眼睛里迸出泪水来！不管他唱什么，都会钻进你的心窝里，深深地击中你的要害，每回都让人神魂颠倒。您只要听听他唱：

罪恶的、悲伤的人，你的心中充满恐惧，
不要等到明天，你今天就要归顺天主；
不要辜负那种慈爱，
因为那种慈爱来自天主——

这些歌词，真叫人听了觉得自己是天下心眼最坏、最不知好歹的人。每当他唱起那些关于他家乡的、关于母亲的、关于童年、关于从前的回忆、关于烟消云散了的事情以及死去的老朋友的歌来，就会把你这一生所有难忘的、一去不复返的往事都引到你面前来。那才真是唱得漂亮，唱得神妙，叫人爱听。可是司令官，天哪，那才真叫人伤心透了！一听这歌，军乐队，唉，大家都哭起来，这些家伙个个都哭出声来，而且毫不掩饰。那些原先丢靴子过去打那孩子的人一下子又从床铺上跳下来，在黑暗中跑过去拥抱他！是呀，他们就是这样，拼命地亲吻他，弄得他浑身都是唾沫，并且还用亲爱的名字叫他，求他饶恕他们。赶上这种时候，要是有一团人想去伤害这个小把戏一根头发，他们也会和这一团人拼命，哪怕是整整的一个军团！"

又停了一会儿。

"就是这些话吗？"我说。

"是的，司令官。"

"哎呀，原来如此，那有什么可埋怨的！他们想要怎么办呀?！"

"怎么办！唉，天哪，他们想要请您叫他不要再唱了，司令官。"

"这是怎么说的！你刚才还说他的歌唱得很神妙哪。"

"问题就在这儿。唱得太神妙啦。一般人简直受不了。他唱的歌太让人感动，简直能把你的心都挖出来，它会把你的感情击碎，使你心里不舒服，觉得自己有罪，除了到地狱受永世之苦之外，什么地方也不配去，叫人老是忏悔个没完，什么都显得不对劲，觉得人生一点安慰也没有。还有那个哭劲，您瞧，第二天早上他们都不好意思看彼此的眼睛。"

"咳，这倒是个新鲜事，告状也告得古怪。那么他们真的不想让他再唱了吗？”

“是呀，司令官，就是这个意思。他们也不想过分要求。要是能把他的祷告也禁止了，或是叫他不要祷告个没完没了，那就太感谢了。但最主要的还是唱歌的问题。只要能让他不再唱歌，他们觉得祷告还是可以勉强受得了，虽然老让他那么用祷告来折磨，也实在难受。”

我告诉上士，这件事情我会考虑的。那天晚上我悄悄跑到军乐队的营房去。上士所报告的情况并没有夸大其词。我听见在黑暗中虔诚的祷告声音，我听见那些被闹得心烦的人的咒骂声，我听见许多靴子一阵扔过去在空中飞翔时发出的飕飕声，以及打到大鼓周围乒乒乓乓的声音。这种情形使我有所感触，但是同时也觉得有趣。过了一会儿，经过一阵意味深长的静默之后，就听见了那歌声。天哪，那么凄凉的声音，那么迷人的力量！天下再没有什么声音比它更悦耳、更优美、更温柔、更圣洁、更动人。我在那儿待的工夫不长，开始体验到与一个要塞司令官不大相称的感情。

第二天我就下达命令，禁止祷告和唱歌。随后的三四天之中，新兵骗了入伍津贴开小差的事件层出不穷，既热闹，又恼人，以致我暂时忘了那小鼓手。可是有一天早上瑞本上士来了，他说：

“那个新来的小伙子举动非常奇怪哩，司令官。”

“怎么个奇怪法？”

“咳，司令官，他一天到晚老在写字。”

“写字？他写些什么，是信吗？”

“我不知道，司令官。可是他一下了班，就老是在炮台各处钻来钻去，东张西望，老是一个人。我敢打赌，炮台上的各个角落他都去过。而且他老是过不了一会儿就拿出铅笔和纸，乱画些什么下来。”

这使我有了一种不祥的预感。我想要挖苦他这种疑神疑鬼的想法，可是当时只要形迹稍有可疑的事情，都不能怪人家多疑，所以也就不便挖苦。当时在我们北方，很多地方都发生了一些事故，提醒我们随时都要提防，对任何事都要怀疑才行。于是我联想到这个孩子来自南方这个耐人寻味的事实，而且是最靠南的地方——路易斯安那时，在当时的情况之下，这个念头是叫人放心不下的。可是当我给瑞本下达处理这桩事情的命令时，心里却感觉到一阵阵的隐痛，我觉得自己像是一个做父亲的在那儿捣鬼，故意要叫他自己的孩子受到羞辱和损害似的。我吩咐瑞本不要声张，静待时机，尽量想办法把那孩子写的东西给我找一些来，不要让他知道。我还特别指示他千万不要轻举妄动，以免打草惊蛇。而且我还命令他照常允许那孩子原先的行动自由，不过当他进城的时候，就派人在远处盯住他。

以后两天之中，瑞本向我报告了好几次，但是毫无结果。这孩子总是在写，可是每逢瑞本走到他身边时，他就满不在乎地把他写的东西塞到口袋里。他曾去过城里一个没有人的旧马棚两次，待一两分钟就出来了。我们对这类事情可不能大意——看样子是有点儿蹊跷。我心里不得不承认我有些不安了。我跑到我私人的住处，把副司令找来了。他是个很有智慧和判断力的军官，是吉姆士·华特生·韦布将军的儿子。他知道后很是惊讶，也很着急。我们把这件事情谈了很久，最后的结论是应该进行秘密搜查。我决定亲自执行这个行动。因此我叫人第二天早上两点把我叫醒，只过了一会儿，我就到了军乐队的宿舍里，我扑在地下，在那些打鼾的弟兄当中紧贴着地板爬过去。我终于爬到了那酣睡的流浪儿床前，谁也没有惊醒，我把他的衣服和背袋拿到手，又偷偷地爬了回来。我回到自己屋里的时候，韦布在那儿等着，急于知道结果如何。我们立刻动手搜查。衣服使我们大失所望。我们在口袋里找到几张空白的纸和一支铅笔，还有一把大折刀和孩子们藏起来当宝贝的乱七八糟的没用的东西，除此之外什么也没有了。我们又满怀希望地去搜查背袋，那里面又是什么也没有找到，反而碰了个钉子！一本小《圣经》扉页上写着这么几个字："先生，请看在他母亲的面上，对我这孩子照应点吧。"

我和韦布对视了一下，同时低下了头。我们都不作声。我又把这本书恭恭敬敬地放回原处。韦布马上站起来，一句话也不说就走了。过了一会儿，我提起精神去完成这桩很不是滋味的工作。我把偷来的东西送回原处，还是用原来的姿势在地下爬过去。这似乎是对我所干的那件事特别相称的姿势。完事之后，老实说，我感到无比高兴。

第二天中午瑞本又照常来报告。我截住他的话说道：

"这桩可笑的事情就到此为止吧。我们把一个可怜的小家伙当成了个妖怪来对付，其实他就像一本赞美诗一样，对我们是毫无妨碍的。"

上士显得很惊讶，他说：

"唉，这可是您的命令呀，司令官，我还弄到了一点他写的东西哩。"

"那里面说些什么？你怎么弄到的？"

"我从门上的钥匙洞里看见他在写字。在我估摸着他大概写完了的时候，就小声地咳嗽了一下，我马上看见他把写的东西揉成一团，丢到了火里，然后东张西望地看有没有人来。然后他就安静下来，显出非常愉快和满不在乎的样子。于是我就走了进去，高高兴兴地和他闹了一阵，再打发他去干点别的事情。他也没有惊慌，马上就走了。炉里是煤火，才生起来的。恰好他那个纸团丢到一大块煤后面去了，掉在看不见的地方，我就把它弄了出来。就是这个，连烤都没有烤煳哩，您瞧。"

我望了一眼这张纸条，看了一两句。然后我就叫上士出去，并且吩咐他把韦布找来。那纸上写的全文是这样的：

特伦布尔要塞，八号

上校，关于我上次开的单子里末尾那三尊大炮的口径，我弄错了，其实那是放 18 磅炮弹的，其余的武器都和我所写的相符。炮台的情况还是像前次报告的那样，不过原先准备派到前线去作战的两连轻步兵暂时还要驻在这里。现在还不知道要停留多久，但很快就可以弄明白。就目前情况看来，我们最好暂时不要采取行动，等到……

写到这里就中断了，这就是瑞本咳嗽了一声，使那孩子没有再往下写的地方。这种冷血的卑鄙行为被揭露出来之后，给我心头一阵沉痛的打击，以致使我对这孩子的感情以及我对他的好意和对他那孤苦遭遇所发的慈悲心肠都马上烟消云散了。

可是这且不去管它。现在出了问题了——而且还是需要马上充分注意的严重问题。韦布和我把这桩事情翻来覆去地考虑，并彻底研究了一番。韦布说：

"他没有写完就被打断了，很可惜！他们的某种行动将要推迟，等到什么时候呢？那个行动又指的是什么呢？可能是他要提到的，这个假装信奉上帝的小坏蛋！"

"是呀，"我说，"我们错过了一次机会，还有信里面的'我们'又是谁呢？是炮台里面的同党，还是外面的呢？"

那个"我们"很有文章，叫人担心。可是老在这上面猜想是不值得的，所以我们就继续考虑更具体的办法。第一步，我们决定加双岗，尽最大的力量提防敌人的偷袭。其次，我们想到把威克鲁抓来，让他吐出一切秘密。不过这一招似乎不大聪明，只有等其他的办法都没有效果的时候才行。我们必须把他写的东西再弄到一些，所以我们就开始想办法达到这个目的。后来我们想到：威克鲁从来没有去过邮局，也许那个空马棚就是他的邮局吧。我们把我的亲信书记找来，一个名叫斯特恩的德国人，好像个天生的侦探似的。我把这桩事情原原本本地告诉他，叫他设法破案。还不到一个钟头，我们又得到消息，说是威克鲁又在写。再过了一会儿，就听说他告假进城了。他动身之前，他们故意耽误了他一阵，同时斯特恩赶紧跑去藏在那个马棚里。一会儿他就看见威克鲁轻松自在地走了进去，东张西望了一会儿，然后把一样东西藏在角落里的一堆垃圾底下，又从从容容地出去了。斯特恩赶紧把那封信拿到手，给我们带了回来。上面既没有收信人的姓名地址，也没有发信人的签名。信里面除了先前我们看到过的那些话，接着就说：

> 我们认为最好暂时不要采取行动，等那两连人走了再说。我是说我们内部这四个人有这个意见，还没有和其他的人通消息，怕的是引人注意。我们六个人，跑了两个。他们入伍不久，刚混进炮台就被派到前线去了。现在必须派两个人来接替他们。走了的那两个是三十里点的兄弟。我有一个非常重要的消息要告诉你，可是绝不能靠这种通信方式，我要试用另一种办法。

“这个小浑蛋！”韦布说：“谁想得到他是个间谍呢？暂时不去管他。我们把已经得到的这些细节照目前的情形凑合起来研究研究，看看这桩事情已经发展到什么地步了。第一，‘我们’当中已经有一个间谍是我们知道的；第二，‘我们’当中还有三个是我们不知道的；第三，这些间谍都是通过到联邦部队来入伍这个简单而省事的办法混进我们这儿来的，显然是有两个上了当，被我们运到前线去了；第四，‘外面’还有间谍的帮手，数目多少还不清楚；第五，威克鲁还有非常重要的事情，他不敢用‘现在这种方式’报告消息，要‘试用另一种办法’。照目前的情形看来，大致就是这样。我们是不是要把威克鲁抓起来，叫他招供呢？还是去抓到马棚里取信的人，叫他供出来？或者我们就暂时还不作声，再多调查一些事实呢？”

我们决定采取最后那种办法。我们估计这时候还没有实行紧急措施的必要，因为那些叛乱分子显然是打算等那两个轻步兵连走的时候再下手。我们给了施特恩充分的权力，使他好办事，叫他尽量想办法把威克鲁的“另外一种”通信方法调查出来。我们打算玩一次大胆的赌博，因此我们主张继续使间谍们毫无顾忌地活动，能敷衍多久就敷衍多久。所以我们命令斯特恩马上再到那个马棚那儿去，要是没有什么人妨碍的话，就把威克鲁的信仍旧藏到原地方，放在那儿等叛徒们去取。

那天一直到天黑，都没有什么动静。夜里很冷，天色漆黑，正下着雨，风也刮得很凶，可是那一夜我还是从温暖的床上起来了好几次，亲自出去巡逻，为的是要查明确实没有出什么事故，而且每个岗哨都在认真提防。我发现他们都在振作精神警戒着，显然是有一些神秘的谣言悄悄地在四处传播，一加双岗就更使那些谣言显得确有其事了。当天快亮的时候，我碰见韦布顶着寒风一直往前走，一问才知道原来他也巡逻了好几次，总要知道一切安然无事才放心。

第二天的事情使情况发展得快了一些。威克鲁又写了一封信。斯特恩比他先到那个马棚里，看着他藏了那封信，威克鲁刚一走开，他就去把那封信拿到手，然后溜出来，远远盯住那个小间谍，他背后还跟着一个便衣侦探。因为我们觉得应该让他随时可以得到法律的帮助，以备紧急的需要。威克鲁跑到火车站去，在那儿等纽约开来的车，当客人由车上拥下来的时候，他就仔细盯住那一群人的脸。一会儿有一个年老的绅士，戴着绿色的护目镜，拄着手杖，一瘸一瘸地走了下来，在威克鲁附近站住，急切地开始张望。威克鲁马上就飞跑过去，塞了一个信封在他手里，然后溜走，在人丛中消失了。斯特恩立刻把那封信抢了过来，随即他在那个侦探身边匆忙走过的时候对他说：“跟住那个老先生，别让他跑丢了。”然后斯特恩随着人群连忙跑出来，一直跑回要塞。

我们关上门坐下来，吩咐外面的守卫不让别人来打搅。

我们先把马棚里拿来的那封信打开来看。内容如下：

神圣同盟：照常在那尊大炮里拿到了大老板的命令，那是昨晚上丢在那儿的。这次命令取消了以前从次一级机关所得的指示。已在炮内照例留下了暗号，表示命令已经到了收件人手里——

韦布插嘴说："这孩子现在不是受到了严密的监视吗？"

我说是的。自从上次拿到他那封信之后，他一直就在严密的监视之下。

"那么他怎么能够放什么东西到炮筒里去，或是从那里面取出东西来，居然没有被人发觉呢？"

"唉，"我说，"我看这种情形有点不大对劲。"

"我也觉得不对呀，"韦布说，"这简直就表示连哨兵里面都有同谋犯。要不是他们暗中纵容他，这种事情根本做不到。"

我把瑞本叫来，吩咐他到炮台认真检查一下，看能找出什么线索来。然后我们又往下念那封信：

> 新的命令是果断的，它要〇〇〇〇明天早上三点×××××。将有两百人分成若干股由各地乘火车或采取其他途径来此，按时到达指定地点。今天由我分发信号，成功很有把握，但是我们一定是走漏了风声，因为这里已加派双岗，而且正副司令昨夜曾多次巡逻。寅寅今天由南方来此，将用另一种方式接受秘密命令。你们六个人必须在早晨两点准时到达166号。乙乙会在那里等你们，给你们详细指示。口令和上次相同，但要倒过来，头一个字改到末尾，末一个字改到前面。记住辛辛辛。不要忘了。千万要大胆，还不等太阳再出来，你们就要成为英雄了。你们的名声将流芳千古，你们将在历史上添上不朽的一页。亚门。

"好家伙，"韦布说，"我看这情形，我们可实在不好对付呀！"

我说没有问题，形势是越来越严重了。我说：

"他们准备采取一次猛烈的冒险行动，这是很明显的。今天晚上是他们预定的时间——这也是很明显的。这个冒险行动的性质，或者说它的方式，就隐藏在那一大堆'〇'或'×'下面。据我估计，他们的目的是要偷袭和夺取要塞。现在我们必须采取断然行动。我想我们继续用秘密手段对付威克鲁是一点用处也没有了。我们必须知道，而且越快越好，'166号'究竟在哪儿，这样才能在早上两点钟把那一伙儿人一网打尽。不消说，要想知道这个秘密，最快的办法就是逼这个小鬼说出来。不过首先我必须把事实报告军政部，请求全权处理，然后我们才可以采取重要行动。"

急电译成了密码，准备拍发。在我看过并表示认可之后，就发出去了。

我们随即结束了对刚才那封信的讨论，然后把从那位瘸腿先生那儿抢过来的那封信打开。可是那里面除了装着两张完全空白的信纸之外，什么也没有！这对我们当时迫切的心情简直是泼了一盆冷水。我们一时大失所望，心里就像那信纸一样空虚，简直不知道该怎么办才好。可是一会儿工夫以后，我们立刻想到了“暗墨水”。我们把信纸拿到火边上去烤，等着看那上面的字迹经过火烤的结果显出来。可是除了几条模糊的笔画之外，什么也没有，而我们对那几条笔画又看不出一点道理。于是我们把军医找来，叫他用他所知道的各种方法进行试验，一定要有个结果出来。等到字迹显出来之后，立刻把信的内容报告给我。这个阻碍可真是叫人烦得要命，我们为这阵耽误而感到生气，因为我们一直希望能从那封信里得到关于这个阴谋的一些最重要的秘密。

这时候瑞本上士回来了，他从口袋里掏出一根大约一英尺来长的麻绳，上面打着三个结，他把它递给我看。

“我从江边的一座大炮里取出来的，”他说，“我把所有的炮上的炮栓都取下来仔细看过了。结果每一个炮都查遍了，只找到这么一截麻绳。”

原来这截绳子就是威克鲁的“暗号”，表示“大老板”的命令并没有送错地方。我命令立即把过去 24 小时内在那座炮台附近值过班的哨兵通通单独禁闭起来，没有我的同意，不许他们互相交谈。

这时候军政部部长来了个电报。电文如下：

> 暂时取消人身保障法。全城宣布戒严。必要时逮捕嫌疑犯。采取果断而迅速的行动。随时将消息报告本部。

这下子我们可以下手了。我派人去把那位瘸腿的老先生逮捕起来，悄悄地关押到要塞，我把他看管起来，不许别人和他谈话，也不许别人和他谈话。起初他还吵闹了一阵，可是不久就不作声了。

随后又来了个消息，说是有人看见威克鲁拿了什么东西交给我们的两个新兵。他刚一转身，这两个人马上就被抓去禁闭起来了。每人身上搜出一个小纸片，上面用铅笔写着这些字：

> 大鹰三飞
>
> 记住 ××××
>
> 一六六

遵照军政部部长的指示，我给部里打了个密电，报告情况的进展，还把上面这个纸片描绘了一下。现在我们似乎是处于很有把握的地位，尽可以拉下威克鲁的假面具了，所以我就派人把他叫来。同时我也派人去取回那封用暗墨水写的信，军医还带来一张字条，说明他试过的几种方法都没有结果，不过还有一些方法，等我再叫他试验的时候，还可以试一试。

威克鲁很快就进来了。他显得有些疲乏和焦急，可是他很镇定从容，即使他感觉到出了什么问题，也没有在脸色和态度上露出来。我让他在那儿站了一两分钟，然后直接说：

“小伙子，你为什么老去那个旧马棚呢？”

他用天真的态度毫不慌张地回答：

“嗬，我也不知道怎么回事，司令官。没有什么特别的原因，我就喜欢清静，想到那儿去玩。”

“你到那儿去玩，是吗？”

“是呀，司令官。”他还是像开始那样天真无邪地回答。

“你在那儿只是玩吗？”

“是呀，司令官。”他抬起头来望着我，那双温柔的大眼睛里含着孩子气的惊讶神情说道。

“真的吗？”

“是的，司令官，真的。”

过了一会儿，我说：

“威克鲁，你为什么总喜欢写字呢？”

“我？我并没有常写什么呀，司令官。”

“你没有常写？”

“没有，司令官。啊，您要是说的乱画呢，我倒是乱画了一些，不过那是画着玩的。”

“你画了拿去干什么了？”

“没有干什么，司令官，画完就丢了。”

“没有送给什么人吗？”

“没有，司令官。”

我突然把他写给“上校”的那封信伸到他的面前。他稍微有点吃惊，可是马上又镇定下来了。他脸上微微地红了一阵。

“那么，你为什么要把这个送出去呢？”

“我绝、绝没有什么坏心眼，司令官。”

“绝没有坏心眼?！你把要塞的军备情况泄露了出去，还说没有坏心眼吗？”

他低下头去不作声。

“喂，老实说吧，别再撒谎了。这封信是给谁的？”

这时候他显出有些痛苦，不过很快就平静下来，用非常恳切的声调回答说：

“我把事实告诉您吧，司令官，全部的事实。这封信根本就没有打算写给谁。我不过是写着玩。现在我知道错了，而且是件傻事，可是我只犯过一次，司令官，我以人格担保。”

“嗬，这倒叫我我很高兴。写这种信是很危险的。你真的只写过这一封？”

“是的，司令官，千真万确。”

他大胆得惊人。他说这句谎话的时候，那种诚恳的神气谁也比不过。我停了一会儿，把我的怒气平息下去，然后说：

“威克鲁，你仔细想一想吧，我想调查两三件小事情，你看是不是可以帮个忙？”

“我一定尽力帮忙，司令官。”

“那么我先问你，‘大老板’是谁呢？”

这下他很惊慌地望了我们一眼，可也不过如此而已。他马上安静了下来，沉着地回答说：

“我不知道，司令官。”

“你不知道？”

“我不知道。”

他极力想把他的眼睛望着我的，可是那实在太紧张了；他的下巴慢慢地向着胸部低下去，他哑口无言了；他站在那儿神经紧张地摸弄着一只纽扣，他的卑鄙行为虽然可恶，那样子可也叫人怜悯。随后我又提出一个问题，打破了沉默：

“‘神圣同盟’是些什么人呢？”

他浑身发抖，他把双手盲目地微微动了一下，这在我看来，好像是一个绝望的小家伙求人怜悯的表示。可是他没有作声。他继续把头向地下垂着，站在那儿。我们瞪着眼睛望着他，等着他说话的时候，看见大颗的眼泪顺着他的脸蛋儿滚下来。可是他始终不说话。过了一会儿，我说：

"你非回答我不行，小孩儿，你一定要说老实话。'神圣同盟'是哪些人？"

他仍旧只是一声不响地哭。我随即就说：

"回答我这个问题！"我的语气有些严厉。

他极力要控制自己的声音；然后求饶地抬头望着，掺杂着哭声勉强说道：

"啊，请您可怜我吧，司令官！我不能回答这个问题，因为我不知道。"

"什么？"

"真的，司令官，我说的是实话，我直到现在，从来没有听说过什么'神圣同盟'。我以人格担保，司令官，这是实话。"

"真是怪事！我看你这第二封信；喏，你看见这几个字了吗？'神圣同盟'。现在你还有什么话可说？"

他抬起头来瞪着眼睛望着我的脸，显出一副受了委屈的神气，好像他遭了很大的冤枉似的，然后激动地说：

"这是有人狠心地给我开玩笑，司令官；我老是极力要好好做人，从来没有伤害过谁，他们怎么能这样陷害我呢？有人假造了我的笔迹；这都不是我写的；我从来没有见过这封信！"

"啊，你这个可恶透了的小骗子！你看，这又是怎么回事呢？"——我把那封暗墨水写的信从口袋里掏出来，伸到他眼前。

他的脸发白了！——简直像个死人的脸那么白。他站也站不稳，微微摇晃起来，伸手扶着墙才把身子撑住。过了一会儿，他低声问道：

"您已经……看过这封信了吗？"他的声音简直低得听不见。

一定是还没有等我嘴里来得及说出"看过了"这么个回答，我们脸上就把真情流露出来了，因为我清清楚楚地看见那孩子的眼睛里又恢复了勇气，我等着他说话，可是他一声不响。所以后来我就说：

"喂，你对这封信里泄露的秘密又怎么解释呢？"

他非常镇定地回答说：

“没有什么解释，我只想说明一声，那是完全没有害处的；对谁也没有什么妨碍。”

这下子我可有点窘住了，因为我无法反驳他的话。我不知道该怎么办才好。可是我忽然又有了一个主意，这才给我解了围，我说：

“你对‘大老板’和‘神圣同盟’当真什么都不知道吗？你说是人家假造的这封信，当真不是你写的吗？”

“是的，司令官，这是真的。”

我慢慢抽出那根打了结的麻绳来，一声不响地把它举起。他若无其事地瞪着眼睛看着它，然后诧异地看着我。我实在忍耐不住了。不过我还是把我的火气压下去，用自然的语调说：

“威克鲁，你看见这个了吗？”

“看见了，司令官。”

“这是什么？”

“好像是一根绳子。”

“怎么，好——像——是？这本来就是一根绳子呀。你还认得吗？”

“不认得，司令官。”他回答的语气从容到极点。

他那种冷静的态度真是令人惊叹！于是我停了几秒钟，为的是让我的沉默可以加深我所要说的话给人的印象。然后我站起来，把一只手按在他肩膀上，严肃地说：

“这是对你没有好处的，可怜的孩子，绝对没有好处。你给‘大老板’的这个暗号，这根带结的绳子，是在江边一座大炮里找到的——”

“大炮‘里面’找到的！啊，不对、不对、不对！别说是在大炮里吧，其实是在炮栓的一条缝里！——一定是在缝里！”他随即就跪下来，两手交叉着十指，抬起头，他脸色灰白、吓得要命的样子，叫人看了很可怜。

“不，是在大炮里。”

“啊，那一定是出了毛病！上帝，我完蛋啦！”他一下子跳起来，左右乱闯，想要躲开来抓他的手，极力想从这地方逃掉。当然逃跑是不可能的。于是他又扑通一声跪在地下，拼命地哭，还抱住我的腿，他这样抓住我，苦苦哀求道：“啊，您可怜可怜我吧！啊，您大发慈悲吧！千万别把我的事情说出去呀，他们连一分钟都不会饶了我的！请您保护我，救救我吧。我会把一切都说出来的！”

我们花了一些工夫才使他平静下来，减少他的恐惧，使他稍微清醒一些。然后我开始盘问他，他眼睛看着地下，很恭敬地回答，随手伸手揩去他那流个不停的眼泪。

“那么你是心甘情愿地做一个叛徒喽？”

“是的，司令官。”

“你还是个间谍？”

“是的，司令官。”

“一直在按照外面的指示活动吗？”

“是的，司令官。”

“是自愿的吗？”

“是的，司令官。”

“干得很高兴吧，也许是？”

“是呀，司令官，抵赖也没有好处。南方是我的家乡，我的心是南方的，整个心都在它那一方面。”

“那么你所说的你遇难的经过和你家人被杀害的那些事情都是为了混进要塞，特意捏造出来骗人的吧？”

“他们——是他们叫我那么说的，司令官。”

“那么你就准备出卖那些可怜你和收容你的人，要把他们都毁了吗？你知不知道这么做有多卑鄙？你这个走入迷途的可怜虫！”

他只用哭泣来回答。

“好吧，这个暂且不去管它。我们还是谈正经事。‘上校’是谁？他躲在什么地方？”

他开始大哭起来，想要哀求不说这个问题。他说他要是说出来，就会被打死。我威胁着说，你要是不说出实情，我就要把你关到黑牢里监禁起来。同时我答应他，只要他把秘密都说出来，我就保护他，不让他受到任何伤害。他紧紧地闭住嘴，一句话也不肯说，做出一副很顽强的样子，使我简直拿他没有办法。于是我就带着他走，可是他只往黑牢里望了一眼就改变了主意。他突然又大哭起来，并且苦苦哀求，声明他愿意说出一切实情。

于是我又把他带回来，他就说出了“上校”的名字，并且很详细地把他描述了一番。他说到城里最大的旅馆里可以找到他，穿着普通老百姓的衣服。我又威胁了他一阵，他才把“大老板”的名字说出来，并且说明他的相貌等。他说在纽约证券街 15 号可以找到“大老板”，化名是盖罗德。我把盖罗德的姓名和相貌打电报告诉了纽约警察局局长，让他逮捕这个人，把他看管起来，等我派人去提解。

“那么，”我说，“好像是‘外面’还有几个同党，好像在新伦敦。你把他们的姓名和具体情况说一说吧。”

他又说出了三个男人和两个女人，并且说明了他们的情况——都住在大旅馆里。我悄悄地派人出去，把他们和那位“上校”抓来，关在要塞里。

“现在我想知道你在要塞里面的三个同党都是谁。”

我想到他又会说谎话来骗我，于是我把从那两个被捕的哨兵身上搜到的神秘纸片拿出来给他看，这对他起到了很好的效果。我说我们已经抓到了两个，他非说出另外那一个不可。这把他吓得要命，他大声叫道：

“啊，请您别逼我了，他当场就会要了我的命！”

我说那是可笑的想法，我会派人在他身边保护他，并且在他们集合的时候是不会让他们带武器的。我命令所有的新兵都集合起来，然后这可怜的坏蛋浑身发抖地走了出来，他顺着那一队人走过去，极力显出若无其事的样子。后来他对其中一个人只说了一个字，于是他还没有走出五步，那个人就被捕了。

威克鲁又和我们在一起的时候，我就命令把那三个人带进来。我叫其中的一个站到前面来，说道：

“威克鲁，你可要注意，要完全说实话，丝毫不能有差错。这个人是谁，你知道他一些什么事情？”

他已经到了“骑虎难下”的地步了，所以就不顾一切后果，把眼睛瞪在那个人脸上，毫不迟疑地说了一大套——他说的是下面这些话：

“他的真名叫作乔治·布利斯多。他是新奥尔良人，两年前在沿海的邮船‘神殿号’上当二副。他是个很凶的角色，曾经因为犯杀人罪坐过两次牢：一次是为了拿一根绞盘用棍子打死一个叫海德的水手，一次是打死了一个甲板苦力，因为他不肯抛铅锤，其实那本不该是甲板苦力做的事。他是个间谍，是上校派到这儿来进行间谍活动的。五八年‘圣尼古拉号’在孟菲斯附近爆炸时，他在船上当三副。当死伤的乘客被装在一只空木船上往岸上运的时候，他抢乘客身上的财物，结果差点儿让人家用私刑弄死。”

还有一些诸如此类的话——他把这个人的来历说得很详细。他说完之后，我问那个人：

“你对他这些话还有什么说的？”

“司令官，您可别怪我在您面前说话不恭敬，他这简直是在胡说八道，我从来没有听过谁撒这种无耻的谎！”

我命令把他带回去再关起来，又把其余两个先后叫到前面来。结果都是一样。那孩子说出了每个人的详细来历，对措辞和事实丝毫也没有迟疑。可我盘问这两个家伙的结果是，每个人都愤恨地说那完全是谎话。他们什么口供也没有。于是我把他们再送回去关起来，又把其余的犯人一个个叫出来对质。威克鲁把他们的一切都说出来了——他们是南方哪些城市的人，和他们参加这个阴谋的原原本本。

但是他们都否认他所说的事实，而且没有一个有什么口供。那些男人大发脾气，女人哭哭啼啼。据他们自己说，他们都是从西部来的清清白白的人，并且爱联邦胜过爱世界上一切东西。我把这些人再关起来，心里很烦闷，随后我就再来盘问威克鲁。

“166 号在哪儿？‘乙乙’是谁？”

可是他下了决心以这里为界限。无论说好话哄他或是威胁他，都不起作用。时间过得飞快，非采取严厉手段不可。所以我就拴住他的大拇指，把他踮起脚尖吊起来。他越来越痛，就尖声惨叫，那声音简直叫我受不了。但是我还是坚持不放松，终于过了一会儿他就喊叫起来：

“啊，放我下来吧，我说！”

“不行，你说了我才放你下来。”

现在每一秒钟的时间对他都是痛苦，所以他招了出来：

“大鹰旅舍，166 号！”他说的是江边的一个下等客栈，是一般卖力气的普通人和码头工人，还有那些更不体面的人常去的地方。

于是我就把他放了下来，然后又让他说出这次阴谋的目的。

“今晚要夺取要塞。”他一面顽强地说，一面低声哭着。

“我是不是已经把这次阴谋的首领都抓到了？”

“没有，除了你抓到的以外，还有很多要到 166 号去开会的人。”

“你那‘记住辛辛辛辛’是什么意思？”

没有回答。

“进入166号的口令是什么？”

没有回答。

“那一堆一堆的字和记号是什么意思——‘×××××’和‘○○○○’？快说！要不然还叫你尝尝那个滋味。”

“我决不回答！我宁肯死。现在你爱怎么办就怎么办吧。”

“把你说的话好好想想吧，威克鲁。你拿定主意了吗？”

他坚决地回答，声音毫不发颤：

“拿定主意了。我非常爱我那遭难的南方，痛恨这北方的太阳所照耀的一切，所以我宁肯死，也不会泄露那些消息。”

我又拴住他的大拇指把他吊起来。这可怜的小家伙痛得要命，他那尖叫的声音听着叫人心碎，可是我们却再也没有逼出他什么口供来。不管你问他什么话，他总是这样回答：“我可以死，而且我决定死，可是我决不会泄露任何情况。”

哎，我们只好就那么算了。我们相信他一定是宁肯死也不会招供的，所以我们就把他放下来，把他关起来严加看管。

然后我们又忙了几个钟头，一方面给军政部打电报，一方面准备突击166号。

那漆黑和寒冷的夜晚是令人提心吊胆的。由于要塞的情报已经被泄露了一些，整个要塞都在提防意外。哨兵增加到了三岗，无论谁都不能随意进出，一走动哨兵就会把步枪对准他的头，叫他站住。不过韦布和我却不像原先那么担心了，因为有许多主犯已经落网，他们的阴谋就必然会受到沉重的打击。

我决定及时赶到166号去抓住“乙乙”，堵上他的嘴，然后等着其余的人来到，好把他们一网打尽。大约在早上一点一刻，我就悄悄离开要塞，后面带着六个精壮的正规兵，还有威克鲁那孩子，他的手被反绑在背后。我告诉他，我们要到166号去，如果发现他这次又说了谎话，骗我们上当，那他就非得领我们到正确的地方去不可，否则有他好受的。

我们悄悄地走近那个客栈，进行隐蔽的侦察。小小的酒吧间里点着一支蜡烛，其余的房间都是黑的。我试着打开前门，门并没有上锁，所以我们就轻轻地走进去，仍旧把门关上。然后我们把鞋脱掉，我带头把大家领到酒吧间里。德国店主坐在椅子上睡着了，我轻轻地把他推醒，叫他脱掉靴子，走在我们前面，同时警告他不许出声。他一声不响地顺从了，可是显然吓得要命。我命令他带路到 166 号去。我们爬上了两三层楼梯，脚步像一串猫儿那么轻。然后我们走到一道很长的过道尽头的时候，就来到了一个房间门口。从那个门上装着玻璃的小窗户里，我们隐约看到里面有一支发出暗淡的亮光的蜡烛。店主在暗中摸索着找到了我，悄悄地说那就是 166 号。我试了试那扇门——门从里面锁上了。我轻声给一个个子最大的士兵下了一个命令。然后我们就用宽大的肩膀顶住门，猛推一把，把门上的铰链冲开了。我隐隐约约地看见床上有一个人影——看见他连忙向着蜡烛把头伸过去。蜡烛一灭，我们立刻就陷在一片漆黑当中了。我猛扑过去，一下子跳到了床上，用膝头使劲按住了床上那个人。被我抓住的人拼命地挣扎，可是我的左手卡住了他的嗓子，这给我的膝头很大的帮助，总算把他制服了。然后我马上把手枪掏出来，拉开扳机，用那冰冷的枪筒抵住他的腮帮子，表示警告。

“现在谁给划根火柴吧！”我说，“我把他抓牢啦。”

有人照办了。火柴的光亮起来，我望着我抓住的人，哎呀，上帝，原来是个年轻的女人！

我放开她，连忙走下床来，心里觉得很不好意思。大家都瞪大了眼睛望着身边的人发呆。这桩意外的事太突如其来了，叫人莫名其妙，因此大家都非常慌张，不知该怎么办才好。那个年轻的女人开始哭起来，用被子蒙住了脸。店主恭敬地说：

“她是我的女儿，她大概是干了什么不规矩的事吧？”

“你的女儿？她是你的女儿？”

“啊，是呀，她是我的女儿，她今晚才从辛辛那提回家来的，有点儿不舒服。”

“他妈的，那孩子又撒谎啦。这不是他说的那个 166 号，她不是‘乙乙’。威克鲁，你必须给我们找到那个真正的 166 号，要不然……喂！那孩子跑哪儿去了？”

他跑掉了，这是毫无疑问的！他不但跑了，我们还连一点线索也找不到。这可是个伤脑筋的问题。我暗骂自己太傻，竟然没让一个士兵看住他，可是现在再为这个懊恼也没有用了。到了这个地步，我究竟应该怎么办呢？——这是最紧迫的问题。不过说到源头，那个姑娘说不定就是‘乙乙’。虽然我并不相信这个，可是把疑惑当成定论却是不妥当的。所以我就叫我那几个士兵留在166号对面的一个空房间里，吩咐他们只要有人靠近那个年轻女人的房间，就一律把他们抓起来，同时还吩咐他们把店主扣押在一起，对他严加看管，且待以后的命令。然后我就赶回要塞，去看看那儿是否还平安无事。

还好，要塞平安无事。而且自始至终都没有出问题。我通宵守着，没有睡觉，以防意外，可是整夜毫无动静。直到后来看见天又亮了，我居然还能够给部里发电报，报告星条国旗仍旧在特伦布尔要塞上空飘扬，心里真是说不出的高兴。

我解除了心头沉重的压力，不过我依然没有放松警惕，也没有停止努力。因为当时的局势太严重了，不允许有任何的疏忽。我把那些犯人一个个叫来，不断地严厉拷问他们，总想叫他们招供，可是毫无结果。他们一个个只有咬牙切齿，直扯头发，却什么也没有招出来。

到了中午的时候，我们终于得到了那个失踪的孩子的消息。有人报告说在早上六点，大约在八里以外看见他在路上，拖着沉重的脚步往西走。我马上派一名骑兵中尉和一名士兵追捕他。他们在距离要塞二十里以外的地方看见他了。他已经翻过了一道篱笆，拖着沉重的脚步穿过一片满是烂泥的田野，向村庄边上一座旧式的大房子走过去。他们骑着马穿过一片小树林，迂回过去，由相对的方向包抄那所房子。然后下了马，迅速溜到厨房里。那儿一个人也没有。他们又溜进靠近的一间屋子里，那儿也没有人。由那间屋里通向前面起居室的门是开着的。他们正想要由这扇门里走过去，忽然听见一个很低沉的声音。原来那是有人在祷告。于是他们恭恭敬敬地站住了，中尉把头伸进去，看见一个老头和一个老太婆在那间起居室的一个角落里跪着，正在祷告的是那老头。刚刚祷告完毕的时候，威克鲁打开前门走进来了。那两个老人一起向他扑过去，紧紧地搂着他，叫他差点透不过气来。他们大声嚷道——

“我们的孩子！我们的宝贝！多谢上帝。让我们跑掉的孩子又回来啦！让我们死了的孩子又复活啦！”

喂，先生，你猜是怎么回事！原来那个小鬼就是在那个农庄上长大的，原来他一辈子也没有离开过这个地方五里地远，后来才在两周前闲逛到我那里去，编了那一个伤心的故事把我骗了！这是千真万确的事情。那个老头是他的父亲——是个有学问的退休了的老牧师，而那个老太婆是他的母亲。

现在让我来对这个孩子和他的举动略加说明吧。原来他是看廉价小说和那些专登情节离奇故事的刊物看得入迷了——所以莫名其妙的神秘事件和天花乱坠的侠义行为正合他的胃口。后来他又看到报纸上报道叛军的间谍潜伏到我们这边来活动的情况，以及他们那可怕的企图和两三次轰动一时的成功，结果他就对这个事情想入非非了。他曾经有几个月和一个很健谈和富于幻想的北方青年混在一起，那个青年在新奥尔良和密西西比上游二三百里的各地之间航行的几只邮船上当过两年事务员——因此当他谈起那一带地方的地名和其他情形时，都显得很熟悉。我在战前曾经在那一带地方住过两三个月，所以我对那儿的情形所知有限，因此很容易就被那孩子哄住了，要是一个土生的路易斯安那人，那也许不等他说到十五分钟，就会发现他露出马脚了。你知道他为什么说情愿死也不肯解释他那几个阴谋的暗号吗？那是因为他根本就无法解释！——那些记号根本就没有任何意义，完全是他从想象中凭空捏造出来的，事前事后都没有思考过。所以突然问起他来，他就想不出什么来解释这个暗号。比如，他对那封“暗墨水写的信”里隐藏着什么秘密也说不出来，最充分的理由就是那里面根本没有隐藏任何秘密，那封信不过是空白的纸张罢了。他根本没有往大炮里面放什么东西，而且从来没有想过这么做，因为那些信都是他写给一些想象中的人物的，他每次藏一封信到那个马棚里的时候，总是把前一天放在那儿的一封拿走。所以他对那根带结的小绳子并不知道，因为我拿给他看的时候，他也是第一次看到。可是当我一让他说明来历时，他马上就照他那异想天开的派头，承认那是他放的，而且收到了一些很奇妙的戏剧性效果。他捏造了一个“盖罗德”先生，还有什么证券街 15 号，当时已经根本不存在了——三个月以前就拆掉了。他还捏造了那位“上校”。我所逮捕的和他对质过的那些无辜受累的人，被他满口胡诌地说了一大堆来历，其实也都是他捏造的，就连“乙乙”也是他捏造的，166 号也可以说是他捏造的，因为在我们到大鹰旅社去之前，他还不知道那儿有这么个房间。凡是需要捏造某一个人或是某一件东西的时候，他随时都捏造得出来。当我要他说出“外面的”间谍的时候，他马上就把他在旅馆里见过的一些陌生人描述一番，其实就连他们的名字也不过是他偶尔听到的。嘀，在那惊心动魄的几天里，他一直处在一个丰富多彩、神秘的、浪漫的境界里过日子，我觉得这个境界对他来说是真实的，而且他想必是一直从心坎里欣赏着它的滋味。

可是他给我们找了不少的麻烦，而且使我们受了很多的耻辱。你看，因为他，我们抓了一二十个人，把他们关在要塞里，还在他们门口安了哨兵。被捕的人有许多都是军人，我对他们是无须道歉的。可是其余的人都是全国各地的第一流公民，无论你说多少赔罪的话，也不能使他们消气。他们会大发脾气，给我们闹个没完！那两个妇女呢——一个是俄亥俄一位议员的太太，另一个是西部一位主教的妹妹——咳，她们极尽其能地对我说了许多侮辱和挖苦的话，并且和她们所流的那些冒火的眼泪一样，已然成了一份纪念品，大概可以使我很久都记得住她们，而且我一定是会记得的。那位戴护目镜的瘸腿老先生是费城的一个大学校长，他是来参加他侄子的丧礼的。当然他原先从来没有见过威克鲁。咳，他不但错过了丧礼，还被我们当作叛军间谍关了起来，而且威克鲁在我的营房里无情地把他说成是一个从加尔维斯敦来的名声最臭的一个流氓巢的伪造犯、黑人贩子、偷马贼、放火犯，对于这种侮辱，这位倒霉的老先生似乎是根本不能原谅的。还有军政部呀！可是，真倒霉，这一段我就不去谈它了吧！

附注——我把这篇故事的稿子拿给少校看，他说：“你对军队里的事情不大熟悉，这使你出现了一些小小的错误。不过连这些错误的地方也还是写得有声有色——随它去吧。虽然军队里的人看了会笑，可别人看不出毛病来。你把这个故事的主要事实都说对了，叙述得和实际发生的情况差不多。”——马克·吐温。

被偷的白象[①]

一

下面这个稀奇的故事是我在火车上偶然认识的一个人讲给我听的。他是一位年过七十的老人，他那和善而斯文的容貌以及真挚诚实的态度，使他嘴里说出来的每一件事情都给人以无可置疑的真实的印象。以下是他讲的故事：

你知道暹罗[②]的皇家白象在那个国家里是多么受人尊敬的吧，它是国王御用的大象，只有国王才能饲养它，实际上它的地位甚至比国王还要高出几分，因为它不仅受人尊敬，而且还受人崇拜。五年前，大不列颠和暹罗两国之间的国界发生了纠纷，但不久就证明了错误在暹罗方面。因此，一切赔偿手续迅速完成了，英国代表说他很满意，过去的嫌隙也应该忘记才行。这使暹罗国王大为安心，但或许是为了表示感激，或许是为了消除英国方面可能还存在的一点残余的不满情绪，他表示愿意给英国女王送一件礼物——照东方人的想法，这是与敌方和解的唯一妥当的办法。这件礼物不但应该是高贵的，而且必须是超乎一切的高贵才行。那么，还有什么礼物能比一只白象更合适呢？当时我在印度担任着一种特殊的文官职位，因此被认为最适合担任为女皇陛下献上这份高贵礼物的荣幸任务。暹罗政府特地给我备了一只船，还配备了侍从、随员和专门伺候白象的人。经过长时间的航行，我们到了纽约港，于是我把受皇家

① 这个短篇并未收录在《海外浪游记》中，因为作者当时担心其中一些情节会过于夸大，还有一些则不符合事实。但在作者未及证实这些担心其实都是多余的之前，《海外浪游记》便已经印刷出版了，故未能收录。——作者原注。

② 今泰国，1939 年之前叫暹罗。

重托的礼物安顿在泽西城，让它住在很讲究的地方。为了恢复这头白象的健康，我们不得不在这里停留一段时间，然后再继续航行。

过了两星期，一切安然无事，然后灾祸来临了——白象被偷了！有人在深夜把我叫醒，告诉我这个可怕的不幸消息。我当时几乎因恐惧和焦急而发狂，我真不知如何是好。然后我渐渐平静下来，恢复了理智。不久，我就想出了办法——因为事实上一个有头脑的人所能采取的只有唯一一个办法。那时候虽然已经是深夜，但我还是赶去了纽约，找到一位警察引我到了侦缉总队。幸运的是我到的正是时候，因为侦缉队的头目——有名的督察长布伦特，正在准备动身回家。他是个中等身材、体格结实的人，当他深思的时候，习惯皱起眉头，凝神用手指头敲打额头，这些都会马上给你一个印象，使你深信自己站在一个不平凡的人物面前。一看到他那样子，我就有了信心，有了希望。我向他讲述了我的来意。听完后，他丝毫也不惊慌。看样子，这对他那铁一般的镇定并没有引起多大的反应，就好像我告诉他有人偷了我的狗一样。他挥手叫我坐下，沉着地说道：

"请让我想一会儿吧。"

他一边这么说着，一边在他的办公桌前面坐下，用手托着头做沉思状。几个书记员在办公室的另一边工作，在往后的六七分钟里，我所听到的声音就只有他们的笔在纸上划出的响声。同时督察长坐在那儿，凝神沉思。最后他抬起头来，他的面孔上那种坚定的轮廓表现出一种胸有成竹的神气，这使我相信他的脑子里已经想出了主意，计划也已经拟定了。他说——声音低沉而且给人深刻的印象：

"这不是个普通案件。一切步骤都要小心周到，每一步都要站稳脚跟，然后再放胆走下一步。一定要保守秘密才行——完全地、绝对地保密。无论对什么人都不要谈起这件事，连对报馆记者也不要提。这些人由我来对付吧。我会谨慎，故意地让他们得到一点符合我目的的消息。"他按了按铃，一个年轻人走进来。"亚拉里克，叫记者们暂时不要走。"说完后，小伙子出去了。"现在我们再继续来谈正经事吧，要清清楚楚地谈。干我这一行，要是没有严格和周密的方法，什么事也办不好。"

他拿起笔和纸来："那么——那只象姓什么？"

"哈森 · 本 · 阿里 · 本 · 塞林 · 阿布达拉 · 穆罕默德 · 摩伊赛 · 阿

汉莫尔·吉姆赛觉吉布荷伊·都里普·苏丹·爱布·布德普尔。”

“好吧，叫什么名字？”

“江波。”

“好吧，出生在哪里呢？”

“暹罗京城。”

“父母还在吗？”

“不，死了。”

“除了它而外，它们还生过别的吗？”

“没有——它是独生子。”

“好吧。在这一项底下，有这几点就够了。现在请你描述一下那只象的样子，千万不要遗漏任何细节，无论多么不重要的——这就是说，照你的看法不重要的，对于我们这一行的人来说，根本就没有什么不重要的细节，这种事情根本就不存在。”

于是我一边描写，他一边记录。当我说完的时候，他说：

“好吧，我复述一遍，你听着，要是我有弄错的地方，请你更正。”

他照下面这样念：

“身高十九英尺；身长从额顶到尾根二十六英尺；鼻长十六英尺；尾长六英尺；全长，包括鼻子和尾巴，四十八英尺；牙长九英尺半；耳朵大小与这些尺寸相称；脚印像一只桶放在雪里留下的痕迹；象的颜色，灰白；每只耳朵上都有一个装饰珠宝的洞，像碟子那么大；特别喜欢给旁观的人喷水，并且爱拿鼻子捉弄人，不但是那些和他相识的人，连完全陌生的人也是一样；它的右后腿有点跛，左腋下因从前生过疮，有一个小疤；被偷时背上有一个包括十五个座位的乘厢[①]，披着一张普通地毯大小的金丝缎鞍毯。”

他写得完全正确。督察长按了按铃，把这份说明书交给亚拉里克，吩咐他说：

“马上把这张东西印五万份，寄到全州各地的侦缉队和当铺去。”亚拉里克出去了。“哈——说了半天，总算还不错。另外我还得要一张这头大象的相片才行。”

---

① 战象背上所载的塔楼，内有座位供人乘坐。

我给了他一张。他很认真地把它仔细看了一阵，说道：

“只好将就吧，反正找不到更好的。可是它把鼻子卷起来，塞在嘴里，这有点不太凑巧，一定会使人发生误会，因为它平常当然不会把鼻子卷成这个样子。”他又按了按铃。

“亚拉里克，把这张相片拿去印五万份，明天早上先办这件事，和那张说明书一同寄出。”

亚拉里克出去执行他的命令了。督察长说：

“这个一定要悬赏才行。那么，数目怎么样？”

“你看多少合适呢？”

“第一步，我认为——呃，先来个两万五千元钱吧。这件事情很复杂、很不好办，不知有多少逃避的路子和隐藏的机会哩。这些小偷到处都有朋友和伙伴——”

“哎呀，您知道那些人是谁吗？”

那张善于把想法和情绪隐藏在心里的谨慎的面孔使我猜不出一点影子，他说得那样若无其事，回答也是一样：“这个你不用管。我可能知道，也可能不知道。我们通常都是根据罪犯下手的方法和他所要弄到手的东西的大小，去找到一点巧妙的线索，从而推测他是谁。我们现在要对付的不是一个扒手，也不是一个普通小偷，这点你可要清楚。这回被偷的东西不是一个新手随便‘扒’[①]了去的。刚才我说过，办这个案子是要跑许多地方的，小偷儿们一路往别处跑，同时还要掩盖他们的行踪，因此查起来会很费劲，所以照这些情形看来，两万五千元也许还太少一点，不过我想开始先给这个数目还是可以的。”

于是我们就商定了这个数目，作为初步的悬赏。然后这位先生说道：

“在侦探史里有些案子说明某些犯人是根据他们胃口方面的特点而破案的。那么，这只象究竟吃什么东西、吃多少分量呢？”凡是可以作线索的事情，这位先生没有不注意的。

“啊，说到它吃的东西嘛——它不管什么都吃。人也吃，《圣经》也吃——人和《圣经》之间的东西，不管什么他都吃。”

“好——真是太好了，可是太笼统了。必须说得仔细些——干我们这

① 原文为“lifted”，这个词既可以解释为“扒窃”，也可以解释为“举起”。

一行，最讲究的就是仔细。这样吧，先说人。每一顿——要不然你愿意说每一天也行——它要吃几个人呢，要是新鲜的话？”

“不管新鲜不新鲜，每一顿它都要吃五个普通的人。”

“好极了，五个人，我把这个记下来。它最爱吃哪些国家的人呢？”

“它对国籍不在乎。它特别爱吃熟人，可是对陌生人也并没有成见。”

“好极了。那么再说《圣经》吧。它每一顿要吃几部《圣经》呢？”

“它可以吃下整整一版。”

“这样说得不够清楚。你是指普通的八开本，还是家庭用的插图本呢？”

“我想它对是否有插图是不在乎的。也就是说，我觉得它并不会把插图比简单的文本看得更宝贵。”

“不，你没听懂我的意思。我说的是本子的大小。普通八开本的《圣经》大概是两磅半重，可是带插图的四开大本[①]有十磅到十二磅重。他每顿能吃几本多莱版[②]的《圣经》呢？”

“你要是认识这只象的话，就不会问这些了。人家有多少它就吃多少。”

“好吧，那么按照钱数来算算吧。这点我们总得弄清楚才行。多莱版每本要一百元钱，俄国皮子包书角的。”

“它大概要五万元钱的才够吃——就算是五百本的一版吧。”

“对，这倒是比较明确一点。我把这个记下来。好吧，它爱吃人和《圣经》，这些都说得很不错。另外它还吃什么呢？我要知道详细情形。”

“它会抛下《圣经》去吃砖头，它会抛下砖头去吃瓶子，它会抛下瓶子去吃衣服，它会抛下衣服去吃小猫，它会抛下小猫去吃牡蛎，它会抛下牡蛎去吃火腿，它会抛下火腿去吃糖，它会抛下糖去吃馅饼，它会抛下馅饼去吃洋芋，它会抛下洋芋去吃糠皮，它会抛下糠皮去吃干草，它会抛下干草去吃燕麦，它会抛下燕麦去吃大米，因为它主要是用这个喂大的。除了欧洲的奶油之外，无论什么东西它都没有不吃的，就连奶油，要是尝

---

① 家庭用《圣经》，开本较大，因为内中会留下空白页供记录家庭中成员的生丧婚娶等大事。

② 保罗·古斯塔夫·多莱（1833—1883）绘制插图的《圣经》版本，多莱为法国插图画家，擅长版画。

出了味道，它也会吃的。”

“好极了。平常每顿的食量是……大概要……”

“噢，从四分之一吨到半吨之间，随便多少都行。”

“它爱喝……”

“只要是液体的东西都可以。牛奶、水、威士忌、糖浆、蓖麻油、樟脑油、石炭酸——这样说下去是没有用处的，无论想到什么液体的东西你都记下就是了。只要是液体的东西，它什么都喝，除了欧洲的咖啡。”

“好极了。它每次喝多少呢？”

“你就写五至十五桶吧——它口渴的程度是一时一样的，别的方面，它的胃口是没有变化的。”

“这些事情都非常重要。这对于找到它应该可以提供很好的线索。”

他按了按铃。

“亚拉里克，把柏恩斯队长找来吧。”

柏恩斯来了。布伦特督察长把案情对他一五一十地详细讲述了一遍，然后用爽朗而果断的口吻说（由他的声调可以知道他的办法已经计划得很清楚，而且也可以知道他是习惯于下命令的）：

“柏恩斯队长，派琼斯、大卫、海尔赛、培兹、哈启特他们这几个侦探去追寻这只象吧。”

“是，督察长。”

“派莫西、达金、穆飞、罗杰士、达伯、希金斯和巴托罗缪他们这几个侦探去追查小偷。”

“是，督察长。”

“在那只象被偷出去的地方安排一个强有力的卫队——三十个精选的弟兄组成的卫队，还要三十个换班的——叫他们在那儿日夜严加防守，没有我的书面手令，谁也不许走进去——除了记者。”

“是，督察长。”

“派些便衣侦探到火车、轮船和码头仓库那些地方去，还有由泽西城往外面去的大路上，命令他们搜查所有形迹可疑的人。”

“是，督察长。”

“把那只象的照片和附带的说明书交给这些人，吩咐他们搜查所有的火车和往外开的渡船和其他的船。”

“是，督察长。”

“象要是找到了，就把它捉住，发电报把消息通知我。”

“是，督察长。”

“要是找到什么线索，要马上通知我——不管是这畜生的脚印，还是诸如此类的踪迹。”

“是，督察长。”

“发一道命令，叫港口警察注意巡逻河边一带。”

“是，督察长。”

“迅速派便衣侦探到所有的铁路上去，往北直到加拿大，往西直到俄亥俄，往南直到华盛顿。”

“是，督察长。”

“派一批专家到所有的电报局去，收听所有的电报，向电报局要求把所有的密码电报都译给他们看。”

“是，督察长。”

“这些事情必须要高度保密——注意，要秘密得绝对不走漏消息才行。”

“是，督察长。”

“按照往常的时刻准时向我报告。”

“是，督察长。”

“去吧！”

“是，督察长。”

他走了。

布伦特督察长沉思了一会儿，没有作声，同时他眼睛里的那股子火气渐渐冷静下来，终于消失了。然后他向我转过身来，用平静的声音说道：

“我不喜欢吹牛，那不是我的习惯。可是——我们一定能找到那头象。”

我热情地和他握手，向他道谢，心里也确实很感激他。我越看这位先生，就越喜欢他，也越对他这行职业当中那些神秘而不可思议的事情感到羡慕和惊讶。然后我们在这天晚上暂时分手了，我回寓所的时候，比到他的办公室来的时候心里快活多了。

二

第二天早上，一切都登在报上了，写得非常详细。甚至还增加了新的内容——包括侦探甲、侦探乙和侦探丙的“推测”，估计这次的盗窃案是怎么干的，盗窃犯是谁，以及他们带着赃物到什么地方去了。一共有十一种推测，把一切可能的估计都包括了，单只这一个事实就表示侦探们是些怎样的别出心裁的思想家。没有哪两种推测是相同的，甚至连大致相似的都没有。唯一相同的只有一个显著的情节，关于这一点，十一个人的见解是绝对一致的。那就是，虽然我的房子后面被人拆开了墙，而唯一的门又仍旧是锁着的，但那只象却并不是由那个口子牵出去的，而是有另外一条出路（一条还没有发现的出口）。大家一致认为盗窃犯是故意拆开一个豁口，迷惑侦探们。像我或是任何其他外行，恐怕绝不会想得出这个，可是这根本骗不了侦探们。所以我所认为唯一没有什么奥妙的一桩事情实际上却正是我弄得最迷糊的一桩事情。十一种见解都指出了盗窃嫌疑犯，可是没有两个人说的盗窃犯是相同的，嫌疑犯共计三十七人。报纸上的各种记载末尾都说的是所有意见中最重要的一种——布伦特督察长的意见。这种报道有一部分是像下面这样说的：

督察长知道两个主犯是谁，即“好汉”德飞和“红毛”麦克发登。在这次盗窃事件发生前十天，他就感觉到会有人打算干这桩事，并且还暗中跟踪这两个有名的坏蛋。可是不幸在案件发生的那天晚上，这两人忽然去向不明，还没有来得及找到他们的下落，那家伙已经不见了——那就是说，那只象。

德飞和麦克发登是干这一行中最无法无天的匪徒，督察长有理由相信在去年冬天一个严寒的夜里从侦缉总队把火炉偷出去的就是他们——结果还没有到第二天早上，督察长和在场的每个侦探都归医生照料了，有些人冻坏了脚，有些人冻坏了手指头、耳朵和其他部分。

当我看到这段的头一半的时候，更加惊叹于这位奇人了不起的智慧。他不但能以犀利的眼光看透眼前的一切，就连未来的事情也瞒不住他。我不久就到了他的办公室，并且向他说，我认为他早该把那两个人逮捕起来，预先防止这桩麻烦事和一切损失才对。可是他的回答很简单，而且无可辩驳：

“预防罪行发生不在我们的责任范围以内，我们的任务是惩治罪行。在罪行发生之前，我们当然不能先行惩治。”

我说我们第一步的秘密被报纸破坏了，不但我们的一切事实，连我们所有的计划和目的通通都被泄露了，甚至所有嫌疑犯的名字也被宣布出来了。这些人现在当然就会化装起来，或是藏着不露面。

“随他们去吧。叫他们看看我的本事，我要是下了决心要抓他们的时候，我就会抓住他们，把他们从秘密的地方捉到，就像命运之神的手那么准确。至于报纸呢，我们非和他们通气不可。名誉、声望，这些经常被大家谈到的东西——就是当侦探的人的命根子。他必须发表他所知道的事实，否则人家还以为他根本什么都不知道。他也必须发表他的推测，因为无论什么事情也比不上一个侦探的推测那么神奇、那么惊人，而且这也足以使人对他肃然起敬。我们还必须发表我们的计划，因为报纸刊物非要这个不可，我们要是不给它们，就会得罪它们。我们必须经常让大家知道我们在干些什么，否则他们就会以为我们一直无事可做。我们与其让报纸上说些刻薄话，或许更糟一些，说些讽刺话，还不如让它说：‘布伦特督察长的聪明和非凡的推测是这么一般’，那要痛快得多了。”

“我知道您的话是很有道理的。可是我看到今天早上报纸上发表了您的谈话，里面有一段提到您对某一个小小的问题不肯吐露您的意见。”

“是呀，我们常来这一手，这是很有作用的。而且我对那个问题根本还没有把握呢。”

我交了一笔数目相当大的钱款给督察长，作为临时开支，然后坐下来等待消息。现在我们随时都准备着电报的陆续发来。我再次看了一遍报纸，又看了看那份说明的传单，结果发现那两万五千元的悬赏似乎是只给侦探们的。我说我认为这笔奖金应该给任何捉到那只象的人。督察长却说：

“将来找到象的总是侦探们，所以奖金总会归应得的人。要是别人找到这只大象，那也无非是靠着注意侦探们的举动，利用从他们那儿偷来的线索和踪迹才办得到，所以归根到底，奖金也还是应该给侦探们才对。奖金的真正作用是要鼓励那些贡献他们的时间和独特智慧来办案的人，而不是要把好处送给那些幸运儿，他们不过是碰巧找到一件悬赏的东西而已，而并不是靠他们的智慧和辛苦来获得这些奖金的。”

不用说，这当然是很有道理的。而正在此时，角落上的电报机开始嗒嗒地响起来了，结果收到下面这份急电：

已发现线索。在附近农场上发现大象踪迹，足迹甚深。向东追踪两英里，没有结果，料象已西去。拟向该方向追踪。

纽约州，花站，上午7点半，侦探达莱

“达莱是我们队里最得力的侦探之一，”督察长说，“我们不久就可以再接到他的消息。”

第二封电报又来了：

刚到此地。玻璃工厂夜间被闯入，吞去瓶子八百只。所吞系空瓶。象必渴。附近唯一水源处在五英里外。必向该地前进。

新泽西，巴克镇，上午7点40分，侦探贝克

“这也表示很有希望。”督察长说，“我给你说过这家伙的胃口可以作为很好的线索吧。”

第三封电报的内容是：

附近一干草堆夜间失踪。料被象吞下。已有线索，再追查。

长岛，台洛维尔，上午8点15分，侦探赫巴德

“你看它这么东奔西跑的！”督察长说，“我早就知道这事情很麻烦，可是我们终归还是能够抓到它的。”

向西跟踪三英里。足迹大而深，不整齐。遇一农民，后知并非象脚印，是冬寒地冻时挖出的树坑。请指示机宜。

纽约州，花站，上午9点，侦探达莱

“啊哈！居然有小偷的同党！这事情越来越热闹了。”督察长说。他口授了下面这份电报给达莱：

逮捕此人，逼供同伙。继续跟踪——必要时直抵太平洋岸。

督察长布伦特

另外一封电报是：

煤气公司营业部夜间被闯入，吃掉三个月未付款煤气账单。已获线索，继续前进。

宾夕法尼亚州，康尼点，上午8点45分，侦探穆飞

“天哪！”督察长说，“它连煤气账单也吃吗？”

“它大概不知道——当然吃啰，可是这不能填饱它的肚子。至少没有别的东西一起吃下去是不行的。”

这时候又来了一封令人兴奋的电报：

> 刚抵此。全村惊惶万状。象于今晨五时过此村。有说象已西去，有说东行，有说北行，有说南行——但众人均称，彼等未及细察。象击毙一马，已割取小块供线索。马系象鼻击毙，由打击方式推断，似系自左方袭击。由此马卧姿判断，料象已沿柏克莱铁路北去。先行四小时半，拟立即跟踪追捕。
>
> 纽约州，爱昂维尔，上午9点半，侦探郝威士

我不禁发出了欢呼。督察长还是像一尊雕像似的不动声色，他镇静地按了按铃。

“亚拉里克，请柏恩斯队长到这儿来。”

柏恩斯过来了。

“有多少人可以马上派去出勤？”

“九十六个，督察长。”

“立刻派他们往北去。命令他们集中在柏克莱铁路沿线爱昂维尔以北一带。”

“是，督察长。”

“叫他们极端秘密地行动。另外，如果还有其他人下班，叫他们马上准备出勤。”

“是，督察长。”

“去吧。”

“是，督察长。”

马上又来了另外一封电报：

> 初抵此。8点15分象过此地。全镇人已逃空，仅剩一警察。象显然未向警察袭击，而欲击灯柱。但击中二者。已自警察尸体割肉一块供线索。
>
> 纽约州，赛治康诺尔，10点半，侦探斯达谟

“看来象已经逃向西边去了，”督察长说，“可是它是逃不掉的，因为我派出的人已经在那一带布下天罗地网了。”

然后又一封电报说：

初抵此。全村人已逃空，仅剩老弱病残。三刻钟前象由此经过。正值反禁酒群众大会开会，象由窗中伸入其鼻，自蓄水池吸水将大会冲散，有人遭水灌入——旋即死去，数人溺毙。侦探克洛斯与奥少夫纳西曾过此镇，但向南行——故与象相左。周围数英里地区均大为惊恐——居民均由家中逃出，逃往各处，均遇此象，丧命者较多。

格洛华村，11点15分，侦探布朗特

我简直要流泪，因为这场灾难太使我难受了。可是督察长却说：

"你看，我们正在一步步把它包围起来。它察觉出我们的到来，又往东逃了。"

可是还有很多让我们伤脑筋的消息在后面。电报又带来这个消息：

初抵此。半小时前象行经此地，引起极度惊恐与兴奋。象在各街横行——两水管工路过，一人丧命，一人逃脱。众皆悲恸。

荷根波，12点19分，侦探欧弗拉赫第

"这下子它可是让我的弟兄们包围住了，"督察长说，"怎么也逃不掉了。"

分布到新泽西和宾夕法尼亚各地的侦探们又拍来了一连串的电报，他们都在追踪各种线索，其中包括被蹂躏的粮仓、工厂和主日学校的图书馆，大家都怀着很大的希望——实际上这些希望简直成了确有把握的事。督察长说：

"我很想和他们通消息，告诉他们往北去，可是这办不到。侦探只到电报局去发电报向我报告，马上他又走了，你简直不知在哪儿能找得到他。"

接着又来了这个电报：

巴南[①]愿以每年四千元的代价，以获得使用此象张贴流动广告之特权，由目前至侦探寻获此象时为止。拟在象身贴马戏团招贴画。盼即复。

康涅狄格州，桥港，12点15分，侦探波格斯

① 菲尼亚斯·泰勒·巴南（1810—1891），美国著名娱乐主持人和马戏团老板，1841年在纽约建立了一个专门展示骗人的畸形人和怪物的博物馆，还曾到欧洲巡回展览。

“这太荒谬了！”我吃惊地说。

“当然是啰，”督察长说，“巴南先生自以为非常精明，可是他显然还看不透我——我可看透了他。”

于是他给这个急电口授回电：

谢绝巴南所提条件。需七千元，否则作罢。

督察长布伦特

“看吧。要不了多久就会有回电。巴南先生不在家，他在电报局，他在交涉生意的时候有这个习惯。不消三分钟……”

同意。巴南

督察长的话被电报机嗒嗒嗒的声音打断了。我对这个非常离奇的插曲还没来得及发表意见，下面这个急电就把我本已烦躁的心情弄得更加郁闷：

象由南方抵此，11点50分过此向森林前进。途中驱散出殡人群，送葬者二人遇难。居民放小炮击象后逃散。侦探柏克与我于十分钟后由北方赶到，但因误认若干地下土坑为象踪，以致延误甚久。但终获象踪，追至森林。然后伏地爬行，继续监视象踪，尾随至丛林中。柏克先行。不料象已停步休息。柏克因低头察看象踪，尚未发觉象在眼前，头已触其后腿。柏克立刻起立，手握象尾欢呼“奖金应归……”但出言未毕，象鼻一击已使此勇士粉身碎骨而死。我向后逃，象转身穷追，直至林边，速度惊人，我本非丧命不可，幸因上帝保佑，送葬人群所余数人又与象遭遇，使其转移目标。现闻送葬者无一人生还。但此种损失不足惜，因死者众多，将举行另一葬礼。象已再次失踪。

纽约州，玻利维亚，12点50分，侦探慕尔隆尼

分派到新泽西、宾夕法尼亚、特拉华和弗吉尼亚等地的那些苦干和有信心的侦探，都在跟着有希望的新线索继续追查，除了从他们那里获得的消息以外，我们始终没有得到其他任何有用的消息，直到下午两点过后，才接到这封电报：

象曾到此地，周身贴马戏团广告，驱散一自救会，将改过自新者毙伤甚多。居民将象囚于栏中，派人守卫。侦探布郎与我到此，即持照片与说明书入栏对此象进行鉴定。各种特征一概

相符，仅有一项不得见——腋下疮疤。布郎为查明起见，匍匐至象体下细察，结果立即丧命——头部被击碎，但碎脑中一无所有。众皆奔逃，象亦匿去，横冲直撞，伤亡多人。象虽逃去，但因炮伤，沿途均留显著之血迹。定能再度寻获。现象已穿越茂林向南逃去。

巴克斯特中心，2 点 15 分，侦探布朗特

这是最后一封电报。晚上起了非常浓的大雾，以致三英尺外的东西都看不见。浓雾整夜都没有散。渡船不得不停开，甚至连公共汽车都不能行驶。

三

第二天早晨，报纸上还是像从前一样，登满了侦探们的各种推测。那些关于侦探们的惨剧也通通登出来了，另外还登了许多其他消息，都是报馆从各地电报通讯员方面得来的。篇幅占了一栏又一栏，一直占到一版三分之一的地位，还加上一些显眼的标题，使我看了更加烦躁。这些标题的语调大都是这样：

白象尚未捕获！仍在继续前进，到处闯祸！各村庄居民惊骇欲狂！逃避一空！白色恐怖在它前面传播，死亡与糜烂跟踪而来！侦探尾随其后，粮仓被毁，工厂被劫一空，收成被吃光，公众集会被驱散，酿成惨剧无法形容！侦缉队中三十四位最出色的侦探的推测！督察长布伦特的推测！

“啊哈！”督察长布伦特几乎露出兴奋的神色，说道，“这可真是了不起！这是任何侦探机关从来没有碰到过的好运气。这个案件的名声会传到天涯海角，永垂不朽，我的名声也会跟着传出去的。”

但是我却没有什么可高兴的。我觉得所有那些血案似乎都是我干的，那头象只不过是不负责任的代理人而已。受害的人数增加得多么快呀！在一个地方，它“干涉了一次选举，弄死了五个投重票的违法选民”。在这个举动之后，他又杀害了两个不幸的人，他们名叫奥当诺林和迈克弗兰尼干，“他们前一天才来到全世界被压迫者的家乡来避难，正要第一次行使美国公民投票选举的光荣权利，却不幸遭到这个暹罗煞星的毒手

而丧命了”。

在另一处，它“发现了一个疯狂的兴风作浪的传教士，他正在准备对跳舞、戏剧和其他不应该抨击的事物所要进行的英勇的攻击时，却被它一脚踩死了”。另外，它“杀害了一个避雷针经纪人”。遇难的人数越来越多，血腥气越来越重，惨不忍睹的事件越来越严重。丧命的总共六十人，受伤的二百四十人，一切记载都证明了侦探们的活动和热心，而且结尾都说“有三十万老百姓和四个侦探看见过这个可怕的畜生，而这四个侦探之中有两个被他弄死了”。

电报机又嗒嗒嗒地响起来，我简直听了就害怕。随即消息就一条条传过来，可是这些消息的内容却使我感到失望。不久明白了，象已不知去向。浓雾使它得以找到一个很好的藏身之所，没有被人发觉。从一些极荒谬的遥远地方打来的电报说，在某时某刻有人在雾里瞥见过一个隐隐约约的庞然大物，那“无疑是象”。这个隐隐约约的庞然大物曾出现在新港、新泽西、宾夕法尼亚、纽约州内地、布鲁克林，甚至纽约市区，处处都曾有人瞥见过！但是处处都是这个隐隐约约的庞然大物很快就消失不见了，没有留下丝毫痕迹。强大的侦缉队分派到广大地区的许多侦探，每人都按时来电报告，个个都有线索，而且都在追踪，拼命往前追踪。

但是那一天过去了，并无其他结果。

第二天又是一样。

再往后一天还是一样。

报纸上的消息逐渐千篇一律，其中的各种事实都毫无价值，各种线索都没有结果，各种推测几乎都是搜尽枯肠想出来故意使人惊讶、兴奋和眼花缭乱的。

我遵照督察长的建议，把奖金加了一倍。

又过了沉闷的四天。然后那些可怜的、干得很起劲的侦探遭到了一次严重的打击——报馆记者们谢绝发表他们的推测，只是很冷淡地说：“让我们歇一歇吧。”

白象失踪两星期之后，我遵照督察长的意见，把奖金增加到七万五千元。这个数目很大的，但是我觉得我宁肯牺牲我的全部私人财产，也不能失掉政府对我的信任。现在侦探们倒了霉，报纸转过笔锋来攻击他们，对他们加以最令人难堪的讽刺。这启发一些卖艺的歌手想出了好主意，他们把自己打扮成侦探，在舞台上用可笑至极的方法追寻那头象。漫画家们画出那些侦探拿着小望远镜在全国各地一处处认真地察看，而象却在他们背后从他们的口袋里偷苹果吃。他们还把侦探们戴的徽章——侦探小说封底上用金色印着的那枚徽章，画成各式各样的可笑的漫画，你一定是看到过的——那是一只睁得很大的眼睛，配上"我们永远不睡"这几个字。侦探们到酒店去喝酒的时候，那故意寻他们开心的老板就会问一句早已过时的话，说道："您喝杯醒眼酒[①]好吗？"空气中弥漫着浓厚的讽刺气氛。

但是有一个人在这种气氛中始终保持镇定，处之泰然，不动声色，那就是坚定不移的督察长。他那无畏的眼神永不妥协，他那沉着的信心永不动摇。他总是说：

"让他们嘲笑去吧，看谁笑到最后。"

我对这位先生的敬仰变成了一种崇拜。我经常在他身边。他的办公室对我来说已经成为一个不愉快的地方，而现在这种感觉一天比一天强烈。可是他既然受得了，我当然也要撑下去——至少是能撑多久就撑多久。所以我经常到他这里来，并且停留很久——我好像是唯一能够忍受得了的外人。大家都想知道我怎么会熬得下去。有时候，我也会不自觉地开小差，可是一到这种时候，我就看看那张沉着且显然是满不在乎的脸，于是又坚持下去了。

白象失踪以后，大约过了三星期，有一天早上，我正想要说我不得不息鼓收兵的时候，那位大侦探却提出一个绝妙的办法来，这下子可阻止了我放弃的念头。

这个办法就是和盗窃犯们妥协。我虽然和这世界上许多最有机智的天才有过广泛的接触，可是这位先生的主意如此之多实在是我生平从来没有见过的。他说他相信出十万元可以和对方妥协，把那头象找回来。我说我觉得可以勉强凑齐这个数目。可是那些可怜的侦探非常忠心地努力干了一场，他们怎么办呢？他说：

"按照妥协的办法，他们照例得一半。"

这就打消了我唯一反对的理由，然后督察长写了两封信，内容如下：

---

① 早晨醒来后空腹喝的酒。

亲爱的夫人，只要你的丈夫立即和我约谈一次，就可以得到一笔巨款（而且保证完全不受法律干涉）。

督察长布伦特

他派他的亲信把这两封信分别送给“好汉”德飞“不知是真是假的妻子”以及“红毛”麦克发登的“不知真假的妻子”。

一小时之后，来了这么两封无礼的回信：

你这老糊涂蛋：“好汉”麦克德飞已经死了两年了。

布利格·马汉尼

瞎子督察长：“红毛”麦克发登早就被绞死了，他已经死了一年半了。除了当侦探的，随便哪个笨蛋都知道这桩事情。

玛丽·奥胡里甘

“我早就猜想到是这样了，”督察长说，“现在被证实了，足以证明我的直觉是千真万确的。”

一个办法行不通，他又想出另外一个主意来了。他很快写了一个广告送到早报上去登，我抄了一份：

子——亥戌丑卯酉。二四二辰。未丑寅卯——辰亥三二八戌酉丑卯。寅亥申寅——二巳！寅丑酉。密。

他说只要小偷还活着，见了这个广告就会到向来约会的地点去。他还说这个老地方是侦探和罪犯之间谈判的地方，这次的谈判定在第二天晚上十二点举行。

在谈判时刻到来之前，我们什么事情也不能做，所以我赶快离开了那个办公室，而且心里实在因为得到这个喘息的机会而有谢天谢地的感觉。

第二天晚上十一点，我将带来的十万元现钞交到督察长手里，没一会儿他就告辞了，眼睛里流露出那份勇往直前、一直没有消失的信心。难熬的一个钟头终于过去了，我听见他那轻快的脚步声，于是我急忙站起来，摇摇晃晃地跑过去迎接他。他那双明亮的眼睛里闪着得意的光芒！他说：

“我们谈妥了！那些开玩笑的家伙明天就要改变论调了！跟我来！”

他拿着一支点着的蜡烛大步走进一个绝大的圆顶地窖，那儿是六十个侦探睡觉的地方，这时候还有二十来个在打牌消遣。我紧跟在他后面。

他飞快地往最远的阴暗的地窖的另一头走去。我正闷得要命，简直要晕倒的时候，看见他一下子被绊倒了，倒在一个大家伙伸开的四肢上。我听见他一面倒下去，一面欢呼道：

"我们这份神圣的职业果然是名不虚传。你的象在这儿哪！"

我被人抬到上面那办公室里，他们用石炭酸使我清醒过来。整个侦缉队都拥进来了，随后便开始了一场热闹非凡的欢天喜地的庆祝，我从来没有见过那种场面。他们把记者们都邀请过来，打开一篓一篓的香槟酒来痛饮庆祝，大家握手、道贺，简直没完没了，劲头十足。当时的英雄人物当然是督察长，他高兴极了，因为这成果是靠他的耐心、品德和勇敢换来的，所以我看了也很高兴。虽然我站在那儿，已经成了一个无家可归的穷光蛋，我受托的那个无价之宝也死了，我为国家服务的职位也完蛋了，一切都是因为我向来似乎有个致命的老毛病，对于一个别人交予的重大的托付老是粗心大意地去执行。一双双传神的眼睛对督察长表示深深的敬佩，还有许多侦探悄悄地说："您瞧瞧人家——实在是这一行的状元——他所需要的只是一点线索，他就只需要这个，不管什么东西藏起来了，他没有找不着的。"大家瓜分那五万元奖金的时候，真是兴高采烈。分完之后，督察长一面把他那一份塞进腰包，一面发表了一篇简短的谈话，他在这篇谈话里说道："高高兴兴地享受这笔奖金吧，伙计们，因为这是你们赚来的，并且还不只这些，你们还给侦探这份职业赢得了不朽的名声。"

这时又来了一封电报，内容是：

> 三星期来，初遇一电报局。随象踪骑马穿过森林，抵此地时已奔波一千英里，脚印日见其重，日见其大，且日益显明。望勿急躁——至多再一星期，定能将象寻获。万无一失[①]。
>
> 密西根，孟禄，上午10点，侦探达莱

督察长叫大家向达莱山呼喝彩，为"侦缉队里这位能手"欢呼，然后吩咐手下给他打电报去，叫他回来领取他那一份奖金。

被偷的白象这场惊人的风波就这样结束了。第二天报纸上又是满篇

① 原文为 This is dead sure. 是一句双关语，既可以解释为万无一失、万分确定，也可以解释为"这肯定是死了的"。

好听的恭维话，只有一个无聊的例外。这份报纸说："侦探真是伟大！像一只失踪的象这么个渺小的东西，他找起来可能有点慢——尽管白天他整天寻找，夜里就跟象的尸体睡在一起，一直拖了三星期，可是他终归还是会把他找着——只要把象错放在那里的人给他说明地点就行了！"

（我永远失去了可怜的哈森。炮弹给它造成了致命伤，它在雾里悄悄地走到那个倒霉的地方，在敌人的包围之中，随时都有被抓捕的危险，它又累又饿，很快瘦下来，最后死神才给了它安息。）

最后的协议花掉我十万元。侦探的费用又花掉四万两千元。我再也没有向政府申请另一个职位，我成了个倾家荡产的人，成了个落魄的流浪汉——可是我始终觉得那位先生是世界上空前的大侦探，我对他的敬仰至今还是没有减退，而且一辈子都不会改变。

加利福尼亚人的故事

三十五年前，我曾到斯达尼斯劳斯河寻找金矿。我整天拿着鹤嘴锄，带着淘盘，背着号角，到处跋涉。我走遍了各处，淘洗了不少金沙，总想找到一个大的矿藏发笔大财，却总是一无所获。这是一个风景秀丽的地方，树木葱茏，气候温和，景色宜人。很多年前，这儿人烟稠密，而现在，绝大部分人早已消失殆尽了，富有魅力的极乐园成了一个荒凉冷僻的地方。淘金者把地层表面给挖了个遍，然后离开了这里。有一处，一度是个繁华热闹的小城市，有过几家银行、几家报社和几支消防队，甚至还有过一位市长和众多的市政参议员。可是现在，除了广袤无垠的绿色草皮之外，一无所有，甚至看不见人类生命曾在这里出现过的最微小的迹象。这片荒原一直延伸到塔特尔镇。在那一带附近的乡间，沿着那些布满尘土的道路，常常可以看到一些极为漂亮的小村舍，外表整洁舒适。像蛛网一样密密麻麻的藤蔓，像雪一样浓厚茂密的玫瑰遮掩了小屋的门窗。这些荒废的住宅，是很多年前那些遭到失败、灰心丧气的家庭遗弃的，因为这些房屋既卖不出去也送不出去。走上半小时的路程，偶尔会发现一些用圆木搭建起来的孤独的小木屋，这是在最早的淘金时代由第一批淘金人修建的，他们是建造小村舍的那些人的前辈。有些时候，你会发现这些小木屋仍然有人居住。那么，你就可以断定这居住者就是当初建造这个小木屋的拓荒人。你还能断定他之所以住在那儿的原因——虽然他曾有机会回到家乡，回到州里去过好日子，但是他不愿回去，而宁愿舍弃财产，因为他感到羞耻，于是决定与所有的亲人朋友断绝往来，好像他已经死去似的。那时候，加利福尼亚附近散居着许许多多这样的活死人——这些可怜的人，自尊心受到严重打击，四十岁就白发斑斑，未老先衰，隐藏在他们内心深处的只有悔恨和渴望——悔恨自己虚度的年华，渴望远离尘嚣，彻底与世隔绝。

这是一片孤寂荒芜的土地！除了使人昏昏欲睡的昆虫的嗡嗡声，辽阔的草地和树林寂静安宁，悄无声息。这里杳无人烟，兽类绝迹，没什么能使你打起精神，使你感受到生活的乐趣。因此，有一天过了正午不久，当我终于发现一个人的时候，我油然而生出一种感激之情，精神也为之振奋。这是一个大概四十五岁的男人，他正站在一间覆盖着玫瑰花的小巧舒适的村舍旁。这是那种我已提到过的村舍，不过，这一间小屋可没有被遗弃的样子。它的外观说明有人住在里面，而且它还受到主人的宠爱、关心和照料。屋子的前院也同样受到如此厚待，这是一个花园，繁茂的鲜花正盛开着，五彩缤纷，绚丽多姿。当然，我受到了主人的邀请，并受到主人的热情款待——这是乡下的惯例。

走进这样一个房间真使人身心愉快。好几星期以来，我日日夜夜和矿工们的小木屋打交道，熟悉了屋里的一切——肮脏的地板、被子凌乱的床铺、碎盘破杯、咸猪肉、蚕豆和浓咖啡，屋内别无装饰，只有一些从东部带插图的出版物中撕下来的描绘战争的图片钉在木头墙上。那是一种艰苦的、凄凉的生活，没有欢乐，每个人都只考虑自己的利益。而这里，却是一个温暖舒适的栖息之地，它能让人疲倦的双眼得到休息，能使人的某种天性得以更新。在长时间的"禁食"以后，当艺术品呈现在眼前，即使这些艺术品可能是如此低劣，如此朴素，这种天性一直处于无意识的饥饿之中，而现在找到了营养滋补品。我无法相信一块残缺的地毯能使我的身心得到如此愉快的享受，如此心满意足。或者说，我没有想到，房间里的一切会给我的灵魂以这样的慰藉：那糊墙的纸，那些带框的版画，铺在沙发上的扶手和靠背上的色彩鲜艳的小垫布以及台灯座下的衬垫，几把温莎时代的细骨靠椅，还有陈列着海贝、书籍和瓷花瓶的锃光透亮的古董架，以及那种随意搁置物品的细巧方法和风格，它们是女人的手治理的痕迹。你见了不会经意，而一旦拿走，你立刻就会怀念不已。我内心的喜悦溢于言表，那男人见了非常高兴，因为这快乐是这样显而易见，以致他就像我们已经谈到过这个话题似的答道：

"都是她整理的，"他温柔地说，"都是她的功劳——全都是。"他向屋子瞥了一眼，眼里充满了深情的崇拜。画框上方，悬挂着一种柔软的日本织物，女人们看似随意，实为精心地用它来装饰。那男人注意到它不太整齐，于是小心翼翼地把它重新整理好，然后退后几步观察整理的效果，这样反复了好几次，直到他完全满意。最后他用手掌轻轻地拍打了它两下，说："她总是这样整理的。你说不出它正好差点儿什么，可是它的确是差点儿什么，直到你把它弄好——弄好以后也只有你自己知道，但是也仅此而已，你找不出它的规律。我觉得，这就好比母亲给孩子梳完头后温柔地拍拍一样。我经常看她摆弄这些玩意儿，所以我也能完全照着她的样子做了，尽管我不知其中的规律。可是她知道。她知道摆弄它们的理由和方法；我却不知道理由，我只知道方法。"

他把我带进一间卧室让我洗手。这样的卧室我是好久不曾见过了：白色的床罩，白色的枕头，铺了地毯的地板，裱了糊墙纸的墙壁，墙上有好些画，还有一个梳妆台，上面放着镜子、针插和轻巧精致的化妆用品。墙角放着一个脸盆架，上面放一个真瓷的钵子和一个带嘴的有柄大水罐，瓷盘里放着肥皂，在一个搁物架上放了不止一打的毛巾——对于一个很久不用这种毛巾的人来说，它们真是太干净太洁白了，没有点朦胧的亵渎神灵的意识还不敢用呢。我的脸又一次说出了心里的话，于是他心满意足地答道：

"都是她整理的，都是她亲手整理的——全都是。这儿没一样东西不是她亲手摸过的。好啦，你会想到的——我不必说那么多啦。"

这时候，我一面擦着手，一面仔细地扫视屋里的物品，就像到了新地方的人都爱做的那样，这儿的一切都让人赏心悦目。接着，你知道，我以一种无法解释的方式意识到那男人很希望我能在这屋里的某个地方发现什么。我的感觉非常准确，我看出他正试着用眼角偷偷地暗示来帮我的忙，我也急于使他满意，于是就很卖劲地按恰当的途径寻找起来。我失败了好几次，因为我是眼角往外看，而他并没有什么反应。最后我终于明白了我应该直视前方的那个东西——因为他的喜悦像一股无形的浪潮向我袭来。他发出一阵幸福的笑声，搓着两手，叫道：

"就是它！你终于发现了。我就知道你会找到的。那是她的相片。"

前面墙上有一个黑色胡桃木的小托架，我走到跟前，在那儿发现了我先前还不曾注意到的一个相框，相片是用早期的照相术拍的。相片上的女人表情温柔甜蜜，在我看来，似乎是我所见过的最为美丽的女人。那男人将我流露在脸上的赞叹看在眼里，满意极了。

“她过了十九岁的生日，”他说着把相片放回原处，“我们就是在她生日那天结的婚。现在你已经看到她的照片了——哦，只有等一等你才能见到她！”

“她现在在哪呢？什么时候回家？”

“哦，她现在不在家。她看望亲戚去了。他们住在离这儿四五十英里远的地方。算上今天，她已经走了两星期了。”

“你估计她什么时候回来？”

“今天是星期三。她星期六晚上回来，可能在九点左右。”

我感到一阵强烈的失望。

“很遗憾，因为那时候我已经走了。”我惋惜地说。

“走了？不，你为什么要走呢？请别走吧，否则她会非常失望的。”

她会失望——那美丽的女人！如果是她亲口对我说这番话，那我就是最最幸福的人了。我感觉到一种深沉的强烈的渴望想见到她，这渴望带着那样的祈求，是那样的执着，使得我害怕起来。我告诫自己说：“我要立刻离开这里，为了我的灵魂得到安宁。”

“你知道，她喜欢有人来和我们待在一起——那些见多识广、言谈风趣的人——就像你这样的人。她会感到高兴的。因为她知道——啊，她几乎没有不知道的，而且也很健谈，嗯，就像一只小鸟——她还读很多书，噢，你会吃惊的。请不要走吧，不会耽搁你很久。如果你走了，她会非常失望的。”

我听着这些话，深陷在内心的思索和矛盾之中，完全没有留意他的举动，以至于他离开了我也不知道。很快他回来了，手里拿着那个相框，把它拿到我面前说：

“喏，这会儿你当着她的面告诉她，你本来是可以留下来见她的，可是你不愿意。”

第二次看见她的照片，使我本来坚定不移的决心彻底瓦解了，我愿意留下来冒冒险。那天晚上我们安安静静地抽着烟斗聊天，一直聊到深夜。我们聊了各种话题，不过主要都和她有关。很久以来，我确实没有过这么愉快这么悠闲的时光了。星期四来了，又轻松自在地溜走了。黄昏时分，一个大个子矿工从三英里外来到这儿。他是那种头发灰白、无依无靠的拓荒者。他用沉着、庄重的口气同我们热情地打过招呼，然后说：

“我只是顺便来问问小夫人的情况，她什么时候回来？她有信来吗？”

“哦，是的，有一封信，你愿意听听吗，汤姆森？”

“呃，如果你不介意的话，我很想听听的，亨利！”

亨利从皮夹子里把信拿出来，说如果我们不反对的话，一些私人话语就不读了，然后他读了起来。他读了来信的大部分——这是一件她亲手完成的妩媚优雅的作品，充满着爱恋安详的感情。在信的附言中，还满怀深情地问候和祝福汤姆森、乔、查理以及其他的好友和邻居。

当亨利读完时，他瞥了一眼汤姆森，叫道：

“啊哈，你又是这样！把你的手放下来，让我看看你的眼睛。每当我读她的信时你总是这样，我要写信告诉她。”

“啊，不，你千万别这样，亨利。我年纪大了，你知道，任何一点小小的失望都会使我流泪。我以为她已经回来了，可现在你只收到一封信。”

“咦，你这是怎么啦？我以为大家都知道她要到星期六才回来的呀。”

“星期六！哈，想起来啦，我的确是知道的。我怀疑我的脑子是不是有点毛病？我当然知道啦。我们为什么不为她做好一切准备呢？好了，老伙计！我现在得走了，不过她回来时我会再来的。”

星期五傍晚，又来了一个头发灰白的老淘金人，他住的小木屋离这儿差不多一英里。他说小伙子们想在星期六晚上过来热闹热闹，痛痛快快地玩一玩，如果亨利认为她在旅行之后不至于疲倦得支持不住的话。

“疲倦？她会感到疲倦？哼，听谁说的！乔，你知道，只要你们高兴，不管你们当中的谁，她愿意一连六星期不睡觉的！”

当乔听说有封信时，就请求亨利读给他听。信里对他亲切的问候使这个老伙伴再也无法控制自己的感情。但是他说，他老得不中用啦，尽管她只是提到他的名字，那也使他受不了。“上帝，我们多么想念她呀！”

星期六下午，我发现自己不停地看表。这点被亨利注意到了，他带着惊讶的神情说道：

“你认为她不会很快就回来，是吗？”

我像被人发现了内心秘密似的感到有些尴尬。不过我笑着说，我等人的时候就是这个习惯。但是他似乎不太满意，从那一刻起，他开始有点心神不安。他四次拉着我沿着大路走到一处，从那儿我们可以看到很远的地方，他总是站在那儿，手搭凉棚，向远方眺望着。好几次他都这么说：

“我有些担心了，真的担心。我知道她在九点以后才会到的，可是好像老是有什么使我感觉她出了什么事儿。你说不会出什么事儿的，是吧？”

他就这样反反复复地念叨了好几遍。我开始为他的幼稚可笑感到害臊。终于，在他又一次乞求似的问我时，我失去了耐性。我跟他讲话时态度很粗鲁。这一举动似乎让他完全萎缩了，也把他吓唬住了。这以后他看起来受了伤害，态度是这样的谦卑，以致我痛恨自己干了这件残酷的不必要的事情。因此，当夜幕开始降临时，另一个老淘金人查理到来，我非常高兴。他紧挨着亨利听他读信，同他商量欢迎她的准备工作。查理不停地说出热情亲切的话语，尽力驱散他朋友的不祥和恐惧之感。

“她出过什么事吗？亨利，那简直是胡说八道。什么事也不会发生在她身上的。你就放宽心吧。信上是怎么说来着？说她很好不是吗？说她九点到家，不是吗？你见过她说话不算话吗？唔，你从来没见过。好啦，那就别再烦恼啦。她会回来的，那是肯定的，就像你的存在一样确定无疑。来吧，让我们来布置屋子吧——没有多少时间啦。”

汤姆森和乔很快也来了。于是大家就动手用鲜花把屋子装饰起来。快到九点时，三个矿工拿出带来的乐器，说待会儿用它们演奏，因为小伙子们和姑娘们很快就要到了，他们都非常想跳一跳传统而美妙的“布雷克道恩”舞。一把小提琴，一把班卓琴，还有一支单簧管——这些就是乐器。他们一起奏起了三重奏，演奏一些轻快的舞曲，还一面用大靴子踏着节拍。

时间快到九点了。亨利站在门口，眼睛直盯着大路，内心的焦虑与痛苦折磨得他有些站立不稳。伙伴们几次让他举起杯来为他妻子的健康和平安干杯。这时汤姆森高声喊道：

“请大家举杯！再喝一杯，她就到家啦！”

乔用托盘端来了酒，分给大家，最后剩下两杯，我拿起其中一杯，但乔压低了嗓子说道：

“别拿这一杯！拿那一杯。”

我照他说的做了。亨利接过了剩下的那杯。他刚喝完这杯酒，九点的钟声响起来了。他听着钟敲完，脸色变得越来越苍白，说道：

"伙伴们，我很害怕，帮帮我——我要躺下！"

他们扶他到沙发上，躺下去不一会儿他就进入了梦乡。过了一会儿，像人在睡梦中说话一样，他说："我听见马蹄声了，是他们回来了吗？"

一个老淘金人凑在他耳边说："那是吉米·帕里什，他说他们在路上耽搁了，不过他们已经上路了，正往这里赶呢。她的马瘸了，再过半小时她就到家了。"

"啊，谢天谢地，她没出什么事儿！"

话还没说完他就几乎睡着了。这些人马上利落地帮他脱了衣服，把他抱到我洗手的那间卧室的床上，给他盖好了被子。他们关上门，走了回来，于是他们好像就这样准备动身离开了。我说："先生们，别走呀，她不认识我呀，对她来说我是个陌生人。"

两位老人面面相觑，然后乔说：

"她？可怜的人儿，她死了十九年啦！"

"死了？"

"或许比这还惨呢。她结婚半年后回家探望她的亲人。在回来的路上，就在星期六的晚上，在离这儿五英里的地方被印第安人抓去了。后来，再也没有人见过他。"

"结果他就精神失常了吗？"

"从那时起他就一直没再清醒过。不过他只是每年到这个时候才会更糟。在她要回来的前三天，我们就开始到这儿来，鼓励他振作起来，问问他是否接到她的来信。星期六我们都到这儿来，用鲜花装点屋子，为舞会做好一切准备。十九年来，我们年年都这样做。第一年的星期六来了二十七个人，还不算姑娘们，现在只有我们三人了，姑娘们都走了。我们在他酒里放了催眠药让他睡觉，要不然他会发疯的。这样他又会乖乖地等着来年——梦想着她和他在一起，直到这最后的三四天，他又开始寻找她，拿出那封可怜的旧信，我们就来请求他读给我们听。上帝啊，她是一个可爱的人啊！"

与移风易俗者同行

去年春天，我打算去芝加哥参观博览会[①]，虽然结果没有成功，但在那次旅程中我并不是毫无收获——可以说，这次的旅行给了我一些补偿。在纽约，我经过介绍认识了一位正规军队的少校，他说他也要去看博览会，于是我们约好一起上路。因为我有其他事情必须先去波士顿，他说这并不碍事，愿意一起去，多花上一些时间也没有关系。他这人仪表漂亮，体格魁梧得像一位斗士，但举止优雅，谈话娓娓动听。他平易近人，但又显得很沉着。即使这样，他也并不是全无幽默感。他对四周的事都深感兴趣，然而他那宁静的神态却始终不受外界的影响，任何事物都不能干扰到他，任何人都不能激怒他。

但是，过了还不到一天时间，我发现，尽管他外表是如此的冷静，但在他内心深处什么地方却蕴藏着一股热情——热衷于破除那些在琐细行为中表现出的种种陋习。他要维护公民的权利——这是他的癖好。他的理念是，共和国的每个公民都必须把自己看作一个非官方的警察，不计任何报酬，经常监督并维护着守法与执法情况。他认为，要维护和保障公众的权利，唯一有效的途径就是要求每个公民都尽自己的一份力量，去防止或惩罚他本人看到的各种违法乱纪行为。

这本是一个很好的设想，但是我认为如果一个人经常这样做会卷入麻烦。我觉得，一个人这样做，无异于试图开除一个犯了过错的小公务员，而结果往往会招来别人的嘲笑。但是他说事实并非如此，说我的想法是错误的。他说那样做从来也不会使任何人被开除，而且你也绝不可以让任何人被开除，因为你那样做本身就是一次失败。相反的，我们必

① 1892 年在芝加哥举办的万国博览会。

须改造那个人——要把他改造过来，要使他变成一个称职有用的人。

“是不是我们必须先去告发那犯了过失的人，再请求他的上级不要辞退他，只要训斥他一顿，然后仍然任用他吗？”

“不，我不是那个意思。你根本就不需要去告发他，因为，如果那样做，他就会有丢掉工作的危险。你可以做得像是要去告发他——这也只是到了其他任何方法都不起作用的时候。那是极端的例子。那样做就是使用威慑，而威慑本身是有害的。而有效的方法是运用权术，喏，如果一个人富有机智——如果一个人肯运用权术——”

我们在电报局的一个窗口足足站了两分钟，这期间少校一直试图引起一个年轻报务员的注意，可是那几个报务员都只顾相互逗乐取笑。这时候少校发话了，他叫其中一个报务员接收他的电报。可是他得到的答复是：

“我想您可以等待一会儿，行吗？”说完这句话，他们又开始逗乐取笑。

少校说他可以等待，并不着急。然后，他又拟了一份电报，内容是：

西联电报公司经理：

今晚请过来和我共餐。我可以把你某分局如何经营业务的情况告诉你。

不一会儿，那个刚才说话傲慢无礼的年轻人伸出手来接过了电报稿，刚一读完电文，他的脸色就变了，他开始又是道歉又是解释。他说，如果这份害人的电报发了出去，他就会被辞退，也许永远也找不到另一个这样的职位。如果能饶恕他这一次，他以后就再也不做客户会提意见的事情了。于是少校接受了这一表示让步的请求。

我们从电报局离开后，少校说：

“喏，您看见了吗？那就是我运用的权术——同时，您也明白它是怎样发挥作用的。一般人总是爱进行恫吓，那种做法没有好处——因为那小伙子总是会唇枪舌剑，跟你针锋相对地来上一套，结果常常是你输给他，让自己出丑。可是，您看，权术这东西可是他们对付不了的。温和的语言加上有效的权术——这就是我们应当使用的方法。”

“嗯，我明白了，然而并不是每个人都有您那样的机会呀。并不是每个人都和西联电报公司经理有那样的交情呀。”

“哦，您误解了我的意思。其实我并不认识那位经理——我只是为了要使用权术而利用了他一下。这是为了他好，也是为公众好。所以这样做是没害处的。”

我不肯随声附和，只吞吞吐吐地说：

“可是，说谎也会是正当的，或者高尚的吗？”

他并不在意这句问话中那些委婉含蓄的、自以为是的意味，他只是不动声色、稳重而简单地回答说：

“是呀，有时候是的。为损害他人利益，或者为了一己之私而说谎，这是不正当的。然而，为了帮助别人而说谎，或者为了大众的利益而说谎——那么，说谎就完全是另一回事了。这是一条谁都知道的道理。不必计较所采用的手段怎样，你只要看收到的效果如何。经过刚才那一幕，那小伙子就会成为一个称职的人，就会变得循规蹈矩。他是一个要面子的人。像他那样的人是值得挽救的。当然，即使不是为了他本人，单是为了他母亲，我也应该帮助他。他的母亲肯定还健在——还有姐妹们。可惜的是有些人总是忘记这一点！您可知道，我这辈子从来没参加过决斗——一次也没有——虽然和其他人一样，我也曾遇到过挑衅。每当这时候，我会看到对方无辜的老婆和孩子站在我和他之间。他们并没有招惹谁，正因为这样，我可不能伤了他们的心。”

就是在那一天，他纠正了许多人日常行为中所表现的陋习，但始终没引起摩擦——总是运用巧妙而漂亮的“权术”。事后别人并没感到难堪，而他本人却从那些行动中得到了很大的快乐与满足，我不禁羡慕他所做的这一切——心想：需要时我也能够很有把握地用巧妙的语言来揭露事实，就像我相信经过训练后能够在印刷品的掩护下用笔墨所做到的那样，或许我也要采用这种办法了。

那天夜晚，我们很晚才离开，乘铁路马车[①]去市区，途中三个喧闹粗暴的家伙上了车，开始在一群胆小怕事的乘客中（他们有的是妇女和儿童）左顾右盼，任意地嘲笑，说的都是些污秽轻薄的语言。没一个人敢反抗或者劝阻他们，列车员好言相劝，晓之以理，却遭到了那些恶棍的唇骂和嘲笑。我很快就意识到，少校已经觉得这是属于他所管的事情了。显然，他是在盘点自己脑子里储存的权术，正在进行准备。我想，在这个场

① 当时一种马匹拉动的有轨车。

合，只要是一句玩弄权术的话说出了口，他就会招来劈头盖脸的一大堆嘲笑，甚至导致比这更加难堪的后果。然而，为时已晚，我还没来得及悄声劝阻他，他已经开口了。他用平缓而冷静的口气说：

“列车员，您必须把这些猪赶下去。让我来帮助您。”

这可是我没料到的。一眨眼的工夫，三个恶棍已经向少校扑过来。但是他们一个也没能碰到他。他飞快地挥出了三拳，你很难在拳击场外看到如此迅猛的攻击，直打得那三个人一个也没力气再从倒下的地方站起来。少校拖着他们，把他们赶下了车，我们的车又继续前进。

刚才那一幕使我惊奇，惊奇的是看到一个温顺得像头羔羊的人竟然会做出这样的事情；惊奇的是他显示出那样强大的力量，取得了全面彻底的胜利；惊奇的是他把整个事情做得如此干净利落而又有条不紊。想到整天都听到这个“打字机”不停地谈应当怎样进行委婉的劝导和使用温和的权术，我就觉得现在的情形具有它幽默的一面，于是我想提醒他注意到这一点，并且就此说上几句嘲笑的话。然而，我再向他一打量，就知道那样做将是徒劳的——因为他那副怡然自得的神情并不含有丝毫幽默感。他是不会理解我的话的。我们下车后，我说：

“刚才那可是一套精彩的权术呀——实际上是三套精彩的权术。”

“刚才那个吗？那不是什么权术。您根本没弄懂。权术完全是另一回事。对那种人你不能运用权术，因为他们对权术不会理解的。不，那不是权术，那是暴力。”

“看您提到了它，我……当然，我认为您这次可能说对了。”

“说对了？我当然说对了。那就是暴力。”

“我也认为，从外表上看来它是暴力。您常常需要利用那种方式改造人吗？”

“绝对不是。那种情形极少发生。半年里最多也只会发生一次。”

“那几个人受了伤会恢复吗？”

“会恢复？这还用说，他们肯定会恢复的。他们绝对不会有生命危险的。我知道应该怎样揍，应该揍哪儿。您也看到了，我并没击中他们的颚骨底下。因为那样会要他们命的。”

我相信这是实话。我说（我认为自己说得挺俏皮），他平日里就像只羊羔，可是刚才那会儿突然变成一头公羊——一头撞角的公羊。但是他却显得那么诚恳可爱，一本正经地说我讲得不对，说什么撞角羊完全是另一样东西，现在人们已经不再使用它了[①]。他这话叫人听了生气，我差点儿脱口而出，说他像个傻子，一点儿也不会欣赏玩笑话——说真的，这句话已经到了嘴边儿，但我还是没说出口，因为我知道现在不必急，还是等以后有机会在电话里说吧。

第二天下午，我们出发去波士顿。特等车厢吸烟室里已经客满，于是我们来到普通吸烟室。过道旁边的临近座位上坐着一个态度谦和、样子像农民的老人，他面色苍白，正用一只脚钩住那扇开着的门，想要使车厢里透点新鲜空气。过了不一会儿，一个身材高大的制动手冲进车厢，走到门前停下，恶狠狠地瞪了老人一眼，然后猛地把门一拉，差点儿把老人的皮靴都给带走。然后他又匆匆地赶着忙他的事情去了。有几个目睹的乘客笑起来，老人露出了一副又羞又恼的可怜神情。

过了一会儿，列车员从我们面前走过，少校拦住他，用一贯的客气态度提出这个问题：

"列车员，如果制动手的举动有不对的地方，乘客该去哪投诉？是向您投诉吗？"

"如果要投诉他，您可以到纽黑文站。他有什么做错了吗？"

少校把事情的经过说了一遍。列车员似乎乐了，他温和的语气中微含讥讽地说：

"您的意思好像是说，整个过程中那个制动手并没说什么。"

"是的，他没说什么。"

"可是您说，他向老人恶狠狠地瞪了一眼。"

"是的。"

"后来就粗鲁地拉开了那扇门。"

"是的。"

"全部经过就是这些，对吗？"

"对，这就是全部经过。"

列车员轻轻地笑了，说道：

---

① 英文中"撞角公羊""battering ram"，还有一个意思是古代使用的一种攻城工具，所以说现在人们已经不再使用了。

"好吧，如果您要去投诉他，那是可以的，可是我不大明白，这究竟算得了什么呢。您可能会说——当然，我是根据您的话猜测的——那个制动手侮辱了这位老先生。那么，受理您投诉的人会问您，他说了一些什么。您说，他根本什么也没说。那么，我估计他们就会说，既然您自己承认他一句话也没说，那您又怎么能断定那是对老先生的侮辱呢？"

列车员这一番无懈可击的说理，引起了周围乘客的一片赞许之声，这使他感到很得意——这你可以从他脸上看出来。但是少校并不介意。他说：

"看，刚才您正好指出了现行的投诉制度中存在的一个明显的缺陷。铁路公司的职员们——不但公众有这种想法，而且看来您也有这种想法——都没注意到：除了语言上的侮辱以外，还有其他方式的侮辱。所以，也就没人到总办事处去投诉他受到人家在态度上表示的侮辱，包括使用手势、表情等方式进行的侮辱。然而，这样的侮辱有时候会比任何言语的侮辱更使人难以忍受。它会使你感到非常难堪，因为它并不会留下任何实质的东西，可以让你抓住它的把柄。那些侮辱了别人的人，即使被叫到铁路公司的职员面前，也大可以说他连做梦也没想到他的态度会得罪别人。我认为，铁路公司的职员们必须特别重视，必须迫切要求乘客报告那些非语言类的侮辱态度和傲慢举动。"

列车员大笑起来，他说：

"哎呀，说真的，您这样严苛的要求，未免太过认真了吧！"

"可是在我看来这并不是过分的要求。我到了纽黑文站，一定会去报告这件事，而且我相信我会由于这样做了而受到感谢。"

听完这话，列车员好像有点不大自在了。的确，他离开的时候，神情显得很严肃。我说：

"您总不至于真的为了这件小事去费神吧？"

"这可不是一件小事。像这样的事必须随时报告。这是公民的责任，凡是公民，谁都不应该逃避责任。但是，这件事无须我投诉。"

"为什么？"

"我没必要这样做嘛，运用权术就可以解决问题了。您瞧着吧。"

没过一会儿，列车员又来巡视了。他走到少校跟前时，俯身凑近他说：

“得啦。您不必去投诉他了。他是我的下属，如果下次他再敢那样，我会教训他的。”

少校很诚恳地答道：

“是呀，这正合我意！您可别认为我是出于什么报复的心理，事实并非如此。我只是出于责任心——纯粹是一种责任感，完全是这么一回事。我的妻舅是铁路公司的董事，如果他知道：您手下的制动手下次再野蛮地侮辱一位根本没招惹他的老先生，您就要劝告那制动手，那我的妻舅会感到高兴的，这一点您大可以相信。”

列车员并没像一般人所预料的那样表示高兴，反而显得犹豫不安了。他在一旁站了一会儿，接着说：

“我认为有必要现在就对他进行惩处。我要辞退他。”

“辞退他？那样能带来什么好处？难道您不认为更聪明的办法还是教他如何更好地服务乘客，好让他将功补过吗？”

“对，这话有道理。您认为应该怎么办？”

“他当着这么多人侮辱了那位老先生。是不是应该叫他来，当着大家的面给那位老先生赔礼道歉呢？”

“我这就叫他来。而且，我要在这儿声明：如果所有的人都肯像您这样及时向我报告这类事件，而不是一声不响地走开，而事后又在背后说铁路公司的坏话，那么，不久情况就会改善。我非常感谢您。”

很快制动手来道歉了。他走后，少校说：

“喏，您瞧这件事解决起来多么简单容易。普通老百姓什么事都办不到——而董事的舅子要怎么做都行。”

“可是，您真有一位当董事的舅子吗？”

“永远都有这么一位。当公众的利益需要的时候，我永远会说有这么一位。在所有的董事会里——在任何地方，我都有一位舅子。这样就省了我一大堆麻烦。”

“这可是十分广泛的亲戚关系。”

“是呀。像他们这样的人我有三百多个。”

“难道列车员就不会怀疑这种关系吗？”

“这种情形我还没遇到过。真的——到目前为止我从来没遇到过。”

“为什么您不随他去处理，让他去把那个制动手开除了，反而采用那怀柔的办法呢？您瞧，他这样的人是罪有应得呀。”

少校回答时，那口气里的确稍许含有一些不耐烦的意味：

“如果您能冷静下来，稍微思考一下，您就不会提出这样的问题了。难道制动手是条狗，只能用对待狗的方法去对待他吗？他是一个人，需要像人那样去谋生。再说，他总有姐妹，或者母亲，或者妻子儿女，要靠他去养活。永远是这样的情形——不会有例外。如果你剥夺了他的生计，那你也剥夺了那些人的生计——可是，他们哪点招惹你了？根本没有呀。开除了一个粗鲁无礼的制动手，再去雇另一个跟他完全相同的，又有什么好处呢？这种做法是不明智的。难道您没意识到，对这个制动手进行改造后继续留用，这才是一个合理的办法吗？肯定是的。”

接着他就用赞赏的语气讲述了统一铁路公司某区段一位监督的故事，说有一个已有两年经验的扳闸工一次疏忽大意，导致一列火车出了轨，死伤了几个人。群众十分愤怒，要求开除那个板闸工，但是监督说：

“不，诸位错了。他已经得到了教训，以后再不会让车出轨了。因此他变得更加有用了。我要留用他。”

此后，在那次旅游中，我们只遇到了一件不寻常的事。在哈特福德站和斯普林菲尔德站之间，火车上的侍应生抱着许多广告印刷品，高声吆喝着跑进来，不小心把一册样本掉在了一个正在熟睡的先生膝盖上，他一下子被惊醒了。那人十分愤怒，和他两个朋友一起愤愤不平地诉说这件冒犯了他的事。他们把特等车厢里的列车员叫来，向他投诉这件事，要求必须开除那个侍应生。那三个投诉的乘客都是霍利奥克的富商。显然，列车员对他们望而生畏。他试图平息他们的怒火，向他们解释说，那孩子并不归他管，而是属于一家报刊公司的。然而，他怎么劝解都没用。

这时候少校自告奋勇地提出证明，为那个孩子辩护。他说：

“事情的经过我都看见了。诸位并没存心夸大，但是你们的反应却太过激烈了，那孩子刚才所做的只不过是火车上的侍应生所做的，如果你们想要他此后举动更稳重，态度更和蔼，那我也同意你们的做法，并且准备站在你们这一边，但是，如果连一个改过的机会都不给他，就要把他开除，那对他来说是不公平的。”

但是他们很气愤，听不进任何妥协的办法。他们说熟识波士顿 – 奥尔巴尼铁路公司的总经理，明天宁可暂时放下其他的事，也一定要先到波士顿解决侍应生的问题。

少校说他也会去那里，要尽自己的一切力量来帮助那个侍应生。其中一位先生向他打量了一下，说：

“看来，这件事要取决于谁能对总经理施加的影响大小了。您跟布利斯先生有私交吗？”

少校不动声色地说：

“是的。他是我舅舅。”

这个回答取得了令人满意的效果。尴尬的沉默持续了一两分钟。接着几位当事人就开始在谈话中找台阶下，含糊其辞地承认自己刚才过于偏激，不久一切趋于平静友好，彼此间显得相当融洽，终于决定抛开这件事不谈，从而使那个侍应生保住了他的工作。

结果不出我所料：铁路公司总经理根本不是少校的舅舅——这一天少校只是在火车上利用了他一次。

在归途中，我们没遇到什么值得记述的事。也许那是因为我们乘的是夜车，一路上我们都在睡觉。

星期六晚上我们离开纽约，坐火车去宾夕法尼亚州。第二天清晨用过早餐后，我们走进特等车厢，但是发现那儿冷清沉闷。车厢里只有很少几个人，没有任何活动。于是我们进入那节车厢的小吸烟室，看见那儿坐着三位绅士。其中两个人正在抱怨铁路公司所定的一条规章制度——星期日禁止在车上玩牌。原来他们刚才在玩那种无须禁忌的“大小杰克”纸牌游戏，但后来却被列车员阻止了。少校对此表示关切。他对第三位绅士说：

“是您反对他们玩牌吗？”

“根本不是。我是耶鲁大学的教授，虽然相信宗教，但不是对任何事物都有偏见。”

接着少校就对其他两个人说：

“你们尽可以继续玩下去嘛，先生们，既然这里没人反对。”

其中一个人不肯冒险，但是另一个人说，如果少校愿意加入，他很想再玩一次。于是他们俩把一件大衣铺在膝上，开始玩起来。过了不久，特等车厢的列车员来了，他蛮横地说：

“喂，喂，先生们，这是不允许的。把纸牌收起来——玩牌是不允许的。”

此时，少校正在洗牌。他一面洗着，一面说：

“禁止玩牌，这是奉了谁的命令？”

“是我的命令。我禁止玩牌。”

这时候开始发牌了，少校问：

“这主意是您想出来的吗？”

“什么主意？”

“星期天禁止玩牌这个主意呀。”

“不——当然不是。”

“那是谁想出来的呢？”

“是公司。”

“那么，这根本不是您的命令，而是公司的命令。对吗？”

“对。可是，如果你们继续玩牌，那么我必须强迫你们立刻停止。”

“急躁办事不会带来什么好处，它常常只会造成很大的损失。是谁授权给公司颁布这样一项规定的？”

“我的先生，那和我没关系，再说……”

“可是您不要忘了，它关系到的不只是您，它可能是一件对我关系重大的事。事实上，这件事对我确实十分重要。我不能破坏了我国的任何一条法规，但同时也不能让自己蒙上耻辱。我也不能允许任何人或者公司利用非法的规章来妨碍我的自由（这一点也是铁路公司一向试图做到的），同时不玷污我作为公民的权利，所以，现在我再回到刚才那个问题上：究竟是谁授权你们公司颁布这道命令的？”

“这我可不知道。这是公司的事。”

“但它也是我的事。我怀疑公司有什么权利颁布这样一条规章。这条铁路途中要经过好几个州。您知道我们现在是在哪一个州吗？这个州在这方面制定的又是什么法律吗？”

“它的法律和我不相干，可是公司的规定我必须执行，我的职责就是禁止玩牌，先生们，它必须受到禁止。”

“事实也许是这样的，然而，办事情还是不要急躁的好。在很多旅馆里，他们都会把一些规定张贴在屋子里，但是照例要援引该州相关的法律条文，作为那些规定的根据。但我看这里并没有张贴类似的文告。请您出示您的凭证，然后可以让我们做出决定，因为，您也看到了，我们玩牌的兴致都叫您给破坏了。”

“我没这一类的凭证，但是我奉了公司命令，单凭这一点就够了。公司的命令必须服从。”

“咱们还是别轻易做出结论。我们最好都心平气和地仔细探讨下这个事情，看咱们究竟坚持的是什么原则，以免任何一方犯了错误。因为，剥夺美国公民的自由，这件事看来远比您和铁路公司想象的更为严重，在剥夺他人自由者能证明他有权这样做之前，我不允许他在我面前如此肆无忌惮，再说……”

“先生，您到底放不放下纸牌？”

“这件事也许不会耽搁多久。但也要看情形而定。您说这命令必须遵守。‘必须’，这是一个语气强硬的措辞。您自己也可以意会，它的语气有多么强硬。当然，一个明白事理的公司，不会在授权您执行这样严厉的命令的同时，又不制定一个处罚违反规章者的办法。那样它就会变成一纸空文，只会惹得别人的嘲笑。那么，对于违反者的处罚是什么？”

“处罚？我从来没听说过什么处罚。”

“不用说，您肯定是弄错了。您为执行公司的规定而来，很粗鲁地打断一场无须禁忌的娱乐游戏，却不教您在执行这道命令时应该对违反者采取的手段吗？难道您不认为这种做法是荒谬可笑的吗？如果乘客拒绝遵守这条命令，那您又打算怎样惩罚他们？您打算抢走他们的纸牌吗？”

“不。”

“打算在下一站把违反规章的人赶下车吗？”

“这个，不——我们当然不能这样做，如果他有车票。”

“那您会把他送去法院吗？”

列车员无言以对，显然感到为难了。少校又开始发牌，他接着说：

“您瞧，您毫无办法，公司让您陷入很狼狈的境地。您执行一项荒谬的规定，尽管在执行时，你虚张声势。可是，把这件事仔细一分析，您就会发现自己根本没办法强迫人家服从。”

列车员端着架子说：

“先生们，规定已经告诉你们了，我已经尽了自己的责任。至于你们是否遵守它，那你们就看着办把。”说完这话，他转身要走。

“对不起，请等一等。这件事还没完。您刚才说已经尽了自己的责任，我认为您这话说错了。即使您真的已经尽了自己的责任，那我还未尽到我的责任呢。”

“您这是什么意思？”

“您是不是准备等列车到了匹兹堡站，去总办事处投诉我违反了规章？”

“不。那样会有什么好处呢？”

“您必须去告我，否则我就会去告您。”

“告我什么呀？”

“告您没有禁止我们玩牌，没有遵守公司的规章制度。作为一个公民，我有责任协助铁路公司监督它的职工按规定办事。”

“您这话是认真的吗？”

“当然，是认真的。我觉得您做人并没有错，可是我认为，作为工作人员，您这样做事做得不对——您没严格执行公司的规章制度。如果您不去告我，我一定去告您。我一定会去。”

听完这话，列车员显得有些迷惑不解，他沉思了一会儿，后来突然激动地说：

“这倒像是我在找麻烦！完全是一篇糊涂账，瞧我也昏了头了，这可是从来没遇到的事情，大家一直都只是一味地执行公司的规定，从来没有疑问，所以我也就没注意到，那道没有处罚办法的愚蠢的规定有多么荒谬可笑！我不会告任何人，我也没要被任何人告——你想想，那样会给我招来无穷的麻烦！现在你们就继续玩牌吧——如果高兴的话，你们就玩一整天吧——咱们别再为这件事情找麻烦了！”

“不，我只是为了要维护这位先生的权利，才坐在这儿的——现在他可以回到自己的位子上来了。但是，在您离开之前，可不可以告诉我，您认为公司制定这条规章是为了什么？您能为这件事想出一个理由——我意思是说，一个合理的理由——一个至少表面上听起来不愚蠢，一个不像是白痴想出来的理由吗？”

“这个，我当然能够想到。问到为什么要制定这条规定，道理很简单。那是为了不伤害其他乘客的感情——我意思是说乘客中那些虔诚的宗教徒。星期天在车上玩牌会亵渎他们的安息日，那会使他们不高兴的。”

“我本来也有同样的想法。可是，他们愿意自己在星期日旅行，亵渎安息日，却不允许别人……”

“我的天呀，您这可说到了点子上！以前我可从来没想到这一点。事实上，如果冷静下来仔细分析一下，就知道这是一条愚蠢的规定。”

正在这个时候，另一节车上的列车员走过来，打算很专横地禁止玩牌，可是特等客车的列车员拦住他，把他拉到一边，向他解释。此后再听不到他们提到这件事了。

我在芝加哥时生病了，在床上躺了十一天，结果没能看到博览会。因为我刚刚能够活动，就必须立即启程回去了。在我们出发的前一天，为了让我有个宽敞的地方休息，可以睡得舒服一些，少校已经订了一间卧车特别包厢。可是当我们到达车站时才知道，由于调配员一时疏忽，我们预订的那节车没被挂上。列车员给我们留下了一对卧铺——他说，这已经是他尽最大努力能做的了。可是少校说，我们并不着急，完全可以等着把那节车给挂上再走。列车员和颜悦色，但是含嘲带讽地说：

“也许，正如您所说，你们并不着急，可是我们却非赶快不可啊。来，快上车吧，先生们，上车去吧。别让我们等着啦。”

可是少校非但不肯上车，也不许我上去。他坚持要乘坐他所订的车，他说非那样不行。这一来那个急得直冒汗的列车员可不耐烦了，他说：

“我们这样做，已经尽了最大的努力。我们没法做那不可能做到的事。你们要么就用这套卧铺，要么就索性不用它吧。由于出了一个差错，现在时间太晚，已经来不及纠正，只好将就点儿，你们就这样凑合一下吧。别的乘客都是这样。”

“咳，对了，事情就坏在这里。如果他们也都要维护自己的权利，并且坚持到底，现在你们就不会这样满不在乎地试图践踏我的权利了。我根本不想给你们带来不必要的麻烦，但是我有责任保护下面一位乘客不再这样受骗。所以我一定要乘坐我订的车。否则我就在芝加哥待下去，控告你们公司破坏了合同。”

“控告我们的公司？——就为了这样一件事！”

“当然。”

“您真的要这样做吗？”

“当然，我就是要这样做。”

列车员用怀疑的目光打量了少校一会儿，然后说：

"你可把我闹糊涂了——这可是新鲜花样——我以前从来没碰到过这样的事儿。但是，我完全相信，这样的事您会做出来的，这样吧，我找站长去。"

站长刚来的时候十分恼怒——恼的是少校，而不是那个造成差错的人。他态度相当蛮横，也像刚才那个列车员起初那样。但是他怎么也没办法说服这位谈吐优雅的炮手，后者依然坚持要乘他所订的车。但是，事情很明显，在这种情形下只有一方能占上风，而结果当然是少校。站长只好收起恼怒的表情，装出一副和蔼可亲的样子，甚至多少还表示了歉意。这给双方和解创造了一个良好的开端，于是少校做出妥协。他说可以放弃已订的特别包厢，但必须用另一间包厢作为补偿。经过一番寻找，终于找到一间特别包厢，那包厢的主人是个善良的绅士，肯用他的包厢调换我们的卧铺，我们终于出发了。那天晚上列车员来看我们，他态度友好，十分殷勤，我们聊了很久，最后成了好朋友。他说希望公众以后常常给他们多添一些麻烦——因为那样只会产生有益的影响。他说，乘客不能指望铁路公司尽他们的一切责任，除非他们自己也多少关心自己的权益。

我希望我们已经结束了这次旅程中移风易俗的工作，然而事实并非如此。第二天早晨，少校在餐车里点了一份烤鸡。侍者说：

"菜单上没这道菜，先生。我们只供应菜单上有的。"

"可那位先生在吃烤鸡。"

"对，可是那情形不同呀。他是一位铁路公司的监督。"

"那我就非要烤鸡不可了。我不喜欢这种有区别的待遇。请您马上去——马上给我上一份烤鸡。"

侍者把负责人找来了，负责人低声婉言解释，说这件事是不可能办到的——因为这违反规定，公司的规章是很严格的。

"那么，好吧，您必须一视同仁地执行这条规定，或者一律取消这条规定。您要么拿走那位先生的鸡，要么就给我也来一份。"

负责人惶惑无主，甚至有点儿不知所措了。他开始费劲地解释，可就在这时候，那个列车员走过来，问发生了什么事情。负责人说，这里的一位先生一定要点一份烤鸡，可这是违反规定的，而且菜单上也没这道菜。列车员说：

“那你照章办事嘛——没其他办法。等一等……是这位先生吗？”接着他就大笑起来，说，“别去管你们的那些规章吧——这是我给你的忠告，听我的话没错。他要什么就给他什么——别让他又在权利问题上大发议论啦。他点什么就给他什么吧。如果你们现在没有鸡，那么就停了车去买吧。”

少校吃完鸡，然后说，他之所以这样做，只是出于责任感，为的是要维护一条原则，其实他是不爱吃鸡的。

因此，这次旅行虽然我没看到博览会，但是我学到了一些怎样运用权术的手段，将来这些手段也许对我和读者都是方便有用的。

他是否还在人间?

1892年3月，我去里维埃拉[①]区的门多涅尔游玩。那是个安静的地方，你可以单独享受几英里外蒙特卡洛及尼斯所能和大家共同享受的一切好处。这就是说，那儿有灿烂的阳光，茂密的森林，清新的空气和碧波荡漾的大海，却没有那煞风景的喧嚣和嘈杂，以及各种奇装异服和浮华的炫耀。门多涅尔是个清静、淳朴、悠闲而不讲究排场的地方，有钱人和浮华的人物都不到那儿去。我是说，一般情况下，有钱人是不会到那儿去的。不过偶尔也会有有钱人来，不久前我就结识了其中的一位。我姑且叫他史密斯吧——这多少是有些替他保守秘密的意思。有一天，在英格兰旅馆里，我们正在用早餐的时候，史密斯忽然大声喊道：

"快看！注意看门里出去的那个人，你仔细看清楚。"

"为什么？"

"你知道他是谁吗？"

"知道。你还没有来之前，他就在这儿住了好几天了。听说他是里昂一个很阔的绸缎厂大老板，现在年老退休了。我看他肯定非常孤单，因为他总是一副苦闷的样子，无精打采，从不与人交谈。他的名字叫西奥斐尔·麦格南。"

我以为接下来史密斯会继续说下去，告诉我他为什么会对这位麦格南先生如此感兴趣。但是他却什么也没说，反而转入沉思，不久居然把我和其他一切都完全抛到九霄云外了。他偶尔伸手抓一抓他那轻柔的白发，以便帮助他思考，而早餐冷掉他也没有在意。后来他才说：

"唉，忘了。我怎么也想不起来了。"

---

① 位于法国东南部、临地中海的一个区，是度假胜地，门多涅尔为当地一个小镇。

“想不起什么呀？”

“我想说的是安徒生的一篇很好的小故事。可是我把它给忘了。但故事大概是这样的：有个小孩，他有一只养在笼子里的小鸟，他很爱它，可是又不知道怎样照顾它。这鸟儿唱歌，可是没有人听，没有人理会。后来这个小鸟肚子饿了，口也渴了，于是此时它的歌声就变得凄凉而微弱，最后终于停止了——鸟儿死了。小孩过来一看，非常伤心，后悔莫及。他只好含着伤心的眼泪，伤心地把他的朋友们叫来，大家怀着极为深切的悲恸，为这只小鸟举行了隆重的葬礼。小家伙让小鸟饿死就如同世人让诗人饿死一样，大家在他死后花许多钱举行葬礼和立纪念碑，但是如果把这些钱用到他们生前，那是足够养活他们的，甚至还可以让他们过舒服日子呢。那么……”

我们的谈话在这时候被打断了。那天晚上十点左右，我又碰到史密斯，他邀我上楼去，到他的会客室里陪他抽烟，喝热的苏格兰威士忌。他的房间是个很惬意的地方，里面摆着舒适的椅子，装着喜气洋洋的灯，壁炉里让人温暖的火，燃烧着干硬的橄榄木。再加上外面低沉的海涛澎湃声，更使一切达到了美满的境界。我们已经喝完了两杯威士忌，谈了许多随意称心的闲话，史密斯说：

“现在我们兴致正高，我正好趁此给你讲一个离奇的故事，这件事是个保守了多年的秘密——这秘密只有我和另外三个人知道。现在我可要拆穿这个西洋镜了。你有兴趣听吗？”

“当然了。你尽管说吧。”

下面就是他讲给我听的故事：

“多年以前，我还是个年轻的画家——实在是个非常年轻的画家——我在法国的乡村随意漫游，到处写生。在这期间我遇到了两个可爱的法国青年，他们也是画画的。那时候我们那股快活劲儿就像那股穷劲儿一样，也可以说，那股穷劲儿就像那股快活劲儿一样——你爱怎么想就怎么想吧。那两个小伙子的名字是克劳德·弗雷尔和卡尔·包兰日尔——真是两个可爱的小伙子，太可爱了，总是朝气蓬勃，简直就像和贫穷开玩笑，无论风霜雨雪，日子总是过得有滋有味。

“后来我们来到布勒敦的一个乡村，当时我们简直穷得走投无路。幸运的是一个和我们一样穷的画家收留了我们，这就等于救了我们的命——他就是法朗斯瓦·米勒[1]。”

“什么！法朗斯瓦·米勒！就是那伟大的画家吗？”

“伟大？那时候的他也并不见得比我们伟大到哪儿去。就算在他自己住的村子里，他也没有什么名气。他简直穷得不像话，除了萝卜，他就没有什么可以给我们吃的，甚至有时连萝卜也是上顿不接下顿。我们四个人成了忠实可靠、互相疼爱的朋友，可以说是难以分开。我们在一起拼命地画呀画的，作品是越堆越多，可就是很难卖掉一件。我们在一起的日子非常美好。可是，也实在可怜极了！有时候我们简直是活受罪！”

“我们就这样熬过了两年多的时光。突然有一天，克劳德说：

“‘伙计们，我们已经山穷水尽了。你们明白不明白？——彻底的山穷水尽。村里的人都不再赊东西给我们了——简直是联合起来跟我们过不去，我跑遍了整个村子，结果还是一样。他们根本不肯再赊给我们一分钱的东西了，除非我们能先还清旧账。’

“这可真叫我们沮丧，每个人都脸色发白，一副狼狈相。这下子我们可知道自己的处境是多么糟糕了。大家沉默了许久。最后米勒叹了一口气说道：

“‘我也想不出什么主意来——真的一筹莫展。伙计们，谁想个办法吧。’

“没有人回答，如果凄惨的沉默也可以叫作回答的话。卡尔站起来，紧张地来回踱着步，然后说道：

“‘真是丢人！你看这些画，一堆一堆的，都是些好画，它们比得上欧洲任何一位画家的作品——不管他是谁，而且许多闲逛的陌生人都这么说，反正意思总差不多是这样。’

“‘可就是没有人愿意买。’米勒说。

“‘那倒没关系，反正他们这么说了，而且说的是真话。就说你那幅《晚祷》吧！难道会有人跟我说……’

“‘别提了，卡尔——我那幅《晚祷》，有人要出五法郎买它。’

“‘什么时候？’

“‘谁出这个价钱？’

---

① 让·法朗斯瓦·米勒（1814—1875）是法国著名画家，代表作为《晚祷》。

"'那人现在在哪儿？'

"'你怎么没答应他？'

"'得了——大伙儿别这么一齐说话呀。我本以为他会多出几个钱——我很有把握——看他那神气是要多出的——所以我就开价八法郎。'

"'得——那么后来呢？'

"'他说他会再来找我的。'

"'真是糟糕透顶！哎，法朗斯瓦——'

"'啊，我知道，我知道！我不该那样，我简直是个大傻瓜。伙计们，我本意是好的，你们也承认这一点，我……'

"'那还用说，我们当然明白，愿上帝保佑你这善良的人吧。可是下次你可千万别再这么傻呀。'

"'我？我但愿有人用一棵大白菜跟我换就好了——你瞧着吧！'

"'大白菜吗？啊，别提这个——一提起来我就直流口水。说点儿别的不那么叫人难受的事情吧。'

"'伙计们，'卡尔说，'难道这些画真的没有价值吗？你们说呀。'

"'谁说没价值！'

"'难道不是价值连城吗？你们说呢？'

"'是呀。'

"'确实是价值连城，如果能给它们安上一个大名鼎鼎的作者，那一定能卖个好价钱。是不是这么回事？'

"'当然是这样的。谁也不会怀疑你这个说法。'

"'可是——我没有开玩笑——我这话究竟对不对呀？'

"'噢，那当然是不会错的——我们也并不是在开玩笑。可是那又怎么样？那又怎么样？那与我们有什么相干？'

"'我想这么办，伙计们——我们就给这些画硬安上一个鼎鼎大名的画家的名字！'

"刚才还活跃的气氛消失了。大家满脸疑惑地望着卡尔。他葫芦里究竟卖的什么药呢？上哪儿去借一个鼎鼎大名的画家的名字呢？叫谁去借呢？

"卡尔坐下来，说道：

"'现在我就要想出一个切实可行的办法来。我认为我们要想不进游民收容所，那这就是我们唯一的出路，并且我对这个办法有绝对的把握。我这个意见是以人类历史上各种各样，早已是大家公认的事实为根据的，我相信这个计划一定能使大伙儿都发财。’

“‘发财！你简直是发神经。’

“‘不，我可没发神经。’

“‘哼，还说没有！——你明明是发神经了。你说怎么才算发财？’

“‘每人十万法郎吧。’

“‘看来他的确是害神经病了，我早就知道了。’

“‘是呀，他是有神经病。卡尔，你是不是穷疯了，所以就……’

“‘卡尔，你应该吃药了，吃完药马上到床上去休息。’

“‘先拿绷带把他捆上吧。捆上他的头，然后……’

“‘不对，捆上他的脚跟才行，这几星期，他的脑子总是开小差，异想天开哩——我已经看出来了。’

“‘住嘴！’米勒摆出一副严肃的样子说，‘先让这孩子把他的话说完嘛。那么，好吧——卡尔，把你的计划说出来吧。究竟是什么好办法？’

“‘好吧，那么我先来个开场白，请大家注意人类历史上有这样一个事实，那就是许多艺术家的才华都是一直到他们饿死了之后才被人欣赏的。这种例子不计其数，我都可以根据它总结出一条定律来。这个定律就是，每个默默无闻的、无人理会的艺术家在他死后总会被人赏识，而且一定是在他死后才行，到那时候他的画就会身价百倍了。我的计划是这样：我们先进行抽签——几个人当中有一个要死去才行。’

“他说得满不在乎，却完全出人意料，所以我们几乎同时惊跳起来。然后，大家又议论纷纷，要想出办法——治病的办法——帮卡尔治他的脑子；可是他耐心地等着大家平静下来，然后才继续说他的计划：

“‘是呀，我们反正得死一个人，目的是救剩下的几个——当然也救他自己。我们抽签决定。抽中的那个就会一举成名，而剩下的都会发财。喂——好好听着嘛，别插嘴——我敢说我并不是在这儿胡说八道。我的主意是这样的：在今后这三个月里，被选定要死的那一位就拼命地画，尽量积存画稿——并不需要正式的画，不用！只要画些写生的草稿就行，随便画些习作，没有画完的习作，随便勾几笔的习作都行，每张上面用彩色画笔涂几下——当然是毫无意义的，反正总是他画的，画完以后要题上作者的名字。每天画它五十来张，让每张上面都带上点儿特点或是派头，让人一看就知道是他的作品……你们都知道，这些东西才最值钱。在这位伟大画家去世之后，大家就会出不可思议的价钱来为世界各地的博物馆收购这些杰作。而我们就为他们准备一大堆这样的作品——一大堆！在这段时间里，其余的人就要给这位将死的画家拼命吹捧，并且在巴黎和那些商人身上下一番工夫——这是给以后的成功做准备，明白吧？等到一切都布置就绪，趁着热火朝天的时候，我们突然就向他们宣布画家的死讯，并且举行一个热闹的葬礼。你们明白这个主意了吗？'

"'不明白，至少还是不十分……'

"'还不十分明白？这都不懂？那个人并不是要真的死去。他只要从此改名换姓，销声匿迹就行了。我们弄个假人一埋，大家假装哭一场，叫全世界的人也陪着哭吧。我……'

"可是大家根本没有让他把话说完。每个人都爆发出一阵欢呼，连声称妙。大家都跳起来，在屋子里蹦来蹦去，彼此互相拥抱，欢天喜地地表示感激和愉快。我们把这个伟大的计划一连谈了好几小时，似乎连肚子都不觉得饿了。最后，一切详细办法都安排好了以后，照原定计划，我们开始抽签，结果选定了米勒——他会假死。然后我们把那些非到最后关头舍不得拿出来的做纪念的小装饰品凑到一起，这些东西，对于我们来说只有到了无可奈何的时候，才肯拿来做赌注，企图一本万利地发个财。我们把它们当掉，当来的钱除了留下几个法郎作为出门的费用和为米勒接下来几天的生活购买萝卜外，只够勉强凑出一顿告别的晚餐和早餐。

"第二天一大早，我们三个人吃完早饭就分别出发了——当然是靠两条腿喽。每人都带着十几张米勒的小画，打算把它们卖掉。卡尔准备去巴黎，他要到那儿去尽自己所能地吹捧米勒，为以后伟大日子的到来做准备。克劳德和我决定各走另一条路，随意到法国各地走走。

"这以后，我们的遭遇之顺利和痛快，真要叫你听了会大吃一惊的。我走了两天，开始着手我们的计划。我在一个大城市的郊外开始给一座别墅写生——因为我看见别墅的主人站在楼上的阳台上。于是他下来看我画——我早料到了他会来。我画得很快，故意吸引他的兴趣。他偶尔不由自主地赞美我两句，后来就越说越带劲了，他说我简直就是一位大画家！

“我把画笔搁下，从皮包里取出一张米勒的作品来，指着角上的签名，装作很得意地说：

“‘我想你当然认识这个喽？嘿，他就是我的老师！所以你是应该懂得这一行的！’

“这位先生好像犯了什么罪似的，显得局促不安，没有作声。我故作惋惜地说：

“‘你不会连法朗斯瓦·米勒的签名都认不出来吧！’

“他当然不会认得那个签名。但是不管怎么样，他处在那样尴尬的境地，居然让我这么轻轻放过，他是感激不尽的。他说：

“‘怎么会认不出来！嘿，的确是米勒的嘛，一点也不错！我刚才也不知道想什么来着。现在我当然认出来了。’

“随后他表示他想买这张画。可是我说我虽然没什么钱，可也并没有穷到那个地步。不过后来我还是让他用八百法郎将那幅画买去了。”

“八百法郎?!”

“是呀。米勒本来是打算拿它换一块猪排的。不错，我用那张小小的画换来了八百法郎。现在假如能用八万法郎把它买回来，那我真是求之不得。可是这个时期早已过去了。我给那位先生的房子画了一张很漂亮的画，本想以十法郎卖给他，可是想到我是一位大画家的学生，这么贱卖又不大像话，所以我就让他用一百法郎买走了它。我马上到城里把八百法郎汇给米勒，第二天又往别处出发了。

“可是我不用再走路了——不用。因为我买了马。从此以后，我一直都骑马。我每天只卖一张画，绝不会卖两张。我总是对买主说：

“‘我现在把米勒的画卖掉，根本就是个大傻瓜，因为这位画家恐怕活不过三个月了，他死了之后，就算你出天价也别想再买到他的画了。’

“我想方设法把这个消息尽量传播出去，预先做好准备工作，好让大家重视那场大事。

“这个卖画的计划是应该归功于我的——那是我出的主意。那天晚上我们商量我们的宣传计划的时候，我就提出了这个办法，三个人都同意先试一试，如果实在不行，再想其他办法。结果我们三个人都做得很成功。我只走了两天路，克劳德也走了两天——我们俩都知道不能在离家太近的地方使米勒出名，这样会露馅的——可是卡尔只走了半天的路程，这个狡猾的家伙，没良心的坏蛋！从那以后，他到各处旅行的派头简直就像个公爵一样。

“我们随时和各地的地方报纸记者搭上关系，让他们在报纸上发表消息。但是我们所散布的新闻并不是发现了一位新的天才画家，而是故意装成人人都知道法朗斯瓦·米勒的样子。我们根本不提称赞他的话，只是简单报道一些关于这位‘著名画家’的近况——有时候说他病况有所好转，有时又说希望渺茫，不过总的来说是凶多吉少。我们每次都把这类消息圈出来，寄给那些买过画的人。

“卡尔很快就到了巴黎，他大摆排场地干起来了。他结交了各种报纸的记者，把米勒的情况报道散播到英国和整个欧洲去，最后连美国甚至世界其他地方也都报道了。

“六星期之后，我们三个在巴黎见了面，经过商量后决定停止宣传，同时也不再写信叫米勒寄画来了。这时候他的名字已经轰动一时，时机已经成熟。所以我们觉得应该在这时候马上行动，以免错过时机。于是我们就写信给米勒，叫他到床上躺下，赶快饿瘦一点，因为我们希望他在十天之内‘死去’，如果来得及的话。

“我们计算了一下。成绩很不错，三个人一共卖了八十五张画和习作，一共卖了六万九千法郎。最后一张画是卡尔卖出去的，价钱卖得最高。他把《晚祷》卖了两千两百法郎。我们将他狠狠地夸奖了一番——可从没想到后来会有一天，整个法国都抢着要把这张画据为己有，最后居然还会有一位无名人士花了五十五万法郎的现款把它抢购去了。

“那天晚上我们准备了香槟酒，举行了庆祝胜利结束的晚餐。第二天克劳德和我就收拾行李，回去陪伴米勒度过他临终的几天，一面谢绝那些打听消息的闲人，同时每天按时发出病况报告，寄到巴黎给卡尔拿去在几大洲的报上发表，把消息报道给全世界关心他的人们。最后终于到了宣布噩耗的时刻，卡尔也及时赶回来帮忙料理最后的葬礼。

“你想必还记得吧，那次的出殡真是空前绝后，轰动世界，新旧世界的上流人物都来参加了，大家都悲痛地为米勒哀悼。我们四个——还是那么难以割舍——抬着棺材，不让别人帮忙。我们这么做是有原因的，因为棺材里只装着一个蜡做的假人。如果让别人去抬，棺材的重量就出了问题，难免要露马脚。因此，我们当初曾经相亲相爱地在一起共过患难的四个老朋友抬着棺材……”

“哪四个人？”

“我们四个嘛——米勒也帮忙抬着他自己的棺材哩。不用说，是化装的，化装成一位米勒的亲戚——一位远房的亲戚。”

“真是太妙了！”

“我说的可是真话，那还不是一样嘛。啊，你还记得他画的价格是怎么飞涨的吧。至于卖画的钱吗？我们简直不知如何处理才好，现在巴黎还有一个人收藏着七十张米勒的画。这是他花了二百万法郎从我们这儿买去的。至于当初我们在路上那六个星期里米勒赶出来的许许多多的写生和习作呢，哈，你听听我们现在卖的价钱一定会大吃一惊——并且那还得在我们愿意卖的时候才行！”

“这真是个离奇的故事，简直太让人吃惊了！”

“是呀——可以这么说。”

“那米勒后来怎么样了呢？”

“你能保守秘密吗？”

“我会的。”

“你还记得今天在餐厅里我叫你注意看的那个人吗？那就是法朗斯瓦·米勒。”

“我的天哪，原来——”

“如此！是呀，这一次人们总算没有让一个天才饿死，然后将他应得的报酬装到别人的皮包里。这只能唱的鸟儿终于没有白唱，也没有落得死后才有一场迟到的盛大葬礼的下场了。我们原来是等着遭这种命运的哩。”

百万英镑

二十七岁那年，我在旧金山一个矿业经纪人那里当办事员，因此把证券交易的内情摸得清清楚楚。当时的我是如此贫穷孤单，除了自己的聪明才智和清白的名声之外，一无所有。但是这反倒让我脚踏实地，不做那没影儿的发财梦，死心塌地地奔自己的前程。

每个星期六下午股市收了盘，我就拥有了完全属于自己的时间，我喜欢弄条小船到海湾里去消磨这些时光。有一天我突然一时兴起把船驶出海湾，漂到了茫茫大海中并且迷失了方向。正当夜幕降临，在我几乎绝望的时候，我被一艘开往伦敦的双桅帆船给救了。漫漫的旅途狂风暴雨，他们叫我当了一个普通的水手，用工作支付我的船费。最后，我在伦敦上了岸，当时我的衣服褴褛肮脏，口袋里只有一块钱。这点钱只够应付我二十四小时的食宿。二十四小时以后，我就饥肠辘辘，无处容身了。

第二天上午十点，我破衣烂衫，饿着肚子狼狈地拖着脚步走在波特兰路上。这时，一个保姆领着一个孩子走过，那孩子刚好把一只咬过一口的美味的大梨扔到了下水道里。不用说，我站在那里，满含欲望的目光盯住那沾满泥泞的宝贝。我口水直流，肚子也渴望着它，全心全意地乞求这个宝贝。可是我每次刚一动弹，总有一双过路的火眼金睛能明察秋毫，我自然又站得直直的，显出若无其事，假装根本就没有看到那只梨。这出戏演了一回又一回，我始终无法把那只梨弄到手。后来我已经忍无可忍，下定决心不顾体面，硬着头皮去拿它的时候，忽然我背后有一扇窗户打开了，一位先生从那里面喊道：

“请到这儿来。”

一个衣着华丽的仆人领着我进去了，他把我引到一个布置豪华的房间里，里面坐着两位年长的绅士。他们把仆人打发出去，叫我坐下。他们刚吃完早饭，看着那些残羹剩饭，我简直难以保持理智，可是主人并没有请我品尝，我也就只好尽力忍住肚子里饥饿的煎熬。

这里刚刚发生过的事，但是当时我根本不知道，我也是过了很久以后才明白的。现在我就要把事情的经过告诉你。房中的两位绅士是对兄弟，他们为一件事已经有两天争得不可开交了，最后双方同意用打赌来分出高低，无论什么事英国人靠打赌都能一了百了。

也许你有印象，有一次英格兰银行曾经发行过两张一百万英镑的大钞，用于和某国完成一项政府间的交易之类的特殊目的。不知什么原因，交易只用掉了其中一张，剩下的那张一直存在银行的金库里。这兄弟两人在闲谈中忽发奇想，如果有一个非常诚实而聪明的外地人落难伦敦，举目无亲，手里除了那张一百万镑的钞票之外一无所有，而且他又无法证明这张钞票是自己的，那么他的命运会怎样。哥哥说他会饿死，弟弟认为不会。哥哥的理由是那个外地人不能把它拿到银行或是其他任何地方使用，因为那样的话他就会当场被捕。他们就这样争执不下，后来弟弟说他愿意拿两万英镑打赌，赌那个人最终可以靠那一百万生活三十天，而且还不会被抓进监狱。哥哥愿意同他打赌。于是弟弟就到银行里去把那张钞票买了回来。你看，十足的英国人的作风，魄力十足。然后他口述了一封信，叫一个文书用漂亮的楷体字誊清。然后弟兄俩就在窗前坐了整整一天，等待一个适当的人出现，然后把这封信给他。

他们看见许多诚实人经过，可是都不够聪明；还有许多人虽然聪明，却又不够诚实；还有不少又聪明有老实的，可是这个人又不是穷人；再不然就是虽然是穷人，却又不是外地人。总是不能尽如人意，直到我的出现才解决了问题。他们都认为我具备所有条件，因此他们一致选定了我，可我呢，正等着知道叫我进来到底要干什么。他们开始对我进行询问，打听我的身份来历，很快就弄清楚了我的来龙去脉。最后他们告诉我说，我正合他们的心意。我说我非常荣幸，并且问他们究竟是怎么回事。他们之中的一位交给我一个信封，告诉我可以在信里找到答案。我正想打开来看，他却说不行，叫我把它带回住处好好地看，不要着急，一个字一个字地看清楚，我满腹狐疑，很想问个明白，可是他们却让我离开。于是我只得告辞，心里觉得受到了莫大的侮辱，他们分明是在搞恶作剧，拿我耍着玩，而我却不得不忍受这一切，因为以我当时的处境，是不能得罪这些有钱有势的人的。

本来，我能把那个梨捡起来，明目张胆地吃进肚子去，可现在那个梨已经无影无踪，因此我为了这桩倒霉的事情失去了一份食物。一想到这儿，我对那两个人就气不打一处来。我刚一走到看不见那所房子的地方，就拆开了那封信，看见里面居然装着钱！说老实话，这时我对他们可是另眼相看啦！根本没多想，我急不可待地把信和钞票往背心口袋里一塞，立即以最快的速度找到了最近的一个小饭店。接下来就是一阵狼吞虎咽！当我吃到撑得再也吃不下的时候，掏出那张钞票，摊开看了一眼，我差点晕过去了。一百万英镑[①]！哎，我懵了。

我盯着那张钞票头晕眼花，足足一分钟后，我才清醒过来。我首先发现的是饭店老板，他的眼睛也望着钞票，也给吓呆了。他正在全心全意地祷告上帝，手脚都不动弹了，眼睛里满是羡慕的目光。此时我计上心来，做了这时按人之常情应该做的事。我把那张钞票递到他面前，小心翼翼地说道：

“请你找钱吧。”

这时他才恢复了常态，连连道歉说他换不开这张钞票。我拼命塞给他，他却连碰也不敢碰它一下。他很喜欢看它，一个劲地打量那张钞票，好像无论看多久也不过瘾似的，可是却战战兢兢地不敢碰它，就像这张钞票是神圣不可侵犯，可怜的凡人连摸也不能摸似的。我说：

“不好意思，给您添麻烦了。可是你一定得想个办法。请你换一下吧，我没带别的钞票。”

可是他说那没关系，他很乐意把这笔微不足道的饭钱记在账上，下次再说。我说可能很久都不会再到他这地方来。他说那也没有关系，他可以等，而且只要我愿意，想吃什么就点什么，这钱想什么时候给就什么时候给。他说他相信自己不至于如此没有眼光，不会因为我的幽默，故意如此装扮就不相信我是一位有钱人。这时候又有一位顾客进来了，老板示意我把那个怪物藏起来，然后恭恭敬敬地把我送到门口。一出门口我就向那所房子奔去，让他们在警察把我抓起来之前纠正这个错误。我真的有些惊慌失措。事实上，简直是胆战心惊，虽然这件事完全与我无

① 当时一英镑可兑五美元，一百万英镑相当于五百万美元。

关。可是我很了解大家的想法：当他们发现自己错把一张一百万镑的钞票当成一镑给了一个流浪汉的时候，他们绝不会怪自己眼神不好，非把那个流浪汉骂个狗血喷头不可。当我来到那所房子前时，我渐渐平静下来，因为那儿一切如常，这使我觉得那个错误一定还没有被发觉。我按了门铃。原先那个仆人出来了。我说我想见那两位先生。

“他们出门了。”他用这类人那种不可一世的冷冰冰的口气说。

“出门了？他们去哪了？”

“旅行去了。”

“可——上哪儿啦？”

“我想是到欧洲大陆了吧。”

“欧洲大陆？”

“是呀，先生。”

“怎么走的——他们走的哪条路？”

“那我可不知道了，先生。”

“他们什么时候回来呢？”

“他们说，得一个月吧。”

“一个月！啊，这可怎么办！帮忙想想办法，看怎么能给他们传个话。我有很重要的事情。”

“实在办不到。我根本不知道他们上哪儿去了，先生。”

“那么我想见见他们的家人。”

“他们家里人也都走了，已经出国好几个月了——我想是到埃及和印度去了吧。”

“伙计，出了大事了。我想他们很快就会回来的，请你转告他们，请他们不必着急，我会继续来这儿的，直到问题得到解决为止。”

“他们要是回来，我一定转告他们，不过，我想他们是不会回来的。他们临走时说你可能会在一小时内返回这里，让我务必转告你，等时候一到，他们会准时回来等你。”

于是我只好打住，悻悻地离开了。他们究竟想干什么呀！我真是摸不着头脑。他们会“准时”回来。那是什么意思？对了，没准那封信上说了，我差点把它给忘了。我马上拿出了那封信。信上是这样说的：

看面相可知，你是个聪明而诚实的人。我们猜想你很穷，而且是个外地人。信里有一笔钱，是借给你的，期限是三十天，不要利息。期满时把它们交回来就可以了。我们拿你打了个赌。如果我赢了，你可以在我的职权范围内随意选择一个职位——也就是说，你能证明自己熟悉和胜任的任何职位都可以。

没有签名，没有地址，没有日期。

天哪，这真是一团乱麻！你们当然已经知道了事情的来龙去脉，可是我当时并不知道。那对我简直是深不可测、漆黑一团。我完全不明白他们在搞什么把戏，也不知道这对我来说是福还是祸。于是我来到公园坐下来，想厘清头绪，并且考虑今后该怎么办。

我经过一小时的推测，终于得出了以下的结论。

也许那两个人是一番好意，也许是歹意；这点我无法断定——随它去吧。他们是玩把戏，搞阴谋，做实验，或是搞其他勾当，事实究竟怎样，无法断定——随它去吧。他们拿我打了一个赌；究竟怎样赌，无法断定——也随它去吧。不能确定的部分就这样清理完毕。问题的其余部分却是明显的、毫无疑问的，如果我去英格兰银行要求把这张钞票存入它的主人账上，他们是会照办的，因为他们认识它的主人，虽然我还不知道他是谁。不过银行会盘问钞票怎么会到了我手里，如果我讲出实情，他们一定会把我送去难民收容所，如果我撒谎，他们一定会把我关到牢里去。假如我拿这张钞票随便到哪换钱，或是拿它去抵押贷款，后果也是一样。所以无论怎样，在那两兄弟回来之前，我都会背负这个沉重的负担。这东西对我毫无用处，形同粪土，然而我却不得不一边带着百万英镑，一边行乞度日。就算我想把它白送给别人，那也是送不掉的，因为无论是老实的农民或是心狠手辣的强盗，无论如何都不会收，连碰都不会碰一下。那两兄弟可以高枕无忧了。即使我把钞票扔掉，或是把它烧了，他们还是丝毫无损，因为他们能挂失，这样他们照样分文不缺。而我却不得不受一个月的罪，既无工资，又无好处——除非我帮人家赢得那场赌博（不管赌的是什么），获得那个许给我的职位。我当然想得到那个职位，这种人赏下来的无论什么职位都值得一干。

我对那份美差浮想联翩。我又有了生活的希望，毫无疑问，薪水绝不是个小数目。一个月之后，我就会走上幸福之路了，想到这儿，我不禁一阵激动。这时候我正在街上溜达。一眼看到一个服装店，一种冲动涌上我的心头：甩掉这身破衣服，让自己重新穿得得体。我买得起新衣服吗？不行，除了那一百万英镑以外，我在这世上一无所有。所以我只好依依不舍地离开。可是不一会儿我又转回来了。那种诱惑无情地折磨着我。我正处在矛盾中，我已经在那家服装店门口来来回回走了五六次。最后我还是没有抵住诱惑，走进了服装店。我问他们有没有因为顾客试过的不合身的衣服。我所问的那个人没有搭理我，只是向另一个人指了指。然后我向他所指的那个人走过去，可他也是一声不吭，只点点头把我交代给另外一个人。我朝第三个人走过去，他说：

"马上就来。"

我一直等他把手头的事办完，然后才跟着他到了后面的一个房间，他取出一堆人家不肯要的衣服，给我挑出一套最寒酸的。我换上了这套衣服，可并不合身，而且毫无魅力可言，但它是新的，所以我很想把它买下来。我丝毫没有挑剔，我迟迟疑疑地说：

"请你们允许我过几天再来付钱吧。现在我没有带零钱。"

那个家伙摆出一副刻薄至极的嘴脸，说道：

"啊，是吗？说真的，我想你也没带。我看像你这样的阔人只会带大票子吧。"

这句话激怒了我，于是我说：

"朋友，你可别单凭衣着判断一个陌生人的身份。这套衣服我买得起，我只是不想让你为难，怕你们换不开一张大钞票罢了。"

他稍稍收敛了一点，态度有所改善，但仍以高傲的口吻说：

"我可没诚心出口伤人，可是既然你这么说，那我倒想告诉你，你认为我们换不开你带着的什么大钞票，这可是多管闲事。恰恰相反，我们换得开！"

我把那张钞票递给他，说道：

"啊，那好极了。我向你道歉。"

他微笑着接了过去，这是那种无处不在的笑容，笑容里面有褶纹，有皱纹，还有螺旋纹，就像你往池塘里抛了一块砖。可是，只瞟了一眼钞票，他的笑容就僵住了，脸色大变，就像维苏威火山边那些小块平地上凝固得起起伏伏、像虫子爬似的熔岩。我从来没有看见过谁的笑容定格成如此这般的永恒状态。那个家伙拿着钞票愣在那儿，一动不动，老板赶紧跑过来，想知道发生了什么事，他很不耐烦地说道：

“喂，怎么回事？有什么问题吗？有什么不对吗？”

我说：“什么问题也没有。我在等他找零钱。”

“好吧，好吧。托德，快把钱找给他，快把钱给他。”

托德反唇相讥：“把钱找给他！说得轻巧，先生，请你先看看这张钞票吧。”

老板看了一眼，吹了一声轻快的口哨，然后一下子钻进那一堆退货的衣服里乱翻起来，同时兴奋地自言自语：

“把一套拿不出手的衣服卖给一位品味特别的百万富翁！托德简直是个蠢货——天生的蠢货！老是这个样子。把每一位来这儿的阔佬都给得罪了，就因为他分不清百万富翁和流浪汉。啊，终于找到了。请您把身上的衣服脱下来吧，先生，把它丢到火里去吧。请您赏脸试试这件衬衫，还有这套衣服。正合适，太合适了——又简洁，又讲究，又典雅，完全是王公贵族的气派。这是一位外国的亲王定做的——您也许还认识他哩，先生，他就是尊敬的哈利法克斯亲王殿下。因为他母亲病危，只好把这套衣服放在我们这儿，重新做了一套丧服——可是后来他母亲并没有死。不过没关系，我们不能叫一切事情老照我们……我是说，老照他们……哈！裤子正合适，非常适合您，先生，真是太合适了！再试试这件马甲，啊哈，也很合适！再穿上外套——上帝！您看！真是完美极了——天衣无缝！这是我这辈子缝得最好的衣服。”

我表示满意。

“您说得很对，先生，您说得对，这套衣服还能先顶一阵儿。您等着瞧我们为您量身定做的衣服是什么样子吧。喂，托德，把本子和笔拿来，快记下来。腿长三十二……”如此这般。还没等我插一句嘴，他已经把我的尺寸量完了，正在吩咐做晚礼服、便装、衬衫以及各色各样的衣服。最后我终于有了插嘴的机会，说：

“可是，老板，我不能定做这些衣服，除非你能不定结账的日子，或者你能换开这张钞票也行。”

“不定日子？这不像话，先生，不像话。您得说永远永远——这才对哩，先生。托德，赶紧把这些衣服做出来，一刻也别耽搁，然后送到这位先生的公馆里去。让那些不要紧的顾客等着。把这位先生的住址记下来，过几天……”

“我快搬家了。我什么时候来再留新地址。”

“您说得很对，先生，您说得很对。您请稍等一会儿——我送您，先生。这边请——再见，先生，再见。”

哈，往后的事你心里明白了吧？我顺其自然，马不停蹄地到各处去购买我所需要的一切东西，然后让人家找钱。不到一星期，我就置办齐了所需的各色安享尊荣的行头，然后搬到汉诺威广场一家价格不菲的旅馆里。午餐和晚餐我都在旅馆里吃，可是早餐我还是会去照顾哈里斯小饭馆的生意，就是我当初靠那张一百万镑钞票吃了第一顿饭的地方。这样子一来我也给哈里斯招来了财运。消息已经传遍了，大家都知道有一个马甲口袋里揣着百万大钞的外国怪人光顾过这个地方。这就够了，以前的小饭馆不过是个穷得叮当响、勉强混口饭吃的小饭店，这一下子有了名气，每天都是顾客盈门。哈里斯对我感激不尽，总是不断把钱借给我用，我也是来者不拒。因此我虽然一贫如洗，可是却有钱花，过着有钱人和大人物才能过的舒服日子。我也知道总有一天我会被识破，可是我已经是骑虎难下，只能硬着头皮继续下去。你看，这本来纯粹是件胡闹的事，可是就在我意识到大祸即将来临时，事情就朝着悲剧方向发展了。夜幕降临后，恐惧就降临到了我的身上，不停地折磨我。让我唉声叹气，在床上翻来覆去，不能入睡。可是一到喜气洋洋的白天，恐惧的阴影就消失得无影无踪了，于是我又扬扬得意起来，陶醉于每天的快乐生活，昏天黑地，如痴如醉。

说来也不足为奇，因为我已经成为这个世界名城的知名人物了，这使我十分骄傲，并且不只是骄傲，简直是得意忘形。你随意拿出一张报纸，无论是英格兰的、苏格兰的，或是爱尔兰的，总会发现里面有一两处提到一个“随身携带一百万镑钞票的家伙”极其最新言行的消息。起初刊登我的地方，总是在“人事杂谈”栏的最下面，后来关于我的报道就超越了各位爵士，后来盖过了二等爵男，由此类推，我的位置越升越高，名声也越来越响，直到达到我所能达到的巅峰，然后一直保持这种状态。这时候，我已经居于皇室之下和众公爵之上，除了全英大主教而外，我甚至比所有宗教界人物都要高出一头。可是你要知道，这还远远没有结束，直到此时，还都只是小打小闹而已。然后是令人无法相信的幸运——就像骑士授勋一样——刹那间，默默无闻的我一下子有了金子般耀眼的声望：《幽默与娱乐》[①] 杂志登了以我为主题的漫画！就这样，我功成名就，站稳脚跟了。虽然依然有人拿我调侃，可是玩笑之中却含着几分敬意，不那么放肆、那么粗俗了。可能还有人发笑，却没有人敢嘲笑我了。那样的日子已经过去了。《幽默与娱乐》里的我衣衫褴褛，碎片随风飘荡，正在和伦敦塔的卫兵讨价还价。啊，你可以想象得到那是个什么滋味：一个向来默默无闻的小伙子，忽然之间，他的只言片语都会到处传扬；无论走到哪儿，都能听见人们相互转告："那个走路的，就是他！"吃早餐的时候，也会有一大堆人围观；一到歌剧院的包厢，就会有无数观众的目光聚集在我身上。啊，我一天到晚出尽了风头——也可以说是独领风骚吧。

你知道吗，我还保留着我那套破衣服，时常穿着它出去，为的是品味一下从前那种乐趣。一旦有人胆敢侮辱我，我就拿出那张一百万镑的钞票来，把奚落我的人镇住。但是我的这种乐趣维持不下去了。杂志已经把我的那副打扮弄得人尽皆知，只要我一穿上它出去，马上就被别人认出来了，而且总会有一群人尾随着我。我刚想买东西，老板还不等我掏出我那张大票子来吓唬他，就会自愿把整个铺子里的东西赊给我。

大约在我声名远扬的第十天，我去拜访了美国公使，想为祖国效一点犬马之劳。他以高规格的礼仪接待了我，埋怨我迟迟未来拜访，公使说那天晚上他打算举行宴会，可是一位嘉宾因病缺席，所以如果我愿意留下来参加宴会的话他将十分高兴。我应允之后，就和公使开始聊天。交谈后我才知道他和我父亲从小就是同学，后来又同在耶鲁大学读书，一直到我父亲去世，他们始终是很要好的朋友。所以他吩咐我只要有空，就常去他家里坐坐，当然，对这个请求我是非常愿意的。

事实上，岂止愿意，我简直就是庆幸。一旦大祸临头，他也许还有办法救我，让我免受灭顶之灾。我也不知道他能做些什么，可是说不定他真能够想出办法来。事情已经到了这个地步，因此我不敢冒失地把自己的秘密向他和盘托出。如果在开始的时候就遇见他，我一定会马上告诉他我的奇遇的。可是，现在我不敢说了，我已经深陷其中，难以自拔，也就是说，深到不敢对刚结识的朋友说真话。但是照我自己的看法，我还

---

① 当时伦敦的一份幽默杂志。

没有到彻底完蛋的地步。因为，你知道，我虽然借了许多钱，却还是十分谨慎地不让全部外债超过我的支付能力——我是说不超过我的薪金。当然我不知道我的薪金到底会有多少，可是有一点我有把握，那就是，如果这次赌打赢了，我就可以任意选择那位富豪给我的任何职务，只要我能胜任——我想我一定是能胜任的。对于这一点，我毫不怀疑。至于他们打的赌呢，我才不操心呢，我的运气一直不错。说到薪金，我想年薪会有六百到一千镑。一开始是六百镑吧，以后一年一年地往上加，直到我的才能获得肯定，薪水总能加到一千磅。目前我负的债还只相当于我第一年的薪金。尽管谁都想借钱给我，可是我用各种借口谢绝了大多数人。所以我所欠的债务只有三百镑现款，另外三百镑是赊欠的生活费和赊购的东西。我相信只要我继续小心节俭，我第二年的薪金就可以帮我度过这个月剩下的日子，而我也下定决心，绝不胡乱挥霍。只要熬过这一个月，等我的雇主旅行归来，一切都会迎刃而解，那时，我就可以把两年的薪金如期偿还给我的债主们，也能立即开始工作了。

当天的宴会妙不可言，共有十四位来宾。绍勒迪希公爵和夫人以及他们的女儿安妮 - 格雷斯 - 伊莲诺 - 赛来斯特 - 德 · 波亨夫人、纽格特伯爵和伯爵夫人、契普赛子爵、布拉瑟斯凯特爵士及其夫人，还有些没有头衔的来宾、公使和他们的夫人小姐，还有公使女儿的朋友，一个二十二岁的英国姑娘，名叫波蒂娅 · 郎姆。我一见到她就爱上了她，她也对我一见钟情，我能用心感觉出来。另外还有一个美国客人——在客厅里的客人一面等候用餐，一面冷眼旁观后到的客人，这时候仆人又通报一位来客：

"劳埃德 · 赫斯丁先生到。"

在寒暄过之后，赫斯丁马上发现了我。他一面热情地伸出手，一面快步向我走来。手还没握上，他突然停住，不好意思地说：

"对不起，先生，我还以为咱们认识呢。"

"啊，你当然认识我啦，老朋友。"

"不。你莫非是——是——"

"腰缠万贯的怪人吗？就是我，一点不错。你尽管叫我的外号，不必顾忌，我听习惯了。"

"哈，哈，哈，这可真是不可思议。有几次我看到你的名字和这个外号连在一起，可是我从来没想到大家口中所说的那个亨利·亚当斯居然就是你。离现在还不到半年，你还在旧金山给布莱克·霍普金斯打工，每个月拿一点点薪水，为了挣点加班费经常熬夜，帮着我整理核对高尔德和加利矿业公司的说明书和统计表。真没想到你居然到了伦敦，而且成了一个百万富翁，你现在可是个鼎鼎大名的人物！嘿，这真是个‘天方夜谭’的奇迹。伙计，这太令人惊奇了，太神奇了！让我好好想想，现在我脑子里是一团乱麻。”

“可是现在，劳埃德，你的情况也不错呀。我也没弄明白到底是怎么回事。”

“哎呀，这的确是不可思议，是吧？我们上次见面是三个月前一起去矿工饭店，那次我们……”

“不对，是去快活林。”

“对，确实是快活林，半夜两点去的，是在熬了六个钟头把那些文件搞定后，才到那儿去的，我记得我吃了一块排骨，喝了杯咖啡，记的当时我劝你和我一同到伦敦来，还主动要替你去请假，还答应一切费用由我搞定，只要那笔生意成功了，再给你好处。可是你不听我的，认为我不会成功，你说你不能耽误，不能打乱你的工作计划，否则回来的时候要花很多时间才能回到正轨。可如今你却到这儿来了。这是多么令人惊讶的事情！你究竟是怎么来的，为什么如此幸运呢？”

“啊，纯系偶然。说来话长——简直可以写一篇传奇小说。我会原原本本告诉你，可是现在不行。”

“什么时候能行呢？”

“这个月底。”

“那还有半个多月哩。对一个好奇的人来说，这胃口吊得可太过分了。一星期后行吗？”

“不行。至于原因你以后会知道。对了，你的生意做得怎么样呢？”

他脸上愉快的精神马上烟消云散，他叹了一口气，说道：

“你说得可真准，亨利，说得真准。我真后悔当时的决定。我不想提这件事。”

“你不讲可不行。待会儿离开的时候，我们一起走，今晚上就住在我那儿，把事情都讲给我听。”

“啊，真的吗？你没开玩笑吗？”他的眼睛里闪着泪花。

“是呀，我想听听你的经历，一个字也别落下。”

“太谢谢你了！经过如此多的人情世故之后，想不到还有人真心地关心我——上帝！我恨不得跪在地下给你道谢！”

他紧紧地握着我的手，精神也为之一振，然后兴致勃勃地准备赴宴——不过宴席还没有开始哩。可是没那么简单，老问题还是发生了，在荒唐可恨的英国体制下，这种问题总要发生——座次问题解决不了，也就吃不成饭。通常英国人出去参加宴会的时候，都会先吃了饭再去，因为他们知道风险何在。可是并没有人告诫外来的客人，因此外来客就只有自讨苦吃了。可是这一次谁也没有上当，因为我们都有过参加宴会的经验，除了赫斯丁之外，都是经验丰富的老手，而他在接到邀请的时候听公使说过，为了尊重英国人的习惯，他根本就没有准备正餐。照例每位客人都会挽着一位女士，排着队走进餐厅，可是问题就出在这儿。绍勒迪希公爵想出人头地，要在宴席上坐首位，他说他的地位高过公使，因为公使只能代表一个国家，而不能代表一个王国。可是我坚持我的原则，不肯让步。因为在杂谈栏里，我的地位高于除王室以外的所有公爵，因此我坚持要求坐在他的席位之上。我们各显神通争执了一番，但问题始终无法解决，最后他不明智地想炫耀他的家世和祖先，我猜到了他的王牌是征服者①威廉，所以就拿亚当②来对付他，我说我是亚当的嫡系后裔，我的姓就是证明，而他不过是支系，这可以由他的姓和诺尔曼血统看出来。于是我们又排着队走回客厅，在那儿站着吃起来——一碟沙丁鱼，一份草莓，每个人根据自己的喜好自由选择，就这样站着吃。这儿的席次问题没有那么严重，两个地位最高的贵客用掷硬币来解决，赢了的人先吃草莓，输了的人得那个硬币。然后地位稍次的两位又猜，然后又是以下两位，以此类推。宴席过后，仆人准备好了牌桌，大家准备一起玩克利比③，六个便士一局。英国人打牌从来不是为了消遣。如果没有金钱的输赢——是输是赢倒无所谓——他们就不玩。

---

① 威廉一世，曾任法国诺曼底公爵和英国国王。

②《圣经》中记载的上帝所造第一个人。

③ 一种扑克游戏，一般二至四人玩，每人发牌六张，将牌配成可以得分的一副，庄家按游戏各方的出牌在特制的木板上计分。

我们度过了一段美妙的时光，最开心的当然是我们俩——郎姆小姐和我。我简直被她迷得神魂颠倒，只要手里的牌超过两顺，我就数不清了，分数到顶了也看不出来，总是乱出牌。这样打下去本来是把把必输，但幸亏郎姆小姐也和我一样，完全是心不在焉，你明白吧，我们俩是半斤八两，谁也没有输赢，也没想这到底是怎么回事。我们只知道彼此在一起时都很快活，其他一切我们都不在乎，也不愿意被人打扰。于是我鼓起勇气向她表白——我当真对她说了——我说我爱上了她。她呢——哈，十分羞涩，满脸通红，可她却说她很高兴我说这句话。啊，我何曾经历过如此美妙的夜晚！我每次算分的时候，总是加上一句赞美之词，她算分的时候，也会心照不宣地和我一样数牌。我哪怕是说一声“再加两分”，也会添上一句：“你长得多漂亮！”而此时她就会说：“十五点得两分，再来十五点得四分，还有一个十五点得六分，再来一对得八分，所以一共十六分——你算算对不对？”——她用余光偷偷地看我，你知道吗，她那么温柔，那么可爱。啊，真是太妙了！

可是我对她胸襟坦白，光明正大。我告诉她说，我根本是个穷光蛋，我只告诉了她大家都在议论的那一张百万英镑钞票其实并不是我的。这让她非常好奇，于是我继续讲下去，把全部经过从头到尾地告诉了她，把她笑了个半死。我搞不清楚她到底在笑什么，可是她就老不停地那么笑。每过半分钟，当某些新的情节逗她发笑时，我就不得不住嘴，好让她慢慢平静下来。啊，她简直笑得发疯——真的，我从来没有见过这种笑法。我是说从来没有见过一个痛苦的故事——一个人的烦恼、焦虑和担心——竟会引起那样的反应。我发现她可以在本该悲伤的时候，居然能这么高兴，我对她的爱就越发不可收拾了。你懂吗，在当时那种情况下的，我认为也许不久就需要这么一位妻子哩。当然，我告诉了她，我们还得等两年，要等我用薪金偿还了债务后才行。不过她到不在乎这些，她只嘱咐我应该谨慎地消费，千万不要开支太多，别让我第三年的薪金也被开支掉。然后她又开始感到有点担心，担心我将我第一年的薪金估计得过高，这话言之有理，本来信心满满的我此时也不那么有把握了。这时，我突发奇想，于是我坦白地告诉了她。

“波蒂娅，亲爱的，到时候你是否愿意陪我一起去见两位先生呢？”

她稍稍迟疑了一下，然后说道：

“愿意，我愿意，只要你认为我去对你有所帮助。不过——你觉得这样合适吗？”

“嗯，我也不知道合适不合适——我也担心这不大合适。可是你要知道，如果你能去那将对我很重要，所以……”

“那么我会去的，管它合适不合适呢，”她用一种可爱的巾帼豪杰的口吻说道，“啊，一想到我也能对你有帮助，真是高兴极了！”

“何止是有帮助，亲爱的！啊，这事全靠你了。如果能有你这么漂亮、这么可爱、这么迷人的姑娘陪我一道去，我就可以把薪水提得高高的，说不定让两个好老头儿倾家荡产，还心甘情愿呢。”

哈！你没看见她当时的样子：红彤彤的脸，以及那双闪着幸福光芒的眼睛！

“你这就会捧人的讨厌鬼！没一句实话，不过我还是陪你去。也许可以给你一个教训，别指望你怎么看人家，人家就怎么看你。”

我心中的疑云一扫而空了吗？我的信心是否恢复了呢？从这里你就能知道：我已经暗自决定把第一年的薪金提高到一千二百镑。不过我没有告诉她，我想以此给她一个惊喜。

回家的路上，我一直陶醉在幸福中，赫斯丁说的话，我却一个字也没有听进去。当他跟着我进了客厅，对应有尽有、豪华舒适的陈设赞不绝口时，我才清醒过来。

“让我好好看看，饱饱眼福。天哪！这分明是皇宫——真正的皇宫！一个人所能想得到的，这里都应有尽有，包括暖融融的炭火，还有丰盛的晚餐。亨利，这不光叫我知道你有多么阔气，也让我无地自容——我这么穷，这么倒霉，这么狼狈，走投无路，一败涂地！”

真该死！这些话让我浑身颤抖。他的话让我如梦初醒，这才知道自己正站在一块半英寸厚的地壳上，而地壳下来就是一座火山口。原来我一直自欺欺人，也就是说，现在我才了解自己的状况。可是现在——唉呀！债台高筑，一无所有，一个可爱的姑娘的眷顾，是福是祸，都由我决定，但是我自己却前途未卜，只有一份画饼充饥的薪金，还不一定能拿到手！啊，啊，啊！我彻底完了，没有希望了！没救了！

“亨利，只要将你每天的收入漫不经心地散一丁点儿，就可以……”

“啊，我每天的收入！来，喝下这杯热威士忌，振作振作精神。咱们干一杯！啊，对了——你一定饿了，坐下来，请……”

“我没觉得饿，我已经不知道什么是饿了。这些天我一直吃不下。可是我愿意陪你喝酒，一直喝到醉倒。来吧！”

“一人一杯，我一定奉陪！准备好了吗？来吧！好，劳埃德，我一边调酒，你一边讲讲你的事吧。”

“我的故事？怎么，还要再讲一遍？”

“再讲？这是什么意思？”

“噢，我是说，你想从头到尾再听一遍吗？”

“再听一遍？这下可把我弄迷糊了。等一等，你别再喝这种酒了吧。你醉了。”

“什么，亨利？你别吓我。到这儿来的路上我不是把什么都对你说了吗？”

“有吗？”

“当然。”

“真抱歉，我连一个字也没听进去。”

“亨利，这可真令我失望。别折腾我了。刚才在公使那里你在干什么？”

这下子我才恍然大悟，于是我就爽快地说了实话。

“我得到了世界上最可爱的姑娘的芳心！”

于是他冲过来握住我的手，拼命地握了又握，把我的手都握痛了。我们到外面散步，一路上他都在讲他的故事，这故事我一句也没听见，他也并没责怪我。他本就是个有耐心的好人，现在他静静地坐下，又从头到尾讲了一遍。长话短说，他的经历大致是这样的：他满怀希望地来到英国，本以为自己抓住了一个千载难逢的发财机会。他获得了“揽售权”，也就是替古尔德和加利矿业公司计划的“勘测者”们出售开采权，售价是一百万元，超出一百万的部分全部归他。他竭尽全力，凡是他所知道的路子，他都没有放过，他尝试了他所能想到的所有办法，现在他的钱差不多已经花光，可是没有一个资本家愿意相信他的话，而他的“揽售权”在这个月底就要到期了。总而言之，他破产了。说到这里，他忽然跳起来，大声喊道：

“亨利，你能帮我！你能帮助我，而且你是世界上唯一能帮助我的人。你肯帮忙吗？肯吗？”

“告诉我能帮你什么，说吧，伙计。”

“给我一百万和我回家的旅费，我把‘揽售权’转让给你！别拒绝我，千万要答应我！”

我有苦说不出。我几次都差点儿脱口而出：“劳埃德，我自己也是个穷光蛋呀——真的是一无所有，而且还债台高筑！”可是我突然灵机一动，计上心来，我咬紧牙关，极力让自己冷静下来，直到冷静得像个资本家。然后我以生意人的沉着态度说道：

“我一定会拉你一把，劳埃德——”

“有你这句话我等于已经得救了！上帝会永远保佑你！有朝一日……”

“让我把话说完吧，劳埃德。我决定帮你的忙，可不是按你的办法做，因为你吃了那么多苦，还担了那么多风险，那样办对你来说不公平。我并不想买矿山，在伦敦这个商业中心我用不着那样做也能赚钱，没有必要去搞矿业。我一直都是这么做的。不过我有一个办法。我当然了解那个矿山，也知道那座矿山很有价值，这点我可以对天发誓。你尽可以用我的名义去兜售，我想在两星期之内你就可以以三百万现款卖掉它，赚的钱我们俩平分好了。”

你知道吗，我差点儿用绳子把他捆起来，因为狂喜不已的他在房间里乱蹦乱跳，差点把家具踩成碎片，让我们的一切都付之一炬了。于是他非常快活地躺在那儿，说道：“我可以用你的名义！你的名义——那还了得！嘿，那些伦敦的阔佬一定会一窝蜂跑来，抢购这份股权！我已经成功了，巨大的成功，我今生今世也忘不了你！”

还不到二十四小时，伦敦就沸腾开了！我每天都没有其他事可做，只坐在家里，不断地用同样的话来应付那些客人：“不错，是我对他说的，有人问就来找我。我了解这个人，也了解这个矿。他的人格无可挑剔，而那个矿也绝对是物超所值的。”

同时，每晚我都会去公使家里陪波蒂娅。关于矿山的事，我对她只字不提，我故意想给她一个惊喜。我们只谈薪金，除了薪金和爱情一切免谈。时而谈爱情，时而谈薪金，有时候两者兼谈。啊！公使夫人和小姐也为我们考虑得十分周到，她们千方百计地使我们不会受到打搅，只瞒着公使一人，让他毫不疑心，真是煞费苦心——我非常感激她们为我们所做的一切！

到了月末，我已经在伦敦银行的户头上已经有了一百万，赫斯丁也有了同样数目的存款。我穿上我最体面的衣服，乘车从波特兰路那所房子门前经过，根据种种迹象判断，那两兄弟应该已经回来了。于是我就到公使家里去接我最亲爱的人，和她一道向那所房子走去，一路不停地谈着薪金的事。她既激动又着急，这使她显得漂亮极了。我说：

“亲爱的，凭你漂亮的模样儿，要是我要求薪金每年三千镑，少要一分钱都是罪过。”

“亨利，亨利，你别把事情搞砸了！”

“你不用担心。把这模样保持住，其他的就交给我吧。保证万无一失。”

就这样，一路上我不停地给她打气。她却一个劲地给我泼冷水，她说：

“啊，请你记住，我们要是要求得太多，那可能什么都得不到。到那时我们怎么办呢？我们会走投无路，无依无靠的。”

还是那个仆人把我们引了进去，那两位老先生果然都在家。他们看见有个尤物跟着我，当然非常惊奇，可是我却说：

“让我来介绍，先生们，她是我未来的伴侣和贤内助。”

于是我把她介绍给他们，提到他们时，都是直呼其名。他们并没有对此感到惊讶，因为他们知道我会查姓名住址簿。他们让我们坐下，对我极为客气，并且热情地消除波蒂娅的局促感，让她尽可能放松。然后我说：

“先生们，我现在准备向你们报告我一个月来的经历。”

“我们很期待，”其中一位先生说，“这样我哥哥亚贝尔和我的赌约就能见分晓了。你如果让我赢了，就可以得到我权限以内可以委任的任何职位。那张一百万镑的钞票还在吗？”

“它在这儿，先生。”我把钞票交给了他。

“我赢了！”他拍着亚贝尔的后背喊了起来，“现在你还有什么可说的呢，哥哥？”

“我承认他的确是活下来了，我输了两万镑。太难以置信了。”

“另外我还有些事情要说，”我说，“说来话长。请你们允许我改日再来，把我这整个月里的经历详细地说一遍，我保证那是值得一听的。现在请你们看看这个。”

“啊，什么！二十万镑的存折。这是你的吗？”

“是我的。这是我在这个月合理使用您借给我的那笔小小的款子赚来的。至于这张大钞，我只不过用它去买一些小东西，付账让他们找零钱的时候用。”

“哈，这真是了不起！简直是匪夷所思，小伙子！”

“这算不了什么，我以后可以说明原委。别以为我说的都是天方夜谭。”

此时轮到波蒂娅大吃一惊了。她的眼睛睁得大大的，说道：

“亨利，难道那些真是你的钱吗？这些天你一直瞒着我？”

“亲爱的，一点不错，我是撒了谎。可是我知道你会原谅我，对不对？”

她噘起嘴唇，说道：

“别再自以为是了。你真是个淘气鬼——敢这么骗我！”

“哦，宝贝，一会儿就过去了。这不过是想给你一个惊喜，你明白吧。好，我们走吧。”

“等一会儿，等一会儿！还有那个职位呢。我答应过要给你一个职位。”那位先生说。

“啊，我真是感激不尽，”我说，“不过，我现在不打算再要这个职位了。”

“在我的委任权之内，你可以挑一个顶好的职位。”

“非常感谢，我衷心感谢。可是再好的职位对我也没有吸引力了。”

“亨利，我真替你难为情。别辜负了这位老先生的美意。我替你谢谢他好吗？”

“亲爱的，当然可以，只要你能做得更出色。让我看看你的本领吧。”

只见她向那位先生走去，坐到他怀里，伸出胳膊搂住他的脖子，亲吻了他的嘴唇。然后那两位老先生哈哈大笑起来，可是我却不知所措，简直可以说是呆若木鸡。波蒂娅说：

“爸爸，他说在您的职权范围内没有他想要的职位，我真伤心，就像是……”

“我的宝贝，原来他是你的父亲呀！”

“是的，他是我的继父，他是这个世界上最好的爸爸。那天在公使家里，你不知道我的身份，当时你告诉我，我爸爸和亚贝尔伯伯的恶作剧让你多么烦恼，多么担心，现在你明白我为什么会大笑了吧？”

这下子我自然实话实说，不再开玩笑了，于是我诚恳地说：

“哦，亲爱的先生，我现在要收回刚才那句话。您确实有个待聘的职位，我想应聘。”

“你想要什么职位？”

“女婿。”

“好，好，好！可是你要知道，你既然没有干过这个差事，显然你也不具备满足我们约定条件时所需的条件，所以……”

“让我试一试吧——啊，千万答应我，我求您了！只要让我试三四十年就行，如果……”

“啊，好吧，就这么办。这也不是什么大不了的要求，她以后就属于你了。”

你说我们俩高不高兴？翻遍整本大辞典也找不出一个词来形容。一两天之后，当伦敦的人们知道了我和那张一百万镑的钞票一个月里的奇遇记始末以后，大家是否会引为佳话呢？当然会的！

波蒂娅的父亲把那张神奇、好客的钞票送回英格兰银行兑现。银行随后注销了那张钞票，并当作礼物送给了他，他又把钞票在婚礼上送给了我们。从此以后我们就把这张钞票装裱起来，挂在我们家里最神圣的地方，因为它给我送来了我的波蒂娅。如果没有它，我就不可能留在伦敦，也不会来到公使家，更不会和她相遇。所以我总说：“不错，那分明是一张一百万镑的钞票，不容置疑。可这东西自从出世以来就用了一次，就再没花过，而这一次我只不过花了十分之一的价钱就把它弄到手了。”

败坏了赫德莱堡的人

一

那是多年以前的事情。当时赫德莱堡是四里八乡公认的最诚实、最正直的一个镇子。它把这种良好的名声一直保持了三代，并且以此为荣，把这种荣誉看得超过一切。这种自豪感是如此的强烈，保持这种荣誉的愿望是如此迫切，以至于镇子里的婴儿在摇篮里就开始接受诚实信念的熏陶，而且，这一类的教诲还要作为主要内容，在以后对他们进行教育时贯穿始终。同时，在整个成长过程中，年轻人要与一切诱惑彻底隔绝，这样，他们诚实的信念就能够利用一点一滴的机会变得更加坚定而牢固，成为渗入骨髓的品质。邻近的那些镇子都嫉妒赫德莱堡这种至高无上的荣耀，他们表面上对赫德莱堡人以诚实为荣冷嘲热讽，嘲笑那是虚荣心作怪。然而，他们也不得不承认赫德莱堡的确是一个腐蚀不了的镇子。再追问下去，他们也会承认：一个想离家外出找一个好工作的青年人，如果他来自赫德莱堡，那么，他除了自己老家的名声以外，无须任何其他保证的条件。

然而，日久天长，赫德莱堡还是因为得罪一位过路的外地人而终于倒了霉——这可能是他们的无心之失，也可能并未在意，因为赫德莱堡名声极佳，所以无论是外乡人的闲言碎语，还是高谈阔论，赫德莱堡人都不会在意。可话又说了回来，早知此人是个爱记仇、不好惹的家伙，当初对他破破例不就万事大吉了吗？整整一年的工夫，无论那人走到哪儿，总会想起在赫德莱堡受的委屈，只要一有空闲，就挖空心思地琢磨怎么报复，从而让自己心里舒坦。他想了很多主意，这些主意全都不错，可没有一个是十全十美的，最重要的是，这些主意只能损害许多个别的人，而他想要的却是可以把全镇一网打尽的办法，不能有一人漏网。最后他想到了一个巧妙的办法，这主意刚冒出来，他的脸上就出现了幸灾乐祸的光芒。他马上开始拟定具体的实施方案，还自言自语地说："就这么办——我要把那个镇子的名声彻底败坏！"

六个月之后，他乘坐一辆轻便马车再次来到赫德莱堡，大约在晚上十点，马车停在了银行老出纳员的大门外。他从马车上搬下一只口袋，扛着它踉踉跄跄地穿过院子，敲了敲门。里面一个女人说了声"请进"，他就进去了。他把那只口袋放在客厅火炉的后面，很客气地向正在灯下坐着看《福音导报》的老太太说：

"您只管坐着好了，太太，我不打扰您。好了——现在这东西藏得严严实实，谁想知道它在哪儿可不容易了。太太，我能见见您先生吗？"

"不行，他上布利克斯敦了，也许过半夜才能回来。"

"那好，太太，没关系。我只不过是想让您先生照管一下这只口袋，如果他找到了物主，就转交给他。我是外地人，您先生并不认识我。今天晚上我来到这个镇子，是特地来了却我很久以来的一桩心事的。现在事情已经办妥，我该走了，我很高兴，甚至还有点儿得意，以后你们再也不会见到我了。口袋上系着一张字条，上面把所有的事都说清楚了。晚安，夫人。"

老太太其实挺害怕这个神秘的大个子陌生人，见他走了心里才踏实。不过她的好奇心被勾引起来了，于是就直奔口袋而去，取下了那张字条。上面开头的话是：

> 请予公布，或者用私访的办法找到物主——只要能找到物主，无论用哪一种办法都可以。这个口袋里装的是金币，重一百六十磅零四盎司——

"天哪，门没锁呀！"

理查兹太太浑身颤抖地扑过去把门锁上，然后把窗帘放下来，战战兢兢地站在那儿，提心吊胆，思考着怎样使自己和那一口袋钱更安全一点。她竖起耳朵听听有没有贼，过了一会儿，她抵挡不住好奇心，又回到灯下，看完了那张纸上的话：

> 我是个外国人，马上就要回国去了，以后就永远在那里住下了。我在贵国逗留了很长时间，承蒙贵国关照，不胜感激。

对于贵国的一位公民——一位来自赫德莱堡的公民——我更想格外地致以谢意，因为一两年前他给过我一个很大的恩惠。实际上，那是两桩恩德。让我说明经过吧：我曾经是个赌徒，我的意思是，我过去是个赌徒——一个输得精光的赌徒。那天夜里我来到了这个镇子的时候，饥肠辘辘，身无分文。我在黑暗处向人乞讨，因为我不好意思在有亮光的地方讨钱。我求对人了，他给了我二十块钱——也可以说，他给了我一条命，我当时就是这么想的。他还给了我财运，因为我靠那笔钱在赌场里发了大财。还有最后一条：当时他对我说过的一句话让我至今铭记在心，这句话最后让我口服心服，因为口服心服，我才良心发现，再也不赌了。现在我并不知道他是谁，可是我要找到他，让他得到这笔钱，由他施舍出去，或者把它抛弃，或者自己留着，全都由他自己决定。这只不过是我知恩图报的方式罢了。假如可以在此地多逗留一些日子，我会自己去找他。不过没有关系，您一定能找到他的。因为这是个诚实的镇子，腐蚀不了的镇子，我知道我可以信任它，不用担心。谁能说出那位先生当年对我说的那句话，就可以证明他是我的恩人，我相信他一定还记得那句话。

现在我的办法是这样的：假如您愿意进行私访，悉听尊便。请把这张纸上写的话告诉每一个可能是那位先生的人，假如他回答说："我就是那个人，我当初说过这样的一句话……"就请核实一下——打开口袋，您能在口袋里找到一个密封的信封。如果那位先生所说的话与此相符，那就把这笔钱交给他，不用再问下去了，因为他无疑就是那位先生。

如果您愿意公开寻访，就请把这番话发表在本地报纸上——再加上如下说明，即从当日起三十天内，请申领人于星期五晚八时光临镇公所，将他当初所说的话密封交给（如果他肯费心处理的话）伯杰斯牧师。请伯杰斯先生届时当场将钱袋启封，看与袋内的话是否相符。如果相符，就请将这笔钱连同我衷心的感谢一起，交给我这位已经确认身份的恩人。

理查兹太太坐下来，先是激动得微微颤抖，很快又陷入了沉思——

她思索着："这可真是件蹊跷事儿！……那个好心人随手施舍了几个小钱，现在善有善报，发的财可真不小呀！……这件好事要是我丈夫干的就好了！——因为我们太穷了，都这么老了，还这么穷！……"这时她叹了一口气，"可这并不是我的爱德华干的，不是，给外国人二十块钱的不是他。这真可惜，真的，现在我明白了……"这时她打了个冷战，"不过，这是赌徒的钱呀！是不清不白得来的，这种钱咱们可不能拿，连碰都不能碰。我可要离它远远的，这钱一看就觉得脏兮兮的。"她换了把远一点的椅子坐下来——"我盼着爱德华赶快回来，把这钱拿到银行去，说不定什么时候小偷就会来，一个人在这儿守着它真是可怕得很啊。"

十一点的时候，理查兹先生回来了，他妻子迎头就说："你可回来了！"他却说："我太累了，简直累得要命，过穷日子可真不容易啊，到了这个岁数还要干这种倒霉的差事。熬来熬去熬不出头，就为那点儿薪水，当别人的奴隶。可人家拖着拖鞋在家里坐着，有的是钱，真舒坦啊！"

"爱德华，你知道，我为了你有多难过啊，不过，你得想开点儿：咱们的日子还算过得去，咱们的名声也不错……"

"是呀，玛丽，这比什么都重要啊。我刚才说的话你可别介意——我就是一时烦躁，算不了什么。亲亲我——好了，什么事也没了，我再也没有什么埋怨了。你弄什么东西来了，口袋里有什么？"

于是，他妻子把那件大秘密告诉了他。一阵天旋地转之后，他说："一百六十磅重？唉，玛丽，那得至少有四——万——块钱哪——想想——一大笔财产啊！咱们镇子上有这么多财产的人还不到十个。把那张字条给我看看。"

他把那张字条扫了一遍，说：

"这可是奇事啊，嘿，简直是传奇小说嘛！和书上那些不可能的事一样，平常谁见过这样的事呀。"这时他激动起来，神采奕奕，兴高采烈。他打着哈哈弹着老太婆的脸蛋儿，说："嘿，咱们发财了，玛丽，发大财了！咱们只要把这些钱藏起来，把这张纸一烧就行了。要是那个赌徒再来问起这件事，咱们只要爱理不理地瞪着他，说：'你乱说什么胡话呀！我们可从来没听说过你，也没听说过你那条什么金子口袋。'那时候，他就傻了眼，还有——"

"还有，你就在这儿开玩笑吧，那一袋子钱可还堆在这儿哪，现在很快就要到小偷活动的时候了。”

“嗯，你说得对，那咱们怎么办呢——私访？不行，不能这么办。那可就把这篇小说糟蹋啦。还是公开的方法比较好，想想看，这件事得闹出多大的动静来啊，让别的镇子全都嫉妒死了。在这种事情上，除了赫德莱堡，一个外乡人还能相信谁呀，这是他们知道的。这不是给咱们镇子炫耀的机会吗？我现在就得到报馆的印刷厂去，否则就太晚了。”

“慢着——慢着——别把我一个人留在这儿守着它呀，爱德华！”

可是他已经走了。不过只走了一小会儿。在离家不远的地方，他就遇见了报馆的主笔兼老板。理查兹把那张字条交给他说：“我有一篇好新闻给你，柯克斯——拿去发表吧。”

“可能来不及了，理查兹先生，不过我看一看吧。”

回到家里，他和妻子坐下来又将这件迷人的蹊跷事谈论了一番，他们一丝睡意都没有。第一个问题是，那位给外乡人二十块钱的公民会是谁呢？这个问题似乎很简单，夫妻俩不约而同地说了出来：

“巴克利·古德森。”

“不错，”理查兹说，“这样的事他干得出来，这也正是他向来的作风，像他这样的人镇子里再也不会有别人了。”

“谁都会这么说，爱德华——无论如何，背后谁都会承认的。到如今有六个月了吧，咱们镇子又变成原来那个老样子啦——诚实，狭隘，自以为是，一毛不拔。”

“他向来都是这么说的，一直说到咽气的那一天——而且还是毫不客气地当众那么说。”

“是呀，就为了这个，他才遭人恨。”

“嘿，就是。不过他倒不在乎。叫我说，在咱们这些人当中，除了伯杰斯牧师，最遭人恨的就是他了。”

“伯杰斯可是罪有应得呀——在这块地方，他再也别想有人听他布道了。虽说这镇子算不了什么，可人们对他总还是心里有数的。爱德华，这个外乡人指名让伯杰斯发这笔钱，这件事看起来是不是有点怪呀？”

“哎，对——是有点怪。那是——那是——”

“哪来的这么多‘那是’呀？要是你的话，你会选他吗？”

“玛丽，说不定那个外地人比我们镇子上的人对他了解得更清楚呢。”

“尽说这种话，这帮不了伯杰斯的忙！”

丈夫似乎左右为难，不知说什么好，而妻子凝神注视着他，等着他答复。理查兹迟疑地开口了，好像明知道他的话要受到置疑：

“玛丽，伯杰斯不是个坏人呀。”

他妻子自然是吃了一惊。

“胡说！”她叫了起来。

“他不是个坏人，这我很清楚。他之所以被大家看不起，都是因为那件事——就是闹得满城风雨的那一件事。”

“那‘一件事’，太对啦！好像只那一件事还不够似的。”

“足够了，足够了，只不过那件事不是他的错啊！”

“你说什么，不是他的错？谁都知道那是他干的事情！”

“玛丽，我敢担保——他是清白的。”

“我没法相信。你是怎么知道的？”

“这是不打自招。我很惭愧，可是我非得说出来不可，因为只有我一个人知道他是无罪的。我本来能够救他，可是——可是——唉，你知道那时候全镇子上的人一边倒——我哪有勇气说出来呀。如果我说出来，大家就都会对我进攻了。我也觉得那样做很卑鄙，太卑鄙了，可是我不敢哪，我没有勇气挺身而出。”

玛丽显出了迷惑的神情，一声不吭地坐在那儿。过了一会儿，她吞吞吐吐地说：

“我——我想你当初如果——如果——那是不行的。人可不能——呃——大家伙的看法——不可能那么轻易——那么——”这是一条难行的路，她陷入泥潭了，她绕不出来了，可是，稍停一会儿，她又开了腔，“要说这件事你做得是很对不起人，可是——嘿，咱们顶不住呀，爱德华——真是顶不住啊。哎，无论如何，我也不愿让你说出来！”

“玛丽，假如说出来，不知会有多少人瞧不起咱们。那样一来——那样一来——”

“现在我担心的是他对我们是什么看法，爱德华。”

“他？他可不知道我当初能够救他。”

“啊，”妻子松了一口气，嚷嚷着，“这样我就高兴了。只要他当初不知道你能救他，他——他——呃，这件事就好办多了。唉，我原本就该想到他是不知道的，虽然咱们对他很冷淡，可他老是想跟咱们套近乎。别人拿这件事挖苦我不止一次了，像威尔逊两口子，威尔科克斯两口子，还有哈克尼斯两口子，他们都不怀好意地拿我寻开心，明知道使我难为情，非要说‘你们的朋友伯杰斯’如何如何。我可不想让他老是对我们表示好感，我不明白他为什么始终要这样。”

“我可以给你解释，这可又是不打自招了。那件事刚出来闹得沸沸扬扬的时候，镇上打算让他‘坐木杠’。我受不了良心的折磨，就偷偷去给他通风报信，他就离开镇子，到外地避风去了，直到风平浪静了才回来。”

“爱德华！当时镇上要是查出来——”

“别说了！现在回想起来，还叫我心惊胆战呢。那件事刚做完我就后悔了。所以我都没敢跟你说，就怕你脸上神色不对，被别人看出来。那天晚上，我很担心，整整一宿辗转反侧睡不着。可是过了几天，一看谁也没有怀疑，我又觉得幸亏我来了那么一招。到现在我还高兴呢，玛丽——别提有多高兴了。”

“现在我也高兴啊，那样对待他也太可怕了。你知道，你这样做才算对得起他。可是，爱德华，万一这件事哪天水落石出了，要怎么办呢？”

“不会的。”

“为什么？”

“因为大家以为那是古德森干的。”

“当然他们会这么想！”

“就是。当然啦，他也不在乎大家这么想。大家让那个可怜的萨斯伯雷老头找他算账，老头儿就照他们说的风风火火地跑了去。古德森把他浑身打量了一番，好像要在萨斯伯雷身上找出一块自己特别鄙视的地方，然后说：‘这么说，你是调查组的，是吗？’萨斯伯雷说：‘差不多吧。’‘哦。依你说，你是需要详细情形呢，还是听点儿简单的就行了呢？’‘古德森先生，我先听简单的，如果他们需要了解详细情形，我就再来一趟。’‘那太好了，你就让他们全都见他妈的鬼去——这样够简单的了吧！萨斯伯雷，我还要给你一番忠告，你再来打听详细情形的话，带个篮子来，把你那几根老骨头提回家去。’”

“古德森就是这样，一点都没变。他老是认为他的意见比谁都强。他就这点虚荣心。”

“玛丽，这一来就万事大吉了，把咱们给救了。再也不会有人提起那件事了。”

“谢天谢地，我想也不会有人提了。”

他们又兴致勃勃地把话题转到那袋神秘的金子上来。过了一会儿，他们的谈话开始有了停顿——因为沉思而停顿。停顿的次数越来越多。最后理查兹竟然想得入神了。他神情茫然地盯着地板，望了半天。后来他的两只手慢慢地开始做一些神经质的小动作，配合着他的心理活动，看起来很是着急的样子。这时候，他妻子也转入了沉思，一声不吭地琢磨着心事，从神态看得出她已经心乱如麻，不大自在。最后，理查兹站了起来，漫无目的地在房间里瞎逛悠，一面伸手搔搔他的头发，就像一个梦游的人正做一个噩梦。后来，他好像是拿定了主意，一声不响地戴上帽子，大步流星地出门去了。他妻子还在紧锁着眉头想心事，仿佛没有发觉屋里只剩下她一个人了。她不时喃喃自语：“可别让我们受到诱惑[①]……可是——可是——我们真是太穷了，太穷了！……可别叫我们受到……啊，这碍别人的事吗？——再说谁也不会知道……可别把我们……”她的声音越来越小，渐渐低得听不见了。过一会儿，她抬头扫了四周一眼，半惊半喜地说——

“他去了！可是，天哪，也许来不及了——来不及了……也许还不晚——也许还来得及。”她站起来，神经质地一会儿把两手绞在一起，一会儿又松开。一阵轻微的战栗掠过她的全身，她从干哑的嗓子里挤出了声音：“上帝饶恕我吧——这念头真可怕呀——可是……上帝呀，看我们成什么样子啦——我们都变成怪物了！”

她把灯光拧小一点，蹑手蹑脚地溜到那只口袋旁跪下，用手抚摸着鼓鼓囊囊的边边角角，爱不释手。年迈昏花的老眼中闪出一丝贪婪的光。她一阵一阵地发呆，有时又半似清醒，自言自语地说：“要是我们能再等一等就好了！——啊，只要等那么一小会儿，别那么性急就好了！”

这时候，柯克斯也从办公室回到家里，把这件蹊跷事从头到尾告诉了自己的妻子，他们很热烈地议论一番之后，他们猜到了已故的古德森，

---

① 出自《圣经·马太福音》和《圣经·路加福音》，原文为：“不叫我们遇到试探，救我们脱离凶恶。”

认为全镇子只有他才会慷慨解囊拿出二十块钱——一笔不小的数目，去接济一个落难的外乡人。后来，他们的谈话中断了，俩人默默无言地想起了心事。他们渐渐地神经紧张和烦躁起来。最后妻子开口了，好像是自言自语："除了理查兹夫妇……还有咱们，谁也不知道这个秘密……"

丈夫微微地惊动了一下，从沉思中醒过来。他神情木然地望着脸色苍白的妻子，然后，犹豫不决地站起身，偷偷地戴上一顶帽子，又瞟了一眼自己的妻子——这是无声的请示。柯克斯太太三番两次欲言又止，后来她用手按住嗓子，点头示意。很快，家里只剩下她一个人在那里自言自语了。

这时，理查兹和柯克斯匆匆忙忙地走在更深夜静的街道，俩人迎面走来，气喘吁吁地在印刷厂的楼梯口碰了面。夜色中，他们相互打量着对方的脸色，柯克斯悄悄地问：

"除了咱们，没人知道这件事吧？"

理查兹悄悄地回答：

"谁都不知道——我担保，谁都不知道！"

"如果还来得及——"

两个人上了楼梯，就在这时候，一个小伙子赶了上来，柯克斯问道：

"是你吗，约翰尼？"

"是，先生。"

"你别忙着去发那些早班邮件——什么邮件都别发，等着，我吩咐你的时候再说。"

"已经发走了，先生。"

"发走了？"话音里流露出一股说不出的失望。

"是，先生。从今天起到布利克斯敦以外所有城镇的火车都改点了，报纸要比往常早发二十分钟。我只好紧赶慢赶。要是再晚两分钟就——"

两人没听他说完，就掉过头去慢慢走开了。大约有十分钟，两个人都没有出声。后来柯克斯气哼哼地说：

"你究竟赶个什么劲呀，真是莫名其妙。"

约翰尼恭敬地回答：

"我现在明白了，你看，也不知道是怎么搞的，我老是不动脑子，把事情弄得无法挽救。不过下一次——”

“下一次个屁！一千年也不会有下一次了。”

这对朋友没道晚安就各奔东西了，各自拖着霜冻似的两条腿走回家去。回到家，他们的妻子都一跃而起，迫不及待地问：“怎么样？”——她们的眼睛得到了答案，不用听到一字半句，自己就先垂头丧气地坐了下去。然后两家都爆发了激烈的争论，这可是新鲜事。从前两口子也吵过架，可是都不激烈，都是不伤和气的。而今天夜里两家的争吵就好像是一个师傅教出来的。理查兹太太说：

“爱德华，要是你等一等，要是你停下来想一想，可是你不！你非要直奔报馆的印刷厂，非要把这件事嚷嚷出去，非要让天下的人都知道不可！”

“那上面是明明说了要发表呀。”

“说了又怎么样，那上面还说可以私访呢，随你的便。现在可好——我没说错吧？”

“嘿，没错——没错，上面是那么说的。不过，我一想到这件事会轰动一时，一想到一个外乡人居然这么信得过赫德莱堡，这是多大的荣誉啊！”

“啊，当然啦，这些我都明白，可是只要你稍微等一等，仔细想想，不就能想起来已经找不到应该得这笔钱的人了吗？他已经进了棺材，而且身后无儿无女，就连亲戚也没有。这么一来，这笔钱要是归了很需要用钱的人，对谁都没有妨碍呀，再说——再说——”

她伤心地哭了起来。她丈夫本来是想说几句好话安慰她，可脱口而出的却是这么几句：

“可是归根到底，玛丽，不管怎么说，这样做肯定是最妥当的办法，咱们心里有数。再说，咱们别忘了，这也是命中注定——”

“命中注定，嘀！一个人要是干了蠢事想找个借口，都会说‘什么都是命中注定啊’！要说这笔钱特地来到咱们家，不也是命中注定吗？上帝已经安排好的事，你非要倒插一脚——谁给你这种权力啦？这叫不知好歹，就是这样——敬酒不吃吃罚酒，你就别再装什么老实人、规矩人啦——”

“可是，玛丽，你也知道咱们这一辈子是怎么教育出来的，把咱们教得只要是老实事，想也不想就马上去做，全镇子上的人都是这样，这都变成咱们的第二天性了。”

"噢，我知道，我知道——没完没了的教育、教育、教育，教人要诚实——从摇篮里就开始教，拿诚实当挡箭牌，抵制一切诱惑，所以这全是虚伪的诚实，诱惑一来，就全都经不住考验，今天晚上咱们可都看见了。老天有眼，我对自己这种像石头一样结实、无法败坏的诚实从来没有一丝一毫的怀疑，直到今天——今天，第一次真正的大诱惑一来，我就——爱德华，我相信全镇子的诚实都是虚伪的，就像我一样，也像你一样，全都糟透了。这个镇子卑鄙、冷酷、吝啬，除了这个远近闻名和自命不凡的诚实，这个镇子连一点儿德行都没有了。我敢发誓，我确实相信，如果有朝一日这份诚实在要命的诱惑脚底下栽了跟头，它的名誉荣耀会像纸糊的房子一样变成碎片。好，这一回我可把心里话说出来了，心里也舒坦了。我是个骗子，一辈子都是，可是我自己还不知道。以后谁也别再说我诚实——我可受不了。"

"我——哎，玛丽，我心里想的和你一模一样，我真这么想的。这感觉太怪了。过去我从来不敢相信会是这样——从来不信。"

随后是一阵长时间的沉默，夫妻俩都陷入了沉思。最后妻子抬起头来说：

"我知道你在想什么，爱德华。"

理查兹一脸被人看穿心思的窘态。

"说出来真是丢人，玛丽，可是——"

"那没什么关系，爱德华，我现在跟你想到一块儿去了。"

"但愿如此。你说出来吧。"

"你想的是，如果有人猜得出古德森对那个外乡人说过什么话就好了。"

"一点没错。我觉得有罪，而且难为情。你呢？"

"我也一样。咱们在这儿搭个床吧，好好守着口袋，等明天早上银行金库开门，收了这只口袋……天哪，天哪——咱们要是没走错那步，该有多好！"

搭好了床，玛丽说：

"那句开门咒语[①]——到底是怎么说的？我真想知道那句话是怎么说

---

① 阿拉伯民间故事《天方夜谭》里阿里巴巴和四十大盗的故事中可以使强盗藏宝洞大门打开的咒语。

的。好吧，来，咱们该上床了。”

“上床睡觉吗？”

“不是，想。”

“是呀，想。”

这时候，柯克斯夫妇也打完了嘴仗，言归于好了，他们上了床——想来想去，辗转反侧，烦躁不安，思量古德森究竟对那个倾家荡产的流浪汉说了一句什么话。那真是句宝贵的箴言，一句话就值四万块，还是现款。

镇子上的电报所那天晚上关门比平日晚，原因是这样的：柯克斯报馆里的编辑主任是美联社的地方通讯员。他可以算是一位挂名的通讯员，因为他一年发的稿子被社里采用不超过四次，不超过三十个字。可这一次不同。他把捕捉到的线索报告之后，马上就接到了回电：

将原委报来——点滴勿漏——一千二百字。

约的是一篇大稿子呀！编辑主任如约完成了这篇报道。于是，他成了全美国最得意的人。第二天吃早饭的时候，从蒙特利尔到墨西哥湾，从阿拉斯加的冰天雪地到佛罗里达的柑橘园，几乎所有的美国人都在念叨“不可败坏赫德莱堡”。千百万人都在谈论那个外乡人和他的钱袋子，都在关心那位得主是否可以找到，都盼着能赶快看到这件事的后续报道——越快越好。

二

赫德莱堡镇的人们一觉醒来已经举世闻名，他们先是大吃一惊，然后欢欣鼓舞，继而得意扬扬。得意之情难以言表。镇上十九位要人及其夫人们争相奔走相告，互相握手，笑逐颜开，彼此道贺，大家都说这件事给词典里添了一个新词——赫德莱堡：义同“拒腐蚀”——这个词注定要在各大词典里永垂不朽啦！其他一般阶层的公民和他们的妻子也到处乱跑，举动也大同小异。人人都跑到银行去看那只装着金子的口袋，还没到中午，就已经有郁郁寡欢、心怀嫉妒的人成群结队地从布利克斯敦和邻近各镇蜂拥而至。当天下午和第二天，记者们也从四面八方纷纷赶来，验明这只钱袋的正身及其来龙去脉，把整个故事重新包装，对钱袋做了即兴的描写渲染，理查兹的家，银行，长老会教堂，浸礼会教堂，公共广场，以及将要用来核实身份、移交钱财的镇公所，也没有逃过记者们的妙笔生花。此外他们还为其他几个人画了几幅怪模怪样的肖像，有理查兹夫妇，银行家平克顿，有柯克斯，报馆的编辑主任，还有伯杰斯牧师和邮电所所长，甚至还有杰克·哈里代。哈里代游手好闲，和蔼可亲，是一个在镇子里没有人看得起的粗人，三天打鱼，两天晒网，他是个孩子王，也是那些丧家犬的朋友，是镇子上典型的“山姆·劳生[①]”。那个其貌不扬的小个子平克顿皮笑肉不笑、油腔滑调地向所有来宾展示这个钱袋子，他兴奋地搓着一对细皮嫩肉的巴掌，极力吹嘘这个镇子源远流长的诚实美名以及这次惊人的例证，他希望并且相信这个榜样将四散传播，传遍美洲，在挽回世道人心的方面起到划时代的作用。还有诸如此类的话。

一星期之后，一切又平静下来。当初疯狂的自豪和喜悦已经清醒过来，渐渐化成了轻柔、甜蜜和无言的欣慰，好像是一种意味深长、难以言表的心满意足。人人脸上都流露了平和而圣洁的幸福表情。

这时候起了一种变化，这是一种缓慢而渐进的变化。因为变化非常缓慢，所以刚开始几乎无人察觉，或许根本就没有人察觉。只有杰克·哈里代是个例外，他无论什么事情都能看得清楚，无论什么事情，哈里代总能拿来开玩笑。他发现有些人看起来不像一两天以前那么高兴，就开始说风凉话挖苦他；然后他又说这种现象越来越厉害，简直成了一副晦气相；继而人家满脸都是苦恼不堪的神气；最后，他说人人都变得闷闷不乐，满腹心思，心不在焉了，就算他把手一直伸到镇子上最吝啬的人裤袋深处去抠一分钱，也不会让他清醒过来。

在这段时间——也许大约在这段时间——那十九户要人的一家之长在临睡前差不多都要一句这样的话，通常是先叹一口气，然后才说：

“唉，那个古德森究竟说了一句什么话呢？”

男人的妻子用颤抖的声音说：

“嘿，别说了！你心里在胡思乱想些什么呢？怪吓人的。看在主的分儿上，快别想了！”

可是，到第二天晚上，这些男人又把这个问题搬了出来，照样受到妻子的呵斥。不过呵斥的声音小了一点。

---

① 19 世纪美国女作家斯托夫人的小说《老镇上的人们》中的人物。

第三天晚上，男人们怀着苦闷和茫然再唠叨这个问题的时候，这一次妻子们隐约有点不知所措，她们都有话要说，可是又都欲言又止。

但接下来的那个晚上，她们终于开了口，热切地附和着：

“唉，要是咱们能猜出来该多好啊！”

一天天过去，哈里代的嘲讽越来越说得有声有色，越来越惹人讨厌，越来越阴损了。他劲头十足地到处游逛，拿这个市镇开心。有时候是挖苦个别的人，有时候嘲笑大家。不过，全镇子里也只有他还能笑得出来。全镇不见一丝笑语，一片死气沉沉，尽是空虚而凄凉的荒漠。哈里代扛着一个三脚架，上面放着一个雪茄烟盒子，假装那是个照相机。碰上行人就把他拦住，然后把这玩意儿对准他们说：“准备！——笑一笑。”可是，如此高明的玩笑也没能在那一张张阴沉的脸上引起反应，让它们松弛一下。

三个星期就这样过去了，还剩下一个星期。那是星期六的晚上——晚饭已经吃过了。如今的星期六没有了以往大家一起热热闹闹逛商店、开玩笑的场面，街面上空虚寂寞，人迹稀少。理查兹和老伴独自坐在小客厅里，一副愁眉不展、满肚子心事的样子。这种情形已经成了他们晚间的习惯：从前他们守了一辈子的老习惯——看书，编织，随意聊天，或者是邻居们互相串门，这些习惯已经成为历史，被他们忘掉很久了——也许已经有两三个星期了吧。现在没有人闲聊，没有人看书，也没有人互相串门，全镇子上的人都坐在家里唉声叹气，愁眉不展，沉默不言。他们都想猜出那一句话。

邮递员送来了一封信。理查兹无精打采地瞟了一眼信封上的字和邮戳，两样都是陌生的，于是他随手把信扔在桌子上，又恢复了刚才被打断的思路，忍受着无尽的痛苦与煎熬，继续猜度着那句宝贵的箴言。两三小时以后，他的妻子疲惫不堪地站起来，和往常一样没道晚安就去睡觉。可是，她走到那封信旁停下来，没精打采地看了看，然后拆开信，大概扫了一遍。理查兹坐在翘起的椅子上靠着墙，下巴垂在大腿上发呆。这时候他听见了“啪”的一声响，回头一看，原来是妻子摔倒了。他赶快跑过去搀扶，不料她却激动地大叫起来：

“别管我，我太高兴了。你快看信——看哪！”

他疑惑地接过信来，贪婪地读着，脑子不禁昏眩起来。那封信是从很远的一个州寄来的，信里说：

“我和你素不相识，但是这没有关系：我想告诉你一件事情。我刚从墨西哥回到家中，就听到了那条新闻。你当然不知道那句话是谁说的，可是我知道，而且知道这个秘密的只有我一个人。那人是古德森。多年以前，我就和他很熟。那天晚上，我路过你们那个镇子，坐半夜的火车离开以前，我就一直在他那儿做客。在赫尔胡同，我在旁边都听见了他在暗处对外乡人说的那句话。从去他家的路上，直到后来在他家抽烟的那段时间，他和我谈论的都是这件事。他在谈话中提到了很多你们镇子上的人——差不多都说得很不客气，只对两三个人还算口下留情，这两三个人当中就有你。我说的是“口下留情”——仅此而已。我记得当时他说镇上的人他没有一个喜欢的——一个都没有。不过说到你——我想他应该说的是你，有一次帮过他一个大忙，也许你自己都不知道这个忙对他有多么的重要，他说他希望有一笔财产，临死的时候就要把它留给你，至于镇上其他人，留给他们的只有诅咒而已。所以，假如你当初帮过他的忙，你就是他的合法继承人，就有权利得到那一袋金子。我知道我可以信赖你的廉洁和诚实，因为这是每一个赫德莱堡镇的公民都具有的世代相传、从未湮没的天性。现在我可以非常放心地把那句话透露给你，如果你自己不应得到这笔钱，一定要去找到那个应该得到的人，让可怜的古德森得以报答他所说的那份恩惠，以表达他的感激之情。那句话是这样说的：“你绝不是一个坏人，快去改过自新吧。”

霍华德·L. 史蒂文森

“啊，爱德华，这笔钱是咱们的了。我真是太高兴了，噢，我真是太高兴了——亲亲我，亲爱的，咱们有多少日子没亲过了——现在你可以摆脱平克顿和他的银行了，再也不用给别人当奴隶了。我高兴得简直要飞起来了。”

夫妻俩在长靠椅上相互爱抚着，度过了半小时的快乐时光。旧日的时光重新降临。那种时光从他们相爱就开始了，直到那个外乡人带来这个该死的钱袋……过了一会儿，妻子说：

“啊，爱德华，你真幸运，当初能够帮他一个大忙！可怜的古德森，我从来都不怎么喜欢他，可是现在我觉得他很可爱。干得漂亮！做了这样的事你都没有说过，也不张扬，真有你的啊。”然后她用略带责备的语气道：“不过你总该告诉我嘛，爱德华，你总该告诉自己的妻子呀。”

“这个，我——呃——这个，玛丽，你瞧——”

“别再吞吞吐吐的啦，快告诉我吧，爱德华。我一直是爱你的，现在更是为你感动自豪。谁都相信这镇子上只有一个慷慨大方的好人，原来你也——爱德华，你怎么不告诉我？”

“这个——呃——哦——唉，玛丽，我不能说！”

“你不能说？为什么不能说？”

“你瞧，他——这个，他——他让我保证不说出去。”

妻子把他打量了一番，很慢很慢地说：

“让——你——保证？爱德华，你怎么跟我说这种话？”

“玛丽，你难道以为我会撒谎吗？”

她颇为惶惑，一时说不出话来，然后她握着丈夫的手心说：“不是……不是。咱们把这话扯远了——上帝饶恕我们吧！你这辈子从来没有撒过谎。可是现在——现在眼看咱们脚底下的根基就要垮了，咱们就——咱们就——”她一时也说不下去了，后来又断断续续地说：“不要叫我们受到诱惑吧——我想你是跟人家保证过，那就算了吧。我们不要再谈这个问题了，这件事就算这么过去了，咱们还是高高兴兴的，这不是自寻烦恼的时候。”

听着妻子的话，爱德华有点儿过意不去，因为他总是心猿意马——他在努力想着到底帮过古德森什么忙。

夫妻俩一夜都没怎么合眼，玛丽高高兴兴地忙着想心事，爱德华也忙着想，却高兴不起来。玛丽在计划着怎么用这笔钱，爱德华却搜肠刮肚地要想起对古德森的恩惠。刚开始，他还因为对玛丽撒了谎——如果说那也算撒谎——有点儿惴惴不安。后来经过再三思索，他认为就算是撒谎，那又怎么样呢，又算得了什么大不了的事呢？咱们不是经常作假吗？既然都能作假，怎么就不能说呢！你看玛丽，看她都干了什么。他抓紧时间做老实事的时候，她做了什么？她在后悔自己当时没有毁了那张字条，把钱昧下来！偷东西能比撒谎好到哪里去呢？

就这样，撒谎的事已被抛诸脑后，理查兹不必为此而内疚了，而且还留下了一点儿自我安慰的东西。但另一点就变得突出了：他真帮过人家的忙吗？确定无疑，史蒂文森的信里说了，再也没有比古德森自己更好的证明了——这简直可以作为法律上的证据。因此这一点是毫无问题的。他又忐忑不安地想到：帮忙的人究竟是理查兹，还是其他什么人，这位素不相识的史蒂文森先生并没有十分把握。而且，他还说信任理查兹的人格呢，理查兹只能自己来决定这笔钱应该归谁——假如自己不是那个该拿钱的人，就一定会胸怀坦荡地把该拿钱的人找出来，对此史蒂文森先生毫不怀疑。把人摆布到这种地步，真是可恶，史蒂文森难道就不能不留下这个疑点吗？他为什么要多此一举呢？

又是一阵思索，是理查兹而不是别人的名字给了史蒂文森深刻的印象，让他觉得那个该拿钱的人就是自己，这到底是怎么回事呢？这一点感觉不错，是的，这实在是大有希望。他越想就觉得希望越大——直到这个理由渐渐成为实实在在的证据。于是理查兹马上把这个问题放到一旁，尽量不去想它，因为他有一种直觉：证据一旦成立，最好就不要再去纠缠了。

这样一来，他理所当然地放宽了心，可是还有一件琐事老来干扰他的注意力：他当然帮过人家的忙——这是理所当然的了。可到底帮过什么忙呢？他必须得想出来——这件事不想出来他就睡不着觉，只有想出来才能让他心地坦然。于是他想了又想，想到了许多件事情——从可能帮过的忙，到很可能帮过的忙——但是这些事情好像没有一件够资格，没有一件够分量，没有一件能值那么多钱——值得古德森能立遗嘱给他留下一笔财产。不但如此，最郁闷的是他根本就想不起自己曾经帮过他哪些忙。那么，究竟要帮一个什么样的忙，才能让一个人感激不尽呢？噢——拯救他的灵魂，一定是这么回事！对，他现在想起来了：当初他曾经自告奋勇去劝古德森入教，苦口婆心地劝了他足有——他正想说劝了他足有三个月。可是经过慎重考虑，还是削减为一个月，然后又削减为一星期，削减成一天，最后减得几乎没有了。是啊，他现在想起来了，那个场面不大好受，可是历历在目，古德森当时让他少管闲事，让他滚蛋——他可不想跟在赫德莱堡的屁股后面上天堂！

这条路走不通，理查兹顿时泄了气，他没拯救过古德森的灵魂。然后，又一个念头冒了出来：他挽救过古德森的财产吗？不行，他是个穷光蛋——这肯定行不通。救过他的命？对呀，哎呀，他早就应该想到这一点了。有了头绪，他脑子就飞快地运转起来。

在此后的整整两小时里，他呕心沥血，忙于编造拯救古德森性命的情节。他尝试着历尽千辛万苦救古德森一命。每次救命行动都推进到了一个功德圆满的地步，扣人心弦，但就在他开始认为这一行动确有其事的时候，总会冒出一些细节来，把整个事情都搅成无稽之谈。比如，救落水的古德森，他迎着巨浪而上，把不省人事的古德森拖上岸来，四周一大群人围观喝彩。可是，正当他已经把整个过程想好，开始把这一切铭记在心的时候，一大堆矛盾的细节却纷至沓来：这样重要的事情镇上的人们总得知道吧，玛丽总得知道吧，况且自己的记忆里如果有这种事情，也会像镁光灯似的放出耀眼的光芒，这又不是那种不足挂齿的小事，怎么会做完还"不知道帮了人家多大的忙"呢。而且他现在才想起来：自己还不会游泳呢。

从一开始他就忽略了：这件事必须是他已经做了之后却"不知道这忙对他有多重要"。唉，真是的，要找这样的事情应该是不费吹灰之力，比找其他事情容易多了！果然如此，他不久就想出了一件。多年前，古德森眼看就要和一个名叫南茜·休维特的漂亮女孩结婚，但是出于种种原因，这桩婚事还是作罢了。那姑娘死了，古德森依然是个单身汉，而且慢慢变成了一个性情孤僻且愤世嫉俗的家伙。那姑娘死后不久，镇子上的人就发现，或是自以为早就知道：她有一点点黑人血统。理查兹把事情的来龙去脉细枝末节推敲了半天，终于想起了一些似乎与此有关的事情，这些事情一定是因为好多年无暇顾及，已经从记忆中消失了。他隐隐约约记得，当初就是他发现姑娘的黑人血统，于是他把这个消息告诉了镇子上的人，镇子上的人也告诉了古德森他们是从哪里得来的消息。他就这样挽救了古德森，使他免于和那个有黑色混血的姑娘结婚。他帮了古德森一个大忙，却不知道这个忙的价值有多大，说实在的，他根本就不知道是在帮人家的忙，可是古德森明白帮这个忙的价值，也明白他是如何千钧一发地避免了他和那个黑色混血的姑娘结婚，于是才在临死前对帮他忙的人感激不尽，希望能留一笔财产给他。现在一切都简单明了，终于全都弄清楚了，他越想这件事就越明白、越踏实。最后，当他舒舒服服地躺下睡觉的时候，心里颇为满意而快乐，这件事在他的记忆中就像是昨天刚刚发生的一样，他甚至还能隐约记得古德森有一次对他表示过谢意。就在理查兹努力思考的这段时间里，玛丽已经花了六千元买新房子，还给她的牧师买了一双拖鞋，此刻她安安稳稳地睡着了。

就在这个星期六的晚上，邮递员给镇子上的其他各位大户分别送去了一封信——一共送了十九封。每个信封上的笔迹各不相同，可是信的内容却彼此相同，除了一点以外，分毫不差。每封信都和理查兹收到的那一封如出一辙，在笔迹和其他一切上都是——只是在有理查兹名字的地方换上了其他收信人的名字。

整整一夜，那十八位本镇大户在同样的时间里与他们同病相怜的理查兹一样做了同一件事——聚精会神，拼命想记起他们曾在无意中给巴克利·古德森帮过什么忙。无论对谁来说，这都不是件轻而易举的事，然而他们都成功了。

在他们思考这项艰苦工作的同时，他们的妻子却轻易地把这一夜工夫都消磨在花钱的问题上了。一夜之间，十九位太太平均每人把那只口袋里的四万块钱花了七千块——总共是十三万三千块钱。

第二天杰克·哈里代大吃一惊。他看出镇上的十九位要人及其夫人脸上重新显出了平和圣洁的快乐神情。他简直莫名其妙，也想不出什么法子来消除或者扰乱这种情绪，现在该轮到他对生活感到不满了。他私下对这种快乐的起因做了诸多推断，然而一经推敲，没有一条能站得住脚。他碰见威尔科克斯太太的时候，看见她那心醉神迷的样子，就想道："她家的猫生了小猫咪了"——去问她家的厨子：结果并无此事。厨子也发觉了四周弥漫着喜气，却不知道原因何在。哈里代发现"老实人"（镇上人送的外号）毕尔逊脸上也有那种狂喜的表情，就断定毕尔逊的哪一家邻居摔断了腿，但是调查表明，没有这回事，格里高利·耶茨强忍着得意忘形，只可能有一种原因——他的丈母娘死了：结果又猜错了。"那么平克顿——平克顿——他一定是讨回来本以为没有盼头的一角钱的老账。"如此等等。有的猜测只能存疑，有些则已证明是大错特错。最后，哈里代自言自语地说："不管怎么样，眼下赫德莱堡有十九家一步登天了。我还不清楚这件事的前因后果，我只知道上帝今天不值班。"

有一位邻州的设计师兼建筑商近日来到这个前景黯淡的镇子，冒险办了一家小公司，挂牌已经有一星期，还没有一个顾客上门。这人很沮丧，后悔他不该来。谁料到突然间云开雾散。那些小镇大户的太太一个接一个来找他，悄悄地说：

“下星期一到我们家来——不过这件事你先别声张，我们正打算盖房子哪。”

这一天他接到了十一家的邀请。当天晚上他给女儿写信，毁了她和一个学生的婚约。他说她可以找到一个比那小子好一万倍的对象。

银行家平克顿和其他两三位富裕人物筹划着盖乡村别墅——可是他们从容地等待着。这种人是不见兔子不放鹰的。

威尔逊夫妇策划了一个新的盛举——一场化装舞会。但他们并没有正式地邀请客人，只是亲密地告诉所有的亲戚朋友，他们认为应该举办这场舞会——“只要我们办舞会，当然会请你啦。”大家都出乎意料，议论纷纷：“嘿，他们准是疯了吧，威尔逊家这对穷鬼哪儿办得起舞会呀。”十九家主妇之中有几位私下对她们的丈夫说：“这倒是个好主意，我们先别声张，等到他们那个穷会完了，我们自己再来办一个，准让他们出洋相。”

还没过几天，那些未来的挥霍的预算越来越没谱，越来越无所顾忌，越来越愚蠢，现在看来，好像这十九家中的任何一家在钱到手之前不但要花光那四万块钱，而且还真的要在那笔钱到手的时候负债呢。有几户头脑简单的不满足于纸上谈兵，竟然靠赊账真的花起钱来了。他们买地，抵押产业，购置农场，做股票投机生意，买漂亮衣服，买马，买各种各样的东西，先用现金付清利息，其余定期付清——以十天为限。没过多久，这些人深思熟虑之后开始清醒，于是哈里代注意到一种可怕的焦虑又爬上了很多人的脸庞。他又糊涂了，不明白这到底是怎么回事。“不是威尔科克斯家的猫咪死了，因为它们本来就没有生出来；没有人摔断腿；丈母娘也没有减少；什么事也没有发生——这真是个猜不透的谜啊！”

还有一个人同样百思不得其解——这就是伯杰斯牧师。近来他无论走到哪里，似乎总有人跟踪，或是东张西望地找他。只要他走到一个僻静的地方，那十九家当中就肯定会有一家的人出现，偷偷把一个信封塞到他手里，再加上一句耳语：“星期五晚上在镇公所拆开。”然后就悄无声息地溜走了。他原来猜想也许会有一个人来申领那只钱袋，毕竟古德森已经死了，可是他从来没想过会有这么多人来申请。等到星期五这个伟大的日子终于到来时，他已经收到了十九个信封。

三

镇公所从来没有这么漂亮过。里侧的主席台后面挂上了鲜艳夺目的旗帜，两边墙上彩旗高悬，依次排开，楼座的前沿和柱子上都裹着旗帜。这一切都是为了给外地人深刻的印象，因为外地来宾想必都不是等闲之辈，而且多半会和新闻界有联系。全场座无虚席，四百一十二个固定座位全部坐满了，过道里挤出来的六十八个座位也坐满了。主席台的台阶上也坐了人，有几位显要的来宾被安排在主席台就座，主席台前沿和两侧成马蹄形摆开一排桌子，桌子后面坐着一大批来自各地的特派记者。全场的装束之讲究在这个镇子上是空前的。这里还颇有几套价格不菲的华丽服装，穿了它的女士看上去有点儿不大习惯。起码是本镇人觉得她们不大自在，也许只是因为镇子上的人知道她们从来没有穿过这种衣服吧！

那一袋金子放在主席台前的一张小桌子上，全场都能看得见。在场的大多数人都饶有兴趣地盯着它，心里感到一种强烈的兴趣，垂涎欲滴的兴趣，望洋兴叹的兴趣。占少数的那十九对夫妇却以亲切、深情和拥有者的眼神看着它，同时，而这少数人中的男性的一半则在一遍遍地默诵感谢与会者欢呼与祝贺的答词，他们觉得很快就要站起来发表这篇激动人心的答词了。这些先生中不时有一位从衣袋里拿出一张字条来，偷偷扫上一眼，以便帮助记忆。

当然啦，场内一直回响着嗡嗡的交谈声——这是常事。可是后来当牧师伯杰斯先生起立，用手按住那只口袋的时候，全场就静得掉一根针都听得见。他先叙述了钱袋子曲折离奇的来龙去脉，继而热情洋溢地谈起了赫德莱堡因至高无上的诚信而获得的历史悠久、当之无愧的名望，以及全镇人对这种名望感到的由衷的骄傲。他说，这种名望原本就是一份无价之宝，靠上帝保佑，如今这笔财富更是变得不可估量。因为最近发生的这件事让赫德莱堡的名声广为传播，让全美洲的目光都聚焦在这个镇子上。他希望并且相信这件事将使赫德莱堡这个名字永远成为“不可败坏”的同义词。（掌声）“那么，靠谁来呵护这笔宝贵的财富呢，全镇人共同负责吗？不！呵护赫德莱堡的名望是每一个人的责任，而不是集体的。从今以后，在场的诸位都要亲自担任它的特别监护人，各负其责，使它免受任何伤害。请问大家——请问各位——是否接受这个重任呢？（台下纷纷答应）那好极了，你们还要把这种责任传给诸位的子子孙孙，世代无穷。今天你们的这份纯洁是无可指摘的——务必让纯洁永远保持下去。今天，你们中间没有一个人会经不起诱惑去碰别人的钱，一定要恪守非己之财、一文莫取的这种美德。（‘一定！一定！’）尽管有的镇子对我们缺乏善意，但是这里我不想拿我们镇子和别的镇子对比——我想说的是他们有他们的作风，我们有我们的作风，我们就心满意足吧。（掌声）我讲完了。朋友们，在我手下，是一位外乡人对我们的令人信服的表彰，通过他，从今以后全世界将永远明白我们是些什么样的人。虽然我们并不知道他是谁，不过我谨代表各位向他表示感谢，请大家高声欢呼，表示同意。”

全场起立，发出长时间雷鸣般的致谢的欢呼声，经久不息，连会场的墙壁都震动了。大家落座以后，伯杰斯先生从衣袋里取出一个信封。他撕开信封，从里面抽出一张字条，全场鸦雀无声。他缓缓地、动听地念出了字条上的内容——听众如痴如醉地倾听着这句神奇的、字字千金的话：

“我对那位落难的外乡人说的话是：‘你绝对不是一个坏人。快去改过自新吧。’”伯杰斯念完后说道：

“咱们马上就能知晓，这上面写的话和封在钱袋里那句话是否相同了。如果相符——这一点毫无疑问——这一袋金子就属于本镇的一位公民了。从今以后，他就在全国的面前成为使我们小镇远近驰名的那种特殊美德的象征——毕尔逊先生！”

全场的人正憋足劲要爆发出一阵狂风骤雨般的欢呼声，但是结果却不是这样，大家反而像集体中风似的，一时简直是毫无声息，然后，一阵窃窃私语声在全场蔓延开来——内容诸如此类：“毕尔逊！噢，算了吧，这也太不靠边了吧！拿二十块钱给一个外乡人——别管给谁了——就凭毕尔逊！这话讲给水手们听还差不多！”这时，全场又突然静了下来，因为大家发觉了另一件事：在会场的一处站起来的是毕尔逊执事，他谦逊地低着头，在另外一处，威尔逊律师也像他一样站了起来。众人好奇地沉默了片刻。事出意外，人人都莫名其妙，那十九对夫妇更是怒不可遏。

毕尔逊和威尔逊各自转过脸来，四目相对。毕尔逊话里带刺地问：

“威尔逊先生，您干吗要站起来呀？”

“因为我有站起来的权利呀。也许你不嫌麻烦，给大家说一说您为什么要站起来？”

“我很愿意。因为那张字条是我写的。”

“不要脸，撒谎！那是我亲手写的！”

这下轮到伯杰斯目瞪口呆了。他站在主席台上，一脸迷茫地望望这一位，又看看那一位，有点儿不知所措。全场的人都茫然失措。这时威尔逊律师打破了沉寂，他说：

“我请求主席念出那张字条上的签名。”

这句话让主席清醒过来，他大声念出了那个名字：

“约翰·华顿·毕尔逊。”

“怎么样？”毕尔逊得势不饶人，“现在你没话可说了吧！居然打算在这骗人，说说你到底打算怎么给我道歉，给在场受侮辱的诸位道歉吧？”

“我无歉可道，先生。不仅如此，我还要当众指控你从伯杰斯先生那里偷走了我写的那张字条，然后照原样抄了一份，签上你的名字。除此以外，你没有别的办法能得到这句话，因为全世界只有我一个人掌握着这些话的秘密。”

事情再这样下去不免闹成丑恶不堪的局面，大家痛心地注意到记者正拼命地做着记录。很多人叫着：“主席，主席！维持秩序！维持秩序！”伯杰斯使劲敲着手里的小木槌说：

“我们不要忘记应有的礼貌吧！这件事显然是哪里出了一些问题，不过，那也没什么大不了的。我现在想起来了，威尔逊先生确实给过我一封信，我现在还保存着呢！”

他从衣袋里拿出一个信封，撕开扫了一眼，露出惊讶和困惑的表情，好一会儿没有作声。他恍惚地用僵硬的姿势摆手，鼓了几次劲想说点什么，却都垂头丧气地欲言又止。有几个人大声喊道：

“念呀！念呀！上面写的是什么？”

于是，他用梦游般恍恍惚惚的声调念了起来：

“‘我对那位不幸的外乡人说的那句话是：“你绝不是一个坏人（全场

瞪着眼睛望着他，大为吃惊），快去改过自新吧。'"（全场议论纷纷："真奇怪！这是怎么回事？"）主席说："这一张的落款是瑟卢·威尔逊。"

"怎么样？"威尔逊大声喊道，"依我看，这件事就算水落石出了！这再清楚不过了，我那张字条是让人偷看了。"

"偷看!？"毕尔逊针锋相对，"我要叫你知道，不管是你，还是像你这样的浑蛋，都不许这么大胆地——"

主席："肃静，先生们，肃静！坐下，你们两位都请坐下。"

他们服从了，可是依然晃着脑袋，怒气冲冲地喋喋不休。面对这个稀奇的紧张场面，大家都觉得莫名其妙，不知如何是好。过了一会儿，开帽子铺的汤普森站了起来。他本来有意跻身于十九大户之列，可是他不够资格。因为想要与十九大户为伍，他的帽子存货不多。他说：

"主席先生，要让我说，难道这两位先生都没错吗？我想请教你，先生，难道他们俩都恰好对那位外乡人说了同样的话不成？我觉得——"

皮匠站起来，打断了他的话。皮匠是个满腹牢骚的人，他自信有实力人选十九家大户，但是没有获得大家的公认。因此，他的言谈举止也就掺杂了一点儿情绪。他说："嘿，问题倒不在这儿！这样的事也说不定会有——一百年里说不定能有两次——可是，另外那件事可不会有。他们俩谁也没有给过那二十块钱！"

（一片喝彩声。）

毕尔逊："我给过！"

威尔逊："我给过！"

接着两人又互相指控对方有偷窃行为。

主席："肃静，请坐下——两位都请坐下。这两张字条无论哪一张都没有片刻离开过我。"

一个声音喊道："好——那就没有什么问题了！"

皮匠："主席先生，现在我有一点弄明白了：这两位先生当中肯定有一个曾经藏在另一家的床底下，偷听人家的私人秘密。如果我的话并不违反会场规矩，我就说一句吧：这件事他们谁都可以干得出来。（主席："肃静！肃静！"）先生，这句话我收回，我只提一条建议：假如他们两个人真有一个偷听了对方告诉他的老婆的那句话，咱们现在就能把他给抓出来。"

有人问："怎么办？"

皮匠："很容易。这两个人说那句话的时候，用的词并不是完全一样的。读两张字条当中相隔的时间有点长，还插进去一段脸红脖子粗的嘴仗，要不是这样，相信大家早就注意到了。"

有人说："快把不一样的地方说出来。"

皮匠："毕尔逊的字条写的是'绝对不是'，威尔逊字条写的是'绝不是'。"

许多人喊到："他说得对，是那么写的！"

皮匠："那么，现在只要主席打开钱袋核对一下，咱们就能知道这两个骗子哪一个——（主席："肃静！"）——这两位冒险家哪一个——（主席："肃静！肃静！"）——这两位绅士哪一个——（哄堂大笑和掌声）——究竟谁有资格戴上这枚勋章，荣任本镇有史以来的首任骗人精——他让赫德莱堡丢脸，今后赫德莱堡也要让他不自在！"（热烈的掌声。）

许多人大声齐呼："打开！——打开口袋！"

伯杰斯先生撕开那只口袋，抽出一个信封来，信封里装着两张折叠的字条。他说：

"这两张字条有一张写着：'在写给主席的所有条子，如果有的话，全部念完以前请不要查看。'另一张上写着'对证词'。让我来念一念。条子上写的——是：

"我并不要求申请人把我恩人对我说过的话的前半部分引用得一字不差，因为那一半比较平常，而且可能忘记，但是结尾的三十个字非常显眼，很容易记住。如果不能把这些字一字不差地写出来，那么这个申请人就是个骗子。我的恩人当时说过，他很少给别人忠告，不过一旦给了，那必定是金玉良言。随后他就说了那句一直刻在我心中，无法遗忘的话："你绝不是一个坏人——"

众人异口同声："好了——钱归威尔逊了！威尔逊！威尔逊！讲话吧！讲话吧！"

大家一下子簇拥在威尔逊身边，争先恐后向他握手，热烈地向他道贺——这时候主席敲着小木槌，大声喊着：

"肃静，先生们！肃静！肃静！让我先念完。"会场恢复平静后，主席继续宣读下面的话：

“‘快去改过自新吧——否则，记着我的话——因为你作了孽，总有一天你得死，不是去地狱，就是去赫德莱堡——还是想办法去前一个地方吧。’”

随后是死一样的沉寂。刚开始，一片愤怒的阴云飘来，罩得人们脸色阴暗起来。过了一会儿，这片阴云慢慢消散，一种幸灾乐祸的神情想取而代之。这种表情力图流露出来，以至于大家全力以赴，痛苦不堪地克服困难才把它压了下去。记者们，布利克斯敦镇来的人，以及其他外地来宾都低着头，双手捂脸，靠了全身的力气和非凡的礼貌才忍住了。就在这时，一声桀骜不驯的吼声突然爆发，不合时宜地打破了场内的沉寂——这是杰克·哈里代的声音：“这话才是金玉良言哪！”

全场的人，包括客人在内，全都忍不住了。就连伯杰斯先生的庄严也马上泄了气，这时，与会的人感到所有的约束都已正式解除，于是大家就随心所欲了。一阵长时间的大笑，笑得前仆后仰，酣畅淋漓，最后终于停了下来——这停下来的时间刚好，伯杰斯先生利用这段时间准备继续发言，大家则擦掉笑出来的眼泪。不过笑声又一次爆发了，接下来又是一阵大笑，最后伯杰斯才得以说出这几句严肃的话：

“想掩盖事实已经没有用处了——如今，我们面临一个极其严峻的问题。这个问题事关本镇的荣誉，危及全镇的名声。威尔逊先生和毕尔逊先生提交的对证词有两字之差，这件事性质非常严重，因为这表明两位先生之中总有一位犯了盗窃的行为——”

这两个人本来瘫坐在那里，有气无力，抬不起头来。可是听到这些话，他们俩都像被电击似的，想挺身站起——

“坐下！”主席严厉地说，他们都服从了。“我刚才说了，这件事的性质非常严重。这件事情——虽然只是他们中的一个人干的，可是现在问题就更加严重了。现在他们两个人的名誉都处于极其可怕的险境之中。说得更严重一点儿，是处于难以脱身的险境之中。两个人都漏掉了那最重要的三十个字。”他顿了几秒钟，故意让那遍布全场的沉寂再次凝聚起来，强化给人深刻印象的效果，继续说道：“这件事情的发生，似乎只有一种说法可以解释。我请问这两位先生，你们是不是串通好了，互相勾结？”

一阵低语声掠过场内：“他们两个人都是骗子？”

毕尔逊没有经历过这种意外场面，他无可奈何地瘫坐着，一筹莫展。威尔逊是律师，虽然脸色苍白，心慌意乱，但还是挣扎着站起来说：

“我请求诸位原谅，让我解释一下这件痛心疾首的事情。很抱歉，我要将这些话说出来，因为这肯定会使毕尔逊先生受到无法挽回的损害。直到现在，我一直对毕尔逊先生另眼相看、非常敬重。过去我和诸位一样绝对相信，任何诱惑都拿毕尔逊先生没有办法。可是，为了维护我自己的名誉，我不得不坦白地说出来，请求诸位的原谅，现在我很惭愧地承认我曾经向那位倾家荡产的外乡人说过那对证词里所有字句，包括那三十个字的诽谤之词。（全场轰动）最近报上登出这件事以后，我就想起了那些话，决定来领这笔钱，因为我有充分的权利去领取它。现在我请大家考虑一件事，仔细想一想：那天夜里外乡人对我感激不尽，他自己也说无法用言语来表达他的感激之情，并且说如果有一天他有能力，一定要千倍地报答我。那么，现在我想请问大家：我怎么能想象，怎么能相信，就算想到天边也想不到——既然他对我充满感激之情，怎么会在他的对证词后面添上完全没有必要的三十个字？干出这种无情无义的事来，给我设这么一个陷阱？——让我在大庭广众之中，在自己人面前，变成诽谤本镇的一个坏蛋？这太荒唐了，太不可思议了！他的对证词应该只包含我给他的忠告，也就是开头那句真心实意的话。我对这深信不疑。如果是你们，恐怕也会这么想。你们无法理解，你帮了别人，也没有得罪过他，可他反而这么卑鄙地陷害你。所以我充满自信、毫不怀疑地在一张字条上写下了起头的那句话，结尾是‘快去改过自新吧’，然后签了名。当我正要把字条装进信封的时候，有人叫我到办公室去一趟，我不假思索就把那张字条摆在桌子上，转身走了。”他停了一会儿，慢慢地将目光转到毕尔逊身上，等了一会儿，接着说，“请大家注意：过了一小会儿我回来的时候，毕尔逊先生正从我的前门走出去。”（群情冲动。）

毕尔逊立即站了起来，大喊一声：

“撒谎！这是无耻的谎话！”

主席：“请坐下，先生！请威尔逊先生继续讲话。”

毕尔逊的朋友们把他拉到座位上，劝他镇静下来，威尔逊接着说：

“事情就是这么简单。那时我发现我写的字条已经不在原先的地方了，不过当时我并没有在意，我想可能是风吹的。我做梦也不会想到毕尔逊先生居然会偷看别人的秘密文件，他是个体面的人，想必不会自降身份去干那种事情。我就开门见山地说吧，他把‘绝’写成了‘绝对’，原因是很明显的，这想必是记性不好。世界上只有我一个人能正大光明地毫无遗漏地写出对证词来。我的话讲完了。”

世界上再也没有什么事情像一篇动听的演说那样富于煽动性，由于听众不熟悉演讲的技巧和骗术，它能往听众的脑子里灌迷药，颠覆他们的信念，败坏他们的感情。威尔逊得胜入座，立刻被全场赞许的欢呼声淹没了。朋友们集聚在威尔逊周围，和他握手，向他祝贺。毕尔逊却被训斥声压住，一句话也不许他说。主席使劲敲着小木槌，不断地喊：

“可是我们还要继续进行，先生们，咱们继续吧！”

后来场内终于安静了许多，那位开帽子铺的说：

“可是，还继续什么呢，先生，接下来不就是给钱了吗？”

众人的声音：“这话有道理！这话有道理！到前面来吧，威尔逊！”

卖帽子的说：“我倡议给威尔逊先生山呼万岁，他象征着那种特殊的美德，足以——”

他话还没有说完，就爆发了潮水般的欢呼声。在欢呼声中——在主席的木槌声中——有些起哄的人把威尔逊抬到一个大个子的肩膀上，打算把这胜利者抬到主席台上去。这时候主席的声音压倒了这阵喧闹声——

“肃静！回到原位！还有一张字条没念呢，都忘了吗？”会场恢复平静了，他拿起那张字条正准备开始念，却又把它放下来，说道，“我忘了，这要等我所收到的信件通通宣读过之后才能念呢。”他从衣袋里拿出一个信封，抽出里面的信来看了一眼，显出惊讶的神气，又把信拿得稍远一点仔细端详，却只瞪着眼睛望着。

有二三十个人大声喊道：

“写的是什么？念呀！念呀！”

于是他就照办了，慢慢地、以惊奇的神情念着：

“‘我对那位外乡人说的那句——（众人的声音：“嘿！怎么搞的？”）——话是：“你绝不是一个坏人。（众人的声音：“哦，上帝啊！”）快去改过自新吧。”（众人的声音：“噢，全乱了！”）落款是银行家平克顿。”

一阵肆无忌惮的狂笑冲破了禁忌，轰然爆发。这种笑法让头脑清醒的人们简直想哭。没有受牵连的人们笑得眼泪直淌；肚子都笑疼了的记者们在纸上涂抹谁也认不出的天书；一只正在打盹的狗被笑声吓了一跳，跳起来向一团糟的会场一阵狂吠。在一片嘈杂声中，各种各样的喊叫声此起彼伏："咱们镇子出名了——两位不可败坏的模范！——这还不算毕尔逊哪！""三个！——把'老实人'也算进去得了——越多越好！""对呀——毕尔逊也当选了！""哎呀，可怜的威尔逊——受过两个贼的陷害了！"

一个有震慑力的声音："安静！主席先生又从他衣兜里掏出宝贝来了。"

众人的声音："哇呀呀！又有新东西了？念一念！念呀！念呀！"

主席念道："'我说过的那句话'，'你绝不是一个坏人。快去改过自新吧'。落款是格里高利·耶茨。"

暴风般的一阵呼声："有四个模范了！""耶茨万岁！""再掏一张！"

这时，全场一片唯恐天下不乱的吼声，准备把在这件事里能找到的玩笑开个淋漓尽致。十九家大户个个脸色苍白，有苦难言，他们站起身来想往过道里挤，可是很多人大声嚷着：

"注意门口，注意门口——把门都关上，不能让不可败坏的人物离开会场！大家都坐下！"

大家听从了这个要求。

"再掏一封！念吧！念吧！"

主席又掏出了一封，大家听熟了的那些词语又开始从他嘴中溜出来："'你绝不是一个坏人——'"

"名字！名字！他叫什么名字？"

"L. 英戈尔斯贝·萨金特。"

"有五位当选了！把这些象征都放在一起！继续！"

"'你绝不是一个坏——'"

"名字！名字！"

"尼古拉斯·惠特沃斯。"

"呼啦！呼啦！今天简直是个象征节呀！"

有人故意用凄凉的音调唱起歌来，用的是那首好听的"天皇曲"里"他胆怯的时候，漂亮姑娘——"那几句的曲子（省略了"今天是"那几个字）。听众们兴高采烈地一起随声合唱。这时，有人不失时机地编了一句词——

你可别忘了这一点——

全场刚把这句词吼出来，马上就有人编好了第三句——

赫德莱堡是不可败坏的——

全场又把这一句吼了出来。歌声刚落，杰克·哈里代高亢嘹亮地配上了最后一句——

诸位象征都在我们面前！

这首歌大家唱得淋漓尽致。然后全场兴高采烈地又从头开始，把这四句词唱了一遍，唱得气势磅礴，波澜壮阔，唱完之后，又用雷鸣般的声音为“将于今晚接受荣誉称号的不可败坏的赫德莱堡及其各位象征”欢呼了九遍，末尾还嗷嗷了几声。

然后，人们又从四面八方向主席喊道：

“接着来！接着来！念吧！再念一些！把你收到的通通念出来！”

“对——接着来！我们要博得永垂不朽的大名了！”

这时有十几个男人站了起来，表示抗议。他们说这出滑稽戏一定是哪个恶作剧的人瞎编造的，是对全镇人的侮辱，毫无疑问，这些签名都是伪造的——

“坐下！坐下！住嘴！你们这叫不打自招。我们马上就能在那些信里面找出你们的大名来。”

“主席先生，你一共收到多少这样的信封？”

主席数了一下。

“算上已经念过的，一共十九封。”

一阵暴风雨般的哄笑声轰然响起。

“里面也许都藏着这个秘密呢，我提议你全都打开，把那番话末尾的签名念出来——也念念开头那八个字。”

“附议！”

主席宣布这个动议全场通过——吼声如雷。这时可怜的理查兹老汉和他太太并排站了起来。老太太低着头，怕的是被人看出她在哭泣，她的丈夫用胳膊挽着她，用颤抖的嗓音说：

“各位朋友，大家都了解玛丽和我，了解我们的生平。我想，以前你们大家都喜欢我们，也看得起我们——”

主席打断了他的话：

"对不起，我来说两句吧。理查兹先生，一点不错，你说的都是实话。本镇上的人确实了解你们，确实喜欢你们，确实看得起你们。不但如此，大家还尊敬你们，爱戴你们——"

哈里代又大声喊了起来：

"这才是丝毫不假的实话，是真心话！如果大家认为主席说得对，就全体起立表示赞成。起立！来吧——一！二！三！——大家一起来！"

全场起立，热情洋溢地面对着这对老夫妻，各个角落都挥舞着手绢，就像漫天飞舞的雪花，大家以满腔热爱的心情一致发出了欢呼。

主席接着说道：

"刚才我要说的话是这样的：理查兹先生，我们都知道你们是一片好心，可是现在不是怜悯罪人的时候（"对呀！对呀"的喊声）。从你的脸上我就看得出你这种好意的企图，可是我不能让你替那些人求情——"

"不，我是要——"

"理查兹先生，请坐下吧。我们必须审查其余的信——只是为了对那些已经被揭露的人表示公正，也应该这样做。我向你保证，等这件事一办完，一定马上让你发言。"

许多人的声音："对！主席说得对，在这个关键时候可不能停下来！接着来吧！——就按刚才说的办！念名字！念名字！"

老夫妻无可奈何，只好坐下了，丈夫对妻子悄悄地说："别提多难受了，只有等着了，等他们发现咱们原来是替自己求情，那就更丢脸了。"

随着人名的宣读，肆无忌惮的笑声又爆发了。

"'你绝不是一个坏人——'落款：'罗伯特·狄特马施'

"'你绝不是一个坏人——'落款：'艾里发勒特·维克斯。'

"'你绝不是一个坏人——'落款：'奥斯卡·怀尔德。'"

这时候大家又想出了一个主意：提议由大家替主席念那八个字。主席是求之不得，此后他只需把字条拿在手里等着。大家则异口同声，用整齐的、悦耳的深沉语调唱出那八个字来（大胆地惟妙惟肖地模仿一首有名的教堂赞美曲的调子）——"'你——呀——绝——呃——不是一个坏——唉——唉——人'"然后主席说："落款，'阿契波尔德·威尔科克斯。'"如此类推，一个名字接一个名字，除了那些倒霉的十九家大户以外，人人都越来越感到一种欢天喜地的痛快。有时念到一个特别光彩的名字的时候，大家就让主席停下来，一齐把对证词从头吟诵一遍，包括最后那句：“不是去地狱，就是去赫德莱堡——还是想办法去前一个地方吧。”就是在这种特殊情况下，他们还要加上一个庄严、沉痛和堂皇的声调加唱一声：“阿——门！”

名单上的人越来越少，越来越少，一念到和他相似的名字时，可怜的理查兹就战战兢兢。他不断暗自数着，在痛苦中煎熬，提心吊胆地等待那个时刻到来，到那时他就有那份可耻的权利，和玛丽站起来说完替自己求情的话。这段求情词他打算这么说：“一直到现在，我们从来没有做过一件坏事，只是想安分守己地过日子，没有丢过脸。我们过的是贫困日子：年纪大了，又没有儿女照顾。我们受了诱惑，竟然堕落了。刚才站起来的时候，本来是想如实坦白，请求不要在大庭广众之中念我们的名字，我觉得那样我们实在承受不了，可是大家没有给机会让我说出来。这也公平，我们应该和别人一样自作自受接受惩罚。我们也很难过，我们这一辈子，还是头一次听别人念叨我们的名字——臭名字。看在我们过去老实的分儿上，请大家慈悲一点——高抬贵手，别让我们脸面上太过不去。”正想到这里，玛丽看他心不在焉的样子，就用胳膊肘轻轻推了他一下。这时，全场正吟诵到“你——呀——绝——呃——”。

“准备，”玛丽悄悄地说，“他已经念过十八个名字了，轮到念你的名字了。”

吟诵的声音停止了。

“下一个！下一个！下一个！”一连串的吆喝声从全场各个角落响了起来。

伯杰斯又把手伸到衣袋里。那对老夫妻战战兢兢地想站起来。伯杰斯摸了一会儿说：

“啊，原来我已经都念完了。”

夫妻俩悲喜交加，如释重负地瘫坐在椅子上。玛丽悄悄地说：

“哦，上帝保佑，咱们得救了！他弄丢了咱们的信，这可是一百袋金子都换不来的好事！”

全场又爆发出用“天皇曲”改编的滑稽歌词，一连唱了三遍，越唱越有劲。到第三遍结束的时候，全体起立唱道——

诸位象征都在我们面前！

唱完以后，大家都齐声为“赫德莱堡的纯洁以及我们的十八位不朽的美德代表”山呼万岁，末尾又嗷嗷叫了几声。

这时，马具匠温格特站起来建议，为“全镇最廉洁的人、唯一没有企图得到那笔钱财的重要公民——爱德华·理查兹”欢呼。

大家怀着发自内心的热忱向理查兹夫妇欢呼致意。这时又有人提议推举理查兹作为神圣的赫德莱堡传统的唯一监护人和象征，赋予他权力，让他昂然耸立，傲视整个讥讽的世界。

提议在欢呼声中通过，于是大家又唱起了那首“天皇曲”，尾句改成：

还有一位真的象征已经出现！

停了一下，这时——

一个声音冒了出来：“那么，现在该谁拿这袋金子呢？”

皮匠（尖酸刻薄地）：“这好办。应该把这笔钱让那十八位不可败坏的大人分了。他们每人给了那落难的外乡人二十块钱——还给了他那番忠告——各人轮流说的——这一队人物走过，花了二十二分钟。在外乡人身上下注，共计三百六十块钱。现在他们只要收回这笔借款，外加利息总共四万块钱。”

许多人的声音（冷嘲热讽地）：“好主意！分摊！分摊！可怜可怜这些穷鬼吧——别让他们望眼欲穿啦！”

主席：“肃静！我现在宣读那位外乡人的另一个文件。文件里说：‘如果没有出现申领人（众口一词地大声嘲讽），我希望你打开钱袋，把里面的钱交给贵镇的各位重要公民，委求他们保管（“嗬！嗬！嗬”的喊声），并以他们认为最好的方式，用于永葆贵镇因它的不可败坏的诚实而获得的崇高声望并使之发扬光大（又是一阵喊声），他们的名字和成就将为这种声望增添新的、永久的光彩。’（热烈的讥讽喝彩声轰然响起）好像就是这么多了。不——还有一段附言：

“附言——赫德莱堡的公民们：根本没有什么对证词，也根本就没有人说过那些话（剧烈的骚动）。也不曾有一个行乞的外乡人，没有那二十块钱的施舍，也没有为此表达谢意和恭维的话，这一切都是捏造的（全场一片惊讶和快意的嗡嗡声）。让我来用几句话说说我的故事吧。某日路过你们镇的时候，我被狠狠地羞辱了一番，但我本不该受此羞辱。假如换了其他人，他只要杀了你们镇上的一两个人也就心满意足，认为划算了。可是在我看来，这样的报复只是小打小闹，还不够厉害，因为死人感觉不到任何痛苦。再说，我又不能把你们通通杀光，当然，就算我真能把你们斩尽杀绝，那我还是不能满意的。我要毁掉这地方的每个人，要毁掉的不是他们的身体，不是他们的财产，而是他们的虚荣，这是那些软弱的愚人身上最脆弱的部位。于是我乔装打扮回到这里来观察你们，你们太容易被玩弄了。你们以诚实获得了悠久和崇高的声誉，这是你们的宝中宝，是你们的心肝，对此你们自然引以为豪。当发现你们十分警惕地防备你们自己和你们的儿女受到诱惑时，我就马上明白应该采取什么步骤了。唉，你们这些头脑简单的家伙，在所有脆弱的东西之中，最脆弱的就是没有经过诱惑考验的道德。我拟订了一个计划，搜集了一张名单。我的计划就是要腐蚀这个拒腐蚀的赫德莱堡。我是要把好几十个一辈子纯洁无瑕、从不说一句谎话、也没有偷过一分钱的人都变成撒谎的人和窃贼。不过我最担心的是古德森，因为他不是在赫德莱堡土生土长的。我担心，一旦我的计划开始实施，我的那封信摆在你们面前时，你们心里就会想："我们这里只有古德森才会给一个穷鬼二十块钱呢"——那样，你们可能就不上钩了。可是老天把古德森收了去，那时我知道万事大吉，于是就放好了诱饵，设下陷阱。也许我不能让收到我寄出去的伪造对证秘语的人一网打尽，不过没关系，只要我明白赫德莱堡人的本性，我就能让他们之中的大多数上圈套。（一些人的声音："没错——一个也没漏网。"）我相信他们哪怕去偷这笔谎称的赌资，也不会轻易放过，这些可怜的、经不住诱惑的家伙，真是不可救药。我希望一下子踩碎你们的虚荣心，叫它永世不得翻身，再赋予赫德莱堡一个新的抹不掉的名声，让这个名声到处流传。如果我已经成功了，就请打开口袋，召开"赫德莱堡永葆美名发扬光大委员会"会议吧。

一阵旋风似的声浪："打开！打开！十八家到前面去！'永葆美名发扬光大委员会'！不可败坏的——往前走！"

主席把口袋打开，抓了满满一把明晃晃、黄灿灿的大块钱币，细细察看——

“朋友们，原来不过是些镀金的铅饼！”

全场立即对这一消息报以热烈的欢呼声，欢呼声平息以后，皮匠大声喊着：

“最擅长干这种事情的显然是威尔逊先生，就凭这点，他就是‘永葆美名发扬光大委员会’的主席了。我提议威尔逊代表他的伙伴们上前接受委托，保管这笔钱财。”

上百人齐声大喊：“威尔逊！威尔逊！威尔逊！讲话吧！讲话呀！”

威尔逊（用气得打颤的声音说）：“大家要是允许我说句话，我也不怕说得太粗野：去他妈的——这笔钱！”

一个声音喊：“啊，亏他还是个浸礼会教徒哪！”

某人的声音：“还有十七位象征！登台吧，先生们，快接受委托吧！”

等了一会儿——没人反应。

马具匠：“主席先生，这些从前的上流人物，总算给咱们剩下一位清白先生，他需要钱，也应该拿钱。我提议主席指派杰克·哈里代到主席台上去，拍卖那一口袋二十元一块的镀金币，把所得的钱给应得的人——这人正是赫德莱堡乐意表彰的——爱德华·理查兹。”

大家采纳了这个提议，在狂热的气氛中，那条狗又来看热闹了。马具匠先投了一块钱的标，从布利克斯敦来的人和巴南镇的代表竞争激烈，标价每提高一次，大家就欢呼喝彩。随着时间的推移，人们越来越亢奋，投标的人劲头十足，胆子越来越大，立场越来越坚定，标价由一元跳到五元，又跳到十元，再跳到二十元，五十元，一百元，然后——

拍卖开始时，理查兹苦恼地对妻子说：“玛丽，这怎么行呢？这——这——你想，这是褒奖人格纯洁的荣誉奖啊，可是——可是——这怎么行呢？我最好还是站起来——玛丽，咱们该怎么办呢？——你觉得咱们应该——（哈里代的声音：“有人出十五块钱啦！——十五块买这一袋！——二十块！——好，谢谢！——三十块——多谢！三十、三十。三十块钱！——有人出四十块吗？——这位出四十啦！接着来呀，先生们，接着来！——五十块！——谢谢，豪爽的天主教教友！加到五十啦、五十，五十块！——七十！——九十！——好极了！——一百！——往上加呀，往上加呀！——一百二十——一百四十！——正是时候！——一百五十！——二百！——了不起！有人出二百——谢谢！——二百五十！——”）

“爱德华，这又是一次诱惑，我简直浑身发抖。可是，啊，咱们已经逃过了一次诱惑，那应该警诫我们！（“是有人出六百吗？——多谢！——六百五十，六百五十——七百块啦！”）不过，爱德华，你想想，谁也不会怀疑我们啊！（“八百块啦！——噢嗬！——出九百吧！——帕森斯先生，你是不是说——谢谢——九百！——这么一袋真铅宝贝九百块就要出手了，算上镀金全套在内啦——等等！是不是有人说——一千块！——专诚致谢！——有人出一千一百吗？——这一袋铅马上就要名扬四海啦——”）噢，爱德华，（开始呜咽），咱们太穷了！——可是——可是——你觉得该怎么办就怎么办吧——你想怎么办就怎么办吧。”

爱德华屈服了——这就是说，他坐着不声不响。虽然良心上有点过不去，可是在这种情况下他身不由己啊。

此时在场的还有一位陌生人，他的样子好像是一个业余的侦探，打扮成一位很不像的英国伯爵。这人怀着浓厚的兴趣一直关注着会议的进程，一脸心满意足的表情，心里一直在暗自思量。此时他的内心独白大致是这样的：“那十八家没有一家投标，这可不过瘾。要按演戏的规矩[①]来，我必须改变这个局面，得让这些人把他们原来打算偷的这一袋东西买下来，还要让他们出高价买——他们当中有几家很有钱呢。另外，我在估计赫德莱堡人本性时有一处失误，那个让我出现失误的人应该得到高额回报，这笔钱也要有人出。理查兹这个穷老汉让我失算了，他真是个老实人。这件事我虽然理解不了，不过我得承认这点。是啊，他看我出的是‘立二’，他自己却摆出‘一条龙’，他拿这笔赌注理所应当。假如我能想出办法来，他还可能赢一笔大钱呢。他确实让我失算了，不过这事不提也罢。”

他观察着投标的进程。当价格涨到了一千块钱以后，行情就暴跌了，涨幅渐渐放慢。他等待着，继续观察。一个竞标的退出了，然后又是一个，又是一个。现在他却参加一两次投标了。当出价降到十块钱一档的

---

① 欧洲古典戏剧创作的“三一律”，即一部剧本中时间、地点、情节三者必须完整一致。

时候，他就加五块钱，有人跟着加了三块钱。他等了一会，然后猛抬了五十块钱，结果这袋东西归了他，标价是一千二百八十二块钱。全场立刻爆发出一阵欢呼——然后停止了。因为他站起来，举起一只手，开始讲话：

“我想要说句话，请大家帮个忙。我是做珍品生意的商人，我和全世界各地热衷钱币收藏的人们有生意上的往来。今天我买的东西，照这样原封不动就能赚一笔钱。不过，假如能得到大家的同意，我还有一个办法，可以让这些二十元一块的铅币每一块都当得了金币的价值，那样也许更值钱。只要你们同意我的办法，我就把赚到的钱分一部分给你们的理查兹先生。今晚，他那坚不可摧的诚实已经得到了大家如此公正和诚挚的认可。我准备分给他一万元，明天我就把钱交给他（喝彩声轰动全场。可是那句‘坚不可摧的诚实’却让理查兹夫妇涨得满脸通红，不过，大家以为那是谦虚，所以并没有露出马脚）。如果我希望你们能以三分之二的绝对多数通过我的提议，我将视为全镇的授权，我的要求仅此而已。只要上面有能引起好奇心并有叫人不得不注意的印迹，就可以更有价值。现在，只要我能征得你们的许可，让我把这每一块假金币都印上那十八位先生的名字，他们——”

听众中的十分之九一下子站了起来，连人带狗，这项提议在旋风般表示同意的喝彩和哄笑声中获得通过。

大家坐了下来，除了克莱·哈克尼斯“博士”以外，全体象征都站起来强烈抗议这个人所提议的胡闹办法，并且威胁要——

“请你们不要威胁我，”那个陌生人镇定地说，“我知道我自己的权利，从来不怕人家吓唬。”（喝彩声）他坐下了。哈克尼斯“博士”这时看到有机可乘。他是当地两大富豪之一，另一位就是平克顿。哈克尼斯家专卖一种流行的药品，开的简直就是造币厂。他作为一个党派提名的候选人，正在参加州议会竞选；而平克顿正是另一党派提名的候选人。这是一场势均力敌的激烈角逐，而且正在日趋白热化。这两位对于金钱的胃口都很大，两人都买了一大片地，各有目的。因为有一条新铁路即将修建，所以他们两人都想在州议会里占有一席之地，这样就可以划定对自己有利的路线。这场角逐可能是一票定胜负，胜者就可以发两三笔财。赌注不小，而哈克尼斯又是一个大胆的投机家。他恰好紧靠着那位陌生人坐着。正当其他各位象征纷纷提出抗议，徒供听众欣赏的时候，他却凑过身子悄悄问道：

“这一袋东西你打算卖多少钱？”

“四万块钱。”

“我给你两万块。”

“不行。”

“两万五。”

“不行。”

“干脆三万吧。”

“定价是四万块，少一分钱也不行。”

“好吧，我就出这个价钱。明天早上十点我到旅馆里来。咱俩私下见面，这件事我不想让别人知道。”

“很好。”于是那位客人站起来，向全场的人说：

“我看时间不早了。这几位先生的话并不是没有价值，很有趣味和富有魅力。不过，请大家原谅，我先告辞了。感谢大家同意了我的请求，真是帮了大忙，我向诸位道谢。请主席先生替我保管这个口袋，我明天早上来取。另外，这三张五百块钱的钞票，也请您转交理查兹先生。”钞票交给了主席。“九点我来取这口袋，十一点我会把一万块钱的余款亲自送到理查兹先生的家里。再见。”

于是他撇下了正在大声喧闹的听众，走了出去。喧闹声中夹杂着乱七八糟的欢呼声、“天皇曲”的歌声、狗的叫声和“你——呀——绝——呃——不是一个坏——唉——唉——人——阿——阿——阿门！”的吟唱。

四

回家以后，理查兹夫妇被大家的祝贺和恭维一直折磨到半夜，终于只剩下他们自己了。他们沉默地坐着想心事，显得有点难受。后来玛丽叹了一口气说：

“你说这能怪咱们吗，爱德华——真能怪咱们？”她转眼望着躺在桌子上的三张兴师问罪的大钞。刚来道贺的人们还在这儿羡慕不已地看着、钦佩地摸着呢。爱德华没有马上回答，他叹了口气，迟疑地说：

“玛丽，咱们——咱们也是迫不得已啊！这——呃，这是命中注定。所有的事情都是命中注定啊！”

玛丽抬起头来，呆呆地望着他，可是他并没有看妻子。停了一会儿，她说：

“从前我还以为被人祝贺和称赞的滋味很好呢。可是——现在我觉得——爱德华……”

“嗯？”

“你还想在银行待下去吗？”

“不……不想了。”

“辞职吗？”

“明天上午吧——书面的。”

“这也许是最妥当的办法。”

理查兹用两只手托着脑袋，低声说：

“从前，别人的钱像水一样哗哗地从我手心中流过，我都不在乎，可是——玛丽，我太困了，太困了——”

“咱们睡吧。”

早上九点，那位陌生人来取那只口袋，把它装在一辆马车里运到旅馆去了。十点，哈克尼斯和他私下交谈了一会。陌生人索取了五张由一家都市银行开给“持票人”兑现的支票——四张一千五百元的，一张三万四千元的。他只把一张一千五百元的放进钱包，把剩下总共三万八千五百元全都装进一个信封，等哈克尼斯走了之后，他又写了一页短信，一并装进信封里。十一点时，他来到理查兹家敲门。理查兹太太从百叶窗缝里偷偷地看一眼，然后把信封接了过来，而那位陌生人却一言不发地走了。她满脸通红地跑回来，两条腿磕磕绊绊，气喘吁吁地说：

“我敢保证，我认出他来了！昨天晚上我就觉得好像从前在什么地方见过他。”

“他就是送口袋来的那个人吗？”

“我看大致是不成问题。”

“如此说来，他也就是那个化名史蒂文森的人了，他用那个捏造的秘密把镇上的所有头面人物都毁了。现在，如果他送来的是支票，不是现款，那我们也上当了。原先咱们还以为已经躲过这一劫了呢。睡了一夜，我刚刚觉得心里踏实了一点，可是一看见那个信封我就讨厌。这信封装八千五百块钱，不够厚，就算都是最大的票子，也要比这厚。”

“爱德华，你为什么不喜欢支票呢？”

“史蒂文森签字的支票！假如这八千五百块钱是现钞，我还可以勉强收下——因为那还像是命中注定的，玛丽——我的胆子向来都挺小的，我可没有勇气拿一张签了这个晦气的名字的支票去兑现，那准是一个圈套。那人根本就是想让我上当，咱们好歹总算躲过去了。现在他又想了一个新花招。如果是支票的话——”

“唉，爱德华，真是糟透了！”她举着支票，嚷了起来。

“扔到火里吧！快点儿！咱们可千万别上当。这是把咱们和那些人摆在一起，让大家都来嘲笑咱们的陷阱，还有——快给我吧，你干不了这种事情！”他抓过支票，打算牢牢地抓紧，赶紧送到炉火里去，可是他毕竟是个凡夫俗子，而且是干银行这一行的，于是他停顿了一下，仔细看看支票上的签名。结果他几乎晕倒了。

“让我透透气，玛丽，让我透透气！这简直就和黄金一样呀！”

“噢，那太好了。爱德华！为什么？”

“支票是哈克尼斯签的。这究竟是怎么一回事呀，玛丽？”

“爱德华，你这是——”

“你看——看看这个！一千五——一千五——一千五——三万四。三万八千五百！玛丽，那一口袋东西还不值十二块钱，可是哈克尼斯，却当作货真价实的金币付了钱。”

“你是说，不只是那一万块钱，这些钱全都是咱们的？”

“嗯，好像是这么回事。而且支票还是开给‘持票人’的。”

“你说这岂不是好事吗，爱德华？到底是怎么回事啊？”

“我看，这是暗示咱们到远处的银行去提款。应该是哈克尼斯不愿意把这件事传出去吧。那是什么——一张字条？”

“是呀，是和支票夹在一起的。”

字条上是“史蒂文森”的笔迹，可是没有签名。那上面说：

“我大失所望了。你的诚实超越了诱惑力所能控制的范围。对此我本来有截然不同的看法，但是在这一点上我冤枉了你，我请你原谅，诚心诚意地请你原谅。我向你表示敬意——同样是诚心诚意的。这个镇子上连给你供差使都不配。亲爱的先生，当初我曾经给自己规规矩矩地打过赌，赌的是能把你们这个自命不凡的镇子上十九位先生全都拉下水。我输了，请你拿走全部赌注吧，这是你应该得的。”

理查兹深深地叹了一口气说：

“这真是用火写的啊！真烫人哪。玛丽，我又开始难受起来了。”

“我也是。啊，亲爱的，我宁愿——”

“你想想看，玛丽——他居然这么相信我。”

“噢，别这样，爱德华——我受不了。”

“要是咱们真能受之无愧这些赞美的话，玛丽——上帝知道，我从前的确担当得起呀——我想，我情愿不要这四万块钱。那样我就会把这封信看得比金银财宝还珍贵，好好地珍藏起来，永远保存。可是现在——有了它在身边指责，我们就不能在它身边过日子了，玛丽。”

他把字条扔进了火中。

这时来了一个信差，送了一封信来。

理查兹撕开信封，从信封里抽出一张纸来念，信是伯杰斯写来的。

> 在我遇到难关的时候，你救过我。昨天晚上，我救了你。虽然这是以撒谎为代价的，但是我无怨无悔，而且是出于内心的感激之情。这个镇子上只有我了解你的为人，深知你多么勇敢、多么善良、多么高尚。你也知道人家归咎于我、众口一词地给我定了罪名的那件事，你心里不会看得起我，不过请你相信，我起码是个感恩图报的人。这可以帮助我忍受我的痛苦。
>
> 伯杰斯（签名）

“又救了咱们一命。而且条件这么好！”他把信扔进火里，“我——我想真还不如死了，玛丽，我真想了无牵挂啊。”

“唉！这日子真难过，爱德华。一刀刀刺到咱们心窝子上，偏偏又是出自他们的厚道——真是报应哇！”

选举的前三天，两千名选民每人忽然获得纪念品一件，一块大名鼎鼎的双头鹰[①]假金币。它的一面印了一圈字：“我对那位不幸的外乡人说的话是——”另一面印的是：“快去改过自新吧。平克顿（签名）。”于是

---

① 旧时美国使用的一种金币，因上有双头鹰图案而得名。

那场著名闹剧的残羹冷炙就全部泼在了一个人头上，随之而来的就是惨重的后果。刚刚过去的那次哄堂大笑再次重现，矛头直指平克顿。于是哈克尼斯的竞选就轻易获胜了。

理查兹夫妇收到支票过了二十四小时之后，他们的良心已经逐渐安稳下来，虽然他们还打不起精神来。这对老夫妻慢慢学会了在负罪中寻求心安理得。有一件事他们还须学会适应，那就是，由于罪过仍有可能被人发觉，负罪感慢慢就形成新的、真正的恐怖。这样一来，负罪感就在现实生活中以活生生的、极为具体而又引人注目的面貌呈现出来。教堂里早晨的祷告是例行的程序，牧师说的是老一套，做的也是老一套。这些话他们早就听过无数遍了，觉得都是空话，和没说一样，越听越容易打瞌睡。可是现在不同了：祷告词好像处处带刺，好像是指着鼻子骂那些穷凶极恶而又想蒙混过关的人。晨祷一结束，他们就尽快甩开那些恭维的人，赶快就往家里跑，只觉得浑身冷彻骨髓，这种感觉是一种连他们自己都说不清楚的、隐隐约约、模模糊糊、若隐若现的恐惧，刚好他们在街角处又碰见了伯杰斯先生。他们主动点头和他打招呼，可他竟然置之不理！其实他是没有看见，可他们并不知道。他这样做是什么暗示呢？可能是——可能是——唉呀，可能有好几层可怕的意思啊。也许他知道理查兹本来可以给他洗刷罪名，因此想默默地等待时机来给他算账？回到家里，他们心烦意乱，不由得猜想那天晚上理查兹对妻子透露伯杰斯无罪这个秘密时，他们的佣人或许在隔壁房间里听见了。紧接着，理查兹开始想象当时他曾听到那个房间里有女人长袍拖地的声音，接下来他就确信真的听到过。他们随便找个借口把莎拉叫来，观察她的神色：假如她向伯杰斯泄露了秘密，从她的行为举止就应该能看得出来。他们问了她几个不着边际、前言不搭后语、听起来毫无目的的问题，让那姑娘认为这对老夫妻一定是让飞来横财冲昏了头脑。他们用严厉的目光死死盯住她，把她给吓坏了，事情终于弄假成真了。只见她满脸通红，神经紧张，一脸惶恐不安的样子。在两个老人看来，这就是做贼心虚的明证——她犯的是一桩不可恕饶的大罪——毫无疑问，她是一个奸细，是一个叛徒。莎拉离开以后，他们开始把许多毫不相关的事情东拼西凑放在一起，得出了一个可怕的结论。形势已经糟到了不可挽回的地步，理查兹倒抽了一口冷气，他的妻子问：

“唉，怎么回事？——怎么回事？”

“那封信，伯杰斯的那封信！话里话外都是挖苦，我现在明白过来了。”他复述着信里的话，“‘在内心里，你不会看得起我，因为你知道人家归咎于我的那件事’——啊，现在再清楚不过了，上帝保佑吧！他知道我明白！你看他措辞真巧妙。这是个圈套，但我瞎了眼，偏要走进去！玛丽，你——”

“唉，我知道你想说什么，这太可怕了，他没把你的那份假对证词还给咱们。”

“没有——他是要故意留下来毁我们。玛丽，他已经在别人面前揭穿了我们。我明白——我全明白了。做完晨祷以后，我在好多人脸上都看出这层意思来了。啊，咱们和他点头打招呼，他为什么不搭理，那是因为他干过什么自己心里有数！”

他们那天夜里请来了医生。第二天早上消息就传遍各处，这对老夫妻病得很厉害。医生说，他们是由于得了那笔意外横财兴奋过度，同时恭喜的人太多，睡不好觉，就病倒了。镇上的人都真心地为他们难过，因为现在全镇差不多只剩下这对老夫妻能让大家引以为荣了。

两天以后，情况更糟了。这对老夫妻神志不清，做起了不可理解的怪事。据护士亲眼所见，理查兹摆弄过几张支票——是那八千五百块钱吗？不对——是个惊人的数目——三万八千块钱！这么大的数目从何而来究竟应该怎么解释呢。

第二天，护士们又传出了消息，更古怪的消息。为了帮助病人，她们决定要把支票藏起来，以免发生意外。可是等她们去找的时候，支票已经从病人的枕头下面消失了。病人说：

“别动枕头啊，你想找什么？”

“我们觉得最好把支票——”

“你们别想再看见支票了，它已经被毁掉了。支票是魔鬼送过来的。我都看见上面盖着地狱的印章呢，我知道这是送来骗我犯罪的。”然后，他又唠唠叨叨地说了一些让人无法明白的又古怪又可怕的话，医生告诫她们，这些话不要外传。

理查兹说的是真话，因为那些支票再也没有人看到过。

一定是哪个护士梦中说漏了嘴，因为不出两天，那些不许声张的言语已经在镇上传得满城风雨了。那些话好像是说理查兹自己也申请过那一袋钱，伯杰斯隐瞒了事实，然后又被不怀好意的人泄露出去了。

伯杰斯为此备受责难，但是他自己予以坚决否认。他说拿一个病重老汉神志不清的胡言乱语当真是不公平的。可是，猜疑还是满天飞，流言还是越来越多。

一两天以后，有消息说理查兹太太昏迷中说的话渐渐与她丈夫的呓语雷同起来。于是怀疑越来越重，已经变成了确定无疑的事情，全镇为唯一保持诚实的重要公民而感到自豪的热情开始暗淡下来，苟延残喘了一阵儿之后，逐渐熄灭了。

六天过去，又有新的消息传来。这对老夫妻马上就要离开这个世界了。到了弥留之际，理查兹忽然清醒起来，他叫人去请了伯杰斯。伯杰斯说：

“请大家都出去一下。我想他是希望说几句心里话。”

“不！”理查兹说，“我要有人在场做证。我要你们当场听一听我的忏悔，好让我死得像一个人，别像狗一样。我诚实，但那是和其他人一样，是伪装的诚实。我也和其他人一样，一碰上诱惑就站不住脚了。我写过一纸谎言，去申请过那个倒霉的钱袋。由于我曾经帮过伯杰斯先生一次忙，于是为了报恩（糊涂啊），就把我的申请信隐瞒了起来，那样就救了我。你们都知道好多年以前大家归罪于伯杰斯的那件事。当时只有我的证明才能给他洗刷冤屈，可我是个懦夫，听任他蒙受不白之冤——”

“不——不——理查兹先生，你——”

“我的佣人把我的秘密出卖给他——”

“没人向我出卖过什么——”

“他就做了一件自然而然的事情，他后悔不该这么好心救我，就把我的丑事揭穿了——我是罪有应得——”

“没有，从来没有的事！——我发誓——”

“我真心原谅他了。”

伯杰斯热情的辩解，这个临死的人都听不见了。他直到咽气的那一刻也不知道自己又害了可怜的伯杰斯一次。他的老伴在那天晚上也咽了气。

十九家圣人中仅存的一位道德模范也做了那个残酷的钱袋的牺牲

品。赫德莱堡昔日辉煌的最后一块遮羞布也无声地枯萎了。它的忧伤虽然不那么明显，却已经深入骨髓了。

由于人们急切的恳求和请愿，州议会通过了允许赫德莱堡更名的法令——（不要管它是什么名字了——恕不透露），而且还从世世代代刻在该镇官印上的那句箴言中删去了一个字。

原官印：引导吾等免受诱惑。现官印：引导吾等受诱惑。

它又变成一个诚实的小镇了，假如谁想再打算找它的碴儿，一定要趁早才行。

狗的自述

我的母亲曾经告诉我，我的父亲是个“圣伯尔纳种[①]”，而她是个“柯利种[②]”，可是我却是个“长老会教友[③]”。这些微妙差别我自己并没有意识到。在我看来，这些名称都不过是些派头十足可是毫无意义的字眼。我母亲却十分在意这些。她喜欢讲述这些，很享受别的狗因为这些而惊讶和忌妒的表情，好像在惊讶她为什么受过这么多的教育似的。可是她并没有受到什么真正的教育，不过是故意卖弄罢了。她只不过是在吃饭的时候从别人的谈话中以及孩子们上学时听来的。每逢她听到一些深奥的词汇，她就翻来覆去地背诵，所以她能把它记住，等到附近的狗聚在一起的时候，她就把它们拿出来唬人，让别的狗吃惊并且忌妒，无论是小狗还是猛狗都会被她唬住，这就使她没有枉费一番心血。要是有生人，他一定先是怀疑，然后大吃一惊，镇静之后，就会请教她那是什么意思。她每次都能给出答案。这是他始料未及的，他本以为可以难住她。所以她解释之后，他反而显得很难为情，因为他本以为难为情的会是她。其他的狗都期待着这个结局，然后十分高兴地为她庆祝，因为他们都有过经验，早知道结局会是这样。当她把一串深奥字眼的意思解释给别人听的时候，大家都羡慕得要命，没有一只狗会去怀疑这些解释是否正确。这也是很自然的，因为首先，她回答得非常快，就好像是字典在讲话似的，还有呢，他们上哪儿去弄清楚这究竟对不对呀？因为有教养的狗就只有她一个。后来我大一些

---

① 一种大型犬，毛色多为红棕色或白色，因最初由阿尔卑斯山圣伯尔纳修道院驯养而得名。

② 柯利牧羊犬，是一种长毛大型犬，头部较尖。

③ 波美拉尼亚犬，特征为尖嘴、立耳、长毛，体型较小，其英文发音接近“长老会教友”一词。

了，记得有一次她把“缺乏智力”这几个字记熟了，然后在整整一星期里的各种集会上拼命地卖弄，使人很难受、很丧气。也是因为那一次，她在八个不同的集会上被人问到这几个字的意思，而每次脱口而出的解释都不一样。这就使我看出了与其说她有学问，还不如说是沉得住气，当然，我并没有揭穿她。有个词经常会被她挂在嘴边，就像救命稻草似的，用来应付紧急关头，当她被置于尴尬的境地时，这个词就会派上用场，那就是“同义词”这个名词。当她碰巧搬出几星期以前卖弄过的一串深奥的字眼，可是早把原来准备的解释忘到九霄云外去了，要是有个生人在场，那当然要被她弄得头昏眼花，半天才能清醒过来。可是这时候她开始转移话题，津津有味地讲述新的话题，料不到会有问题，所以当别人突然打断她要她解释的时候，我就看得出她似乎面有难色（我是唯一明白她那套把戏的底细的狗）——可她只是迟疑了一会儿——然后自信满满地解释道：“那是‘额外工作’的同义词。”或是说出与此类似的一长串吓人的词儿，说完就逍遥自在地轻快地开始另一个话题。她简直是称心如意，你知道吧，那个生人被她唬住了，显得土头土脑、狼狈不堪，那些熟人就不约而同地用尾巴敲打地板，他们的脸上也改变了神气，显出一副欢天喜地的样子。

对于成语也是一样。如果有好听而深奥的成语，她就学回来一整句，卖弄六个晚上，两个白天，每次都给出不同的解释——她也是迫不得已，因为她所注意的只是那句成语。至于那是什么意思，她可不在乎，因为她也知道那些狗反正没有什么脑子，抓不着她的错。咳，在这方面她还真是了不起！这一套她弄得很拿手，所以她一点也不担心，对于那些糊涂虫的无知，她是很有把握的。她甚至把人家吃饭时与客人说的一些引人发笑的小故事也记住一些，可是照例她总是把一个笑话里面的精彩地方胡凑到另外一个里面去，当然是拼凑的不合适，简直莫名其妙。当她讲这些小故事的时候，就倒在地板上打滚，又笑又叫，就像发了疯似的，可是我看得出她自己也不明白她为什么没有当初别人说的时候那样有趣。不过这些并不重要。因为这时别的狗也都打起滚来，并且汪汪大叫，个个心里都暗自为了没有听懂而害臊，根本不会想到原因并不在他们身上，而是谁也看不出这里的毛病。

从这些事情，你能看出来她是个相当爱面子而且不诚实的家伙。可是她还是有长处的，我觉得那足以与她的缺点相抵。她的心地善良，态度也很文雅，人家做了什么对不起她的事，她从来不记恨，随便说几句就把它给忘了。她还把这种好脾气教给了她的孩子，同时我们还从她那儿学会了在危险时刻表现得勇敢和敏捷，绝不逃避，无论是朋友或是陌生人遇到了危险，我们都要挺身而出，尽力帮助人家，根本不考虑自己要付出多大的代价。而且她总是言传身教，自己做出榜样来，这是最好的办法，最有效果，最经得起考验。啊，她也做了许多勇敢的事和漂亮的事，太了不起了！这方面她也算是位勇士。而且她还非常谦虚——总而言之，你不能不佩服她，并且不自觉地以她为榜样。哪怕拿一只“查理士王种”长耳狗与她相比，她也有她的闪光点。所以，您也知道，她除了有教养而外，还是有些别的优点。

当我长大成人的时候，就被别人买走了，从此以后就再也没有见过她了。她很伤心，我也是一样，我们俩都哭了。可是她极力安慰我，说是我们活在这个世界上是为了一个高尚而神圣的职责，我们必须好好地尽我们的责任。不能埋怨，我们要随遇而安，要尽量想到别人的利益，不要计较自己的得失。因为那些并不是我们所能控制的事。她说只要能做到这些的人，将来会在另一个世界获得无上光荣与尊敬，我们禽兽虽然不会去天堂，可是安安分分地过日子，多做些好事，不图回报，那就可以在我们短暂的生命里活出尊严与价值，这本身就是一种报酬。这些道理是她和孩子们到主教学校去的时候听到的，她用心地记下来，比她记那些字和成语都更加认真。而且她还下了很深的功夫去研究这些道理，为的是让我们从中获益。由此看来，她脑子里虽然有些轻浮和虚荣的成分，究竟还是聪明和肯用心思的。

然后我们就互相告别，泪眼蒙眬地看了彼此最后一眼。她最后嘱咐我的一句话——我想她是特意留在最后说的，好让我记住——是这样的：“为了纪念我，如果别人遇到危险的时候，你就不要想到自己，想想你的母亲，照她的办法行事。”

我会忘记这句话吗？当然不会的。

我的新家有趣极了！房子宽敞漂亮，还有许多图画和精美的装饰，十分考究的家具，根本没有阴暗的地方，处处都有五颜六色的阳光照耀，周围还有很宽敞的空地，最好的是有个大花园——啊，大片的草坪，高大的树，鲜艳的花朵，简直太完美了！我在那儿就好像这一家人里面的一分子，他们都喜欢我，把我当成宝贝，而且并没有给我取新名字，还是用我原来的名字，这个名字是我母亲给我取的——爱莲·麦弗宁[①]——我觉得它特别亲切。这是母亲从一首歌里找出来的。格雷夫妇也知道这首歌，他们说这个名字很漂亮。

格雷太太大约三十岁，她非常漂亮、非常优雅，那样子是你无法想象的；莎第十岁，她和她妈妈像极了，简直是照着她的模样做出来的一份苗条可爱的仿制品，赭色的辫子垂在背上，身上穿着短短的上衣；娃娃才一周岁，长得胖胖的，脸上有一对酒窝，他很喜欢我，老爱拉我的尾巴，抱我，然后哈哈大笑表示他那天真烂漫的快乐，简直没有个够；格雷先生三十八岁，高个子，身材颀长，长得很英俊，有点秃顶，人很机警，动作灵活，一本正经，办事迅速果断，不感情用事，那副干净的脸庞上总是闪耀着冷冷的智慧的光芒！他是一位有名的科学家。我不知道科学家是什么意思，可是我母亲一定知道这个名词的用法，知道怎么去卖弄它，获得别人的敬佩。她会知道怎么去拿它叫一只捉老鼠的小狗听了垂头丧气，也可能用它把一只哈巴狗唬住。可这个名词还不是最好的，最好的是实验室。要是有一个实验室能把所有的狗脖子上拴着缴税牌的颈圈都取下来，我母亲就可以组织一个大型的托拉斯来办这么一个实验室。实验室并不是一本书，也不是一张图画，更不是洗手的地方——大学校长的狗是这样说的，可是他说得不对，那叫作盥洗室[②]。实验室是大有区别的，那里面摆满了罐子、瓶子、电器、五金丝和各种稀奇古怪的机器。每星期都有别的科学家来到这儿，然后坐在一起使用那些机器，讨论他们所谓的试验和发现。我也常常到这儿来，站在旁边听，为了我母亲，我很想学点东西，这样可以好好地纪念她，可这对我是件痛苦的事，因为我体会到她一辈子耗费了多少精神，而我却一点也学不到什么，无论我怎么努力，听来听去，还是听不出个所以然来。

平时我就躺在女主人工作室的地板上睡觉，她会温柔地把我当作一条垫脚凳，这使我很高兴，因为这也一种爱抚；有时候我会在育儿室里待上个把钟头，孩子们会调皮地把我的头发弄得乱蓬蓬的，使我很快活；有

---

① 原文为 Erin Mavourin，意思是“我亲爱的爱尔兰”，出自苏格兰诗人托马斯·坎贝尔的一首名为《爱尔兰的流放》的诗歌。

② 英文里实验室（Laboratory）和盥洗室（Lavatory）发音接近。

时候娃娃睡着了，保姆为了娃娃的事情出去几分钟，我就会在娃娃的小床边看守一会；有时候我会在空地上和花园里跟莎第追逐打闹，直到我们都筋疲力尽，然后我就会在树荫底下的草地上舒舒服服地睡觉，而她则在旁边看书；有时候我会到邻居的狗那儿去拜访拜访他们——因为附近有几只非常好玩的狗，其中有一只很漂亮、很客气、很文雅的狗，名字叫作罗宾·阿代尔，他是一只卷毛的“爱尔兰种”猎狗，他也和我一样，是个“长老会教友”，他的主人是个苏格兰牧师。

主人家的仆人都对我很和气，而且都很喜欢我，所以，你也看得出，我的生活是很幸福的。天下再不会有比我更幸福、更知道感恩图报的狗了。我不断地这样告诫自己，我要极力循规蹈矩，多做正经事，不辜负母亲的慈爱和教诲，尽量给别人带来快乐。

我不久就有了自己的孩子，这使我更加幸福，更加快乐。它走起路来一摇一摆的，可爱极了，身上的毛长得光滑柔软，就像天鹅绒似的，小脚非常特别、可爱，眼睛炯炯有神，小脸儿天真活泼，非常可爱。我看见孩子们和他们的母亲把它爱得要命，拿它当作宝贝，就算是一个细微的小动作，他们都要大声欢呼，这真使我非常得意。我觉得生活太美好了，天天如此……

冬天很快来临了。有一天我在育儿室里担任守卫。我在床上睡着了，娃娃也在小床上睡着了，大床和小床是并排的，在靠近壁炉那一边。这种小床上挂着一顶很高的罗纱尖顶帐子，里外都看得透。保姆出去了，只剩下我们这两个瞌睡虫。壁炉里燃烧的柴火迸出了一颗火星，掉在蚊帐的斜面上。不久，娃娃便大叫起来，把我惊醒过来，这时候帐子已经烧着了，火焰正蹿向天花板！我还没有来得及细想，就吓得跳下来，飞快地跑到了门口，可是很快母亲临别的教诲在我耳朵里响起来了，于是我又回到床上。我把头伸进火焰里去，咬住娃娃的腰带，拖着他往外逃，我们在烟雾里跌跌撞撞，我又换个地方把他衔着，而小家伙一直在尖叫，我们跑出了门口。跑过过道里拐弯的地方，我还在不停地拖。我觉得非常兴奋、快活和得意，可是这时候主人却大嚷起来：

“快松开，你这该死的畜生！”我跳开躲避。可是他快得出奇，一下就追上了我，用他的手杖狠狠地打我，我左闪右躲，吓得要命，但是左腿上还是狠狠地挨了一棍，痛得我直叫唤，一下子倒在地下，不知道该怎么办才好。手杖又举起来要打，可是没有挥下来，因为保姆惊恐地叫起来了："育儿室着火啦！"主人就往那边飞跑过去，这样我才保住了别的骨头。

真是疼痛难忍，不过没有关系，我一会儿也不能耽搁，主人随时都可能回来。所以我就用三条腿一瘸一拐地向过道另一头走去，来到一道漆黑的小楼梯，它是通往顶楼的，那上面放着一些旧箱子之类的杂物，平时很少有人上那儿去。我吃力地爬上楼，然后在黑暗中摸索着往前走，穿过一堆一堆的东西，终于找到了一个我以为最隐秘的地方藏了起来。躲在那儿我还害怕，真是太傻了，可我就是害怕，我简直怕得要命，只能拼命忍住，连小声叫唤都不敢，虽然呻吟是可以舒缓疼痛的，但此时却无法做到。不过我还可以舐一舐我的腿，这也有点好处。

楼下乱哄哄的，有人大声叫嚷，也有飞奔的脚步声，一直过了半小时，才没有了动静。总算安静下来了，这对我来说是很愉快的，因为这时候我的恐惧心理渐渐平静下来了。恐惧比疼痛还难受哩——啊，难受得多。然后又听到一阵声音，这把我吓得浑身发抖。他们在叫我——叫我的名字——还在找我哩！

因为离得远，这些喊声不大听得清楚，可是这并没有消除那里面的恐怖成分，这是我从来没有听过的最可怕的声音。喊声在各处响起：经过所有的过道，到过所有的房间，两层楼和底下那一层还有地窖通通跑遍了，然后又到外面，越跑越远——然后又返回房子里，在整幢房子里又跑过一遍，我以为这些喊声永远也不会停下来。可是总归还是停止了，过了好几个小时，顶楼上原本模糊的光线现在也被漆黑的暗影完全遮住了。

然后在那一片安静之中，我的恐惧心理渐渐地消除了，我才安心睡了觉。我休息得很好，可是朦胧的光还没有再出来的时候，我就醒了。我觉得身体已经好多了，也想到了一个好主意。我的主意是这样的：从后面的楼梯悄悄地爬下去，藏在地窖的门背后，天亮的时候送冰的人一来，我就趁他把冰往冰箱里装的时候溜出去逃跑。白天继续藏起来，到了晚上再往前走，我要到……唉，随便到什么地方吧，只要是人家不认识我，不会把我出卖给我的主人就行。想到这儿我高兴起来。可是我忽然想到：咳，如果丢下我的孩子，活下去还有什么意思呀！

这可叫人大失所望。可是没有任何办法，我明白现在的情形，所以只好待在原来的地方，静静地待着，听天由命——因为这些不是我能改变的。生活就是这样——我母亲早就这样说过了。后来——唉，后来喊声又响起来了。我的心里又生起了恐惧。心里想，主人是绝不会放过我的。我不知道我究竟做错了什么，使他这样生气，这样讨厌我，不过我猜那大概是狗所不能理解的什么事情，人总该看得清楚，反正是很糟糕的事吧。

他们不停地叫喊——我觉得好像叫了几天几夜似的。时间拖得太久了，我又饿又渴，简直难受得要发疯，我知道我已经没有力气了。到了这种情形的时候，就睡得很多，我也就大睡特睡起来。有一次我在惊吓中醒过来——因为我好像觉得喊声就在那顶楼里！果然是这样。那是莎第的声音，她一面还在哭，可怜的孩子，她叫着我的名字，夹杂着哭声，我听到她说：

"回我们这儿来吧——啊，回我们这儿来吧，别生气——如果你不回来，我们真是太……"这使我非常高兴，简直不敢相信自己的耳朵。

我感激得什么似的，然后汪汪地叫了一声，莎第马上就从黑暗中和废物堆里一颠一跌地钻出去，大声地叫喊到："找到她啦，找到她啦！"

后来的那些日子——哈，那才真是不可思议呢。主人一家及仆人们——咳，他们简直就像是崇拜我啊。似乎无论给我铺多好的床，也嫌不够讲究；至于吃的东西呢，他们非给我弄些还不到时令的稀罕野味和讲究的食品，都不觉得满意；每天都有朋友和邻居们到这儿来听他们说我的"英勇行为"——这是他们给我所干的事情取的名称，意思和"农业"一样。我记得有一次我母亲把这个名词带到一个狗窝里去卖弄，她就是这么解释的，可是她没有说"农业"是怎么回事，只说那和"壁间热"是同义词[①]。格雷太太和莎第给每一个新来的客人讲这个故事，每天要说十几遍，她们说我冒了性命危险救了娃娃，我们俩都有烧伤可以证明，然后客人们就抱着我一个一个地传过去，把我摸一摸、拍一拍，大声地称赞我，您可以看得出莎第和她母亲的眼睛里那种得意的神气。人家要是问起我为什么瘸了腿，她们就显得不好意思，赶快转移话题，可是有时候人家把这件事情问来问去，我就觉得她们简直好像要哭似的。

---

① 这里作者将一些字形发音近似，或者意思上有关联的字混淆在一起，讹称为"同义词"。

这还不是全部的光荣呢。主人的朋友们来了，整整二十个最出色的人物，他们把我带到实验室里，好像我是一种新发现的东西似的。其中有几个人说一只畜生居然有这种行为真是了不起，他们说这是他们所能想得起的最神奇的本能的反应。可是主人扬扬自得地说："这比本能高得多。这是理智，有许多人虽然得到主的眷顾，有了理智的头脑，可是他们的理智还不如命中注定不能去天堂的这个可怜的小畜生。"他说罢就大笑起来，然后又说，"咳，你们看我，我真是可笑！唉，虽然身为科学家的我才智过人，可是我所推想得到的不过是认为这只狗发了疯，要把孩子弄死，事实上要不是这个小家伙的智力——这是理智，实实在在的！——要是没有它的理智，我的孩子早就完蛋啦！"

他们翻来覆去地争论，而我始终是争论的中心和主题，我希望母亲能够知道我已经得到了这种了不起的荣誉。她一定会为我而骄傲的。

然后他们又开始讨论光学，这也是他们取的名词，当讨论到如果大脑受伤眼睛是否会失明时，大家的意见有了分歧，他们就说一定要用实验来证明才行。然后他们又谈到植物，这使我很感兴趣，因为莎第和我在夏天种了一些种子——你要知道，我还帮她挖坑哩——过了不久，就有一棵小树或是一朵花长出来，真是不可思议。可是这就是事实。我很希望我能说话——那么我就可以把这些告诉他们，让他们知道我懂得多少事情，我对这个问题非常感兴趣。可是我对于光学并不感兴趣，这玩意儿十分无趣，后来他们又谈到了这个话题上，我就觉得很讨厌，所以就睡着了。

春天很快就来了，天气很晴朗，春风和煦，阳光明媚，漂亮的女主人及两个孩子要出远门探亲，离开时拍了拍我和我的小孩子，算是告别。男主人没有工夫陪我们，可是我们母子一起玩，日子还是过得很愉快。仆人们都很和气，和我们很要好，所以我们一直很快乐，老是计算着日子，等着女主人和孩子们回来。

可是有一天，那些人又来了，他们说要进行实验，于是他们就把我的孩子带到实验室里，我也就用三只腿瘸着走进去，心里觉得很得意，因为人家看得起我的孩子当然是件愉快的事情。一阵讨论后实验开始了，突然小狗娃惨叫了一声，然后被放在了地上，可它却一歪一倒地乱转，满头都是血，男主人拍着手大声嚷道：

“你看，我赢啦——果然不错吧！它简直瞎得什么也看不见了！”

其余的人都附和道：

“果然是这样——你证明了你的理论，从今以后，受苦的人类应该感谢你的大功劳。”他们把他包围起来，热烈地和他握手，一边祝贺，一边称赞。

可是这些话我一句也没有听进去，因为我立刻就往我的小宝贝那儿跑过去，紧紧地靠着它，舐着它的血。它的头靠着我，小声地哀嚎着，我心里很明白，它虽然看不见我，可是在它那一阵痛苦和烦恼之中，能够感觉到它的母亲在身边，这对它也是一种安慰。很快它就倒下去了，它那柔软的鼻子放在地板上，它安安静静地，再也不动了。

不一会儿主人停止了讨论，按按铃把仆人叫进来，吩咐他说：“把它埋在花园里最远的那个犄角里。”说完又继续讨论，我跟在仆人后面赶快走，心里很高兴、很轻松，因为我知道小狗娃已经睡着了，所以就不会觉得痛了。我们一直走到花园里最远的那一头，那是孩子们和保姆跟我们母子俩夏天常在大榆树的树荫底下玩的地方，仆人就在那儿挖了一个坑，我看见他打算把小宝贝种在地里，心里很高兴，因为我知道它会长出来，长成一个很好玩、很漂亮的狗，就像罗宾·阿代尔那样，等女主人和孩子们回来的时候，还会叫他们喜出望外。所以我就帮他挖，可是我那只瘸腿是僵的，不中用，你知道这得用两条腿才行，否则就没有用。仆人挖好了坑，把小罗宾埋起来之后，拍拍我的头，他眼睛里含着泪，说道：

“可怜的小狗儿，你可救过他孩子的命哪。”

我在坑边儿守了整整两星期，可是他并没有长出来！在往后的一星期里，有一种恐惧不知不觉地钻到我心里了。我觉得这事情有些可怕。我也不知道究竟是怎么回事，可是这种恐惧让我坐立不安，尽管仆人们拿最好的东西给我吃，可是我还是吃不下。他们很心疼地抚摸我，甚至晚上还过来，哭着说：“可怜的小狗儿——不要再守在这儿，回家去吧。别让我们伤心啊！”这些话使我更加不安，我知道一定出事了。我一点力气也没有了。从昨天起，我就再也站不起来了。最后这个钟头里，仆人们望着正在落山的太阳，夜里的寒气正在凝聚，他们说的话，我都听不懂，可是他们的话有一股使我心里发冷的味道。

“那几个可怜的人啊！他们可不会想到这个。明天早上他们就要回来了，一定会关心地问起这只勇敢的狗儿，那时候我们几个谁能硬起心肠，把事实告诉他们呢：‘这位无足轻重的可怜的小宝贝到了那不能升天的畜生们所去的地方了。’”

三万元的遗产

一

湖滨镇是一个有五六千人口的小镇，生活舒适，在大西部[1]算得上是一个漂亮的镇子。小镇的教堂共能容纳三万五千人。这是大西部和南部的规矩：因为那里人人都信教，新教的各个教派都有信徒，也都有自己的一块地盘。湖滨镇里没有高低贵贱之分——有也不会被接受。镇子里的人都相互熟识，大家相处得十分和睦。

萨拉丁·福斯特是镇上最大的一家商店的会计，在镇上所有的会计里，他那的薪水最多。他今年三十五岁，已经在这家商店工作了十四年，他从结婚的那个星期就开始在那里工作，当时的年薪是四百块，以后慢慢地往上加，每年加一百块钱，四年后年薪达到八百块，然后一直保持这个水平——这是笔可观的收入，大家也都觉得他应该拿这么多。

他的妻子伊莱克特拉是个贤内助，只是和他一样，喜欢幻想，也喜欢背着人看点儿闲书。那时她十九岁，还像个孩子，就和福斯特结了婚。她结婚以后做的第一件事，就是用二十五块的现金——她的全部积蓄，在镇子郊外买了一英亩地。那时萨拉丁的积蓄比她还少十五块。伊莱克特拉把这块地改成了菜园，交给隔壁的邻居照看，一年就收回了成本。她从萨拉丁第一年的薪水里积攒出三十块钱存到储蓄所，第二年存了六十，第三年存了一百，第四年存了一百五十。那时萨拉丁的年薪加到了八百，与此同时，他们有了两个孩子，开销大了起来。尽管如此，她每年还是能从丈夫的薪水里拿出两百块钱来存上。结婚七年以后，她在

① 美国落基山脉到太平洋沿岸之间的地带。

那片菜地中间盖了一幢又漂亮又舒适的房子，花了两千块钱。她先付了一半的钱搬了进去。又过了七年，她不仅还清了债务，还剩下几百块的结余，当作本钱用来赚钱。

伊莱克特拉赚钱靠的是地价上涨。她将多年前便宜买进的一两英亩地卖给了想建房的人，从而赚到了钱。买她地的那些人脾气不错，和她以及她不断扩大的家庭相处和睦，能当好邻居，相互有个照应。从这些稳妥的投资中，她每年都有大约一百块钱的额外收入。孩子们一天天地长大，越长越可爱。她也是一个快乐的女人。丈夫和孩子给她快乐，她也把欢乐给了丈夫和孩子。可是故事就在这个节骨眼开始了。

小女儿克莱藤内斯特拉，就叫她克莱蒂吧，十一岁，她的姐姐格雯德伦，就叫她格雯吧，十三岁，姐妹俩都是文静沉稳的女孩。她们的名字里也蕴含着父母亲的浪漫气质，而这种气质是又是从前辈传承下来的。这是一个温馨和睦的家庭，一家四口都有昵称。萨拉丁的昵称不常见，听不出是男是女——叫萨利，伊莱克特拉也是这样，叫艾莱柯。白天，萨利是个优秀的会计、好商人，工作兢兢业业，艾莱柯则是个尽职尽责的好母亲、好妻子，也是一个精打细算、持家有道的妇女。一到晚上，他们就在温馨的起居室里抛开单调乏味的尘世，徜徉在一个更完美的世界里。他们轮流朗读小说，神游四方，在目眩神迷的华丽宫殿中，在阴森恐怖的古堡里与王公贵族、名媛高士为伍。

二

突然有一天，传来了一个天大的消息！这个让人惊喜的消息来从邻州传来的，萨利一家唯一还在世的亲戚就住在那里。那人是萨利的亲戚——不知是远房的族叔还是隔了两三房的堂兄。这位亲戚名叫提尔伯里·福斯特，是个七十岁的单身汉，听说家境富有，可性格倔强，多少有点古怪。萨利曾经写信与他联系过一次，以后就再也没干过那种傻事。这一次是提尔伯里主动写信给萨利，说他快不行了，希望将自己的三万元钱留给萨利，这倒不是出于亲情，而是因为这些钱给他带来了太多的烦恼，所以他想死后把这些钱交给适当的人，好让它们继续捣乱。这笔遗产将在他的遗嘱里做出交代会如数付清。要得到这笔钱，萨利必须向遗嘱执行人保证以下三点：一、萨利不能用口头或书面方式表露出对这笔赠款的兴趣；二、不询问死者的死亡过程；三、不参加葬礼。

还没从这个消息的惊喜中平静下来，艾莱柯就写了一封信，订阅了这位亲戚住地的报纸。

夫妻两人郑重约定：那位亲戚在世期间，绝不向任何人提起这件大事，以免哪个不懂事的家伙拿这件事到快死的人那里拨弄是非，好像是他们触犯禁令，故意张扬，辜负了馈赠这笔遗产的美意。

在接下来的时间里，萨利的账漏洞百出，艾莱柯也心不在焉，一会儿端起个花盆，一会儿拿起本书，一会儿又拣起块木头，不知道自己要做什么。两个人都浮想联翩。

"三万块钱！"

整整一天，这四个令人心旌摇荡的字如天籁一般在他们的脑海中回荡。

从结婚那天起，艾莱柯就把钱包攥得紧紧的，除了必须的开支，萨利从来没花过一分钱。

"三万块钱！"天籁在继续回荡。一笔巨款，简直不可思议！

整整一天，艾莱柯绞尽脑汁，盘算怎样用这笔钱去赚钱，萨利想的却是怎么花这笔钱。

这天晚上小说也没人朗读了。爸爸妈妈一言不发，心事重重，一点儿玩的心思也没有。孩子们也就早早地离开了。孩子们道晚安时的亲吻像给了空气，没有任何反应。两个人根本没有意识到孩子们的亲吻，一小时后他们才发觉孩子们已经离开起居室了。在这一小时里，最忙的是两支铅笔，夫妇俩一直把它们拿在手里运筹帷幄。最后，萨利打破了沉默，兴高采烈地说：

"太好了，艾莱柯！夏天咱们先拿出一千块钱来，买一匹马，一辆马车；冬天再拿出一千块钱来，买一副雪橇和一副皮的雪橇帽子。"

艾莱柯果断而冷静地回答到：

"你想动这笔钱？不行。这笔钱一分也不能动！"

萨利深感失望，涨红了脸。

"艾莱柯！"他气呼呼地说，"咱们辛苦了这么多年，一分钱当成两分钱花，现在咱们有钱了，当然要——"

看到她的眼神柔和了下来，萨利就没有说完。萨利的恳求打动了艾莱柯。她柔声细语地规劝萨利：

“亲爱的，我们不能动这笔本钱，那不是好办法。拿这笔钱的利息——”

“那也可以，那可以，艾莱柯！你真可爱，真好！利息也不少啊，咱们要是能花——”

“当然不是全花，亲爱的，不能全花了，不过你可以花费其中一部分。不多也不少。可是本金是不能花的——那里的一分一厘都要生利，利滚利。你说——我说得对吗？”

“啊，当然对——对极了。不过我们要等很长时间的，因为六个月才能领第一笔利息。”

“对——可能还要晚一点儿。”

“还要晚，艾莱柯？为什么？利息不是半年一结吗？”

“照那种办法投资是半年，可是我不愿用那种办法投资。”

“那你用什么办法？”

“赚大钱的办法。”

“大钱。那好啊！接着说，艾莱柯。到底是什么办法？”

“投资煤炭。把钱投到新矿、开采新煤上面，可以先投一万打底。我们把公司成立起来之后，一股的钱就可以算作三股。”

“上帝啊，听起来真不错，艾莱柯！可那些股能值多少钱？要等到什么时候？”

“估计一年吧。半年利息百分之十，一年后就是三万。我全都清楚，这张辛辛那提报纸上的广告都写着呢。”

“上帝啊，一万块一年变成三万！咱们把那笔钱都投进去，拿回九万来岂不更好！我马上写信，现在就写——明天就怕来不及了。”

他朝写字台飞奔而去，可是艾莱柯却拦住他，把他拉回椅子上来。她说：

“别晕头转向了。那笔钱还没有到手呢，怎么买股？”

萨利的激情少了几分，可他还没有完全平静下来。

“可是，艾莱柯，其实那笔钱已经是我们的了，你知道——而且马上就要到手了。说不定他已经脱离苦海了。说不定，他现在正在收拾行李准备下地狱呢。我想——”

艾莱柯打了个激灵说：

“你怎么能这样呢，萨利！可别说这种无耻的话。”

“那好，只要你高兴，让他戴个光圈上天堂也行，他怎么样和我无关，我只是随便说说。说句话也不行吗？”

“可你干吗要说这么可怕的话呢？你还没死的时候，别人这样说你，你会高兴吗？”

“当然不高兴。假如这辈子最后一件事就是用送钱来害人，他也别不高兴。艾莱柯，我们别说提尔伯里了，说点儿实实在在的事吧。我看煤矿倒是值得把那三万块钱都投进去，这样做有什么问题吗？”

“把赌注全押到一边——这就是问题。”

“如果这样，那就算了。另外那两万怎么办呢？你想拿它们做什么？”

“不用着急，我好好想想再决定。”

萨利叹了口气：“如果你已经决定了，那就这么办吧。”他又沉思了一会儿，说：

“从现在起，一年之内咱们就能用一万赚两万。赚的钱咱们总可以花了吧，艾莱柯？”

艾莱柯摇摇头。

“还是不行，亲爱的，”她说，“在咱们分到头半年的红利以前，股票卖不出好价钱。所以你只能花一部分。”

“哼，就只能花那么一点儿啊——还得等整整一年！活见鬼，我——”

“哎，沉住气！也许用不了三个月就分红呢——这完全可能啊。”

“哦，那太好了！哦，谢谢你！”萨利跳起来，感激地吻着妻子，“那就是三千块钱啦——足足三千块呀！那我们能花多少呢，艾莱柯？大方点儿——说定了，亲爱的，你就行行好吧。”

艾莱柯也兴奋起来，兴奋得经受不住丈夫的恳求，答应拿出一千块来花销——其实，理智告诉她花这么多钱是不明智的。萨利发疯似的吻着妻子，即便如此，也表达不了他的兴奋和感激之情。这一轮感激和爱心攻势把艾莱柯彻底征服了，在重新稳住阵脚以前，她又批给了萨利一笔钱——两千块。按她的想法，这两千块钱是遗产里还没动用的那两万块在一年内可赚到的五万或六万的一小部分。萨利眼中闪烁着激动的泪花，他说：

“哦，我得抱你一下！”然后就是一个深深的拥抱。抱完以后，萨利拿着账本坐下来开始算账，首先是他最想要的。“马——马车——雪橇——雪橇帽子——漆皮——狗——大礼帽——教堂椅子[①]——上弦的表——镶新牙——嘿，艾莱柯！”

“什么事？”

“还没算完呢，是吗？算吧算吧，剩下的两万块钱投出去了吗？”

“没有，那笔钱不着急，我要先四处看看，再拿主意。”

“那你怎么还没算完呀？你还在算什么？”

“嘿，我得想想投资煤矿赚的三千块钱该用在什么地方，对不对？”

“老天，你瞧我这脑子！我怎么没想到呢。你是怎么安排的？算到哪一年啦？”

“不太远——也就两三年吧。我打算将这笔钱再进行投资：一次投石油，另一次投小麦。”

“嘿，艾莱柯，太棒了！大约能赚到多少？”

“我想想——嗯，保守估计，大约能赚十八万，也许还能再多赚点儿。”

“嗬！太棒了！我的天哪！咱们总算是苦尽甘来了。艾莱柯！”

“什么事？”

“我想捐给教会三百块——有这么多钱，干吗不花呢！”

“这再好不过了，亲爱的，这才是像你这样慷慨大方的人应该做的事。”

听了这番称赞，萨利心花怒放，不过他也很公道，把功劳都记在了艾莱柯身上，因为没有艾莱柯，他也不会有这么多钱。

然后他们就上床睡觉，由于太过高兴，以至于连客厅里的蜡烛都忘了吹灭。等脱了衣服，他们才想起来。萨利说，就算蜡烛价值一千块，他们也用得起，就那么点着吧。可艾莱柯还是下床去把蜡烛吹灭了。

艾莱柯的这次息蜡行动可谓一箭双雕，因为就在她往回走的时候，她突然想到了一个主意：她要趁热打铁，将那十八万块钱翻成五十万块钱。

---

① 教堂里供某一家庭专用的座位。

三

艾莱柯订的那份小报是每周四出报的，周六那份报纸才能从提尔伯里的村子跋涉五百里到达这里。提尔伯里的那封信是周五写的，就算他当天就死，也迟了一天，赶不上当周的报纸，而离下一周的出版时间还早着呢。这样，福斯特一家还要等差不多整整一星期，才能知道提尔伯里是不是已经功德圆满了。这个星期十分漫长，等待也是十分焦急。如果不想些能够打发时间的事儿，他们夫妻俩简直要顶不住了。正如我所说，他们并不缺有益身心的事。妻子正拼命积累财富，丈夫忙着花钱——只要妻子给他花钱的机会，不论钱多钱少都无所谓。

终于熬到了周六，那份《萨加摩尔周报》来了，是埃弗斯利·本内特太太送来的。她是长老会牧师的妻子，正在劝说福斯特夫妇积德行善，为教会捐些钱。可是，话题还没展开，就戛然而止。因为本内特太大很快就发现，两位主人对她的话充耳不闻。她摸不着头脑，气呼呼地起身告辞了。本内特太太前脚刚出门，艾莱柯就迫不及待地撕开了报纸的封套，她和萨利的眼光齐刷刷地扫视着讣告栏。真是大失所望！根本没提到提尔伯里。艾莱柯一直是个虔诚的基督教教徒，基督教的教条和信仰约束着她的情感。她定了定神，备感欣慰地说：

“谢天谢地，他还没有去世。再说——”

“这个老不死的，我真想——”

“萨利！你不觉得害臊吗？”

“我才不在乎呢！”丈夫怒气冲冲地回答，“咱们心里想的都一样，别再假惺惺地装腔作势了，说实话吧。”

艾莱柯觉得自己受到了侮辱，她说：

“我真不知道你怎么能说出这种不仁不义的话来，我什么时候装腔作势了？”

萨利还是愤愤不平，不过他却想换一种说法蒙混过关——以为这样就能唬住艾莱柯。萨利说：

“艾莱柯，我可没那么坏，我真正的意思不是说装腔作势，我是说——是说——那老掉牙的教条，你懂吗？嗯，就是生意人那一套。就是——就是——嘿，你明白我是什么意思。艾莱柯——就是——比方说，如果你用空壳子摆出来当作实心的，别人也不会觉得有什么不妥当，这不过是生意人的潜规则，是从古到今的老规矩，是一成不变的风俗，是守——守——妈的，我也不知道该怎样形容才好，反正你明白我的意思，艾莱柯，我并没有害人之心。我再换种说法吧，你瞧，比如说一个人——”

“行了，够了，”艾莱柯冷冷地说，“咱们别再说这个啦。”

“好吧，好吧，”萨利热情洋溢地答道，他擦着脑门上的汗，心里暗暗舒了口气。他沉思着做自我批评：“我本来拿了一把好牌——我明明知道是好牌——可我拿在手里没打出去。我打牌时总是犯这个毛病。要是我能坚决一点——可我没有。我从来没有。我的学问还不够啊。”

自知理亏，他也就默不作声了。艾莱柯的眼神宽恕了他。

他们马上回到那个最感兴趣的话题上来了。这是其他任何事情都无法比拟的，那就是猜测报上为什么没有刊登提尔伯里的死讯。他们东猜西想，一会儿走投无路，一会儿又柳暗花明。可是转了一个大圈子，他们又回到原地，得到的结论是之所以没有刊登提尔伯里的讣告，唯一合理的解释——毫无疑问——就是提尔伯里还没死。这事有点让人泄气，甚至还有些气愤。不过事已至此，也只能顺其自然了。这一点他们达成了共识。在萨利看来，虽然天意如此，毕竟反常，不可思议。说实话，这是他能想到的最不可思议的事情之一——想到这里，他也就带着几分情绪发泄出来了。不过，这并没有引起艾莱柯的注意，她一言不发。艾莱柯就算有想法，也都藏在心里。不论何时何地，她的原则就是在所有场合都不轻举妄动。

这对夫妇只有等着下周的报纸——显然提尔伯里拖延了死期。这就是他们的想法和结论。然后他们就把这件事撂在一边，努力平静好心情各自忙他们的事了。

他们并不知道自己完全错怪了提尔伯里。提尔伯里做到了他信里说的事情。他已经死了，如约而死。如今他死了四天多，已经安息了。死得彻头彻尾，死得完完全全，和公墓里头的每一位刚死的人一样。提尔伯里的死讯有足够的时间登上《萨加摩尔周报》的讣告栏，可是却出了一点点的疏漏。这种疏漏任何一家都市报纸都不会出，可是出现在《萨加摩尔周报》这样的乡村小报上，是不足为奇的。因为在社评版截稿的时候，霍斯提特绅士淑女冰激凌店为报社赠送了一夸脱草莓冰激凌。于是，为提尔伯里写的那几句平平淡淡的悼词就给删掉了，腾出版面来刊载编辑对冰激凌店热情洋溢的谢词。

提尔伯里的讣告字版在送到备用架上的时候被弄乱了。这条讣告本来还可以用，因为《萨加摩尔周报》从来不糟蹋"备用"稿，只要排版不乱，"备用"稿就常备不懈。可是只要字版一乱，稿子就算毁了，不会起死回生，也就永远没有见报的机会了。所以，无论提尔伯里高不高兴，就算他在坟墓里暴跳如雷，也无济于事——他的死讯在《萨加摩尔周报》上永无出头之日了。

四

冗长乏味的五个星期过去了。《萨加摩尔周报》准时在每周六送到，却只字不提提尔伯里·福斯特。此刻，萨利再也没有耐心了，怒吼到：

"去他妈的，这个老不死的！"

艾莱柯严厉地批评了丈夫，她义正词严地说：

"你也不想一想，要是这句混账话刚出口，你也一蹬腿就死了呢？"

萨利气急败坏，顺口就说：

"那算我走运，没把这话憋在心里。"

男人的自尊心逼着萨利说点儿什么，可他又没想好合情合理的话，就顺嘴说了这一句。接着，他偷了一垒——这是他的说法——溜之大吉，以免遭妻子连珠炮般的责问。

一晃六个月过去了。《萨加摩尔周报》仍然只字不提提尔伯里的事。这期间，萨利已经三番两次暗示他想搞清楚。可是艾莱柯却对此置之不理。于是萨利鼓足勇气，决定正面打听。他提议由自己乔装改扮，偷偷潜入提尔伯里的村子，偷偷地摸清情况。艾莱柯斩钉截铁地制止了这个危险的计划。她说：

"你想什么呢？净给我添乱！你就像个小孩子，必须得随时留意你，否则准闯祸。该干什么就干什么去吧！"

"嘿，艾莱柯，我能做到神不知鬼不觉——我保证。"

“萨利·福斯特，你难道不知道你得四处打探吗？”

“是啊，那又怎么啦？谁都猜不出我是谁呀。”

“嚯，瞧你说的！有朝一日你得向遗嘱执行人证明你从来都没有打听过。那时怎么办？”

他居然把这点给忘了。他答不上来，一时语塞。艾莱柯接着说：

“别再胡思乱想给我添乱了。别中了提尔伯里的圈套。你明白那是个圈套吗？他就盼着你往里面跳呢。听着，你就别再惦记了，我是不会让你这么做的。”

“嗯？”

“只要你活着，哪怕等一百年，也绝不要再提起这件事。你答应我！”

“好吧。”萨利心有不甘地叹了一口气。

艾莱柯的语气缓和了下来，她说：

“要沉住气，我们快成功了。我们有的是时间等待，不用着急。咱们那两笔固定收入一直在增加，至于期货，我从来没有看错过——它们的价格正飞快地上涨呢。我们家是本州最幸运的了。我们已经开始跻身富人行列了。这你都知道，是吧？“

“是，艾莱柯，没错。”

“那就得感谢上帝的恩赐，别再自寻烦恼了。没有上帝的帮助和指引，我们会有这么多的收获吗？”

他吞吞吐吐地答道：“不——不，不会的。”萨利又满怀深情，用赞赏的口气说：“不过，说到炒股票的智慧和要弄华尔街的手腕，我倒觉得你是个行家里手，要是真想，我——”

“别说了！亲爱的，我知道你没有害人之心，也没有不敬的意思，可是，你一张嘴，就会说出几句吓人的话。你老是让我提心吊胆，为你、也为大家捏一把汗。以前我并不害怕打雷，可如今我一听见打雷，就——”

她哭了起来，再也说不下去了。此情此景深深打动了萨利，他紧紧地握住妻子的手，一边抚摸，一边发誓要痛改前非，他自责了一番，后悔不迭地请求宽恕。他诚心诚意地为自己的言行道歉，他说只要能够弥补过失，他甘愿做出任何牺牲。

他花了很长的时间反省自己的言行，决心今后一定不再语出惊人。发誓洗心革面并不难，其实他也已经这样做了。可是，这样做会有什么好处，会有什么长远的好处吗？没有，这都是暂时的——他深知自己的弱点，对这个弱点也是无可奈何——说得到但是做不到。他决定要想一个更好更保险的办法，最终他想到了。他从自己一分一厘节省的血汗钱里拿出一笔来，在房顶上安了一个避雷针。

可是没过多久，他故态复萌了。

习惯这东西创造的奇迹多么惊人啊！而习惯的养成又是如此容易，如此迅速——无论是不起眼的小习惯，还是脱胎换骨改造我们的大习惯，全都如此。如果一连两天偶然都在凌晨两点睁眼，我们就必须小心了。因为偶然次数多了就会成为习惯。还有，只需要一个月的酗酒放纵，那么你就可能成为酒鬼——不过，这些都是人所共知的事实，不说也罢。

沉浸于盖空中楼阁的习惯、做白日梦的习惯的形成也是如此之快！它已经成为一种享受。一有空闲，我们就被它勾走了魂，沉迷其中，它侵蚀了我们的心灵，使我们沉醉于蛊惑人心的妄想之中——是啊，我们的梦幻生活和我们的真实生活混淆不清，真假难辨，是多么迅速，多么轻而易举的事情啊！

不久，艾莱柯订了一份芝加哥的日报和一份《华尔街指数》。她花了整整一星期，拿出每周读《圣经》的劲头来，勤奋研究这两份报纸，重点研究财经版。萨利注意到，她对预测和掌握实际市场和精神市场两方面的证券行情越来越内行了。对此，萨利佩服得五体投地。他为艾莱柯闯荡世俗股市的勇气和胆略感到骄傲，同时对她进行精神上交易所采取的保守的谨慎的态度也同样自豪。他注意到艾莱柯在很多方面都有天赋，并且颇有胆量，在复杂的期货市场上总是做短期，但是她小心翼翼地到此为止——在其他方面，她做的都是长期。她的投资策略简单有效，就像她对萨利解释的那样：她在物资期货方面的投入是投机，而在精神期货方面的投入则是投资。对前者她情愿冒点风险，碰碰运气，对后者她却要做到“十拿九稳”——她不光要赚钱，还要股票过了户才算数。

没过几个月，艾莱柯和萨利的想象力就有了进步。每日的训练开拓了两人想象的范围与效率。因此，想象中艾莱柯将赚钱的速度加快了很多，萨利则与她比翼齐飞，花钱的本领也与日俱增。一开始，艾莱柯把投资煤矿的收益期定为十二个月，从未考虑过这个期限可以缩短为九个月。因为那时她还处于没有启蒙的小儿科时期，没有金融方面的经验和实践。

不久她就开了窍，九个月的期限消失了，想象中的一万块投资翻了三倍后收入账户。利润到手了！

这是福斯特夫妇值得庆祝的日子。他们都高兴得说不出话来了。这是有原因的：对市场情况经过仔细观察之后，艾莱柯提心吊胆、战战兢兢地把剩余的两万块也投了进去。在想象中，她眼看着手里的股票价格不断地上涨——同时伴随着股市每时每刻都可能暴跌的风险，她的精神压力越来越大，实在不能再支持下去了。因为，她对股票投机生意还是一个新手，沉不住气。于是，她用想象中的电报给想象中的经纪人发出了抛出的指令。她认为四万块钱的利润已经够多了。抛出这笔股票的同时，煤矿投资的丰厚利润也在那一天返回了。正如我刚才讲的，这夫妻俩说不出话来了。那天夜里他们大喜过望、如醉如痴，极力想意识到这是一件了不起的大事，也就是将想象中的这笔财富——实际上净值十万，认为是实打实的十万。

从此，艾莱柯再也不怕股票投资。起码不再害怕从梦中惊醒，面颊惨白，那都是初出茅庐时的事情了。

这确实是一个难以忘怀的夜晚，慢慢地，已经发了财的意识在这对夫妻的灵魂深处站稳了脚跟，于是他们开始给这些钱派用场了。假如我们能进入这两位的梦境，就会发现他们那幢整洁的小木屋消失了，取而代之的是一栋两层的砖瓦房，房前有铸铁的栅栏，我们还能看到从客厅的天花板上垂着一盏三个灯泡的枝形煤气灯架，原先朴素的碎布地毯变成了昂贵的一码一块五的布鲁塞尔货[①]，大路货的壁炉也不见了，取而代之的是一座有云母窗的考究的大壁炉。另外还有其他一些东西，比如，轻便马车、雪橇帽子、高筒礼帽，等等。

从此以后，尽管他们的女儿和邻居们看到的依旧还是旧木屋，可在艾莱柯和萨利眼里，那是一栋两层楼的砖瓦房。艾莱柯天天晚上都为想象中的煤气费单子而伤脑筋，然后从萨利满不在乎地回答中得到安慰："那怕什么？咱们付得起！"

他们发财后的第一天晚上，夫妻俩决定上床之前好好庆祝一番。他们决定要开一个派对。可是，怎么跟女儿及邻居们解释呢？他们不想让

---

① 布鲁塞尔出产的一种底层为粗麻，上层由彩色羊毛织出图案的高级地毯。

别人知道自己发财了。萨利想开派对，甚至有点迫不及待。可是艾莱柯十分理智，没有批准。她说，尽管这些钱几乎已经到手，可还是等到真正到手再办才好。她坚持这个立场，毫不动摇。必须保守这个大秘密——对女儿、对邻居们都要保密。

这对夫妻左右为难。他们已经决定要庆祝，这点不能改变。可是，既然要保密，他们怎么庆祝呢？三个月之内不是任何人的生日。提尔伯里的遗产也没有到手，他显然是要长命百岁了。那，他们庆祝什么呢？萨利想着想着，越来越着急，越来越心烦意乱。不过，萨利终于找到了理由——在他看来，这是神来之笔——把所有的烦恼一下子统统解决：他们可以用发现美洲纪念日的理由庆祝。这是一个绝妙的主意。

艾莱柯也为萨利的妙计感到骄傲，几乎无法用语言表达自己的敬佩——她说，她自己怎么也想不出这个主意来，虽然萨利受宠若惊，对自己的机智也惊叹不已，不过他还是谦虚地说，这算不了什么，谁都想得到。艾莱柯听了，得意扬扬地晃着脑袋，高兴地说："啊，没错！谁都能——啊，谁都能想到！比如说霍萨纳·迪尔金斯吧！阿得尔伯特·皮纳特也能——呃，亲爱的——没错！那好，我倒想看他们来比试比试，没别的意思。上帝，如果他们能发现一个四十英亩的小岛，我都会惊讶得合不拢嘴。要说发现整个大陆，萨利·福斯特，你再清楚不过了，让他们搜肠刮肚，他们也是想象不到！"

这位可爱的女子知道丈夫是有天赋的；即使因爱情而稍稍高估了他，也不过是甜蜜而温柔的过错而已，因为爱，这是情有可原的。

五

派对十分热闹。朋友们老少咸集，齐聚一堂。年轻人有弗萝酉·皮纳特、格蕾丝·皮纳特以及她们的哥哥阿得尔伯特·皮纳特，他是一个刚出道的补锅匠，生意正红火。还有小霍萨纳·迪尔金斯，他是一个刚出师的泥瓦匠。阿得尔伯特和霍萨纳已经对克莱藤内斯特拉和格雯德伦·福斯特献了好几个月的殷勤，夫妇两人知道后，心中暗喜。现在他们却突然高兴不起来了。他们意识到经济状况的改变已经在他们的女儿和两个小工匠之间划了一道社会地位的鸿沟。两个女儿如今可以往高处走了。不错，一定要往高处走。她们一定要嫁给律师或者商人甚至比这些还要高贵的人。老爸和老妈操着心呢，绝不能让她们下嫁给这些小工匠。

可是，这些念头和设想都藏在心里，没有摆到桌面上来，因此也没有给庆祝活动罩上阴影。他们表现出来的是志得意满的矜持和高傲，以及气度不凡的派头和从容的举止，这些都让客人们发出由衷的赞叹，感到十分吃惊。每个人都察觉了这一点，大家议论纷纷，但是没人知道其中的秘密。这里面有非同寻常的神秘之处。有人随口说了两句，没想却是歪打正着：

“他们就像是发了横财似的。”

一点不错，他们完全猜对了。

绝大多数母亲都会按照惯例包办儿女的婚姻，她们教诲各自的女儿，讲一通莫测高深却又不着边际的大道理——但常常事与愿违，只会把女儿们训得哭泣不止，引起她们内心的反感。如果这些母亲还要教训那些小工匠不要再打女儿的主意，就会把事情弄得更糟。然而，这位母亲却与众不同。她很聪明。她既没有教训那两个年轻人，也没有对其他人提及此事，只告诉了萨利一个人。萨利听完了表示理解，不光理解，还赞不绝口。他说：

“我明白你的意思。当然不能当面给这些货色挑毛病，这样不考虑场合会伤害彼此的感情，无法继续做买卖。你不用加价，只需要把货物的成色提上去，顺其自然就好。艾莱柯，这就叫聪明，实在聪明，绝顶聪明。你想要什么样的货色？选好了没有？”

没有，她还没有选好。他们必须在市场上巡视一遍——他们也这么做了。他们首先将两个人提上了议事日程，他们是年轻有为的律师布雷迪什和牙医福尔顿。萨利打算请他们来吃饭。艾莱柯说请当然要请，但不是马上就请，这事不急。我们平时留意这两个小伙子，等等看。如此重要的大事，需要慢慢来才不会有闪失。

事实再次证明艾莱柯这一次很有先见之明。因为在三个星期之内，她从股市中大赚特赚，她想象中的那十万块钱又变成了足足四十万块。那天晚上，他们欢天喜地，简直像腾云驾雾一般。吃晚饭的时候，他们破天荒地上了香槟。其实并不是真的香槟，而是运用了充分的想象力弄假成真了。这本是萨利提议的，可艾莱柯心一软就答应了。两个人心里都惴惴不安，羞愧难当，因为萨利是戒酒会的积极分子，参加葬礼时，他总穿着戒酒会的罩衣，连狗都不敢多瞧他一眼[①]。他立场坚定，始终坚持自己的主张。艾莱柯是基督教妇女戒酒会的会员，她也拥有该会会员坚定的意志与圣洁非凡的品德。然而时过境迁，炫耀财富的心理占据了优势。他们的生活再次证明了一条可悲的真理，这条真理已经被世人反复证明：尽管信念是抵御浮华堕落伤风败俗的强大而崇高的力量，但是它却不足以对抗贫穷。何况他们拥有了四十万块钱的财富呢！他们重新审议女儿的婚事。这一次牙医和律师都不在挑选之列了，他们不够资格了。他们考虑了肉类罐头食品批发商的儿子和镇上银行家的儿子。可是和以往一样，他们最终的结论仍然是：再等等，再考虑考虑，走一步，看一步，力求万无一失。

他们的运气又来了。密切关注市场走势的艾莱柯看准了一个绝好的冒险机会，大胆地炒了一把股票。然后是一段战战兢兢、疑虑重重、忐忑不安的时光，假如失败，那就倾家荡产了。后来终于有了结果，艾莱柯激动得语无伦次，说话的声音都走了调：

"不用再提心吊胆了，萨利——咱们已经有整整一百万了！"

萨利感激涕零地说：

"哦，艾莱柯，你是个奇才，是我的宝贝，现在咱们终于自由了，咱们财源滚滚，再也不用算计着过日子了。这一回可以喝克利戈[②]名酒了！"他一狠心拿出一品脱树叶子酒，一边喝，一边说"真他妈的不便宜"，她欢喜得眼睛都湿润了，用恨铁不成钢的眼神温柔地责备他。

猪肉批发商的儿子和银行老板的儿子也被束之高阁了，然后又开始考虑州长和众议员的公子了。

六

如果继续列举福斯特家虚无财产飞速增长的细枝末节，就太无聊乏味了。这个过程确实不可思议，令人眼花缭乱，头晕目眩。随便什么东

① 在美国俚语中常用"快乐的狗"指代喝醉的酒鬼。

② 一种香槟酒的牌子，因为普鲁士国王弗雷德里克·威廉四世所嗜好，故一家英国杂志给这种酒取名"克利戈"。

西，艾莱柯都能点石成金，耀眼的财富越来越多，似乎永无止境。无数的财富奔涌进来，强大的财源仍然汹涌澎湃，巨大的数目依然不断刷新。五百万———一千万——两千万——三千万——难道就这样永无止境了吗？

两年的时光在他们狂热而执着地追求中匆匆而过，如痴如醉的福斯特夫妇几乎没有留意到时间的飞逝。如今他们的财富已达三亿。全国各大财团的董事会里，他们都有一席之地。而且随着时间的推移，财富还在不断地往上涨，一次一百万，一次一千万，几乎是随心所欲，迅速地涌过来。很快那三亿翻了一番——又翻了一番——再翻一番。

数目已达到惊人的二十四亿了！

慢慢地，他们的账目有了些混乱。有必要把股票的账目清一清，厘理头绪了。这一点福斯特夫妇懂得，也感觉出来了。他们意识到这项工作势必不可少；同时，他们也懂得，想要做好这项工作，就要有始有终，一旦开始就不能中途停止。这项工作需要十个钟头。可是，他们哪有连续十个钟头的空闲时间呢？萨利一天到晚忙着卖别针，卖糖，卖印花布，每天不变；艾莱柯一天到晚忙着做饭、刷碗、打扫屋子、叠被铺床，天天如此，没人帮她干家务，因为两个女儿都在养尊处优准备进入上流社会呢。福斯特夫妇知道有办法能腾出十个钟头来，这是唯一的办法。可是夫妇俩人都羞于启齿，都想等着对方先开口。最后，萨利终于开口了：

“总要有人让步，那就由我来吧。既然我已经动了这个念头，那就不妨把它大声说出来。”

艾莱柯脸红了，不过她很感激丈夫。他们没有再说下去，就决定破戒了。这个办法就是违反安息日不干活[①]的规矩。因为只有这样他们才有连续十个钟头的时间。这只不过是在堕落的道路上又向前走了一步，其他的堕落行为会接踵而至。巨额财富的诱惑力是可怕的，足以攻破修炼不深者的道德防线。

他们拉上窗帘，不守安息日的规矩了。经过艰苦细致的工作，仔细检查了一下他们的股权，开列了清单。一长串大名鼎鼎的公司真吓人啊！包括铁路系统、汽船公司、标准石油公司、远洋电报公司、微音电报

---

① 犹太教将星期六作为安息日，而基督徒则以星期日为安息日，在安息日不可以工作，而应专心礼拜上帝。

公司以及其他许多企业，甚至克朗代克金矿、德比尔斯钻石矿、塔马尼贪财公司[①]和邮政部的暧昧特权。

二十四亿资本，全都稳稳当当地投在绩优股上，财源稳定，稳赚不赔。每年的收入达到了一亿两千万。艾莱柯轻松愉快地长舒一口气，然后说：

“够了吗？”

“足够了，艾莱柯。”

“那咱们怎么办呢？”

“就此打住。”

“洗手不干了？”

“说得对。”

“我同意。这件好事干完了，咱们该好好休息休息，花钱享受了。”

“太好了，艾莱柯！”

“怎么样，亲爱的？”

“这些收入咱们能花多少？”

“全都能花。”

看起来，她丈夫好像有一块石头落了地。他一句话也没说，他已经乐得说不出话来了。

一旦发现了这个诀窍，从此以后，他们就不再遵守安息日的老规矩了。每周日晨祷以后，他们整整一天都用来编排——编排花钱的门道。这种美妙的消费活动总是持续到午夜过后。每次挥霍之后，艾莱柯都会慷慨地拿出几百万，捐赠给知名慈善机构和教会产业。萨利也出手阔绰，在某些项目上一掷千金。刚开始他还给这些项目分别冠以固定的名称。这只是刚开始的时候，但后来这些项目逐渐失去了鲜明的轮廓，最终被归入了“杂项类”，全都变成不清不白的名目了——这样做倒是安全。因为萨利已经开始胡闹了。使用这些数以百万计的巨款来购买日常必需品——蜡烛，这是一个严肃而极为棘手的问题。艾莱柯曾为此发愁，但很快问题就解决了，因为发愁的根源已经不复存在。她也曾痛苦过，悔

① 当时一家由民主党人成立的组织，贪污受贿十分严重，故此词已成为政治腐败的代名词。

恨过，害臊过，不过她最终保持了沉默，成了一个同谋。萨利开始偷蜡烛了，从商店往回偷。事情从来都是这样。巨额财富对穷人是一剂烈性毒药，会连皮带骨地吞噬他的良心。福斯特夫妇贫穷的时候，绝不会动手偷蜡烛。可是，现在他们的举动——我们先不涉及这个问题。从蜡烛到苹果只有一步之遥：萨利开始偷苹果，后来是肥皂，接着是蜂蜜，再往后是罐头、陶器。只要我们一开始走下坡路，那是多么容易越变越坏啊！

与此同时，福斯特夫妇惊天动地的财富积累进程中又有了其他里程碑式的标志。那栋虚构的砖楼换成了一幢由花岗岩造的有棋盘格子复式屋顶的建筑。后来，这幢房子也没有了，让位于一幢更加气派的豪宅——依此类推。一幢又一幢建在想象中的豪宅拔地而起，一幢比一幢更高，更宽敞，更豪华，然后又一幢接着一幢地无影无踪了。一直到后来在他们庆祝的日子里，我们随他们的梦境住进了一座宫殿般的豪宅，这是一栋山顶建筑，四周树木茏葱，从宫殿可以俯瞰山谷、河流以及云雾缭绕的层峦叠嶂——这都是绝对私产，都归两位幻想者所有。宫殿里仆从如云，个个穿着制服，来自世界各大都市的名流权贵济济一堂，谈笑风生。

这座宫殿在很远的地方，远在天边，迎着初升的太阳，似乎遥不可及，恍如隔世。它建在罗得岛的新港，那里是上流社会的圣地，美国显贵们的酒池肉林。按照惯例，每逢安息日晨祷过后，他们都会在这所豪宅里消磨一部分时光，其他时间则在环游欧洲的旅途上，或者在悠闲宜人的私人游艇上。每星期在湖滨镇寒酸的角落里熬过卑微乏味的六天以后，第七天就可以虚空梦游，浮想联翩——这已经成了他们固定的生活习惯了。

在处处受到制约的现实生活中，他们仍然像以往那样——艰难度日、克勤克俭、小心翼翼、脚踏实地。他们一直对长老会的小教堂虔诚礼拜，诚心诚意地为教会做事，全心全意地恪守神圣而严厉的教规。可是在他们虚幻的生活中，他们却追随着幻想的诱惑，从不计较这幻想的性质和变化。艾莱柯的幻想还算实际，而萨利的幻想却已经乱了套。艾莱柯在她的虚幻生活中，先是信主教派，因为这个教派的头面人物都有显赫的身份；然后改信高教派，因为那里的蜡烛点得多，场面比较讲究；后来，她又皈依罗马天主教教会，因为他们有红衣主教，蜡烛点得更多。可是艾莱柯的这些追求在萨利看来是毫无意义的。他的幻想生活是一幅热情奔放、永无止境的激动人心的画面，这个千变万化的过程，保证了每一个场景都新鲜活泼、光彩照人，连宗教活动也是如此。他不断地参加各种宗教活动，像换衬衫似的变换花样。

从福斯特夫妇发迹开始，他们就出手阔绰，随着财富逐渐增加，他们也更加慷慨。不久，他们简直是挥金如土了。艾莱柯每周都要建一到两所大学，另加一到两所医院，包括罗顿[①]的一家医院和一批小教堂。偶尔也会建一座大教堂。有一次，萨利不合时宜、不加考虑地开了一句玩笑，他说："要不是天冷，她已经送走一船传教士，去点化冥顽不灵的中国人拿二十四开纯金的儒教换成假造的基督教了。"

这句粗鲁无情的话伤透了艾莱柯的心，她哭着跑开了。此情此景让萨利心焦如焚，他非常后悔，恨不得能够收回那句话。可是她一句责备的话都没说——这更让他心如刀绞。她没有要求萨利反省——她本来可以劈头盖脸羞辱萨利一顿的，但她那宽容大度的沉默已经报复了萨利，让他自惭形秽，唤醒了他自己一连串丑恶的回忆。过去几年挥金如土的生活他是如何度过的，这些场景一一展现在他的眼前。他坐在那里越是反省，越觉得羞愧难当。看看妻子的生活——多么美好，光明正大。对比他自己的生活——何等轻浮，充满了无聊的虚荣心，何等自私，何等空虚，何等卑劣啊！再看看它的倾向——从来没有上进心，只有堕落，不断的堕落！

他把妻子的生活历程和自己的生活历程做了一番比较，找到了自己和妻子的差距——于是他又陷入了沉思——他呀！他还有什么可辩解的呢？当她建造第一座教堂的时候，他干吗去了？纠集了一帮花天酒地、玩腻了的百万富翁凑了一个牌局，在自己的宅子里纸醉金迷，一局输掉几十万，还傻呵呵地为争一个冤大头的美名而沾沾自喜呢。当她造第一所大学的时候，他干吗去了？他正和一个"相公"鬼混，作践自己呢。他还跟那些放浪形骸、除了钱以外一无所有的花花公子为伍，沉迷于声色犬马而不自省。当她筹建第一间育婴堂的时候，他干吗去了？唉！当她筹备那个高尚的女性纯洁会的时候，他又在干吗？啊，真是的！当她和基督教妇女戒酒会、女性缉酒队以不折不挠的精神展开运动，清除那些

① 以英国社会改革家罗顿勋爵命名的救济穷人的场所。

害人的酒瓶酒罐时，他干吗去了？他正醉得一塌糊涂。当她捐造了一百座大教堂后，受到罗马教皇的感谢和欢迎，并且由教皇亲手向她颁发了她当之无愧的金玫瑰勋章[①]的时候，他又干吗去了？在蒙德卡罗抢劫银行呢！

他不得不停下来。他实在想不下去了。其他的丑行劣迹更是让人不寒而栗。他站起身来，鼓足勇气想说实话，让这段见不得人的生活曝光，坦白承认一切。他再也不能过这种人不人、鬼不鬼的日子了。他要去对她讲清楚。

他说到做到。他对她坦白了一切。然后在她的怀里哭了起来，一面哭，一面呻吟，不断地乞求她的原谅。听到他的坦白，艾莱柯极为震惊，几乎精神崩溃，不过毕竟他是她的亲人，她的心肝宝贝，她的幸福源泉，是她的一切。无论他有什么样的要求，她都无法拒绝，于是他得到了她的宽恕。她觉得从今以后他会蜕变成另一个人。她明白，他只能懊悔，而不能改过自新。然而，就算他如此道德败坏、腐朽堕落，难道他不是她的亲人、心上人、崇拜的偶像了吗？她嫁鸡随鸡，嫁狗随狗，然后她就敞开自己那扇思念的心扉，彻彻底底地原谅了他。

七

这件事过后不久，在一个星期天下午，他们乘着梦想中的游艇在夏日的海面上游玩，悠闲自在地斜倚在后甲板的天篷底下享受日光。俩人都沉默着，都在想着自己的心事。这些日子以来，这种沉默不知不觉地多了起来，最近更加常见。以前的亲密和真诚正在衰退。萨利那次坦白种下了恶果，艾莱柯费了好大劲想从脑海里驱走那可怕的记忆，可它就是不走。这种记忆的耻辱和苦涩玷污了她温馨的幻想生活。如今她看得出来，她的丈夫每到周日就变成了一个放荡不羁、令人生厌的家伙。可是她呢——难道她自己就无可指责了吗？唉，她明白事实并非如此。她也有件事瞒着他，这是不忠诚的行为，为此，她整日心事重重，惴惴不安。她违反了他们之间的约定，并且把他蒙在鼓里。在强烈的诱惑下，

① 金质饰物，四旬斋时教皇会赠送给信奉天主教的各国君主等知名人士。

她又做起了生意：她押上了他们全部的财产，买进了这个国家所有的铁路、煤矿和钢铁企业，现在一到安息日，她就焦虑恐惧，唯恐一不留神，泄露只字片言，让他察觉。由于做了这件对不住丈夫的事，她既痛苦，又懊悔，不由自主地对丈夫怜悯有加。看到他躺在那儿，喝得烂醉如泥，她的心中就充满了悔恨。他毫不怀疑——全心全意、毫无保留地信赖她，可头上却高悬着一盆可能倾家荡产的祸水，这祸水就是她放的。

"嘿——艾莱柯？"

萨利突如其来的一句话一下子惊醒了她。她从心中摆脱了那件烦心事，觉得很高兴，就用往日那种甜蜜的嗓音答道：

"什么事啊，亲爱的。"

"你知道吗，艾莱柯，我觉得咱们犯了个错误——这可是你的错。我指的是女儿的婚事。"他坐了起来，挺着肥肥的青蛙肚，慈眉善目，真像一尊铜佛。他的口气郑重起来了。"想想吧——五年多了。你还是墨守成规，一成不变，只要赚一笔，择婿的档次就提高一档。每到我琢磨着要举行婚礼的时候，你的眼光又高了，让我一回回地失望。我觉得你也太难伺候了。总有一天咱们得落个高不成低不就。头一次，咱们把牙医和律师去掉了。也罢——我也同意。接着咱们否定了银行老板和猪肉批发商的儿子。这也由他去——甩得有道理。再往后，咱们又没看上众议员和州长家的公子——我承认这也没有什么不妥。接下来是参议员和合众国副总统的公子——也有道理，因为这种芝麻官也做不了多久。后来你就打算找个贵族，我记得当时咱们家的油田终于出油了——对。咱们要在四百家大户[①]里筛选一遍，网罗一些门第显赫、出身不凡的世家贵胄，这些血统纯正的家族已经有一百五十年的历史了，具备大家风范，一百年前就没有了祖先身上的咸鱼和老羊皮袄的味道，从那以后就整天坐享其成，养尊处优。到时候了！该举行婚礼了吧？当然。可是不成，从欧洲来了两个货真价实的贵族，你马上让煮了半熟的鸭子飞了。艾莱柯，这可太让人扫兴了！从那以后，又是一长串的等待，你否定了两个二等男爵，换成两个男爵；然后甩掉了这两个男爵，换成了两个子爵；子爵换成

---

① 纽约上层名流。典出美国著名律师麦卡利斯特的一句话："纽约的上层社会中大约只有四百人是大人物。"

伯爵；伯爵换成侯爵；侯爵再换成公爵。艾莱柯，现在总该举行婚礼了吧！——这把牌你已经打到头了。你又在这四个公爵里挑三拣四。他们来自不同国家，个个都声名远播，而且血统高贵，谱系清楚，而且个个都破了产，背了一屁股债。虽然他们要价不低，可咱们能出得起呀。好了，艾莱柯，别再拖了，别再犹豫不决了，把一副牌都摆开，让姑娘们自个儿挑吧！”

在萨利对艾莱柯的婚姻战略大张挞伐的过程中，她一直面带温柔而沉稳的笑容。她的眼里闪出一丝愉快的光芒，那似乎是获胜时流露出的欣慰的诧异。她用尽可能平静的语气说：

“萨利，要不，咱们就找个——找个王族吧？”

太妙了！这可怜的人一下子昏了头，跌倒在船侧的龙骨板上，小腿被钢架擦破了一层皮。好一阵子，他都两眼直冒金星，后来清醒了，才一瘸一拐地走过去坐在妻子身边。他那双朦朦胧胧的眼睛，向妻子倾诉着当年的那种赞美和爱意。

“老天爷！”他激动不已地说，“艾莱柯，你真棒——你是全世界最棒的女人！你真是高深莫测，我服了。我一直以为有资格对你的规划指手画脚。现在才明白！就我还指手画脚呢！假如我立刻闭嘴细想，就能明白你的锦囊妙计了。亲爱的，我总是这么毛手毛脚，沉不住气——给我讲讲你的计划吧！”

这个受了奉承、扬扬得意的女人神秘地凑到他的耳边，轻声地说了一个王子的名字。听到这个名字，他屏住呼吸，脸上放出奇异的光彩。

“天哪！”他说，“你真有眼光！他拥有一家赌场，还管理着一块墓地，一个主教和一座教堂——这些全都是他自己的产业。全都稳赚百分之五百。他的股票也无可挑剔，他这份产业是全欧洲最靠得住的。那块墓地——在全世界也是独一无二：除了自杀的，其他死者谢绝入内。真的，再说，免费埋葬经常都不实行。那个公国虽然不大，不过也够用了：墓地里面有八百英亩，外围有四十二英亩。这是个君主国——这一点至关重要。至于土地大小倒是无所谓。要光是贪图地盘的话，那就去撒哈拉大沙漠吧。”

艾莱柯心潮澎湃，她高兴极了。她说：

“你想想，萨利——这个家族从来没有跟欧洲王族之外的人通过婚，咱们的外孙子以后就是国王了！”

“千真万确，艾莱柯——他会手握权杖。外孙子拿着权杖随随便便，根本不放在眼里，就像我拿着一把尺一样。艾莱柯，你真是独具慧眼。他已经攥在你手心里了，是不是？他跑不了吧？不会有什么意外吧？”

“当然。你就等好消息吧。他不是一份债务，而是一笔资产。另外那个也一样。”

“另一个是谁，艾莱柯？”

“是西基斯蒙德－西格弗里德－劳恩费尔德－丁克尔斯皮尔－施瓦岑伯格－布鲁特沃斯特殿下，也就是卡普雅默世袭大公。”

“怎么可能？你是开玩笑吧！”

“千真万确，绝无虚言。”她答道。

他大喜过望，狂喜地把她搂在怀里，说：

“真是太神奇、太不可思议了！这是三百六十四个古日耳曼诸侯国中历史最悠久、地位最尊贵的一个，也是俾斯麦[①]取消割据后很少几个允许保留族产的王室之一。我知道那个庄园，我去过那儿。庄园里有一个制绳作坊，一个蜡烛厂和一支军队，那是一支常备军，步兵骑兵都有。有三个士兵，一匹马。艾莱柯，咱们漫长的等待过程中既有伤心，也有希望，但上苍有眼，我现在真高兴。我必须要感谢你，亲爱的，这都是你的功劳。日子选好了吗？”

“下个周日。”

“太好了。咱们要把这两桩婚事按照最时兴的盛典规矩来办。同时要符合男方王室家族的身份。据我所知，只有一种婚姻才是王族的最高荣誉，也只有王室才能享受这种荣誉，那就是与民女联姻[②]。”

“干吗要这样说呢，萨利？”

“不知道。不管怎样，这是王室的做派，只有王室才配拥有这样的权利。”

---

① 19世纪著名政治家，曾任普鲁士王国首相和德意志帝国宰相，因其推行“铁血政策”，又被称为“铁血宰相”。

② 萨利误解了这个短语的意思，以为对女方家庭是一种荣耀，其实这个短语是指，若王子或贵族与平民结婚，妻子必须保持较低的地位，其子女也不能承袭父亲的世袭头衔和财产。

“那咱们就照章办事。而且——我还非要这样办不可。与民女联姻就要按联姻的排场操办，否则就别结婚。”

“那一言为定！”萨利一边说，一边高兴得摩拳擦掌，“这在美国可是前无古人，后无来者啊。艾莱柯，这场婚礼肯定会让新港那儿的人忌妒不已。”

然后他们又陷入沉默，幻想的翅膀飘然而飞，飞向全球的各个角落，邀请所有的王公贵族和他们的家人，并且白送他们的旅费，要他们来参加婚礼。

八

这对夫妇过了三天腾云驾雾的日子，他们对周围的一切只有模模糊糊的意识，所见的所有东西都是隐隐约约的影子，就像在上面罩了一些薄纱。他们沉溺于幻想之中，常常听不懂别人说的话，回答自然也是颠三倒四，驴头不对马嘴。萨利白天在商场卖蜜用秤称，卖糖用尺量，顾客要蜡烛，却给人家肥皂；艾莱柯把猫放到盆里洗，把牛奶倒在脏衣服上。大家对这些惊愕不已，嘁嘁喳喳地到处议论：“福斯特夫妇究竟怎么啦？”

三天以后出现了惊人的事情。事态出现了好的转机，在四十八小时内，艾莱柯想象中的投机生意的行情一直在上涨。上涨——上涨——继续上涨！超出了成本价。继续上涨——涨——涨！超出成本价五个点了——十个点——十五个点——二十个点！这笔巨额投机生意已经获得了二十个点的净利润，艾莱柯想象中的经纪人从远方声嘶力竭地喊着：“抛吧！抛吧！看在上帝的分儿上，赶快抛掉！”

她把这个惊人的消息透露给萨利，萨利也说：“抛吧！抛——现在可别错过机会，现在你已经是全球首富了！——抛！抛！”然而，她凭借钢铁意志继续长驱直入，她说，她要放手一搏，让它再涨五个点。

这是一个不幸的决策。就在第二天股市出现了历史性暴跌，创纪录的暴跌，摧毁性的暴跌。这一下华尔街彻底垮台了，所有金筹股[①]在五小

① 被大家认为极度可靠的股票。

时之内暴跌了九十五点，有人看见亿万富翁在包华利大道[1]讨饭。可艾莱柯仍然持股观望，能坚持多久，就坚持多久。可是，最后等来的是令她彻底绝望的电话，她想象中的经纪人出卖了她。直到这个时候，她身上的男子气概才烟消云散，又恢复了女人的本来面目。她搂着丈夫的脖子哭诉：

“都是我的错，我无法乞求你的原谅，我实在受不了了。咱们是穷光蛋了！穷光蛋，我的命真苦啊。婚礼庆典也无法进行了。全都完了，现在咱们连个牙医都买不起了。”

尖酸刻薄的话一股脑地涌到了萨利的嘴边，他想说：“我求你抛，可是你——”可他始终没有说出口，他不想在追悔莫及的艾莱柯那颗破碎的心上再捅一刀。他想安慰他的妻子，说：

“艾莱柯，挺住，还没有全完呢。我叔叔的遗产你并没有拿去投资，你投的是那笔钱无形的未来收益。咱们赔了的只是你用举世无双的金融头脑和判断力，凭借那笔未来收益获得的增值部分。振作起来，别再想这些。咱们还有三万块钱没有动。可以肯定，凭你的经验，在两年之内用那笔钱你可以创造更多的财富！那两桩婚事吹不了，只是被延期了。”

这些安慰的话句句在理，艾莱柯听进去了，精神也为之一振，她的眼泪止住了，重新焕发出勃勃生机。她眼里闪着希望的光芒，心中充满感激之情，举手发誓，展望未来，她说：

“现在我宣布——”

可是她的话被一位客人打断了。原来，来人是《萨加摩尔周报》的编辑兼老板。他碰巧到湖滨镇来探望即将走完人生旅途的祖母。除了这桩令人伤心的事情，他还想顺便办另一件事，因此来拜访福斯特夫妇。因为这对夫妇过去几年过于专注于其他事务，忘了支付报钱。欠款一共是六块钱。再没有比这位客人更受欢迎的了。他一定熟悉提尔伯里，他可能知道他什么时候进棺材。当然了，他们不能这样直接问，因为那会触犯遗嘱规定，不过他们可以绕着圈子打听，希望能有结果。可是，这个计谋没有奏效。因为那位木头编辑根本不知道他们的意思。可是后来居然在无意中如愿以偿了。那位编辑说着说着，就打起比方来，说：

---

① 位于纽约贫民区附近的一条街道，内有众多廉价酒吧、旅舍。

“上帝啊，就像提尔伯里·福斯特那么难缠！——这是我们那儿的一句俗话。”

这句话突如其来，把福斯特夫妇吓了一跳。编辑看见了，抱歉地说：

“对不起，这句话并无恶意。就是随便说说。你们知道，只是一句玩笑而已——没什么特别的意思。他是你们的亲戚吗？”

萨利压下心头迫不及待地渴望，极力不动声色地回答：

“我们——这个，我们不认识他，只是听说过。”编辑松了口气，恢复了镇定。萨利又问了一句：“他——他——还好吧？”

“他好？嘿，不瞒您说，他五年前就进棺材了。”

福斯特夫妇浑身都因为伤心而发抖，不过他们自己的感觉倒像是高兴。萨利用一种无关痛痒的口气试探着问：

“哦，是吗？人一辈子就是这样，谁也免不了——富翁也难免一死。”

编辑哈哈大笑起来。

“这话不能用来形容提尔伯里，”他说，“他身无分文，是全镇子人凑钱为他举行的葬礼。”

福斯特夫妇像霜打似的呆坐了两分钟，泥塑木雕一般，浑身直冒凉气。最后，萨利面色苍白、有气无力地问道：

“是真的吗？您说的这是真的？”

“嘿，那当然！我是遗嘱执行者之一。他什么都没留下，只把一架小推车留给了我。那车还没有轮子，没什么用处。不过也总算是件东西吧，为了报答他，我给他编了几句悼词，可又被别的稿子挤掉了。”

可这时福斯特夫妇根本没听进去，他们的心里堵得满满的，什么也听不进去。他们垂头丧气地坐着，除了心碎，全身没有别的感觉。过了一个钟头，他们仍旧坐在那儿，低垂着头，一动不动，无声无息。就连客人离开他们也没有发觉。

后来他们的身体摇晃了一下，无精打采地抬起头来，若有所思地相互盯着，心神恍惚，接着又像小孩子似的颠三倒四说胡话。他们常常只说半句话，就不出声了，看来不是没意识到，就是想不起该说什么。有时候他们从沉默中苏醒过来，会有一种朦胧的感觉似乎又想起了什么事。然后，他们带着无言的关怀，轻轻拉住彼此的手，表达相互的同情和支持，好像是说：“我就在你身旁，我不会丢下你，咱们一起承受，总会解脱出来，忘了这些，总有一块墓地可以安息，忍着吧，用不了多久。”

他们继续活了两年，他们的心在夜晚备受折磨，总是冥思苦想，沉浸在悔恨与痛苦的混乱之中。后来，他们两人在同一天得到了解脱。

临终之际，萨利万念俱灰的心头笼罩着的黑暗消散了一会儿，这时他说：

“飞来的不义之财是祸端，对我们没好处。火爆的日子不会长久，为了这个，我们把甜甜蜜蜜、和和美美的小日子都丢了——别人可别再跟我们学了。”

他闭上眼睛静静地躺着，死亡的阴影渐渐笼罩了他，他的脑子渐渐失去了知觉，这时候他发出喃喃的呓语：

“金钱带给他痛苦，他却报复在我们身上，我们跟他无冤无仇啊。现在他遂了心愿，他用卑鄙而狡猾的诡计，说给我们留三万块钱，他知道我们会想方设法地赚更多，这样一来就会毁了我们的生活，伤透我们的心。他本来可以再多留点儿，多得让我们不再想去赚更多，他本可以这样的。心眼儿好一点儿的都会这么做。可他小肚鸡肠，没有同情心，没有——”

翰墨文学馆

HANMO WENXUEGUAN

童　年	〔苏联〕高尔基　著	李辉凡　译
我的大学	〔苏联〕高尔基　著	郭家申　译
在人间	〔苏联〕高尔基　著	李　蟠　译
巴黎圣母院	〔法〕雨果　著	李玉民　译
昆虫记	〔法〕法布尔　著	陈筱卿　译
八十天环游地球	〔法〕凡尔纳　著	陈筱卿　译
格列佛游记	〔英〕斯威夫特　著	白　马　译
悲惨世界	〔法〕雨果　著	李玉民　译
基督山伯爵	〔法〕大仲马　著	李玉民　译
木偶奇遇记	〔意大利〕科洛迪　著	刘月樵　译
名人传	〔法〕罗曼·罗兰　著	陈筱卿　译
鲁滨孙漂流记	〔英〕笛福　著	鹿　金　译
简·爱	〔英〕夏洛蒂·勃朗特　著	宋兆霖　译
飘	〔美〕米切尔　著	朱攸若　译
格林童话	〔德〕格林兄弟　著	杨武能　译
安徒生童话	〔丹麦〕安徒生　著	石琴娥　译
高老头	〔法〕巴尔扎克　著	郑克鲁　译
莫泊桑短篇小说精选	〔法〕莫泊桑　著	柳鸣九　译
汤姆·索亚历险记	〔美〕马克·吐温　著	莫雅平　译
飞鸟集	〔印度〕泰戈尔　著	吴　岩　译
一千零一夜	〔阿拉伯〕佚名　著	郅溥浩　译
爱丽丝漫游奇境	〔英〕卡罗尔　著	黄建人　译
假如给我三天光明	〔美〕海伦·凯勒　著	夏志强　译
古希腊神话与传说	〔德〕施瓦布　著	高中甫　译
茶花女	〔法〕小仲马　著	李玉民　译
伊索寓言全集	〔古希腊〕伊索　著	刘　荣　译
瓦尔登湖	〔美〕梭罗　著	王义国　译
欧·亨利短篇小说精选	〔美〕欧·亨利　著	王晋华　译

欧也妮·葛朗台	〔法〕巴尔扎克　著	郑克鲁　译
契诃夫短篇小说精选	〔俄〕契诃夫　著	朱宪生　译
爱的教育	〔意大利〕亚米契斯　著	刘月樵　译
呼啸山庄	〔英〕艾米莉·勃朗特　著	宋兆霖　译
堂吉诃德	〔西班牙〕塞万提斯　著	刘京胜　译
海底两万里	〔法〕凡尔纳　著	陈筱卿　译
复　活	〔俄〕列夫·托尔斯泰　著	李辉凡　译
大卫·科波菲尔	〔英〕狄更斯　著	宋兆霖　译
地心游记	〔法〕凡尔纳　著	陈筱卿　译
培根随笔集	〔英〕弗兰西斯·培根　著	王义国　译
傲慢与偏见	〔英〕奥斯丁　著	张经浩　译
神秘岛	〔法〕凡尔纳　著	顾微微　译
吹牛大王历险记	〔德〕拉斯伯　著	邵灵侠　译
红与黑	〔法〕司汤达　著	罗新璋　译
绿山墙的安妮	〔加〕蒙哥玛丽　著	姚锦镕　译
汤姆叔叔的小屋	〔美〕斯托夫人　著	李自修　译
钢铁是怎样炼成的	〔苏联〕奥斯特洛夫斯基　著	周　露　译
三个火枪手	〔法〕大仲马　著	李玉民　译
尼尔斯骑鹅历险记	〔瑞典〕拉格洛夫　著	石琴娥　译
雾都孤儿	〔英〕狄更斯　著	黄水乞　译
小王子	〔法〕圣埃克苏佩里　著	尹丽丽　译
安娜·卡列尼娜	〔俄〕列夫·托尔斯泰　著	力　冈　译
草原上的小木屋	〔美〕怀尔德　著	郑　澈　译
苦儿流浪记	〔法〕马洛　著	唐　珍　译
捣蛋鬼日记	〔意大利〕万巴　著	方小济　译
少年维特的烦恼	〔德〕歌德　著	杨武能　译
柳林风声	〔英〕格雷厄姆　著	吕　萍　译
父与子	〔德〕埃·奥·卜劳恩　绘	博　文　译
福尔摩斯探案集	〔英〕柯南·道尔　著	王逢振　译
老人与海	〔美〕海明威　著	张炽恒等译
母　亲	〔苏联〕高尔基　著	吴兴勇等译
秘密花园	〔美〕伯内特　著	朱碧恒等译

金银岛	〔英〕斯蒂文森　著	张贯之　译
居里夫人自传	〔法〕玛丽·居里　著	陈筱卿　译
水孩子	〔英〕金斯利　著	张炽恒　译
小鹿班比	〔奥〕费利克斯·萨尔登　著	杨曦红　译
绿野仙踪	〔美〕弗兰克·鲍姆　著	张炽恒　译
哈姆莱特	〔英〕莎士比亚　著	朱生豪　译
夜莺与玫瑰	〔英〕王尔德　著	林徽因　译
莎士比亚悲剧喜剧集	〔英〕莎士比亚　著	朱生豪　译
人性的弱点	〔美〕戴尔·卡耐基　著	尹丽丽　译
蒙田随笔集	〔法〕蒙田　著	肖　亮　译
安妮日记	〔德〕安妮·弗兰克　著	杨　平　译
了不起的盖茨比	〔美〕菲茨杰拉德　著	沈学甫　译
百万英镑	〔美〕马克·吐温　著	曹润雨　译
战争与和平	〔俄〕列夫·托尔斯泰　著	肖　亮　译
牛虻	〔英〕伏尼契　著	曹玉麟　译
童年在人间我的大学	〔苏联〕高尔基　著	李辉凡等译
梦的解析	〔奥〕弗洛伊德　著	姜春香　译
国富论	〔英〕亚当·斯密　著	陈　虹　译
道德情操论	〔英〕亚当·斯密　著	尹丽丽　译
沉思录	〔古罗马〕马可·奥勒留　著	陈　虹　译
稻草人	叶圣陶　著	
宝葫芦的秘密	张天翼　著	
呼兰河传	萧　红　著	
鲁迅杂文精选	鲁　迅　著	
朝花夕拾	鲁　迅　著	
你是人间的四月天	林徽因　著	
朱自清散文精选	朱自清　著	
徐志摩精选集	徐志摩　著